中国文学的美感

柯庆明 著

Aesthetic Mode of
Chinese literature

图书在版编目（CIP）数据

本作品中文简体版权由湖南人民出版社所有。
未经许可，不得翻印。

中国文学的美感 / 柯庆明著. — 长沙：湖南人民出版社，2024.9
ISBN 978-7-5561-3252-2

Ⅰ.①中… Ⅱ.①柯… Ⅲ.①中国文学 – 古典文学 – 文学欣赏 Ⅳ.①I206.2

中国国家版本馆CIP数据核字（2023）第090544号

版权所有©柯庆明
本书版权经由联经出版事业公司授权湖南人民出版社简体中文版，
委任英商安德鲁纳伯格联合国际有限公司代理授权，
非经书面同意，不得以任何形式翻印、转载。

中国文学的美感
ZHONGGUO WENXUE DE MEIGAN

著　　者：柯庆明
出版统筹：陈　实
监　　制：傅钦伟
选题策划：长沙经笥文化
产品经理：杨诗文
责任编辑：张玉洁
特邀编辑：章　程　杨诗瑶
责任校对：吴　静
装帧设计：林　林

出版发行：湖南人民出版社［http://www.hnppp.com］
地　　址：长沙市营盘东路3号　邮　编：410005　电　话：0731-82683327
印　　刷：长沙超峰印刷有限公司
版　　次：2024年9月第1版　　　　　印　　次：2024年9月第1次印刷
开　　本：880 mm×1230 mm　1/32　 印　　张：11.5
字　　数：280千字
书　　号：ISBN 978-7-5561-3252-2
定　　价：88.00元

营销电话：0731-82683348（如发现印装质量问题请与出版社调换）

献 给

廖蔚卿 老师

一五七	试论汉诗、唐诗、宋诗的美感特质
二二七	从『亭』『台』『楼』『阁』说起
	——论一种另类的游观美学与生命省察
二八九	从韩柳文论唐代古文运动的美学意义
三一〇	附录四 《传记与小说——唐代文学比较论集》序
三一四	附录五 《北宋的古文运动》序
三二一	爱情与时代的辩证
	——《牡丹亭》中的忧患意识

目录

一　中国文学之美的价值性

四六　附录一　《意志与命运——中国古典小说世界观综论》序

五三　中国古典诗的美学性格
　　　——一些类型的探讨

一一八　附录二　《关雎》的内容表现

一一四　附录三　《国殇》的勇武观念

一二一　从「现实反应」到「抒情表现」
　　　——略论《古诗十九首》与中国诗歌的发展

一四五　天高地迥　月照星临
　　　——略论唐诗的开阔兴象

中国文学之美的价值性

一、前言

中国文学流传至今，我们所可以确定的最早的作品，近代的学者一般同意是《诗经》的《周颂》，并且相信其中有些作品可能创作于公元前12世纪的周武王初年。《周颂》之后，迄今三千余年的源远流长、浩瀚如海的中国文学可有其独特的"美"？此种独特的"美"的价值何在？这恐怕是一个过于庞大复杂而无法轻易回答的问题。我们目前所能初步进行的工作，或许只是略微检视一下中国文学在三千余年发展过程中的一些重点与面向，并且试图辨认它们各自所显现的"美"的性质与范畴。假如够幸运的话，或许我们可以再约略地自其中归纳出一些共通的精神与价值来。

二、神话

虽然今天所存的古代神话的资料相当不完整，散见于《诗经》以后的《楚辞》《山海经》，以及《庄子》《列子》《淮南子》等作品，但是我们似乎可以相信它们可能早已存在于口述的传统，甚至是先于《周颂》的年代。这些可以推断是出于古代的"巫"这一阶层的创作，我们今天只能看到一个情节大纲的文字记录，亦不能断定它们是否在祭仪中以戏剧或其他的方式表现。然而就以今日所见的零散资料而言，神话似乎约略可分为创世、救世、变形三大类型。在创世神话中，不论是女娲化万物或盘古开天死后化为自然中的万有，似乎都表达了一种"天地与我并生,而万物与我为一"[1]的万物同源、天人合一的宇宙本质的认识。然后在救世神话里,不论是大禹治水、后羿射日或女娲补天,宇宙的和谐显然破灭了,人类痛苦地发现,自然若非受约束于人性的律则,就会成为人类痛苦的根源,于是出现了利用种种发明促使自然就范的英雄。虽然英雄不免因干犯了天帝而自身成为悲剧人物,但人性的律则毕竟是胜利了。在变形神话中,如夸父追日、精卫填海,人的无限行动的自由受到自然的限制;作为有生之物,死亡更是一道人类无法跨越的鸿沟,于是不死药、变形似是唯一的解决手段。嫦娥化蟾以及种种变形,固然标示了人类的悲剧性的"猛志固常在",同时也显示了"天命不可违"的永恒悲哀。这些神话虽然简朴,但洋溢着恢宏的英雄气度,述说的是人类以整个大自然作为对象与场域力求与之对抗和竞赛的行动,创造且烙印上自己存在于宇宙的意义。宇宙的整体和谐与人类充量生活意志的雄伟,是中国神话的宏伟之美的基调。

三、《诗经》

诚如庄子所谓:"圣人者,原天地之美而达万物之理。"[2]早期神话中宇宙整体和谐的意识,就发展为《易经》对于万物变化之律则的宇宙性秩序的探讨;而人类充量生活的意志,也在人际之间形成了社会的组织与礼教的秩序。这种社会组织的缔造,一方面出现在《大雅》的开国历史的叙述中,另一方面也见于"颂"诗对于此一缔造根源的追怀。而大部分的"风"诗与"雅"诗,对于这样的一种人伦秩序,或因它的谐和而赞美,或因它的逆违而怨悱。《诗经》诚如孔子所谓:"兴于诗,立于礼,成于乐。"它本作为礼乐教化中的乐章而被编纂,却发展出中国文学之美的第二章:人情之美的发现。人类的

---

1 见《庄子·齐物论》。

2 见《庄子·知北游》。

情感，"真者，精诚之至也"[1]，精诚就能动人，就是美。所以，孔子说："诗三百，一言以蔽之，曰：'思无邪'。"[2] "思无邪"指的是出以真情的全心全意的精诚，因而也就理当在道德上得到认可。因此无论这些情感的性质是喜是怒、是哀是乐，皆可令人感动（可以兴），也皆值得观赏（可以观）。因为"喜怒哀乐之未发谓之中，发而皆中节谓之和"[3]，通过"声依永，律和声"的调节，"诗言志"，正是将"在心为志"的"中"，于"发言为诗"之际转化为"八音克谐，无相夺伦，神人以和"[4]的"和"，不但表达了个人的心声（可以怨），也沟通了群体的情愫（可以群）。所以说"温柔敦厚，诗教也"。

《诗经》包含了三百零五的篇数，展现人类各样情感的广袤幅度。因为人类的生活中，只要是鲜活真实的生命，何处没有情感的痕迹？特别是在日益复杂分化的社会里，何处不需情感的沟通？《诗经》所展示的是通过情感来体认的世界。这个世界或好或坏，但通过情感的融会和浸润，它或许不免于是非得失、祸福苦乐的种种划分，但绝不是一个疏离冷漠的世界。因而冷酷的思量计算是不存在的，有的只是人同此心、心同此理，以致花鸟共忧乐的同情共感。赋、比、兴，直接的赞怨或草、木、虫、鱼、鸟、兽的交相引发、回环譬喻就成为它的基本思考方式，并且在重叠复沓的韵律形式中达到一唱三叹的效果。《诗经》就此奠定了中国文学的抒情传统。

中国文学根源于一部包含社会各阶层，大体以日常生活的各方面为主的抒情诗歌集《诗经》，而非如许多西方国家的文学根源于以少数英雄之杀伐战斗作为主题的史诗，是一具有深远意义的事实，因为它确认了温柔敦厚之仁远胜于骄傲刚强之勇。自《周颂》的"载戢

---

1 见《庄子·渔父》。
2 见《论语·为政》。
3 见《礼记·中庸》。
4 见《尚书·舜典》。

干戈，载櫜弓矢。我求懿德，肆于时夏，允王保之"[1]以降，《诗经》一贯歌颂"岂弟君子"，称美"不大声以色，不长夏以革。不识不知，顺帝之则"[2]的"明德"，称美"柔惠且直。揉此万邦"[3]"柔嘉维则。令仪令色，小心翼翼""既明且哲，以保其身"[4]的德性，都充分反映了我们拥有一个尊崇圣贤而非尊崇英雄——尤其是军事英雄——的文化。

自然，战争是生存中不可避免的，包含社会生活各方面的《诗经》当然也触及这种题材，但除了像"牧野洋洋，檀车煌煌。驷騵彭彭，维师尚父，时维鹰扬。凉彼武王，肆伐大商，会朝清明"[5]之类遥远的以军容、以"鹰扬"为军事将领的比喻之抒情性描写外，真正刻意描绘的却不是少数英雄将领的勇武骄傲，反而是众多兵士在战争之中"靡室靡家""不遑启居"[6]的痛苦，在"慆慆不归"中"曰归曰归"和"制彼裳衣，勿士行枚"的渴望，以及家中的"妇叹于室"[7]"首如飞蓬""愿言思伯，甘心首疾"[8]，因而对于战胜的喜悦，强调的竟是有情人终成眷属的婚礼，以及"其新孔嘉，其旧如之何？"[9]。这充分地显示了中国文学从《诗经》时代起就是民众的文学，并且更重要的中国文化基本上是以日常的家庭生活为理想的文化。所以，英雄将领的战功似乎比不上一个家里的苦匏令人感动。（"有敦瓜苦，烝在栗薪"[10]）这种以百姓家庭生活为理想，以温柔抒情为主调的文学

1　见《诗经·周颂·时迈》。
2　见《诗经·大雅·皇矣》。
3　见《诗经·大雅·崧高》。
4　见《诗经·大雅·烝民》。
5　见《诗经·大雅·大明》。
6　见《诗经·小雅·采薇》。
7　见《诗经·豳风·东山》。
8　见《诗经·卫风·伯兮》。
9　见《诗经·豳风·东山》。
10　见《诗经·豳风·东山》。

精神，事实上成为中国文学后来发展的基础。

四、《楚辞》

继承了《诗经》抒情传统的是南方楚国的《楚辞》。《楚辞》中有一部分宗教性的作品，如《天问》《九歌》《招魂》《大招》，可能是继承了早期神话的"巫"文化，有很明显的对"巫"的自然神的崇拜（这与《诗经》的祖先崇拜以及伦理性的"帝"的崇拜显然不同），以及神话的宇宙观之信仰的痕迹。不同于《诗经》的家庭生活文化以及由此而扩大的对社会礼教生活的关切，早期神话的基本精神是人类在自然中自由游荡、四处追索的精神。这种遨游追寻的精神和对自然之美的人性化、神格化的崇拜，就成为《九歌》中优美非凡的神巫交感的伟大的恋情剧仪。它对中国戏剧后来发展的影响很难确定，但无疑使中国情诗的写作提升到深具宇宙意识的海阔天空、天长地久的境地。在具有较强个人色彩的《招魂》《大招》中，我们看到了以家室为中心的意念与四处遨游的精神的汇聚与冲突；再加上屈原个人兼承南北两种文化，又身遭放逐的命运，使《楚辞》基本上反映出一种由家居、由京城被逐，而于上下四方彷徨流荡、痛苦追索的无处安心、无家可归的远别流浪的情怀。这种孤臣孽子的处境，一方面导致了对家国的更大的渴思，另一方面也促成了个人对自我生命的独特性的醒觉，以及对文明与社会本质的反省。

迥异于《诗经》中基于对人与人的同情共感的信赖（《诗经》的作者或诗中人总是假定他的读者基本上是会和他深有同感的，因而总是一往情深地诉说），《楚辞》，尤其在屈原深具自述性的作品中，总是反复论辩的、糅合了最激切的热情与复杂的说理，形成了一种深具思想性的热情。《诗经》的情感或许因其出于精诚而有其情感体验的深刻性与广大的普遍性，《楚辞》却开始拥有《诗经》所未曾出现的思想观照本身的深度与广度，因为它所表达的是一个具有高度文化修养的敏锐心灵，对于时代社会之病症的痛切反省。它通过一种高卓的文化理想、广博的历史知识，以一种忧心如焚的激切之情来关怀国家社会，来抨击时代的堕落、人们的谬误。它的美是一种对于高远理想的执着追寻之美。假如《诗经》反映的大体上只是常人之情的话，《楚辞》中反映的就是屈原的志士哲人的忧国忧世之情。因此它的美也同时是伟大人格的自我流露之美。《诗经》中也不乏对于某些人物的赞颂，但其"人格"只是一种遥远的对象，并不自我呈现、自我流露。不仅屈原成为中国第一个形象鲜明的诗人，而且《楚辞》也开启了以诗人自身人格为表现的伟大的诗歌传统。自此以后，诚如舞与舞者难分，在伟大的诗人手中，诗之伟大亦与诗人人格之伟大浑然一体，难以区别。

为了表达他复杂的思维，为了宣泄他激烈的热情，屈原自由地驱遣神话的意象、历史的经验，以香草美人的寓托，驾虬骖螭的幻想，黄钟瓦釜的比喻，贯穿在他彷徨流离的、同时是精神上也是生活上的流浪追索的历程，因而创造了一种极为繁富，充满了夸饰与争辩、寓托与比喻的诗风。这与《诗经》朴素的抒发日常生活之情的"写实"风格大异其趣。为了区别的方便，我们可以姑且称《楚辞》为"传奇"的风格，借以强调它于抒情之外，更偏重想象与幻想，于现实的世界之外，构造出另一种象征人类心灵的奇幻文学世界的特质。"写实"与"传奇"自《诗经》与《楚辞》之后，遂成为中国文学的两种典型的美。

五、先秦史籍

虽然中国文学基本上是抒情传统，但并不是没有叙事传统，只是它首先出以另一种文化范畴——历史之写作的形态，使强调范畴划分的近代学者迟疑未敢将之列入文学的范围。事实上和诗歌的诞生一样古老的，是中国的左史记言、右史记事的传统。中华民族是一个极具历史感的民族，历史有时甚至发挥上帝的功能，赋予在现实中困顿而正直的人一种殉道者的价值与见证。不论是"人生自古谁无死，留取丹心照汗青"（文天祥，《过零丁洋》），或者是"哲人日已远，典型在夙昔。风檐展书读，古道照颜色"（文天祥，《正气歌》），历史都是中国人传统精神上莫大的安慰与鼓舞，使中国人不只争一时、争一世，更要争千秋。因此这个"史"的传统，一方面着重在"记"，在"实录"，在"考信"；一方面也在"孔子作《春秋》而乱臣贼子惧"，在"定一字之褒贬"，作伦理性的价值判断。但是若从文学写作的角度来看："记事"，基本上是对情节的因果掌握；"记言"保持模拟对话之中人物心理的直接呈现；"记""实录""考信"的精神，无疑会促进一种写实主义的文学精神与写作风格的发展；"定一字之褒贬"，不但强化了叙事之际的主题意识，势必也影响到观察事件之际，更注意人物的行为动机与心理历程，因而更进一步注意人物的整个性格的问题。这些原属于历史的理念，无形中都促成了中国叙事文体与文学的同时发达。因此自《尚书》的记言与《春秋》的记事开始，以至《左传》《国语》的糅合记事与记言，中国叙事文体终于成熟，成为以事件中主题与情节为统一原则，以事件中各参与人物的心灵意识的变化转折为表现重心的叙事文学。例如秦晋的由交好而交恶，秦穆公、晋惠公、晋文公以及相关的诸大臣的心理态度的变化就成为表现的中心。因而就使这些历史的记载产生近乎《毛诗序》所谓"是以一国之事，系一人之本，谓之风"的效果。因此，《左传》《国语》虽然主要叙述的是国内的政治斗争和国与国之间的结盟与战争，基本上是政治史的题材，但它的表现性甚至主题却是文学性的，因为政治情况中的主要人物的心理挣扎和交互影响与变化的历程，才是叙事的兴味和用心所在。以战争为例，关于战场上的情况，除非特别英勇，如鞌之战解张受伤的情况下仍然并辔击鼓，或深具人性意义，如韩之战庆郑怨其愎谏违卜而不救晋惠公之类的情形，才加以描绘，否则往往只是像"夏四月辛巳，败秦师于殽，获百里孟明视、西乞术、白乙丙以归"一般一笔带过。真正叙事的重点，还是在交战双方主要人物的行为动机和情感变化的心理历程上，而这种心理变化的历程往往就是通过对话或论辩的模拟来表现的。由于对话成为叙事的主体，再穿插以简略的笔法所叙述的事件进展，如："京叛大叔段，段入于鄢，公伐诸鄢。"或人物在对话之际的动作描写，如："先轸怒曰……不顾而唾。"使得整个历史事件的叙写非常接近剧本的呈现方式，既充分显示事件的戏剧性，又展露对话的文辞心思之美，尤其所处理的是家国大事，并且往往不是宫廷议论即是外交辞令，因此呈现的正是典型的崇高文体之义正词严、铿锵顿挫之美。

六、寓言

紧接着"史"书的写作，而促成中国叙事传统的另一个发展的，是先秦诸子和战国游士为了说理和论辩的需要所开发出来的"寓言"的写作和应用。"寓言"一词出于庄子，就明显反映了先秦诸子通过叙述事件来阐说义理的修辞策略上的自觉。并且由于中国人不将理智与情感对立，而在"感性分割"中，单独地寻求偏枯的理智或放纵的情感，所以"寓言"正是一种情理交融的具体性思维的绝佳表达方式。和古希腊的《伊索寓言》相比，中国先秦的寓言，往往具有更高的抒情性。齐人一妻一妾的"相泣于中庭"[1]，或鲋鱼"忿然作色"地说"曾不如早索我于枯鱼之肆！"[2]固然表现的都是情绪激动的人生中重大与紧急的情境，像郢人垩慢为质，匠石运斤成风，抒写的其实还是对于亡友的知遇追怀之情。因此这些"寓言"与其说是一种理智的训诫，不如说是一种更完整的人性情境的整体表现。尤其到

---

1 见《孟子·离娄下》。
2 见《庄子·外物》。

了后期，像"人有亡鈇者，意其邻之子，视其行步，窃鈇也；颜色，窃鈇也；言语，窃鈇也；动作态度，无为而不窃鈇也"[1]，或"画蛇添足"寓言中"一人蛇先成，引酒且饮之，乃左手持卮，右手画蛇"[2]之类对于行动细节与心理历程的注意，更是纯粹叙事的文学兴味的表现了。这些寓言对于中国叙事传统的重要性在于，它们开始且认可了虚构的叙事，使叙事不再只是一种"记"，而同时是一种"言无言"的"卮言日出"，因而由客观的写实，在写实的事件中寻求其伦理意义，转化到通过义理的通达，自由地创构情境，作主观信念情意的充分抒发。由于是出以虚构的"卮言日出"，它的说服力遂不再是基于事件曾真正发生的历史的权威性，而是基于其"和之以天倪"[3]，合于一种"想当然耳"的一般人日常经验的常情常理。因此，叙事就由重大的历史事件转换为日常的生活琐事；美的兴味也由崇高文体的庄严闳肆之美，走向中间文体的平易自然之美。由特具伦理精神的少数人格素质之"高"，逐渐开启了注意曲尽多数凡人之常情的"广"。

这个时期的寓言，尤其出现在战国游士的策议中，往往也使用动物，甚至以低等动物为喻，如"狐假虎威""鹬蚌相争"，更是完全忽略了事件之中人格的独特性与完整性，并且有意规避了对于事件所必然会有的伦理感受与判断的严重性，就像面对自然现象，或处理自然形势，一般仅作趋利避害的现实性思考。这也逐渐反映出一种偏枯的理智——或许我们可以称之为机智——的纯粹认知之美。虽然在动物性的比喻中，显然也蕴含着对于被喻对象的不免于生物性之生存的嘲讽——只有以智、力相制且相食，或者岂如匏瓜焉能系而不食的生存层面，"庄周贷粟"的以鲋鱼自喻、"惠子相梁"的鹓鶵腐

---

[1] 见《吕氏春秋·去尤》。
[2] 见《战国策·齐策二》。
[3] 以上引句俱见《庄子·寓言》。

鼠之比，其实皆是这种意义下的自嘲与嘲人。所以，讽刺、滑稽也正是这类作品的基本情味。所以，假如说《左传》《国语》等"史"作，具有西洋史诗、悲剧的庄严肃穆情味，那么这些寓言，流露的正是西洋喜剧或讽刺作品般的欢快笑谑的精神。

但是当这些"寓言"出以"重言"的形式，往往假借历史人物的名讳、事迹或性行，则确实是相当程度地腐蚀了一切"历史"的权威性，使人意识到"记"与"卮言"终究都是"文"，"文"与"质"之间毕竟是有距离的，因此不仅孔子有"文胜质则史"[1]之叹，司马迁更有"学者载籍极博，犹考信于六艺"[2]的博览考信的考虑与主张。这不但对后来中国历史的写作，对文学著作与历史著作的交相关涉——如"诗"要成"史"，"小说"要沿袭"历史"的"传""记"之名称与写作格式——有相当的影响，甚至影响到整个中国的传统学术的发展——汉学、宋学之争，义理、考据之辩，以至"六经皆史"[3]的主张等，都可以说是一种对于历史之权威的过度关切所致。

七、《史记》

使中国的历史写作与叙事文体达到完全成熟之境的是司马迁的《史记》。司马迁在《史记》中所发展出来的"纪传"体，不但奠定了往后正史的写作形式，在叙事形态上，也将叙述的重点由记录对话、记述情节的因果，转移到捕捉一个个特殊人物的特殊性格与特殊命运上。终于，个人，一个具有独特个性、完整人格的个人成为被注视的焦点。人不再附属于事，而是人创造了种种的事。因此，具体的人、一个个独特的个人才是最终的实体。作为一个史学家，司马迁无法不关怀且处理人类集体命运表现的政治社会事件，所谓"王迹所

---

[1] 见《论语·雍也》。
[2] 见《史记·伯夷列传》。
[3] 见章学诚《文史通义》。

兴，原始察终，见盛观衰，论考之行事"，他作十二《本纪》、作十《表》来加以科条陈述，并以八《书》来记述文明制度的种种演进；但他却以泰半的篇幅，作了七十《列传》，来表彰一些"扶义倜傥，不令己失时，立功名于天下"[1]的人物，而其实所谓三十《世家》也大多是这类人物，只是他们的富贵或事业不是及身而止而已。诚如他所谓："古者富贵而名摩灭，不可胜记，唯倜傥非常之人称焉。"[2]他所真正关怀的还是这些"非常"人物。这种"非常"，用一些评论者的话来说，就是"奇"[3]。司马迁的"爱奇""好奇"，看重的一方面是"扶义"——人物超出一己之关怀的伦理德行；另一方面是"倜傥"——人物卓异的才性。因此司马迁的"爱奇""好奇"，使《史记》成为中国文学中第一部叙事性的"传奇"作品。由于篇章、文章的观念到战国末年已然产生，在《史记》刻意区分的篇章中更是顾虑到其中情调的统一。同一历史事件，记述在不同的篇章，由于传述的内容以不同的人物为主体，配合着人物特别的生命情调以及他们与历史事件不同的关联，往往呈现出不同的风味、不同的意义。司马迁隐藏了单一的作者的声音，绽放出来的却是众多人物的多元宇宙，是多重音色的自呈与交织。因此，《史记》展现的不仅是缤纷多姿的人物性格之美，更是从悲壮到滑稽、由崇仰到讽刺的各种类型的叙事笔调之美。司马迁很成功、很自然地融合了"史"与"寓言"的崇高与庸俗（甚至卑下）的文体，而创造出一部不仅是上下古今的通史，更是中国最早的百科全书式综览各种特殊的人格类型、反映各类叙事情调的巨著。他把注意力由政治中心的主要人物扩散到后妃、外戚、儒林、酷吏、佞幸、货殖、游侠、刺客、滑稽、日者、龟策，以至远方异国，这些题

---

[1] 以上引句俱见《史记·太史公自序》。
[2] 见司马迁《报任安书》。
[3] 见扬雄《法言·君子》："子长多爱，爱奇也。"与司马贞，《史记索隐后序》："其人好奇而词省。"

材后来都成为中国小说的主要内容。他模拟人物性格以适当的笔调凸显出人物的性情之"奇"、之"美"的手法,更是成为后世叙事文体——不论是史书、小说还是古文——的典范。《史记》同时兼具了模拟的艺术性以及文笔的表现性,因此掌握的既是人物的性格精神之美,也是叙述者心灵才情之美。

八、汉赋

汉代是中国历史上一个关键性的时代。由于大帝国的规模首度稳固确立,因此,统一的帝国逐渐成为人们心目中思考"天下"、思考"中国"的常态。许多配合这种思维的文化建制都始源于汉,而且沿袭至清。跟我们的论旨关系密切的是:在著述类型区划的自觉中,文学终于自学问中分出,这种醒觉不但见于刘歆《七略》中的《诗赋略》,也显见于《后汉书》中的《文苑传》与《儒林传》分传。同时在文学独立的意识下,基本的美文——诗与赋——典型的文体形式终于确立,成为两千年来使用与发展的基础。"赋"是汉代宫廷首先奖掖的文体。由于天下一统,内部安定,同时财富往京师以及宫廷集中,大权在握的帝王开始有余裕享受形式主义的谀颂。正如萧何为高祖建未央宫,以为"且夫天子以四海为家,非壮丽无以重威,且无令后世有以加也"[1],叔孙通起朝仪,于是高帝"吾乃今日知为皇帝之贵也"[2]。汉赋始于宫苑都城,一方面表现出百科全书式的综览大观,"因物造端,敷弘体理,欲人不能加也";一方面则深具形式主义的色彩:"引而申之,故文必极美;触类而长之,故辞必尽丽。然则美丽之文,赋之作也。"[3]这都是出于对帝王权威尊贵的肯定。但是影响所及,却促成了赋体,尤其大赋重视"鸟兽草木多闻之观"[4]的写

---

1 见《史记·高祖本纪》。
2 见《史记·刘敬叔孙通列传》。
3 以上引文俱见皇甫谧,《三都赋序》。
4 见《汉书·王褒传》,为汉宣帝语。

物传统，以及一篇之中要囊括四海、包举宇内的寻求掌握全面、表现整体的思维形态。同时，这种由汉赋所首先发展出来的形式主义的偏好，也促使大家进一步认识了汉语的单音、汉字的独体的形构特质，而在纯粹形式美感的追求中逐步地走向刻意律化的道路。这不但直接促成了六朝的"文""笔"之辨而导致骈俪之文的盛行，也间接影响了中国诗歌走向从整齐的五言，至永明体，而终至近体诗的发展路径。这种首先只在诗赋取士之际，"连偶俗语，有类俳优"[1]，后来发展为凡文皆骈，以及诗歌由参差的杂言走上整齐的五言、七言，甚至进而讲求四声八病，而终于形成字数、格式皆为固定的律体等，这种现象固然和大一统帝国的规范意识有关——这正和学术思想的定于一尊、罢黜百家、独尊儒术是一致的，所以文体与诗歌形式的逐步律化都跟历代宫廷的变本加厉、踵事增华的倡导有关，但同时也是出于对中国语文性质的认识加深以及形式美感的精益求精的自觉。由汉至唐，由汉赋至唐诗，可以说是中国文学寻求规律性的形式之美的阶段。律诗，由于它在整齐的统一形式中蕴含了最大的对立因素的变化效果，因此成为此一形式美感追求的巅峰。在七律与拗体出现之后，传统的诗体就不再有进一步的发展。

汉代，和铺陈写物的大赋一起产生的，是往往借用骚体的抒情写志的小赋。这些小赋，一方面继承了《离骚》的孤愤精神，另一方面则因权力集中于中央、士人出路的窄一化，自贾谊《吊屈原赋》《鵩鸟赋》及司马迁《悲士不遇赋》以降，"悲士不遇"遂成为基本的文学主题。寻求外在世界客观的整全性的认知，以及在此整全性的世界认知中，强烈地意识到自己生命的渺小与孤独，必须通过与权力中心的结合或关联才能获致一己生命的意义与价值，遂成为帝国时代文人的新兴意识。这种意识自汉赋开始，在魏晋六朝的诗文、在唐代的诗赋、在唐宋的古文以至明清八股之类作品的后面，始终都是士人文学

---

[1] 见《后汉书·蔡邕传》。

的基本动力。不论当时的科举制度为何、盛行的文类文体为何，个体性与整体性的关联、个人生命与人类集体的历史生命的交织，始终都是帝国时期士人文学的基本关怀与基本课题，虽然它的解决与表现有各种方向与方式，但基本上正如贾谊《吊屈原赋》中已经出现的："已矣！国其莫我知兮，独壹郁其谁语？"对屈原的孤愤加以质疑，而向往"凤漂漂其高逝兮，夫固自引而远去。袭九渊之神龙兮，沕深潜以自珍"的高蹈，以至张衡《归田赋》的寻求"苟纵心于物外，安知荣辱之所如"的自得；大抵总是表面上故作高蹈以求解脱，实际上却是大多在"进德智所拙，退耕力不任"[1]之间回转周折，激荡出无数的不平、不安之鸣。这里所反映的其实是存在之焦虑的挣扎与升华之美。

九、汉诗

才智之士的存在之焦虑，首先出现在思想家孔子、庄子，辞赋家屈原、贾谊的文辞中。但是平常人的存在之焦虑则始见于《古诗十九首》。"寿无金石固"显然是无可置疑的现实，"潜寐黄泉下，千载永不寤"更是不再以宗教的信念、神话的眼光观看人类最终的定命。这种必然命运的知觉，并没有导致人们的绝望，相反却激起了各种对热切生活的渴望："盛衰各有时，立身苦不早。""奄忽随物化，荣名以为宝。""服食求神仙，多为药所误。不如饮美酒，被服纨与素。""人生寄一世，奄忽若飙尘。何不策高足，先据要路津？""四时更变化，岁暮一何速。""荡涤放情志，何为自结束？""生年不满百，常怀千岁忧。昼短苦夜长，何不秉烛游。""去者日以疏，来者日以亲。""思还故里闾，欲归道无因。""人生天地间，忽如远行客。斗酒相娱乐，聊厚不为薄。"但是人类终将死亡，而死亡是赤裸裸地、无可救赎地从此现世消失的意识，却使得中国文学从此带上了淡淡的

---

[1] 见谢灵运《登池上楼》。

哀愁："欢乐极兮哀情多。少壮几时兮奈老何"（刘彻，《秋风辞》）就成了面对人生的基本慨叹。这种正视"人生忽如寄，寿无金石固。万岁更相送，圣贤莫能度"的生命事实，却又热切地拥抱现世，除了现世的种种生活再不做他求，这使得中国文学焕发出独特的光彩，表现出来的是一种生之渴望与生之执着以及对于生活的投注之美。这种投注往往以情感牵连的方式，使得从《诗经》开发出来的"抒情传统"添加上了生命存在之自觉的深度，于是诚如江淹的两大名作《恨赋》与《别赋》所显示的，死之恨与生之别，就成为中国文学两大最动人、最强烈的情绪了。汉代的五言诗娓娓抒发的正是这种最浓郁的死恨与生别的情怀，但这种情怀不是激越的，而是温厚平和的。因为一股对于特殊对象——夫妻、友朋、亲人，对于特殊地域——故乡、京城，对于世界，甚至对于自己生命的款款深情，润泽且支持了对这些必然的死亡、变故与隔离之命运的负荷。深切感动而不失内心的宁静，强烈渴望而不失精神的淡泊，似乎正是这些诗歌始终成为中国文化的中庸精神之最佳典范的原因。所以，它们在情感的抒发中，虽然所抒发的都是最为惯常的人生感慨与离合悲欢，却荡漾着一种特具伦理意味的操持之美。情感表现的合于伦理性似乎正是汉诗独具的美。

十、叙事诗

汉诗是中国诗歌中最具叙事模拟精神的，尤其是乐府诗。乐府诗由于出自民间，并且在形式上没有固定的格式，因此最接近也最能反映说话的口吻。因此，模拟"说话"似乎正是乐府诗的特色。即使是抒情诗，也大多是戏剧情境中的"独白"；而戏剧情境中的"对话"的模拟，自然就是叙事诗的手法与雏形。在汉乐府诗的这些"对话"性的"叙事"诗中，往往侧重的只是人物面临的人生困境，例如《东门行》的贫穷，《上山采蘼芜》《病妇行》《孤儿行》的人生新故变迁的伦理感怀；或者深知"好色"与"好德"之微妙对比，而往往将

"妇容"与"妇德"并置，而抒发对于合则兼美的崇仰赞叹，例如《陌上桑》《羽林郎》。因此通常停留在戏剧情境的呈现，并未进一步发展为纠葛的行动与情节的延续和解决。同时在这些伦理关怀中，即使是"妇德"也只是重在"使君自有妇，罗敷自有夫"与"男儿爱后妇，女子重前夫。人生有新故，贵贱不相逾"[1]的"守节情不移"而已，基本上只是肯定既有的社会规范与社会秩序，并未因人生的困境与变迁而对既存的社会价值加以质疑。

汉末的动乱，不但促成中国叙事诗的成熟，也在叙事诗的成熟作品——蔡琰的《悲愤诗》与无名氏的《孔雀东南飞》——中流露出真正质疑与抉择的精神。蔡琰在《悲愤诗》中不但描写了董卓之乱下，民众惨遭杀戮与流离，叙述了一己被虏居胡，弃子得归，以至托命重嫁的经历，她更质疑了在当政者昏昧无能、野心家肆无忌惮时，一般臣民的死节究竟有何意义，在"感时念父母"与"当复弃儿子"之间如何抉择，以及"流离成鄙贱"而"托命于新人"的人生安排等。充分表现了当社会秩序崩溃之后，人们的种种生存与生活的权利受到剥夺的悲惨，也更显示了社会价值的不复能够指引人生，而必须一一重新摸索、重新抉择的痛苦。

《孔雀东南飞》初看似乎是"人生有新故，贵贱不相逾"的伦理主题系列作品的延续，但是它借兰芝为姑所恶被休，因兄长逼迫改嫁而与仲卿殉情的故事，深切地质疑婚姻制度中"父母之命，媒妁之言"的权威，责问如此则个人追求幸福的权利何在？将男女之间出于至性的真情又置于何地？它更进一步责问：礼教的本质是否仅在肯定居上位者的专制——"吾意久怀忿，汝岂得自由""处分适兄意，那得自任专"。因而对这种至为令人伤痛，祸起骨肉亲人之间，但蕴含在此类家庭社会制度之中自然而然会发生的悲剧——相同的家庭悲剧一直到《红楼梦》仍是作品表现的主题——再三致意："多谢后

---

[1] 见辛延年《羽林郎》。

世人，戒之慎勿忘。"

因此，中国的叙事诗兴起于人们对于必须生活在其中的社会建制的反省。社会建制丧失了它的权威（"汉季失权柄"）就会产生破坏社会正常秩序的混乱："董卓乱天常。"接下来就是导致民众长期苦难的征战："猎野围城邑，所向悉破亡。斩截无孑遗，尸骸相撑拒。"但是社会建制亦可因其制度精神的偏差与权力的误用而压迫无辜（"谓言无罪过""仍更被驱遣"）、抹杀真情（"虽与府吏要，渠会永无缘"），甚至断送个人幸福与生命（"生人作死别，恨恨那可论？念与世间辞，千万不复全！"），是无形的暴政之根源。《悲愤诗》反映的是对政治现实的批评，《孔雀东南飞》所反映的则是对文化体制的检讨。中国后来的叙事诗作，如杜甫、元稹、白居易、韦庄、吴梅村等人，固然一再关切、反复描述的都是政治权力的崩溃与缺失所带给民众的各形各色的苦难，但是对文化体制缺陷所造成的种种罪恶的暴露与省察，却在明清的一些重要小说，如《金瓶梅》《儒林外史》《红楼梦》《老残游记》，甚至《水浒传》《西游记》中，不断地引起回响、得到发挥。中国叙事诗对于集体苦难的评述与个人不幸的省思，使得它们不但有模拟人物、传叙故事的趣味，同时更反映出一种关怀社会现实的沉思与观照之美。

十一、诗的发展：自然

从汉、魏到唐、宋的诗歌，虽然每个阶段皆有其独特的关怀重点，但基本上可以说是一个对于自然与人物之美的逐渐发现与认知的过程。自汉代的作为情境与心境的象征之自然："庭中有奇树，绿叶发华滋。攀条折其荣，将以遗所思。"（《古诗十九首·庭中有奇树》），"日暮秋云阴，江水清且深。何用通音信？莲花玳瑁簪。"（《古绝句四首》其二），由于宫廷宴游诗的兴起，在"述恩荣，叙酣宴"之余，不免要"怜风月，狎池苑"一番，[1]因此开始了对于自然景象的客观刻画："秋兰被长坂，朱华冒绿池。"（曹植，《公宴》）"白日曜青春，时雨静飞尘。"（曹植，《侍太子坐》）"白苹开素叶，朱草茂丹华。微风摇茝若，增波动芰荷。"（张华，《杂诗》）"清川含藻景，高岸被华丹。"（陆机，《日出东南隅行》）"迅雷中宵激，惊电光夜舒。"（陆机，《赠尚书郎顾彦先》其二）魏晋的诗人们，首先意识到对句形式的表现力，他们试图利用对仗与辞藻的文字本身的美感来塑造自然。他们往往使用的不仅是对句，同时还要再用句内对，如"朱华"对"绿池"，"白日"对"青春"；并且强调各种颜色的感觉，然后用静态的景象强调它们动态的感觉，不论是朱华的"冒"，还是风的"摇"、波的"动"，或是雷的"激"、电的"舒"；但是由于对仗锻字的凝练形式，又使它们显得沉稳，像"时雨静飞尘"由于均衡的句内对，无形中也使得充满了动态的"雨"与"尘"失去了直接的动感而成为静止画面的一部分，因而创造出一种文字性的绘画之美。

接着经过"招隐""游仙"等中间的题材，晋、宋之际的诗人终于发展出山水诗与田园诗。在这一类诗中，自然呈现出另一种面貌的美感。诚如左思《招隐》所发现的："非必丝与竹，山水有清音。"自然并不必通过对仗与辞藻等文字形式的转化才开始呈现出人为造作的艺术美。自然本身并不是只供艺术创造美的零碎的材料，它本身的存在形态与内在的韵律就是一种伟大的美的形式："天地有大美而不言，四时有明法而不议，万物有成理而不说。"[2]此自然不仅可以与人为造作的工艺比美〔"花树杂为锦，月池皎如练。"（谢朓，《别王丞僧孺》）"余霞散成绮，澄江静如练。"（谢朓，《晚登三山还望京邑》）〕，事实上更是人可以玩赏、可以流连的场域与对象〔"昏旦变气候，山水含清晖。清晖能娱人，游子憺忘归。"（谢灵运，《石壁精

---

1 此句引句见刘勰《文心雕龙·明诗》。
2 见《庄子·知北游》。

舍还湖中作》）］。并且因为这种"天地大美"其实就是"四明法""万物成理"的自然表现，因此陶渊明在"采菊东篱下，悠然见南山"之际，面对着"山气日夕佳，飞鸟相与还"的景象要慨叹："此中有真意，欲辨已忘言。"（陶渊明，《饮酒》其五）谢灵运虽未必能够像陶渊明一样，实行一种完全认同自然的田园生活［"孟夏草木长，绕屋树扶疏。众鸟欣有托，吾亦爱吾庐。"（陶渊明，《读山海经十三首》其一）］，但他面对"林壑敛暝色，云霞收夕霏。芰荷迭映蔚，蒲稗相因依"（谢灵运，《石壁精舍还湖中作》）的自然景观之余，仍然会感悟："虑澹物自轻，意惬理无违。"（谢灵运，《石壁精舍还湖中作》）因为自然是比人类意志更伟大的实在［"沧波不可望，望极与天平。"（谢朓，《和刘西曹望海台》）"朔风吹飞雨，萧条江上来。"（谢朓，《观朝雨》）］，充满了"异音同至听，殊响俱清越"（谢灵运，《石门岩上宿》）的真理。因此当我们真正专注于自然之际［"情用赏为美，事昧竟谁辨？观此遗物虑，一悟得所遣。"（谢灵运，《从斤竹涧越岭溪行》）］，不但能够在自然美感的观赏中，超越一己的狭隘欲望而恢复自我的真性，而且在"感往虑有复"之余，"理来情无存"（谢灵运，《石门新营所住四面高山回溪石濑茂林修竹》），体会到一己与万物之理的冥合。这基本上就是一种融入自然，忘却人类过度强烈的自我意识，而让自然的亘古宁静却又生生不息的存有的律动充塞自己的心灵，因而使得人的存在与整体的存有结合，也就是所谓"天人合一"的体验。因此通过这种体验所得来的关于山水自然的描写，就是以最透明的文字捕捉表现在自然之中的存有之律动，当然同时也是这种天人合一的宁静心态的呈露："池塘生春草，园柳变鸣禽。"（谢灵运，《登池上楼》）"野旷沙岸净，天高秋月明。"（谢灵运，《初去郡》）"白云抱幽石，绿筱媚清涟。"（谢灵运，《过始宁墅》）"日暮天无云，春风扇微和。"（陶渊明，《拟古》其七）"仲春遘时雨，始雷发东隅。"（陶渊明，《拟古》其三）"微雨从东来，好风与之俱。"

（陶渊明，《读山海经十三首》其一）这种"目击道存"，视自然为整体存有的显现，因而在自然的景象中时时处处地意识到存有的整体临在，不但改变了人类对于自然的体认，同时也改变了人们对于一己存在样态的认知［"天际识归舟，云中辨江树。"（谢朓，《之宣城郡出新林浦向板桥》）"夕殿下珠帘，流萤飞复息。"（谢朓，《玉阶怨》）］，因而充分意识到人类生活与自然存在的交相融渗，互补共振，终于形成了中国诗歌的"神韵"的理论。

虽然"神韵"的理论要到晚唐的司空图才发展完成，但盛唐的诗人已经充分地理解以"水流心不竞，云在意俱迟"（杜甫，《江亭》）的宁静来捕捉"行到水穷处，坐看云起时"（王维，《终南别业》）的妙悟时刻，因而处处发现"明月松间照，清泉石上流。竹喧归浣女，莲动下渔舟"（王维，《山居秋暝》）满涵着存有之韵律的景象。在"松月生夜凉，风泉满清听"（孟浩然，《宿业师山房待丁大不至》）、"荷风送香气，竹露滴清响"（孟浩然，《夏日南亭怀辛大》）中，我们更进入了所有的感官皆已开启的色、香、听、触皆全的世界。同时我们也意识到人与自然的终极和谐："春潮带雨晚来急，野渡无人舟自横。"（韦应物，《滁州西涧》）"山空松子落，幽人应未眠。"（韦应物，《秋夜寄丘二十二员外》）但是唐诗中最令人难忘的是对于自然的辽远开阔的掌握："大漠孤烟直，长河落日圆。"（王维，《使至塞上》）"日落江湖白，潮来天地青。"（王维，《送邢桂州》）"野旷天低树，江清月近人。"（孟浩然，《宿建德江》）"气蒸云梦泽，波撼岳阳城。"（孟浩然，《望洞庭湖赠张丞相》）"山随平野尽，江入大荒流。"（李白，《渡荆门送别》）"孤帆远影碧空尽，唯见长江天际流。"（李白，《黄鹤楼送孟浩然之广陵》）"星垂平野阔，月涌大江流。"（杜甫，《旅夜书怀》）"无边落木萧萧下，不尽长江滚滚来。"（杜甫，《登高》）以上所举固然皆是盛唐诗人的诗句，但即使到了中晚唐［"秋风生渭水，落叶满长安。"（贾岛，《忆江上吴处士》）"长空澹澹孤鸟没""五陵无树起秋风"。（杜牧，《登乐游原》）"雁声远过潇湘去，十二楼中月自明。"（温庭筠，《瑶瑟怨》）]，虽然已带衰飒气象，但毕竟还是开阔的天地。

到了宋诗，自然的美不再以主体不介入的方式独立呈现，而通过诠释一个特殊的主体而显现。并且这种诠释或者是像"缺月昏昏漏未央，一灯明灭照秋床""鸣蝉更乱行人耳，正抱疏桐叶半黄"，因为出于"病身最觉风露早"，所以"起看天地色凄凉"（王安石，《葛溪驿》），以一种旅途中带病早起的异常知觉来观看；或者是像"水光潋滟晴方好，山色空蒙雨亦奇"（苏轼，《饮湖上初晴后雨》），在景象中加上了人的判断，使得自然的美感成为人的观念的一部分，甚至消失在人的观念理解的自由联想当中["欲把西湖比西子，淡妆浓抹总相宜。"（苏轼，《饮湖上初晴后雨》）]，以人类的意识来诠释自然["打荷看急雨，吞月任行云。夜半蚊雷起，西风为解纷。"（黄庭坚，《和凉轩》）]，甚至以人类的情状来摹写自然，如"凌波仙子生尘袜，水上轻盈步微月"（黄庭坚，《王充道送水仙花五十枝欣然会心为之作咏》），写的是水仙花；"也知造物有深意，故遣佳人在空谷""朱唇得酒晕生脸，翠袖卷纱红映肉"（苏轼，《寓居定惠院之东杂花满山有海棠一株土人不知贵也》），写的是海棠花。这些都是宋诗常见的手法。同时宋诗往往更有意在自然中寻求怪诞滑稽的美感："忿腹若封豕，怒目犹吴蛙。庖煎苟失所，入喉为镆铘。"吟咏的正是河豚鱼的"其状已可怪，其毒亦莫加"（梅尧臣，《范饶州坐中客语食河豚鱼》）；而"杨柳岸，晓风残月"（柳永，《雨霖铃》）或"月上柳梢头"（欧阳修，《生查子》）的优美景象，亦可被诠释成"暗潮生渚吊寒蚓，落月挂柳看悬蛛"（苏轼，《舟中夜起》）。此外，题画诗与写景诗的难分难辨["竹外桃花三两枝，春江水暖鸭先知。蒌蒿满地芦芽短，正是河豚欲上时。"（苏轼，《惠崇春江晚景》）]"野水参差落涨痕，疏林欹倒出霜根。扁舟一棹归何处，家在江南黄叶村。"（苏轼，《书李世南所画秋景二首》其一）]，也明显反映出宋代诗人诠释自然的造作上的自由。

由汉代的以自然为引生情意的象征，而至魏晋宴游诗自然成为对仗锻字的文字美的材料，而至晋、宋山水诗、田园诗的发现自然即是一种充满真意的美的形式，而至唐代在自然之中寻求一种开阔雄浑、深具宇宙韵律的美，而至宋代的对于自然的自由诠释，开发自然的疏离、怪诞、想象等的美感，中国的诗歌其实对自然之美有一种持续的专注，并且也有过各式各样的表现。

十二、诗的发展：人物

类似的发展也见于对人物之美的认知与表现。在汉代的诗歌中，女性的优美首先以"北方有佳人，绝世而独立。一顾倾人城，再顾倾人国"（李延年，《李延年歌》）的一种破坏性的吸引力出现。这种破坏性一方面是对于日常工作的干扰["耕者忘其犁，锄者忘其锄，来归相怨怒，但坐观罗敷。"（汉乐府，《陌上桑》）]，另一方面则是像"盈盈楼上女，皎皎当窗牖。娥娥红粉妆，纤纤出素手"所隐含的"空床难独守"（《古诗十九首·青青河畔草》）或"使君谢罗敷，宁可共载不"（汉乐府，《陌上桑》）的沉迷而逾越伦理的危机。这种对伦理的关切，使得礼仪的恰当表现与遵守，例如《陇西行》中"好妇出迎客，颜色正敷愉"到"送客亦不远，足不过门枢"的种种待客的过程，成为诗人所赞叹的女性美。另外，自然是工作与技艺的能力["大妇织绮罗，中妇织流黄。小妇无所为，挟瑟上高堂。"（汉乐府，《相逢行》）"新人工织缣，故人工织素。织缣日一匹，织素五丈余。将缣来比素，新人不如故。"（汉乐府，《上山采蘼芜》）]也成为衡量判断的标准。礼仪与织作既是女性的美德，女性美的表现也就自然而然地出以服饰与装扮的形容了："头上倭堕髻，耳中明月珠。缃绮为下裙，紫绮为上襦。"（汉乐府，《陌上桑》）"长裾连理带，广袖合欢襦。头上蓝田玉，耳后大秦珠。两鬟何窈窕，一世良所无。一鬟五百万，两鬟千万余。"（辛延年，《羽林郎》）男人则以其官职（二千石、侍郎、孝廉郎、专城居），加上［"黄金络马头""青丝系马尾""腰中鹿卢剑"（汉乐府，《陌上桑》）］等装饰，出入公府、贵家来强调。这种以技艺和服饰来形容女性的美好，到《孔雀东南飞》依然如此："十三能织素，十四学裁衣，十五弹箜篌，十六诵诗书。""足下蹑丝履，头上玳瑁光。腰若流纨素，耳著明月珰。"虽然明显地加入了类似"纤纤出素手"的肢体与姿态（"指如削葱根，口如含朱丹。纤纤作细步，精妙世无双。"），但是"知礼仪""守节情不移"仍是主要的考虑。经济与伦理乃是这一时期的基本关怀与价值。

但在魏晋之际，女性美突然具有了新的意义。曹植《杂诗》其四的"南国有佳人，容华若桃李""时俗薄朱颜，谁为发皓齿"，女性美成为未被发现与重视的资质才性之美好的象征；《七哀诗》中的《愁思妇》则以其眷眷忠爱的情怀来感动读者。阮籍《咏怀》其十九中亦以"修容耀姿美，顺风振微芳。登高眺所思，举袂当朝阳。寄颜云霄间，挥袖凌虚翔。飘飘恍惚中，流眄顾我傍"的佳人凌虚邀翔的精神意态，来象征一己梦寐追寻的至高理想。佳人，遂成为诗人自我认同的精神象征。

南北朝之际，北朝的民歌强调男女的勇猛刚健："男儿欲作健，结伴不须多。鹞子经天飞，群雀两向波。"（汉乐府，《企喻歌》其一）"健儿须快马，快马须健儿。跸跋黄尘下，然后别雄雌。"（《折杨柳歌辞》其五）"李波小妹字雍容，褰裙逐马如卷蓬。左射右射必叠双。妇女尚如此，男子安可逢。"[1] 它的高潮是《木兰诗》《木兰歌》二首，强调的是"安能辨我是雄雌"（《木兰诗》）与"亲戚持酒贺父母，始知生女与男同"（韦元甫，《木兰歌》），一种除却了"娇子容"，仍然与男性并驾齐驱的意识。

---

1 见《魏书·李安世传》。

南朝的民歌则侧重于恋爱或怀春少女的热情与娇态："宿昔不梳头，丝发披两肩。婉伸郎膝上，何处不可怜。"(《子夜歌四十二首》其三)"恃爱如欲进，含羞未肯前。朱口发艳歌，玉指弄娇弦。"(萧衍，《子夜歌二首》其一)这些民歌正如孙绰的《碧玉歌》("碧玉破瓜时，相为情颠倒。感郎不羞郎，回身就郎抱。")表现的沉溺在两性欢爱中，"感郎不羞郎"的为情颠倒的女性娇态，礼教、技艺、理想、雄健皆在所不计、在所不顾。她们是纯粹的恋爱中的女性，爱神的女儿。即使提到了服饰(在汉魏那正是深具伦理性质的礼仪的表现)，也是充满了两性欢爱与诱惑的暗示："绿揽连题锦，双裙今复开。已许腰中带，谁共解罗衣。""揽裙未结带，约眉出前窗。罗裳易飘飏，小开骂春风。"(《子夜歌四十二首》其二十四)因此整体而言，它们所反映的正是青春生命的热情与魅力。

萧梁的宫体诗，虽然刻画的仍是青春女性的妩媚，但基本上却是近乎工笔的仕女图，只作外表形态的表象描写。一方面描绘她们精致引人的装扮："约黄能效月，裁金巧作星。粉光胜玉靓，衫薄拟蝉轻。"另一方面模拟她们娇媚诱惑的姿态："密态随流脸，娇歌逐软声。朱颜半已醉，微笑隐香屏。"(萧纲，《美女篇》)"梦笑开娇靥，眠鬟压落花。簟文生玉腕，香汗浸红纱。"(萧纲，《咏内人昼眠》)在这一类诗中，女性纯粹的形貌姿态的美，以近乎处理静物或山水一般的手法，在精致锻炼的对句中，作绘画性的显现。它们不但是客观的描述，并且呈现的女性美，去掉了富贵华丽的背景与装饰，其实也是普遍的。

唐代继承了北朝民歌对武勇的夸赞["一身能擘两雕弧，虏骑千重只似无。偏坐金鞍调白羽，纷纷射杀五单于。"(王维，《少年行》其三)]，却添加了对风流意气的姿态的颂扬["相逢意气为君饮，系马高楼垂柳边。"(王维，《少年行》其一)"千场纵博家仍富，几度报仇身不死。"(高适，《邯郸少年行》)"男儿本自重横行，天子非常赐颜色。"（高适，《燕歌行》）"少年负壮气，奋烈自有时。"（李白，《少年行二首》其一）"落花踏尽游何处，笑入胡姬酒肆中。"（李白，《少年行二首》其二）］。也许李颀笔下的陈章甫，正是唐诗所欣赏的典型人物："陈侯立身何坦荡，虬须虎眉仍大颡。腹中贮书一万卷，不肯低头在草莽。东门酤酒饮我曹，心轻万事如鸿毛。醉卧不知白日暮，有时空望孤云高。"（李颀，《送陈章甫》）"狂歌痛饮""飞扬跋扈"，或许正是唐诗中深具"传奇性"的血性男儿的理想，杜甫写出《饮中八仙歌》实在不是偶然。

唐代也继承了南朝宫体诗对于女性的柔美的描绘，却逐步由外表的形貌，利用景物的象征，进入了内心情感的幽微世界，因而发展出以女性怨情为主的宫怨诗与闺怨诗："玉阶生白露，夜久侵罗袜。却下水晶帘，玲珑望秋月。"（李白，《玉阶怨》）"禁门宫树月痕过，媚眼惟看宿鹭窠。斜拔玉钗灯影畔，剔开红焰救飞蛾。"（张祜，《赠内人》）"新妆可怜色，落日卷罗帷。炉气清珍簟，墙阴上玉墀。春虫飞网户，暮雀隐花枝。向晚多愁思，闲窗桃李时。"（王维，《晚春闺思》）"闺中少妇不知愁，春日凝妆上翠楼。忽见陌头杨柳色，悔教夫婿觅封侯。"（王昌龄，《闺怨》）在这些诗里，女性的美是通过自然景物的优美来象征与暗示的："云想衣裳花想容，春风拂槛露华浓。"（李白，《清平调》）更动人心魄的是一些幽微动作所透露出来的柔美细腻的情感世界，像"态浓意远淑且真，肌理细腻骨肉匀"（杜甫，《丽人行》）、"香雾云鬟湿，清辉玉臂寒"（杜甫，《月夜》），或"回眸一笑百媚生，六宫粉黛无颜色。春寒赐浴华清池，温泉水滑洗凝脂。侍儿扶起娇无力，始是新承恩泽时"（白居易，《长恨歌》）之类更具感官性的描写也往往出现。但是诗人表现的焦点，似乎都在"玉容寂寞泪阑干，梨花一枝春带雨。含情凝睇谢君王，一别音容两渺茫"（白居易，《长恨歌》），或"去来江口守空船，绕船月明江水寒。夜深忽梦少年事，梦啼妆泪红阑干"（白居易，《琵琶行》）的幽怨上。

即使是杜甫的《佳人》，由其一开始的"绝代有佳人，幽居在空谷"看，似乎很接近曹植、阮籍的精神理想性的"佳人"，但是出现了"关中昔丧乱，兄弟遭杀戮"的写实性背景，以及"侍婢卖珠回，牵萝补茅屋"的经济状况的描写，剩下的就是典型的闺怨诗的表现了："摘花不插发，采柏动盈掬。天寒翠袖薄，日暮倚修竹。"

宋代因为继承了杜甫与元和诗人的叙事倾向（这类叙事本就意不在表现人物的美好），无形中扩大了对于人物之美的欣赏范围。因此就像王安石见"杜甫画像"，想到的就是"吾观少陵诗，为与元气侔。力能排天斡九地"，想到他诗歌的成就，以及在"惜哉命之穷，颠倒不见收。青衫老更斥，饿走半九州。瘦妻僵前子仆后，攘攘盗贼森戈矛。吟哦当此时，不废朝廷忧。常愿天子圣，大臣各伊周。宁令吾庐独破受冻死，不忍四海赤子寒飕飕"的困顿中不改其忧国忧民的伟大人格，"所以见公像，再拜涕泗流"这种对于安贫乐道以及专意于文艺之精神的赞叹[1]，也见于黄庭坚形容陈师道："陈侯大雅姿，四壁不治第。碌碌盆盎中，见此古罍洗。薄饭不能羹，墙阴老春荠。惟有文字性，万古抱根柢。"（黄庭坚，《次韵秦觏过陈无己书院观鄙句之作》）而苏东坡形容自己的弟弟，相同的赏爱则出以嘲谑["宛丘先生长如丘，宛丘学舍小如舟。常时低头诵经史，忽然欠伸屋打头。斜风吹帷雨注面，先生不愧旁人羞。任从饱死笑方朔，肯为雨立求秦优。眼前勃谿何足道，处置六凿须天游。读书万卷不读律，致君尧舜知无术……"（苏轼，《戏子由》）]，因而别具幽默滑稽之美。这种幽默滑稽的形象，也一再见于苏轼的自嘲与嘲人："先生食饱无一事，散步逍遥自扪腹。不问人家与僧舍，拄杖敲门看修竹。"（苏轼，《寓居定惠院之东杂花满山有海棠一株土人不知贵也》）"心衰面改瘦峥嵘，相见惟应识旧声。""畏人默坐成痴钝，问旧惊呼半死生。"（苏轼，《侄安节远来夜坐三首》其二）"东坡先生无一钱，十年家火烧

---

[1] 以上诗句俱见王安石《杜甫画像》。

凡铅。黄金可成河可塞，只有霜鬓无由玄。龙丘居士亦可怜，谈空说有夜不眠。忽闻河东狮子吼，拄杖落手心茫然。谁似濮阳公子贤，饮酒食肉自得仙。平生寓物不留物，在家学得忘家禅。"（苏轼，《寄吴德仁兼简陈季常》）不论是对于诗艺的赞赏，还是对于道德人格的崇仰，甚或是对安贫乐道的正面肯定或滑稽侧面描写，其实所强调的皆是精神远超出外在环境、外表形迹的自由高卓。因此宋诗中对人的赏爱，往往多出以对于其人精神——往往以诗文为代表——的幻想性的描写："信哉天下奇，落落不可拘。""作诗几百篇，锦组联琼琚。时时出险语，意外研精粗，穷奇变云烟，搜怪蟠蛟鱼。"（欧阳修，《哭曼卿》）"我诗如曹邻，浅陋不成邦。公如大国楚，吞五湖三江。赤壁风月笛，玉堂云雾窗。句法提一律，坚城受我降。枯松倒涧壑，波涛所舂撞。万牛挽不前，公乃独立扛。"（黄庭坚，《子瞻诗句妙一世乃云效庭坚体盖退之戏效孟郊》）"竟陵主簿极多闻，万事不理专讨论。涧松无心古须鬣，天球不琢中粹温。落笔尘沙百马奔，剧谈风霆九河翻。"（黄庭坚，《送谢公定作竟陵主薄》）即使是对于雄才伟略的描写亦是如此："乃翁知国如知兵，塞垣草木识威名。敌人开户玩处女，掩耳不及惊雷霆。""阿兄两持庆州节，十年麒麟地上行。潭潭大度如卧虎，边人耕桑长儿女。"（黄庭坚，《送范德孺知庆州》）王安石《明妃曲》强调"意态由来画不成"，宋诗所想表现的正是这些写生的画工所画不成的人物的精神意态之美。

十三、史书、志怪与传奇

魏晋以降迄于两宋，除了正史之外，叙事文体的写作似乎为诗文的光彩所掩。但是自《汉书》之后的史书，却留给了我们各式各样的人物，诸如帝皇的侍从之臣司马相如、东方朔；远赴异国绝域的英雄张骞、班超、苏武甚至悲剧性的李陵；气节之士范滂；割据英雄曹操、刘备；风流名士羊祜、阮籍、谢安；等等。这些历史形象自然都是"传奇"人物，显露的仍是光彩炫目的"传奇"性的美。

正史之外，六朝有"文""笔"之分，以"笔"的方式记载名士的隽语逸事的有《世说新语》与志怪小说。《世说新语》表现的重点正是人物的性情、见识等精神意态的显现，虽然只是通过人物一生事迹中一些微末的富含意义、深具暗示性质的细节。这种细节的专意记述与写作，无疑促进了作者对于对话之表现能力的觉识与掌握，也强化了其对于人物精神性情的兴趣与探讨，对于唐人传奇的作者或读者，自然也做了某种意义上的铺路工作。

魏晋南北朝的志怪小说，似乎在弥补自《古诗十九首》和《鵩鸟赋》以降，在抒情的诗文传统中所全然接受的，死亡意即现世生活的全无补偿、全无救赎的结束的看法。或者肯定一个远非帝王权力所能企及的神仙世界，如《汉武内传》等；或者反复思索、揣测一种人类死亡之后仍然以另一种形式存在之鬼魂的有无，以及他们存在的形态，如《搜神记》中阮瞻与鬼论辩鬼之有无，以及《列异传》中宋定伯卖鬼等；当然幽明交通或者遭遇神异更是随处可见，所在多有。而《列异传》的谈生与王女，《搜神后记》中的张子长与前任太守女的人鬼相恋，以至死而复生的功败垂成，则显然更具早期神话中"再生"的信仰与渴望。此外刘晨、阮肇入天台，以及《汉武故事》《飞燕外传》等帝王后妃的恋爱故事，也标示了中国小说发展的另一个可能性：描述男女情爱之自由追求的渴望与实现的历程；尤其是爱情与其他情感或各种现实之压力的种种冲突与曲折的历程。到了唐代以后，叙事诗《长恨歌》，传奇《长恨歌传》《莺莺传》，历经元杂剧《梧桐雨》《西厢记》，明清传奇《牡丹亭》《长生殿》，以至清代长篇小说《红楼梦》《儿女英雄传》等重要的名著中，爱情始终是中国叙事文学的一个重要主题。

由六朝丛残小语的志怪，到唐代刻意铺叙的传奇，自然是一绝大的进步。唐人传奇不但把注意力由鬼神怪异拉回到了现实人生，而且还有意在现实人生的框架上拟想出了一种超凡入奇的精神意态。因此，基本上是采用史传的形式，而且有意做种种写实性的细节描写，努力借现实生活中日常细节的仿真，给读者制造出一种仿佛是日常生活的遭遇或状况的幻觉，然后与众不同、超凡入奇甚至入幻的人物出现了，许多精彩淋漓、可歌可泣的事情发生了。这种糅合写实与梦幻的写作手法，使唐人传奇与社会现实保持着一种不即不离的关系。我们一方面可以看到藩镇割据、士妓交往、婚姻高门、佛道盛行、胡汉杂处等社会现实，另一方面所面对的也是龙宫、蚁国、神仙、狐怪、转世、飞行等幻境，而且是以写实的笔法所刻意经营的真假莫辨、如真似梦的幻境。在这种小说中人们并不需要牺牲他们的现实感以换取一个梦幻的世界，反而是驰情入幻地以梦幻的世界来延伸人们的现实经验，使人们不再受到日常生活现实的局限，而让内心之中的奇情壮思能够有宣泄的机会。因此唐人传奇表现的总是一种出位之思，赞赏的总是各色出格的人，无形中带给读者的就是一个容许恣纵狂放之自由的心灵世界。而小说中略无拘束、痛快淋漓的英雄豪杰，或文采风流、出类拔萃的才子佳人，乃至多情有义的虫兽异类，能爱敢恨的神仙鬼魂，都表现出一种强旺至极、精力弥漫的生命精彩，真的令人感觉生身为人的尊贵与存活在世的喜悦。唐人传奇与六朝志怪，同具一种驰情入幻之美，但是一则绚烂欢畅，一则阴郁怵惕，实是大相径庭。

十四、古文

由汉赋所发展下来的重"文"轻"笔"的美感趋势，到中唐终于有了明显的改变。文辞形式的整齐对称、庄严华丽，不再是大家唯一所追求的"美"的典范了。为了文辞的规律与凝练，也有意地把当下的个人经验整合到历史的整体主流中，六朝以降的"文"，不但在形式上是骈俪的，而且主要依赖为士人所共享、已成集体经验之传说或历史事迹的比附，也就是应用典故来叙写诠释现实人生。影响所及，就是人类生活的诠释，完全局限于旧有已知的过去经验。这在一个静态而缺乏根本变动的传统社会里或许已经足够了，但是时代变迁的新发展，却使这种诠释表现的方式显得捉襟见肘、破绽百出。安史之乱后，政治上的权力中心显然也面临式微，历史的动力不再集中在中央的现实。从流离的杜甫开始，许多有心的文士，终于意识到历史的整体性不仅可以通过权力中心来代表，也可以通过广大的民众、民生的疾苦或安乐来反映。因此，中唐开始了以关心民众的疾苦来寻求个人与历史整体结合的自觉，于是描写、叙述广大中下层民众的生活经验——这些经验往往并非是传统的历史典故所能概括的——就成为新的美学典范。因此，六朝的重"文"轻"笔"的趋向不但被否定，而且在有意抹杀"文""笔"之分的同时，或者趋向"文""笔"杂糅，或者干脆以"笔"为"文"，但基本上是一个新的重"笔"轻"文"的倾向。这种"文""笔"杂糅的现象，出现于传奇小说的叙写方式中，也显露在叙事诗的重新抬头。《长恨歌》与《长恨歌传》的一起出现，元稹写的《莺莺传》，白行简写的《李娃传》都不是偶然的。以"笔"为"文"的倾向，则主要见于韩愈、柳宗元开始的古文运动。这种重"笔"轻"文"的趋势，正是以叙述日常经验、摹写人情世态，以叙事模拟的表现性来取代文辞的整丽、历史的比附与自然景物的象征等所构成的美感。假如六朝所谓"文"的骈俪文字，可以视为一种庄严的"崇高"文体的话，中唐的"文""笔"杂糅或以"笔"为"文"的倾向所产生的就可以算是一种"中间"文体。因为"文"的理念仍然被保持，虽然偏向了"笔"的表现，但"传奇"叙写新经验的典范，毕竟仍是《史记》《汉书》所表现的"倜傥非常之人"，虽然不再具有历史的真实性。同样地，"古文"叙写新经验的典范，仍是《孟子》《庄子》的"寓言说理"，只是这两种中唐新兴的文类在经验的细节与历程、活动的场景与人物的情态等描写上都更加刻意、更加细腻了。

叙事诗或较具叙事倾向的诗歌，也仍然大量采用以自然景物象征情绪与情境的兴象手法，使用的仍是闺怨诗、宫怨诗中常见的辽阔优美的自然景象。

但是上述的各种倾向并没有在晚唐延续下去，晚唐在各方面都像是一个六朝之"文"，或者说崇高文体的回光返照的时代。历史怀古的观照以及艳情怨情的逃避，取代了中唐对于现实的直接叙述。宋代以后，只有"古文"得到恢复与发扬。但是以"笔"代"文"对亭、台、楼、阁与周围的山水景象的"写物"，却取代了对当代人情事态的"叙事"。而使用日常经验的常情常理作为依据的论说文章，自柳宗元的《封建论》之后更发达了；在"叙事"的兴趣减退之后，取而代之的就是利用前人叙事的"史论"大行其道。但是关于作者本人或与作者有关人士的叙事的兴趣与习惯则得到保留，一直经由归有光而至桐城派，古文的作者中心的自传性与抒情性也加强了。正如杜甫被称为"诗史"，主观经验的抒情文体与客观事件的叙事文体，在此融合为一，同时作者也勇于通过一己的个体性来反映历史的整体性，于是作者不再是撰述历史或是专替他人作传的隐形人，他自己就是经由种种文类与文体所撰作的历史传记的中心人物。宋代以后一本本诗文集开始编纂印行，最终呈现的都是自传性的美！

十五、词

假如"文"与"笔"之分，原也是"整齐华丽"与"接近口语"的文体之分，那么中唐文士如白居易、刘禹锡接受民间的"词"体而开始较大数量的填词，显然也是他们的以"笔"代"文"或"文""笔"杂糅之倾向的另一种尝试。"词"体经由这些文士的点染转化也因此而深具"中间"文体的性格。中唐的许多尝试在晚唐没有得到发展，但"词"却单独地得到青睐，显然正因"词"的《花间》《尊前》应用的性质，正与晚唐盛行的艳体怨情的诗风有所应合，因而"词"始于对女性姿态的描写["小山重叠金明灭,鬓云欲度香腮雪。懒起画蛾眉,弄妆梳洗迟。"(温庭筠,《菩萨蛮》)]以及女性幽怨情怀的抒发["香雾薄,透帘幕,惆怅谢家池阁。红烛背,绣帘垂,梦长君不知。"(温庭筠,《更漏子》)],接着转为流连风月的士人之情怀的抒发["垆边人似月,皓腕凝霜雪。未老莫还乡,还乡须断肠。"(韦庄,《菩萨蛮》)],而终于发展为词人的婉约情怀的抒写["河畔青芜堤上柳。为问新愁,何事年年有?独立小桥风满袖,平林新月人归后。"(冯延巳,《鹊踏枝》)],甚至激烈痛苦的人生感慨["雕栏玉砌应犹在,只是朱颜改。问君能有几多愁?恰似一江春水向东流。"(李煜,《虞美人》)]。接着发展的就是整体的历史意识["大江东去,浪淘尽,千古风流人物。"(苏轼,《念奴娇·赤壁怀古》)]以及个人对于历史整体关切下的特殊认同["千古江山,英雄无觅,孙仲谋处。"(辛弃疾,《永遇乐·京口北固亭怀古》)]。到了这一阶段,"词"已经胜任了传统上"诗"之适宜表现的各种题材了,由于是长短句,加上词调先天的柔婉性格,终是显得妩媚胜于雄伟,儿女情多,风云气少。慷慨豪放如辛弃疾,于"求田问舍,怕应羞见,刘郎才气"的豪情之余,接着竟是"倩何人唤取,红巾翠袖,揾英雄泪"(《水龙吟·登建康赏心亭》);高旷深远如苏轼,对"羽扇纶巾,谈笑间,樯橹灰飞烟灭"所作的"故国神游"亦前不忘"小乔初嫁了",后则念"多情应笑我"(《念奴娇·赤壁怀古》)。儿女情怀始终是"词"的基本性格,也限制它,使词即使有了历史意识、现实关怀,也只能作象征抒情或咏物影射方式的表现,而无法作叙事性的表现。同时它所描写的自然景物虽然不具宇宙的真意或开阔雄浑的气象,但无疑掌握了园林闺阁之中最为细腻、最为幽微的季节与时刻的变化:"小径红稀,芳郊绿遍,高台树色阴阴见。春风不解禁杨花,蒙蒙乱扑行人面。翠叶藏莺,朱帘隔燕,炉香静逐游丝转。一场愁梦酒醒时,斜阳却照深深院。"(晏殊,《踏莎行》)并且通过这种"银屏昨夜微寒"(晏殊,

《清平乐》)或"云破月来花弄影"(张先,《天仙子》)的幽微变化的知觉,反映一种娴静幽眇的情怀,一种若有若无、似愁似梦的生命的省觉:"自在飞花轻似梦,无边丝雨细如愁。宝帘闲挂小银钩。"(秦观,《浣溪沙》)"词"所表现的正是最为温柔、最为细腻的婉约之美,不论就其景物描写,就其反映心绪,就其语词句调,皆是如此。

十六、曲

"曲"由于可以加衬字,在"接近口语"上又比"词"向前迈进了一步,并且可以联结数支同一宫调的曲牌成一套曲,因此在长度上就有了近乎古诗的自由,使它同时具有抒情与叙事的能力;也因此,它遂同时往"散曲"与"剧曲"两个方向发展。

"曲"也由于它产生的年代正是蒙古人铁骑纵横,汉人为异族统治而儒士地位低落至于屈居娼妓之下的元代,因此不但在语言上几近俚俗,在散曲的内容上也显露为造作的颓废与有意的粗俗,因而成为典型的"卑下"文体。这种"卑下"文体的产生,正是因为儒士已沦落于市井之中,而刻意地去模仿市井小民的自然情态:"碧纱窗外静无人,跪在床前忙要亲。骂了个负心回转身。虽是我话儿嗔,一半儿推辞一半儿肯。"(关汉卿,《仙吕·一半儿·题情》)由于在商业兴盛的市井之中,本能欲望的追逐,酒色财气的沉溺,似乎就是生活唯一可以掌握的目标,因此儒士们有意地舍弃自己的精神领域,完全认同于这些市井习见的本能欲望,并且甚至似乎要在这种认同中重新为自己建立起一套新价值来:"长醉后方何碍,不醒时有甚思。糟腌两个功名字,醅渰千古兴亡事,曲埋万丈虹霓志。"(白朴,《仙吕·寄生草·饮》)反映的正是对于历史整体发展的绝望,如"盖世功名总是空,方信花开易谢,始知人生多别。忆故国,漫叹嗟!"(白朴,《双调·乔木查·对景·套数》)"伤心秦汉经行处,宫阙万间都做了土。兴,百姓苦;亡,百姓苦。"(张养浩,《山坡羊·潼关怀古》)

在这种绝望中，或者反激为刻意的玩世不恭，如关汉卿《南吕·一枝花·不伏老》以"我是个普天下郎君领袖，盖世界浪子班头"自许，形容自己是个"蒸不烂、煮不熟、捶不匾、炒不爆、响珰珰一粒铜豌豆，恁子弟每谁教你钻入他锄不断、斫不下、解不开、顿不脱、慢腾腾千层锦套头"，强调自己对于纵情声色的无尽沉溺（"你便落了我牙、歪了我嘴、瘸了我腿、折了我手，天赐与我这几般儿歹症候，尚兀自不肯休。则除是阎王亲自唤，神鬼自来勾，三魂归地府，七魄丧冥幽。天哪，那其间才不向烟花路儿上走！"），表现的正是一种颓唐下的嬉笑怒骂、悲哀里的放纵恣肆；或者采取一种恬退的生活姿态："半世逢场作戏，险些儿误了终焉计。白发劝东篱，西村最好幽栖，老正宜。""青门幸有栽瓜地，谁羡封侯百里？桔槔一水韭苗肥，快活煞学圃樊迟。梨花树底三杯酒，杨柳阴中一片席，倒大来无拘系。先生家淡粥，措大家黄齑。"（马致远，《般涉调·哨遍》）这种充分意识到"先生"和"措大"同列，正是使得"红尘不向门前惹，绿树偏宜屋角遮，青山正补墙头缺"的旷达，或"和露摘黄花，带霜烹紫蟹，煮酒烧红叶"的喜乐，都被"上床与鞋履相别"（马致远，《夜行船·秋思》）的悲哀所抵消的缘由。因此夸张的滑稽或刻意的旷达，其实都是一种无奈心情的表达。"曲"所表现的不仅是亡国之音哀以思，而且是儒生文人进退失据沦落的狂歌当哭、强颜欢笑。所谓"颓废、鄙陋、荒唐、纤佻"的曲中四弊[1]，正是儒生文人被迫认同于市井措大的结果；但是痛快恣肆、活泼直率，又何尝不是市井措大以及"曲"之表现情态上的美呢？

假如唐诗中的雄心壮志表现在开阔辽远的山水云日，宋词中的柔情蜜意表现在楼台园林的风月花鸟，那么元曲的恣肆滑稽就表现在比拟象喻的奇诡和各式各样的昆虫了："看密匝匝蚁排兵，乱纷纷蜂酿蜜，急攘攘蝇争血。"（马致远，《夜行船·秋思》）"西村日长人

---

[1] 见郑骞《景午丛编》（台北：台湾中华书局，1972年1月初版），第173页。

事少，一个新蝉噪。恰待葵花开，又早蜂儿闹，高枕上梦随蝶去了。"（马致远，《清江引·野兴》）"眼前花怎得接连枝，眉上锁新教配钥匙，描笔儿勾销了伤春事。闷葫芦铰断线儿，锦鸳鸯别对了个雄雌。野蜂儿难寻觅，蝎虎儿干害死。蚕蛹儿毕罢了相思。"（乔吉，《水仙子·怨风情》）自然景象也可以在俚俗的语言与比喻下成了："冷无香柳絮扑将来，冻成片梨花拂不开。大灰泥漫了三千界，银棱了东大海，探梅的心噤难挨。面瓮儿里袁安舍，盐罐儿里党尉宅，粉缸儿里舞榭歌台。"（乔吉，《水仙子·咏雪》）以俚俗的"面瓮儿""盐罐儿""粉缸儿""大灰泥"以及"心噤难挨"形容文雅的"袁安舍""党尉宅""舞榭歌台""三千界""探梅"，并且通过虚字形容词把原属文雅的"柳絮""梨花""银棱""东海"俚俗化，使它们丧失原有的庄重与整练，由客观景物的表征而沦为语调口吻，并且是以诙谐玩笑的口吻，有意地化雅为俗，化庄严为儳佻，戏剧中聪明的傻子、逗趣的丑角的语言，正是这种典型的"卑下"文体之美！

十七、戏曲

中国的戏曲其实是两个传统的结合，一方面是戏剧，具有叙事文学的间架；一方面却是套曲，仍然是抒情文学的内涵。因而在评价标准上，历来总有重视案头之曲与场上之戏的争论。元杂剧由俗讲、变文以至诸宫调等讲唱文学蜕化而出，仍然保持每本或每折一人独唱的习惯，因此无形中使它的表现更具抒情性。一方面引导观众在剧场中认同单一观点人物，另一方面吸纳了所有的外在事件与动作，成为此一单一观点人物的内在经验，尤其是其情感经验的内涵。表现的重心就不在事件情节，而是单一人物，通常都是主角对于命运的省觉与感受。因此，高潮并不在行动与抉择，而在事件过后的观照、沉思、感伤与追怀。《梧桐雨》的刻意繁复漫长的第四折，正是这种设计的范例。到了明人"传奇"，每折每本一人独唱的惯例虽然被打破，甚至可以有对唱、合唱、重唱，但是在它由一本四折转变为四五十出的同时，它所增加的几十出的篇幅并不全是因为事件更复杂或情节更曲折了，相反只是增加了更多与主要情节并无必然关联的感时伤怀的抒情表现的场合。因此抒情性，并且通过抒情的表现使观众深入体验主要人物的各类情感经验，因而认同主要人物的人格与性情（不是在其行动中认识其性格）就是元明戏曲的表现特质了，也因此情节发展的因果关联是否合理、是否具有必然性并不重要。正如传记不同于西洋古典戏剧，并不能具有一种事件上的内在统一，传记的内在统一建立在人物性情与人格的内在统一上。中国的叙事传统原是建立在"史传"的典范上的，而《梧桐雨》取材于《长恨歌》多于《长恨歌传》，正提供给我们一个线索，中国戏曲不仅继承发扬了自"史传"发展下来的唐人"传奇"的传统，事实上还有叙事诗，尤其是中唐叙事诗的传统。中唐叙事诗如白居易的《长恨歌》与《琵琶行》，由于受到了宫怨诗与闺怨诗等怨情诗的影响，比起《悲愤诗》《孔雀东南飞》甚至《陌上桑》《羽林郎》等汉魏叙事诗更具抒情意味，更多地利用情景交融、借景兴情、以景寓情的手法。《梧桐雨》和《汉宫秋》的基本意念，诚如它们的题目所暗示的，正是建立在这种创作手法上，也建立在这种手法所产生的抒情性的美感上。因此，传写人物的抒情之美才是元明戏曲的表现重点。所以，创造故事始终不是这些戏曲最大的关切，它们大可承袭唐人"传奇"或其他本事，或者陈陈相因；创作曲文抒写人物的情怀而重新塑造诠释人物的性情才是这些戏曲家用心的关键。窦娥的委屈、张君瑞的癫狂、唐明皇的沉湎、汉元帝的愤怒，以至赵五娘的纯孝、蔡中郎的两难，这种种情感的表现才是这些戏剧的重点。由于中国戏剧是以抒情为重心的，因而戏曲家们也发展出一种重情的传统，因此倩女可以为"情"离魂，杜丽娘可以为"情"还魂，窦娥的"冤"情可以"感天动地"，赵五娘的"孝心"可以"感格动阴兵"，以至于汤显祖可以将这一重情的现象，发为有意的主张，以对抗道学家们重理的偏枯。人情之美，正是中国戏曲之美！

剧曲与散曲虽然发生于同时，作者也往往重叠，但是它们在美感的性格特色上却是有分歧的。散曲由于先前已有"崇高"文体的诗与"中间"文体的词，它的独特的开拓与发展就在"卑下"文体之美（自然它也有模仿诗词之美的作品）。但是戏曲一方面自然必须包含各种类型的人物，另一方面则有明显的主角与配角、曲文与宾白之分。往往表现的（正如唐人"传奇"）是虚构的"倜傥非常之人"，只重点转移到他们的"倜傥非常"之情。明人"传奇"依然使用"传奇"为名，正可以充分说明它们的美感性质其实近于唐人"传奇"，基本上正是"中间"文体之美。不论是元杂剧或明传奇，其主要人物若非帝皇、后妃、英雄、游侠、神仙、孝节之士，大抵都是才子佳人。才子佳人是典型的"中间"叙事文类的题材，而大量出现在这些戏曲中的权豪，如"无情的郑恒"或"贼"将孙飞虎，以及在许多"士与妓恋爱"作品中出现的"商人"，成为迫害主要人物的反派，同时在戏剧结束之前都受到了惩罚，这些现象都反映了沦落的士人的自卫性与自慰性的认同与补偿。由于戏曲叙事的虚构性，戏曲可以像心理剧一样维护沦落士人的自我形象，而且由于曲文与宾白的并置，因此次要人物的宾白固然恰如其分地多用"卑下"文体，但主要人物以及作品重心的曲文，却总是抒情的诗词，典型的"中间"文体的风格！

十八、话本

真正表现"卑下"文体之美的叙事文类是话本。话本由于源出娱乐市井小民的"说话"，不但语言上采用俚俗的口语，并且往往以一般市井小民为故事中的主角，同时反映这些卑微市井小民的趣味和意识。因此，社会下层人物，如行走的商人、摊贩的小经纪、制造的工匠、管事的伙计等大量地出现在话本中，成为主角。对于他们而言，财富（而非官爵）的获得与失去，才是他们命运的象征。幸福似乎也就只是财运亨通之外有一个美好的家室。因此，财富与婚姻的得失就成为惯常的主题。但即使在这两项事物的得失上，也往往反映出一种小人物幻想式的福从天降，或失之交臂，以及飞来横祸。得与失之间，几乎都是不曾努力、不经预期的无心而致。因此运气是一个重要因素，鬼神以及某种微妙的因果就是这种运气的表征与执行。因此，迷信就是这种作品的基本精神风貌。在迷信的底层，是一种对于一己命运无法预期与掌握的恐怖。一再出现的鬼（尤其以爱上主角的女性，甚至结褵的妻子的形象出现的），正与以救星或带来大笔财富的貌美多才又以身相许的形象出现的女性一样重要，她们各自成为话本世界中厄运与幸运的象征。而其中所宣扬的微妙的因果，正如《错斩崔宁》以一句戏言而招致三条人命，或《卖油郎》以一夜"帮衬"的以衣承吐，终致换来"独占花魁"、人财两得之"风流"，都反映出一种赏罚过当的不可捉摸。这种不可捉摸，正反映出这些卑微小人物的狂想，也流露出他们对于命运的恐惧——位居他们之上的权贵的一时喜怒也确实可以成为飞来横祸，而改变他们的命运甚至生死，例如"咸安王捺不下烈火性，郭排军禁不住闲磕牙"（《碾玉观音》）。因此在恐怖与希冀中，正有他们对于身遭不公、命决人手处境的隐约的抗议在内。《错斩崔宁》中对于府尹问案的批评，以至借鬼神与鸡豕为名辱骂"拗相公"都流露出这种愤怒。因此巧妙地维持公平的审判者，如《乱点鸳鸯谱》的"乔太守"，或者判令《钱秀才错占凤凰俦》的大尹，甚至脱罪还妻给蒋兴哥的知县吴杰，才成为话本小说所赞颂再三且带给主角幸运的喜神。因此话本反映的正是卑微人物对于无常命运的沉思与默祷，流露的正是人类最根本的祈福避祸之诚的一般人情之美。

十九、说部

当博学多闻的文人才士着手于"卑下"文体的白话小说的写作

时，他们一方面充分地利用了白话在叙事描写上的自由灵活，另一方面也将他们所特别具有的整体性意识带入了小说，不但产生了篇幅庞大的长篇说部，而且通过这些长篇说部反映了一种复杂而注重细节的对于历史、社会、人生的整体观照。这种整体观照改变了白话文体上的"卑下"性质，使它们产生了"中间"以上文体的魅力与表现性，使得日后以白话为工具的"文学革命"有了典范上的依据。历史，原就是人类整体性经验之所系，因此这种整体性观照自然首先出现于对于历史的重新认知，《三国演义》就是这种作品的典型。宋代"霍四究说三分"所用的语言如何已不可知，但自元代《全相三国志平话》使用的已是"文不甚深，言不甚俗"[1]的介乎文白之间的文体，这或许受前有史书之传承的影响，或许也受历史事件本身所反映的集体命运的重要性与严肃性的影响。总之，《三国演义》流传的各阶段的写本，始终在文体上没有完全"卑下"化。但是《三国演义》在因袭平话、参考正史的逐步发展中，一方面超越了话本一贯的诉诸鬼神怪异、因果报应的思想，另一方面又超越了正史割裂的纪传体例，而能以一种"话说天下大势，分久必合，合久必分"的历史观照，对汉灵帝至晋武帝之间的合而又分、分而又合的历史演变作照顾细节的整体叙述，虽然材料多有传承，但是这种叙事上的新的"整体性"确是长篇说部的贡献。出现在这段历史舞台上的历史势力包括了宦官、外戚、以宗教为名的反叛的盗贼、跋扈的将领、割据的军阀、官僚文士、崛起民间的草莽英雄、隐居待时的智谋隐士等，几乎囊括了在历史上起作用的各种典型的人物，因此这一段历史就同时具有中国传统历史之缩影的典型作用，它们被加以整体性叙述时，就更具对于中国传统历史之观照的整体性意义。而作为一部叙事的文学作品，《三国演义》并非把历史视为一些客观的历史势力的交互作用，相反，它总是提醒我们，人类个人的情义利欲的反应与挣扎在重要的历史时刻也

---

1 见庸愚子《序》，收于罗贯中《三国演义》。

在发生作用；或许这正是《三国演义》的迷人之处，也是它并不完全刻意求实的历史观照的健全与真实之处。

《水浒传》所提供的自然是一种更为偏窄化的"历史"的透视，触及的却正是"成则为王，败则为寇"的历史铁则。草莽的侠义、群聚的盗贼、割据的军阀，以至削平群雄、统一天下的帝皇，自汉高祖以后正是历史上改朝换代一贯的内在历史动力。假如《三国演义》所作的是走完全程的全景观照，《水浒传》所作的正是仅走了半程的侧景特写。但是整体性的意识仍在这部小说的发展过程中起作用，为了弥补它在整体性意义上的不足，自《大宋宣和遗事》已借九天玄女天书，经由神话性的天罡三十六将来肯定此一群体所具有的形上的整体性意义。因此虽然其在实际的历史中广涵面与影响性其实有限，但洪太尉误走妖魔，一百零八条好汉各为星宿下降等神话框架，却正是有意借此确认梁山泊为历史动力之重心的设计。经由一个神话的框架，肯定小说中的世界具有一种形上的整体性意义，因此小说中的人物与行动具有一种人类集体命运的象征含义，在中国长篇说部反复出现。《红楼梦》的金陵十二钗、《镜花缘》的百花仙子，固然都是《水浒传》后最明显的例子；而《西游记》中孙悟空的大闹天宫，师徒四人皆由天上戴罪下凡，因此在地上长途跋涉求经等神话设计，也使此一求经的行为具有了惊天动地的宇宙性的普遍意义。《儒林外史》楔子中借王冕和明太祖相遇，批评取士之法，以至天降百十星君维持文运之预言，同时将全书的高潮建立在祭祀泰伯处，甚至第五十六回《神宗帝下诏旌贤　刘尚书奉旨承祭》，虽然未必符合作者原意，但都是在确定全书所具有的整体性的典型象征意义。即使是《金瓶梅》以项羽、刘邦、虞姬、戚夫人为引，而结束在"普静师荐拔群冤"，所有主要人物的鬼魂一一出现，再去投胎转世，都是这种暗示整体性意义的设计。

当中国呈现为一个自足的天下，所谓武功，指的正是因改朝换代或稳定秩序而对军阀与盗贼的征战讨伐，它们就是《三国演义》与

《水浒传》的主题;所谓文治,唐宋以后历来也是豪绅与士人的纠葛竞争,《金瓶梅》与《儒林外史》反映的正是这批"无哗战士"——豪绅与士人——以社会与家庭为战场所做的名利与酒色财气的"衔枚勇"[1]的征逐。《西游记》描写了许多战斗,却停留在神魔的象征层面;《红楼梦》统括了豪绅家族与士人文化的纠葛,描写的却是一个诗意与权欲并存的贵戚家族的盛衰。它们所想表现的整体性观照的对象,既不是历史,也不是社会,而是人生。在以家为中心的传统文化的基础上,《西游记》表现为"出家"在外的精神归宿的追寻;《红楼梦》则专注在"家"的生活之各面的呈现:崇高与卑下、诗意、真情与权欲、罪恶杂然并存,纠葛难分。《西游记》肯定人生终究只是一个朝圣之旅,充满各种苦难,只有凭借信心与不懈的奋斗才能实现生命的意义;《红楼梦》则了悟只有建立在真情的基础上,"家"才可能是一个"真如福地",否则即使有血缘的牵连,"家"依然可以是一个罪恶的渊薮,最后则肯定生命的意义正是真我的发现与实现;《金瓶梅》在它的社会批评之外,比《红楼梦》更明显地暴露了人生若失去了精神的追寻与提升,富贵的生活如何可以在"饱暖思淫欲"下堕入一团漆黑的人间炼狱;《儒林外史》也入木三分地挞伐了科举文人追求利禄而完全丧失其所应有的精神德性生活的堕落。这些长篇说部皆各自创造了它们自身充足的整体性的世界。但是综合来看,军阀、盗贼、豪绅、文士、贵族、僧道皆是中国传统社会的基本结构因素,因此更完整地反映了中国传统社会的历史动力。而《儒林外史》质疑科举制度;《红楼梦》质疑家族组织;《三国演义》《水浒传》质疑君权;《金瓶梅》质疑绅权以及一夫多妻的婚姻制度;甚至像《镜花缘》质疑重男轻女以至缠足的压迫性习俗;《西游记》质疑传统的父权思想以及中国文化在安身立命上的有效性;以至晚清小说如《老残游记》质疑传统的集司法、行政于一身的吏治……这些小说的作

1　"无哗战士衔枚勇",见欧阳修《礼部贡院阅进士就试》。

者们，正有意地利用了白话文体"卑下"却反而较无禁忌的性质，诉诸经验与人性的法庭，对中国传统文化种种发展的流弊，向广大的读者提出吁求，它们反映出对于中国文化发展的反省的自觉。正因反省的是整体性的文化基础，也因此他们必须诉诸一种整体性的观照。因而以复杂的细节、众多的人物、纠缠的关联，创造出一个单一思维动向的纷繁变化，包含各种典型的整全世界，这正是这些长篇说部的整体性观照之美。同时这些小说中的世界，往往以惊天动地、繁华热闹的风云际会为高潮，却结束在寂天寞地、凄凉萧瑟的风流云散——"好一似食尽鸟投林，落了片白茫茫大地真干净"[1]。因此在读者聆毕这些缤纷旖旎的交响盛乐，于众弦俱寂、掩卷沉思之际，升起的往往就是个人恩怨消融的"是非成败转头空"，而人类集体的生命继续"滚滚长江东逝水"的唯一的高音。[2]这正是另一层次的整体性的了悟。

　　自然，由于白话的灵活，以及各种文体例如诗词文赋在这些长篇说部上的自由运用，使得这些作品不但适于表现各阶层各类型的整体性视野，加上足够的篇幅也使小说中的主要人物之生长变化、性格内涵的发展、精神境界之转升能够得到充分的抒发、细腻的描写。因此这些小说也提供给我们一批家喻户晓、生动灵活、深刻丰盈的人性形象。从刘关张、诸葛亮到曹操，从武松、鲁智深、宋江到李逵，从孙悟空、猪八戒到观世音，从宝玉、宝钗、黛玉到凤姐、刘姥姥等，几乎都成为我们用以辨识人物、认知世界的人性知识的依据。或许这些同时包含了高低、善恶、美丑的各类人性形象的创造之美，才是这些小说更难令人忘怀的贡献吧！因此，这些长篇说部基本上也正是包含了众生各相的一座座人像的画廊，永远标志着中国文学中对于人的关切与兴趣。

1　见《红楼梦》第五回。
2　此句引句俱见《三国演义》题词。

二十、结论

　　简略地探视过中国文学的各类文体所呈示的美，我们或许不难发现：中国文学之美是繁复的，包含了高、中、低各种文体，也纷杂着各个时代、各种意义的关怀。但是我们是否能够确认它们之中仍然具有某种一致的共通性呢？或许我们可以说：从早期的神话开始，中国文学就拥有一个内在性的宇宙。中国人并不设想一个独立且外在于人类现世生活的世界。即使是鬼神，也是内在于人类现世生活的鬼神，它们依存于人类对于生活的渴望，而非人类的生存依恃于它们独立自主的存在。因此，中国文学正如中国文化，是一种以现世生活中的人类为中心的文学。神学的付诸阙如，以及历史意识的特别发达，正呈示了这种内在性的世界观。其次，即使在历史中，在种种的叙事文学中，人物的重要性始终大于情节的因果，正同时反映了中国文学以人为实体，以种种事件为人之附带衍生的属性的特质。我们并不认为舞与舞者难分，我们永远相信舞者的存在先于舞。舞，不过是舞者内在情性的短暂透显。而人的情性才是一切事件、一切文学表现的最后实体。同时，人的情性又必须借助种种外界的刺激以及外在的表现方能透显。因此，抒情似乎正是生命至真的表现，也是文学主要的内涵。中国文学的种种文类，似乎又可以看成是种种不同的抒情方式。狭义的抒情诗文所抒的只是静观之情；叙事、说理等文类则仅是变化抉择之情与深观谛视的超升于普遍之域的忘我之情的抒发；写实与虚构也仅是情性因事实之刺激的外缘性抒发，与情性因内在律动的内质性的抒发。因而所谓抒情，也正是以内在于宇宙，内在于现世，以生命存在的意识观看世界万象，面对纷然杂陈的宇宙万有、人生百态的自然反应。正因以生命存在的眼光看世界，正因一开始即接受一个道器不分的宇宙，所以天地万物与我并生合一，因此自然成为抒情的媒介，也因充满了与生命相关的真意而成为关注的第二对象，甚或在物我两忘的时刻,与人一样成为第一对象。因此在物我并生的现世中,经由物我映照所显现的人物之美、人的情性之美、抒情之美以及自然之美,就成为中国文学之美的主要价值。而《周易·系辞下》说得好:"天地之大德曰生。"生命之美,正是中国文学之美的价值性所在。

附录一
《意志与命运——中国古典小说世界观综论》序

中国的叙事传统，要到司马迁的《史记》才达到完全成熟的境地。因此《史记》不但成为后世正史的典范，而且更为中国小说初度成熟时期的唐传奇所取法。而司马迁其实具有清晰的叙事文类之理念与题材选择的高度自觉。因此在《报任安书》中，他一方面自叙："近自托于无能之辞，网罗天下放失旧闻，略考其行事，综其终始，稽其成败兴坏之纪。"另一方面则更强调："古者富贵而名摩灭，不可胜记，唯倜傥非常之人称焉。"所谓"考其行事，综其终始，稽其成败兴坏之纪"，正是注重事件因果关联的"情节"的观念；而"唯倜傥非常之人称焉"，则正是一种人物性格的选择与偏重。并且意蕴更加深远的是他形容自己撰述"凡百三十篇"的意图是："亦欲以究天人之际，通古今之变，成一家之言。"

"通古今之变"，从今天的角度来看，似乎就是历史学家天经地义的职责，在当时却是远远超过了"记言""记事"甚至"笔则笔，削则削""以一字为褒贬"的石破天惊的重大突破。因为它初度清晰明白地掌握了"变"，"古今"的"成败兴坏"的"终始"变化才是历史，甚至是任何叙事文体所当着力的焦点——假如我们可以将"古今"当作较宽泛的任何"昔今"、过去与现在来了解。而促成此一"古今"或今昔的"成败兴坏"之变化的，正来自具体可见的"人"的"行事"，以及必须"综其终始，稽其成败兴坏之纪"才能体察的"天道"或"天命"。前者正是人物"尽人事"的意志的表现，后者则是"听天命"的命运的彰显。因此，任何"通古今之变"的叙事文体，在"略考其行事，综其终始"的叙事表层之下，终究蕴含着一种"我欲载之空言，不如见之于行事之深切著明也"的更深一层的"天人之际"的究诘与寄意。因此，"意志"与"命运"，正是历史甚至是一切叙事文类表现的重点与探究的主旨。

但是"天人之际"，若从"十有五而志于学，三十而立"，甚至"四十而不惑"的角度看，可能只是"人"的"行事"与意志使然；但若从"五十而知天命"的角度看，则终不免要如"君子有三畏"的"畏天命"，处处要见到命运的显现了。所以"天人之际"的必须究诘，正因其见仁见智，原来就有多重诠释的可能性，因而即使是"历史"的写作，明显的成败兴坏的事实结果不变，而若探讨叙述其间的因果，则在种种人物意志与靡常天命之间，往往有赖于撰述者的选择与诠释，无法完全免除其主观的认知与判定。因此任何叙事中情节的关联，终是无法避免有赖于叙事者观照世界的预定的信念，基本上正是一种创构。这种自觉，反映在司马迁的省思，他不但用了"草创"二字来形容自己的著作，更明白地宣称他所"欲"的不过是"成一家之言"而已。"学者载籍极博，犹考信于六艺"的历史写作尚且如此，其他原属虚构的叙事文类，不论叙事如何冷静"客观"，所叙的事象终究是主观信念的流露呈现，就更不待言了。

叙事文类会有或者偏于"意志"、或者偏于"命运"的诠释，其实正来自叙事文体的成熟，亦即要在"综其终始"之际，显现其间的因果关联，这固然是"情节"观念，甚至人物"忄格"之统一与变化观念的自觉，但也就在"稽其成败兴坏之纪"的需求下，形成了或者以"人事"为主、或者以"天命"为重的不同的诠释与叙述的倾向，而呈现了"成一家之言"的主观特色。但是这种"一家之言"的主观特色，不但是撰述者个人的性向才气的表现，例如一般相信"子长多爱，爱奇也""其人好奇而词省，故事核而文微"，更重要的其实是叙事之际自觉或不自觉地观照世界的基本信念，若根本相信"唯倜傥非常之人称焉"，则出现在《史记》中的焉能不是一个"传奇"的世界？而这种信念终究不会止于个人的性向与气质的表现，它势必同时也是一种社会文化的共同价值，是一种叙事表现的美感规范，甚至因而形成了叙事文类的结构特性。

这种情形，诚如西班牙哲学家何塞·奥尔特加·伊·加塞特（José Ortega y Gasset）在《堂吉诃德沉思录》（Meditationson Quixote）一书中所指出的：希腊史诗（epic）与近代小说（novel）在叙事文类上的差异，其实来自一则出以神话象征、一则出以现实日用的世界观照的分歧，但是这种观照上的歧义，并不来自荷马与福楼拜个人，而是来自他们所生存的社会文化的差别。西方文学传统中，叙事文类由史诗而逐步转趋近代小说的发展，我们或许可以视为是由宗教社会逐步往俗世社会发展，因而在世界观照上逐渐"解神话"（demythologization）的过程与征象。但是这里所牵涉的终究是西方文化社会的内部嬗递与发展的现象，并不是必须放诸四海而皆准。

中国的叙事传统经历的自然是一个迥异的历程，但是其间次文类的嬗递，而每一次文类也自有其特殊的美感规范与世界观照，这是如出一辙的。我们的叙事传统早在孔子作《春秋》之际，就已是重视俗世意义和道德取向的。所谓："王者之迹熄而《诗》亡，《诗》亡然后《春秋》作。"[1]神话早在诗的兴起之前就衰退而消逸了。因此，

---

[1] 见《孟子·离娄下》。

超越性的观照，并不以系统的神话世界出现，而只以"君子畏天命"或"五十知天命"的抽象形态出现，而终以司马迁的"究天人之际"而达到叙事传统之自我省思的高峰。影响所及，遂以"非常之人"的意志以及难以究诘但确感存在的"天命"或命运，成为成熟发展的叙事文类的基本关怀与起始信念，因此形成了唐传奇与宋明话本截然不同的风貌。虽然一般学者最早注意到"传奇"与"话本"的差异是语言与社会阶层的区别，但是若从叙事传统的发展演变来看，则更应是世界观照的区别。

这种形成叙事文类之特质的世界观照之差别的探讨，必须一方面是共时性的，掌握某一叙事文类内在结构系统的统一共性与变化的类型，另一方面则自然是一种历时性的认知。由此我们可以看到次文类如何在文类传统中嬗递与代换，正因彼此各具不同的特质，所以在交相对照中，我们格外能认识其间演化发展的意义。

乐蘅军先生的这本《意志与命运——中国古典小说世界观综论》，在中国叙事文学传统的探讨上，最基本的贡献就是同时掌握了共时性的系统完整性与历时性的对照演化，通过"究天人之际"的发展线索，慧眼独具地明白指出："唐传奇"基本上呈现的是一个个的"意志世界"，而"宋明话本"则塑造的是一类类的"命运人生"，因而以"意志"与"命运"的辩证来综贯中国小说的进展。它在中国小说传统研究上的贡献，正如王国维先生在词学上指出"境界"，不仅道其面目，而且探其根本。同时更重要的是，乐先生在探讨《唐传奇的意志世界》时，并不以分类描述为满足，通过唐传奇作品的示例，进一步析理入微地探究了"意志"的"原始""欲求""自觉"等种种心理机转与表现形态，因而构设出一套深具类型学意义的系统的人性论来，其意味之深远已迥出于小说作品的研究了。同样地，乐先生在《宋明话本的命运人生》的论析上，再度发挥了她的才华，在"命观溯源"中条分缕析地论述了中国文化传统里各种形态的命运观念与发展，而于各宋明话本作品的印证，一一指出思想观念与叙事经验潜在的辩证关系，因而达到了对于人生与世界的整体视境，至少是这个文化所提供的整体视境。它们以"天人之际"的角度来探究小说，而本身遂成为高明深刻的"究天人之际"的著作，实在是令人读来最兴味盎然之处。

接下来是两篇深具"通古今之变"意味的论述。"唐传奇"与"宋明话本"两论的并列对照，自然已形成了一种"历时性"的嬗递变化的意旨，但二文论述的重点，终究还是在"共时性"的内在系统的完整观照上。因而内涵的、人性的、哲理的探讨就成为观察论述的重点。但《水浒的成长与历史使命》与《中国小说里的名士形象及其变貌》二文，却从外缘历史社会的情境出发。《水浒的成长与历史使命》一文中，指出宋江等人的故事，如何由历史事迹，基于时代心理的渴欲而转化为寄托性的理想化的文学形象，而这些托情寄意的故事，又如何历经宋、元、明、清的时代处境的影响，而造成了《水浒传》故事在历代各版本的流变成长、增删改易，各自反映了不同时代的心理需要。这种探讨是人性的、心理的、表现的，却更是历史的、社会的，甚至是版本的。两者结合，不但论述了《水浒传》的历史使命与文化意义，其实更重要的是指出：小说，或者更广义地说，文学的创作，原来就是人类面对时代环境的"命运"的限定，力图伸张其人性渴望的一种"意志"的表现，这既阐发了文学的性质，也诠释了作品的内涵。

同样地，《中国小说里的名士形象及其变貌》一文，亦由《礼记》《世说新语》所指称的历史上的"名士"而逐渐论及明代平话小说中的庄子、李白、柳永、卢枏，以至《儒林外史》的杜少卿、《红楼梦》的贾宝玉、《老残游记》中的老残等小说中的人物。讨论正是由历史人物而转化延伸到小说人物，不但辨析各人的性情类型的殊异，更借历史、经济甚至政治现实等外缘来详加解释。如果说《水浒的成长与历史使命》一文的论述其实仍着眼于"情节"的增删改易,此篇的辨析重点则都在小说中主要人物的"性格"特色的表现上。"名士"一方面是天生的才性使然,若非傲骨天生、才慧过人,何能为"名士"?另一方面已成为中国文化开发的典型:既超脱尘俗,又率真处世,正是与世界保持着一种"不即不离"关系的写照。若从"意志"与"命运"的观点看,则正是"意志"不足以改变"命运"所形成的世界,但又在世界的"命运"安排之中,能以精神的超越性,坚持一己个性之完整的"意志"。与《水浒传》人物的"由惊天动地而寂天寞地",任侠征战终究未能扭转乾坤,甚至无法保全性命,空余"猛志固常在",一文一武正有异曲同工之妙。这算不算是丧失了"唐传奇意志世界"的信心,饱受"宋明话本命运人生"之洗礼后的回光返照,甚至是拼力反扑?一种对于"意志"的近乎悲剧性的礼赞?

中国小说在五四运动之后,放弃了文言的写作,却也不再依循话本、平话或章回的典范,而改向西方近代的写实小说取法。但"感时忧国"的写实框架,真正摹写的却不是超然客观"命运"的铁律,反而是浪漫的革命召唤或激愤的严词谴责,其实反而是一种作者"意志"的表现。书中五篇关于近代乃至当代的小说的论述,一方面探讨类似第一人称叙述等外来的叙事技巧,另一方面一再关注乡土、悲运、苦难的人物如何于"命运"的铁蹄之下艰难求生的"意志",或者表现为一种"倔强"(罗淑),或者超化为一种"悲情"(台静农先生),或者遁入荒谬的"浪漫"(黄春明)。所探讨的正是一切写实小说的基本美学难题:当人物不再是"倜傥非常之人",反而是平庸、凡愚甚至落难、可怜之人,作品的美感无法再从人物的"性格"以及相应的行为中产生,必须祈助于"叙事"的叙述手法本身。宋明话本,以作者高出于他的听众或读者的"命运"的代言,获得某种"崇高"的效果。五四运动以后,新小说的策略往往是寓浪漫于写实,以作者的"意志"来填补空缺。计弱小人物的苍凉手势,在作者激越强烈的愤慨、博大深厚的同情，甚至狂放荒谬的幻想下，在特殊集中放大的叙事手法中，获致了震撼乡野的力量。正如以个人遭遇而论，明明是无助无力的"悲哀"，但是通过类型化、普遍化的象征作用，就可以转化为生民艰困的史诗式的"敢有歌吟动地哀"，假如未曾惊天，至少就有了动地的分量。书中所论，虽为抽样，却鞭辟入里，切中近代写实小说美学的肯綮，尤其剖析精微细腻，无形中更添所论作品的妩媚。

总体而言，或许本书另一个令人流连神往、不忍释卷之处在于探讨作品之际，不论是作为例证，或者论述的对象，处处流露的世事洞明与人情练达，真是体察深刻，满含智慧；更妙笔生花，络绎奔会，读来如诵人情诗，如览浮世绘，本身就是一种丰盈的艺术经验。而全书所阐释的问题，不论是共时性、历时性，以至文化特质、时代精神、人格类型、一般技巧、个别作者、单一著作，实已包含了叙事文类的各种层面的课题；所论述的作品贯穿了先秦、两汉、魏晋、唐、宋、元、明、清、民国，以迄当代，更是充分涉及了中国小说的各个主要的阶段与年代，正是难能可贵的"综论"。

乐蘅军先生在求学期间是高班学长；成为同事之后，大家共组"文学讨论会"，成为最忠诚热心的会员，二十余年来，"奇文共欣赏，疑义相与析"，启迪提携我辈之功，岂止惠赐良多所可形容！现在不嫌我的浅陋，让我荣享先睹为快之乐，敢书杂感于前，就权充个得胜头回吧！

中国古典诗的美学性格
——一些类型的探讨

中国古典诗歌是极为浩繁的艺术宝藏，因此任何对其美学性质的探讨都难免挂一漏万，总是选择性大于全面性，类型的讨论多于整体的掌握。这里我们希望通过一些有关诗歌的观念与实际作品的配合，尝试窥探中国古典诗歌的一些美感规范，尤其是界定诗歌本质的那种规范。当我们提到有关诗歌的观念时，我们自然会注意具体成形的诗歌理论，但是由于理论往往是出现于创作之后的反省与说明，所以我们认为诗歌的理论事实上并不能穷尽所谓诗歌的观念。除非我们相信诗歌的创作可以处于完全无意识的状态，否则任何创作，背后一定都有某种观念在支持与引导，即使这些观念尚未发展成明白提出的理论。这种观念中有关诗歌本质的美感规范，将是我们掌握中国古典诗的美学特质的指引。

一、"言志诗"的构成

《尚书·尧典》的：

> 帝曰："夔！命汝典乐，教胄子。直而温，宽而栗，刚而无虐，简而无傲。诗言志，歌永言，声依永，律和声。八音克谐，无相夺伦，神人以和。"夔曰："於！予击石拊石，百兽率舞。"

或许是我们所知的中国最早的对诗的谈论。"诗言志"后来虽然成为对传统诗歌的基本观念与认识，但在上文中，"诗"却显然是附属于"乐"的。"歌永言，声依永，律和声。八音克谐"的音乐性质才是其中所强调的美感素质所在。这种音乐性质建立在改变了语言的正常使用之上，一方面以"永言"以"依永"来发"声"，另一方面又刻意符合"无相夺伦"的"声"的规"律"与"和""谐"要求的结果。这里所强调的美感的构成，甚至因此产生的"直而温，宽而栗，刚而无虐，简而无傲"以至"神人以和"的伦理影响，显然都并不是建立在"诗言志"的"志"的性质与内涵之上，而是建立在"声""乐""八音"的形式特质——它们的"永""律"与"和""谐"的性质之上。因此，"诗"固然是"歌"中之"言"，"言"亦是"志"的表达，但它们至多只是美感创构的生料，"乐""音"才是艺术创造的表现和重心，也是其艺术影响的伦理教化的手段与关键。所以夔的回答也只是强调这种音乐性的"予击石拊石，百兽率舞"，"百兽"根本无法了解人类的"言"，更遑论"言"中之"志"了！

在这种观念下，我们就可以产生如下这种"诗"歌：

《周颂·噫嘻》
噫嘻成王，既昭假尔，率时农夫，播厥百谷。
骏发尔私，终三十里。亦服尔耕，十千维耦。

《周颂·丰年》
丰年多黍多稌。亦有高廪，万亿及秭。
为酒为醴，烝畀祖妣，以洽百礼，降福孔皆。

在上文中提到"诗言志"时，其实并不是以"志"来解释"诗"的特质，因为只要是"言"表达的就是"志"，它所强调的只是

"乐""歌"仍以"言"作为它的生料，这种作为"乐""歌"生料的"言"就叫作"诗"；而在这种观念下，任何"言"只要能够出以"歌永言"而能符合"声依永，律和声。八音克谐，无相夺伦"音乐表现的要求，都可以是"诗"。因此"诗"与"非诗"的区分，并不在"言"能否表达"志"，或"志"是否具有某种特性，而只在它是否合"乐"，以及是否"声依永"而出以"永言"的"歌"。因此像《噫嘻》《丰年》这类"诗"和任何"非诗"的祷词或命令并无"志"意上的不同，唯一的区别是它已合"乐"而成为"乐""歌"，并且在语"言"上为了合"乐"，而修整成整齐的四字句，或接近四字句的韵语的形式而已。自然这种祷词或命令，亦接近早期宗教社会神权思想的"神人以和"的理想。

但是只要"诗"是一种艺术，它就必须发展出它自身的美感特性，而无法只是"乐"的附属或生料。因此，即使是乐歌集的《诗经》中也已经有了如下的发展：

《魏风·硕鼠》
　　硕鼠硕鼠，无食我黍。三岁贯女，莫我肯顾。
　　逝将去女，适彼乐土。乐土乐土，爰得我所。
　　硕鼠硕鼠，无食我麦。三岁贯女，莫我肯德。
　　逝将去女，适彼乐国。乐国乐国，爰得我直。
　　硕鼠硕鼠，无食我苗。三岁贯女，莫我肯劳。
　　逝将去女，适彼乐郊。乐郊乐郊，谁之永号。

《郑风·将仲子》
　　将仲子兮，无逾我里，无折我树杞。岂敢爱之，畏我父母。
　　仲可怀也，父母之言，亦可畏也。
　　将仲子兮，无逾我墙，无折我树桑。岂敢爱之，畏我诸兄。

仲可怀也，诸兄之言，亦可畏也。
将仲子兮，无逾我园，无折我树檀。岂敢爱之，畏人之多言。
仲可怀也，人之多言，亦可畏也。

这里我们看到的是《国风》《小雅》最典型的三章复沓的形式。这种形式或许来自音乐的发展与需要，但是我们已可以在这类作品中进一步看到文学性的美感形式的要求与表现。首先，在《硕鼠》中我们可以发现即使基本上是相同的意念结构，却利用了复沓的形式转换了每一章的押韵与韵脚的用字，而形成文学性的音韵之美在统一之中更大的变化。而"无食我……"由"黍""麦""苗"的变化，亦显然构成了一种情势与感受意义的逐步严重的发展变化；更重要的是第三章的结尾，突然改变了"爰得我……"的形式，而出之以"谁之永号"，更明显表示出总结全诗的心理情状。同时诗中重复使用"硕鼠""乐土""乐国""乐郊"等叠词，后三者甚至使用了"顶针"的修辞手法，都明显地表示某种特殊意念与情绪的强调而导致某种特殊文学形式效果上的发展与表现。这种形式上的效果，即使在失去了与音乐关联的今日，我们都可以直接从作品中感受、观察到，它所显现的正是文学摆脱了作为音乐之附属的地位而发展出独立的美感形式。它们所显露的正是文学性的美感形式中主题原理的凸显。这种主题原理的形式表现不但出现在叠词的重复强调与第三章结句的变异上，事实上也建立在对比原则的充分应用上。全诗的主题，也是其诗意的张力，正建立在"硕鼠"与"乐土""乐国""乐郊"的对比，在"女"与"我"的对立，在"三岁贯女"与"莫我肯顾/德/劳"彼此对待的差异，在"逝将去女"与"爰得我所/直"的强调等正反对比的展示上。当然这首诗在文学美感上最大的突破还在于"硕鼠"之隐喻的使用。我们自然无须如马克斯·伊斯曼（Max Eastman）视隐喻和声律为诗的两大主要构成原理[1]，但是以"硕鼠"来取代聚敛的统治者"女"，无疑改变了语言的正常使用，而使整个语言与情绪的表现增长了美感品味的距离与空间。一方面固然达到了如李重华所谓"征色于象"（诗歌在发窍于音之外）的另一层美感效果；另一方面它更"运神于意"地传达出一种难以利用确指的语言表示的更为丰富、幽微的复杂情意。[2]"鼠"若参照《鄘风·相鼠》[3]一诗，显然正是一种最为微贱又最被鄙视的小动物；加上"食黍""食麦""食苗"亦是真正可能的"鼠"患：当聚敛的"贵人"或"大人"们被隐喻为"'硕'鼠"，不但明显地体认了两者在伤害、灾祸上并无二致，同时亦将对"鼠"的鄙夷、轻视、厌憎的情绪与态度转移到这些统治者身上了。[4]此外，人类尽管对渺小的"鼠"辈轻鄙厌憎，但"鼠"患却总是无法根绝，那种气恼痛惜但又对之无可奈何的矛盾情绪，亦正给此诗"逝将去女，适彼乐土"的既向往又逃避的心情提供了一种如此反应的合理背景……由以上简单的分析，我们就大约可以看出以物象的呈示为手段，如何能够超越确指的言说在意义上的有限性而开拓出足令观赏者吟咏玩味的无限美感体验的空间来了。但是这种美感体验的无限空间，却绝对是文学性的美感所特有的人类情意的知觉、领会与想象的无涯领域与专属范畴。

在《将仲子》一诗里，三章复沓形式中所显现的内容意义的发展

---

1 见［美］马克斯·伊斯曼 *The Literary Mind : Its Place in an Age of Science*（New York: Charles Scribner's Sons, 1931）第165页。此处参考 Rene Wellek & Austin Warren *Theory of Literature* 的引述。
2 清代李重华的《贞一斋诗说·论诗答问三则》云："诗有三要，曰：发窍于音，征色于象，运神于意。……"见丁仲祜编，《清诗话》。
3 该诗全文如下："相鼠有皮，人而无仪。人而无仪，不死何为？相鼠有齿，人而无止。人而无止，不死何俟？相鼠有体，人而无礼。人而无礼，胡不遄死？"
4 《礼记·檀弓》记载孔子过泰山侧时所谓"苛政猛于虎也"所传达的情绪，则显然是畏惧恐怖多于鄙夷厌憎，由"虎"和"鼠"等喻依的差异，亦可以反映出所喻托的感觉、态度与情绪的不同。

性更清晰、更重要。因为作为结论的"亦可畏也"的对象,已由近及远地自"父母之言""诸兄之言"而归结到"人之多言",这不但与"仲子"所"逾"的"我里""我墙""我园"所形成的由远而近的发展对扬,而且呼之欲出地展示了叙述者所真正关切苦恼的,正是社会生活中礼教的规范。在这首诗中物象的呈现,并未出以刻意的隐喻,"逾墙""折树"似乎正是"直指其名直叙其事"[1]的事件本身。但是它们显然不是事件的全貌,而是事件的选择性的换喻。因为事情的要点显然并不在"逾墙"本身,而是"逾其东墙,搂其处子"的追求行动。同时"逾墙"的行动亦正有"逾闲荡检"不守礼法的象征意义。同样的"折树",若参照《周南·桃夭》的以"桃之夭夭"来象征"于归"的"之子";《召南·摽有梅》的以"摽有梅"来象征"庶士"对于"迨其吉兮",已经到了适婚年龄的女主人公"我"的追"求";《卫风·氓》的以"桑之未落,其叶沃若"和"桑之落矣,其黄而陨"来象征由处子而妇人的变化;以及《豳风·伐柯》所谓"伐柯如何?匪斧不克。取妻如何?匪媒不得"中以"伐柯"来比喻"取妻",则显然更具有一种追求占有未婚处子的象征意义。由"折树"的"折",以及"树"强调"我树",因此而言及"杞""桑""檀",则此一行动显然也象征着一种对于叙述者"我"的一种伤害,一种对其拥有的"财富"或"美好"的破坏。所以一方面在上一句的"里""墙""园"之上都强调了"我",另一方面在下一句则说"岂敢爱之"。这首诗所依循的不是对比的原则,而是冲突与矛盾的戏剧性的挣扎。这首诗虽然是针对仲子说的,话语中一再强调"我",但是其基本的立场却不是"女""我"的对立,相反呈现出来的却更像是"我"面临抉择的两难心情。诗中表现的焦点显然是集中在叙述者面临情人"仲子"的热烈却逾矩的追求必然和她的家人——"父母""诸兄",甚至街谈巷议的"人之多言"所代表的社会礼仪的规范力量互相冲突之际,

---

[1] 《朱子语类》卷八十:"直指其名直叙其事者,赋也。"

深感左右为难的取舍的困境。诗开始于祈求性的"将仲子兮"的呼唤，似乎流露出与"仲子"极为亲密，对"仲子"是极为温柔的情怀，但连续两句"无逾我……""无折我树"则又转换为对"仲子"的排斥推拒，显然是受到了"仲子"追求行为的"侵犯"与"伤害"。紧接的却是唯恐触怒"仲子"的"岂敢爱之"，则又反映出一种心甘情愿不以"侵犯"与"伤害"为念的热烈情意，所担忧的更像是"仲子"一怒绝去的可能反应。接着表现的却是近于《氓》所谓"于嗟女兮！无与士耽。士之耽兮，犹可说也。女之耽兮，不可说也"的对家庭与社会规范的制裁不能不顾忌的思虑，因此强调"畏我父母""畏我诸兄""畏人之多言"。其中"父母""诸兄"之上的强调"我"，正与前面的"里""墙""园"，"树杞""树桑""树檀"之上的"我"一致，正是强调也体认到这种受到"侵犯"与"伤害"之权益的家庭的共有性，也反映出叙述者对于自我身份认同的自觉，毕竟截至目前叙述者仍与"父母""诸兄"是共同属于一个"我"的；同时"兄"的强调其为"诸"，"人之言"的强调其为"多"，也都有意地强调了社会规范的群众性格，以及叙述者对自身之为群体一分子的自觉。其基本的抉择与两难至此似乎已然完全呈露了。但使这首诗充满了戏剧性趣味的是，在"畏"的思虑之余，竟又如"岂敢爱之"出现了明明白白的"仲可怀也"，对"仲子"本人的思恋与爱慕的表白，以及紧接着又在心里重新浮现对"父母""诸兄""人"的"之言"的"可畏"，这样两"可"之间的回光返照式的矛盾与挣扎。这首诗固然仍是独白的形式，但是反映的并不是有如《硕鼠》一般首尾一贯的心思情意，它徘徊于两种立场所显现的矛盾与挣扎的戏剧性，正使此处所谓的"赋"体，不仅是"直指其名直叙其事"而已。它所反映的其实正是一种"叙事文学"的以矛盾与冲突的心理抉择和挣扎为核心的美感形态。

在以上的两个例子里，不论它们的结构原则是传统诗论所谓的

"比"或者"赋",它们都不只是附属于"乐"的简单的"言"而已。并且即使是失去了与"乐"的关联,它们仍然具有独特的美感兴味。这种美感兴味显然正是来自通过语言所呈露的心理活动与内涵的丰富性与戏剧性。因此人类内心活动的特殊形态与样相就成为中国古典诗歌在脱离音乐之际,第一个自觉到的独立的美感的泉源。《毛诗序》虽然使用的还是"诗言志"的词语,但针对《诗经》中作品本身的发展,就不得不赋予它不同的诠释与意义了:

  诗者,志之所之也。在心为志,发言为诗。情动于中而形于言,言之不足,故嗟叹之;嗟叹之不足,故永歌之;永歌之不足,不知手之舞之,足之蹈之也。

  从我们的目的来看,这一段话最重要的是它指出了诗歌的美感内涵就是人类主体的意向性的心理活动以及这种心理活动的内涵。"诗者,志之所之也",显然具有两层可能的解释,而且每一层的可能解释对我们而言皆深具启示:第一层的解释是,假如"志"指的是主体的意向性的活动,那么"志之所之"指的就是意向性心理活动所指向的对象。例如在《硕鼠》中这种对象既是聚敛的统治者,也是统治者聚敛所造成的"女""我"对立的情境与关系,它们成为《硕鼠》一诗的题材,而叙述者"我"对此对象所产生的意向性反应,就成为此诗的主题。同样地,在《将仲子》中这种对象既是"仲子",也是"仲子""逾墙""折树"行动所造成的社会性的紧张情势,它们亦正是此诗的题材。而叙述者"我"对此对象的意向性反应,虽然不同于《硕鼠》的立场确定,而是一种矛盾两难的反应,也一样是该诗表现的主题。在这种解释下,它界定了诗歌美感的题材与主题的性质和范畴。

  第二层的解释是,假如"志"指的是意向性的内涵,那么"志之所之"指的就是意向性的心理活动的历程。从这种角度看,在《硕鼠》中对聚敛的统治者的厌鄙,就是该诗的"志",也是该诗的主题。该诗以一种厌鄙的心情隐喻聚敛的统治者为"硕鼠",要求对方停止掠夺自己辛劳所得的权益与生计("无食我黍")而强调自己长期容忍对方却得不到回报("三岁贯女,莫我肯顾"),决定离弃对方以追求一种理想的新生活("逝将去女,适彼乐土"),强烈地表达出对理想新生活的渴望("乐土乐土,爰得我所")。这整个主题意向的发展动向与因此而产生的心理历程就是"志之所之",也就是诗歌的不可为主题所化约内容的整全的实体。这种解释指出,诗歌乃是意向性心理历程的展现,因此通过语言对于这种意向性心理历程的模拟,就成为诗歌内容的结构原则,亦是诗歌美感的表现性质与趣味。是以说:"在心为志,发言为诗。"

但即使在这句话里仍然容许上述两种解释。当"志"被视为是主体性的意向性的活动时,"在心为志"就可以被解释为这种意向性的活动并不指向对于意向性的对象采取行动,以伸张一己之意志;相反,此一意向性的活动只是对于对象的深入体察,而在这一"在心"的体察中同时更加强烈明晰地感知一己意向的性质与动向。因此所"发"的"言"并不是要改变对象或情势,而是在于面对对象之一己意向的自我厘清与明白展现。由于"言"的"发",本来就是为了自我意向与其性质的清晰显现,因此伴随意向所引发的情感激荡就不再是无关紧要的,而必然成为其显示的重点之一。因为这种情感激荡的状态,也正是意向性质的一种界定与表现。因此诗歌所展示的意向性活动的心理历程,就不只是意向本身转变发展的历程而已,更是一种情感激荡的特殊形态的形成与显现。

"情动于中而形于言",这一句话不但肯定了情感激荡在诗歌中所表现的意向性活动的重要性,反过来说,也界定甚至限定了诗歌所表现的意向性心理活动的性质,它强调了这种心理历程必须同时是一种情感经验。由于它是一种生命主体已然投入的情感经验，因而在此类经验的情感激荡状态中，往往我们有相当的部分是不期然而然的，因此"情动于中而形于言"就有自然流露的意思，而"嗟叹""永歌"，甚至"不知手之舞之，足之蹈之也"皆为一种"诚于中而形于外"的自然表现。诗歌因此被视为诗人内心最为真实的状况的显露。在这种观念下，诗歌内容中所包含的意向活动的对象并不只是被视为纯粹美感观照或美感经验的对象，必须是能够引发爱憎好恶、激起喜怒哀乐情感的对象，必须是能引人欢欣喜乐或悲愁怨怒的现实生活的真实状况；诗歌因此不可能只是美感观照中纯粹的想象的游戏或产物，而是被视为社会人生之中的深入人心之真实的揭示。

它所揭示的真实，大致包含三种层次：首先，它自然反映作诗者甚至赋诗者的个性人格。这既是《毛诗序》中所谓"吟咏情性""发乎情，民之性也"的主张，也是《左传》中所记载的"赋诗言志"的意旨[1]。其次，由于作诗者的个性人格，即他们面对情境产生情感反应的特殊形态与倾向，并不全然是天性，同时也是一种文化教养之下的产物，因此在情感反应的形态与方式上，它们同时反映了社会教化与时地风气的特性。因为它们在无形中也决定了意向性活动的选择方向与反应形态。这就是《毛诗序》中所谓"发乎情，止乎礼义""止乎礼义，先王之泽也"的论点。通过这种主张，当反过来使用诗歌为教化的手段时，就成了"先王以是经夫妇，成孝敬，厚人伦，美教化，移风俗"和"温柔敦厚，诗教也"的观念。[2]最后，由于此类意向性活动最终必须指向能够引发情感的现实生活的真实状况，因此结果必然指向影响人生存与生活的政治社会的现实情状，也就是在个人的

---

[1] 关于"赋诗言志"，朱自清《诗言志辨》的《诗言志》第二节"赋诗言志"中已有详细讨论可以参考。这里或许是相关的欣赏与引用，由于其所具有的选择性，似乎亦如创作一般，亦可反映欣赏或引用者的个性人格。
[2] 上句引文见《毛诗序》，下句引文见《礼记·经解》。

遭遇境况里同时反映了政治社会的基本现实，这就是《毛诗序》"情发于声，声成文谓之音。治世之音安以乐，其政和；乱世之音怨以怒，其政乖；亡国之音哀以思，其民困"的现象。[1]这一段话，虽然是基于情感和"声""音"之间的关系，而偏重于"声""音"的情感性质——"安以乐""怨以怒""哀以思"——的讨论，但诗歌对于政治社会现实反映的立场却是极为明晰。通过这种反映，诗歌也就可以有"正得失""正也，言王政之所由废兴也""国史明乎得失之迹，伤人伦之废，哀刑政之苛，吟咏情性，以风其上，达于事变而怀其旧俗者也"，甚至"上以风化下，下以风刺上，主文而谲谏，言之者无罪，闻之者足以戒"[2]的功能和作用了。因此诗歌一方面成为个人性情、社会风教、国家政治的指标，另一方面也负有"正得失"与"美教化"的使命。因此，伦理价值性的判断就不但是诗作之意向内容的属性，也成为观诗的基本立场了。

诗歌具有反映个人性情、社会风教、国家政治之真实的观念，虽然在《毛诗序》中得到了明文的指说，但是这些观念其实也可算是对于《诗经》作品特质的一种描述。就以前面列举的《硕鼠》与《将仲子》而言，《硕鼠》为一种政治状况的反应与反映固不待言，面对这种政治状况，诗的叙述者采取的显然是"逃避"而不是"攻击"或"亲近"的反应。这和《将仲子》采取的"亲近"以及《相鼠》采取的"攻击"等反应充分显示这三首诗的叙述者的个人性情的差异[3]。但是在严重的政治情况中，宁可采取"逃避"而非"攻击"的反应，

---

[1] 《礼记·乐记》有一段相同的话语，其上有"凡音者，生人心者也。情动于中，故形于声"的前提，并且下接"声音之道，与政通矣"的结论。

[2] 以上引文俱见《毛诗序》。

[3] 上述所提及的三种反应，参阅[美]卡伦·霍妮（Karen Horney）*Neurosis and Human Growth*（New York: The Norton Library, 1970）第19页，该书国内有李明滨的中文译本《自我的挣扎》（台北：志文出版社，1976年），而大陆译本则有方红《实现自我：神经症与人的成长》（中国人民大学出版社，2018年）可参考。

就有"怨诽而不乱"的社会风教的意义[1]。同样地，在《将仲子》中即使采取的是"亲近"的反应，但同时一再强调社会规范的"人言可畏"，反映的正是"好色而不淫"的文化理想[2]。《相鼠》一诗的"攻击"反应，却正针对"人而无礼"，仍是"立于礼"的立场。所以这些"诗"的编集，显然亦自有相当的政教伦理的意义，并不只是为了美感的愉悦。

这种要求诗作之意向内容，必须包含主体投入的情感反应，一方面不能只是纯属"无关心"的美感观照与判断[3]；另一方面同时要求其必须蕴含一种伦理性的关怀，甚至这种关怀成为作品的主题：这在《诗经》中或许只是一种"描述性"的事实，但是经由《毛诗序》的指明，后来就成为"言志诗"，在"志之所之"解释为意向的对象时的"规范性"的观念了。它要求诗歌必须表现诗人个人的人生理想与性情修养，必须表现对于政治现实或社会现象的伦理关怀，必须有关风化甚至有所讽谏；它要求诗人必须在政治社会的政教体系下，通过诗歌发挥参与政治、移风易俗的功能。

二、"神韵诗"的出现

当我们以意向性的心理历程来解释"志之所之"时，《诗经》中的下列作品，却呈示了这种解释的另一层可能的含义：

1　由《论语·学而》"有子曰：'其为人也孝弟，而好犯上者，鲜矣；不好犯上，而好作乱者，未之有也。君子务本，本立而道生。孝弟也者，其为仁之本与！'"就可以看出"不犯上""不作乱"原就是儒家"克己复礼"的教化目的之一。"小雅怨诽而不乱"正有相同的用意。
2　"国风好色而不淫，小雅怨诽而不乱。"语见《楚辞》王逸注引班固《离骚序》，以为系"淮南王安叙《离骚传》"语。此语亦见《史记·屈原贾生列传》。其基本精神显然是《论语·八佾》中"子曰：《关雎》，乐而不淫，哀而不伤。"的引申。
3　"无关心"或译"无利害关系"，以此为美感观照与判断的性质，见康德《判断力批判》，第一章《美者的分析论》第二节。

《王风·采葛》

彼采葛兮,一日不见,如三月兮。
彼采萧兮,一日不见,如三秋兮。
彼采艾兮,一日不见,如三岁兮。

《秦风·蒹葭》

蒹葭苍苍,白露为霜。所谓伊人,在水一方。
溯洄从之,道阻且长。溯游从之,宛在水中央。
蒹葭凄凄,白露未晞。所谓伊人,在水之湄。
溯洄从之,道阻且跻。溯游从之,宛在水中坻。
蒹葭采采,白露未已。所谓伊人,在水之涘。
溯洄从之,道阻且右。溯游从之,宛在水中沚。

《采葛》一诗虽然始于意向的对象及其活动("彼采葛兮""彼采萧兮""彼采艾兮"),但是对象的活动更像是一种景象。因为这些活动显然对于叙述者而言并不构成直接的影响,也因此对象的活动与叙述者之间并未产生任何可能的伦理关涉。这首诗的重点就转移到叙述者面对此一景象的心理历程:在"见"到的喜悦且舒散之余意识到"不见"的等待的焦灼与度日如年的感觉:"一日不见,如三月兮""如三秋兮""如三岁兮"。这里虽然充分地反映了叙述者对于"彼"之对象的思念的意向,但表现的注意内容显然已由思念的对象——"彼",而转移到思念的心理历程本身——"一日不见,如三月兮",于是"发言为诗",就变成"在心为志"的心理历程的展示。诗歌的内涵就不再以对象的伦理关怀为重点,反而是以一己的情感状态为呈现的重点。这种心理"历程"和情感"状态"似乎才是这类诗歌表现的主题以及美感趣味的焦点。因此在这类诗中既不对对象的素质做判断（固然没有像《硕鼠》的指斥，甚至没有"窈窕淑女，君子好逑"的肯认，只是单纯的"彼"），亦不对对象的活动采取立场（对其"采葛""采萧""采艾"既未赞扬，又未反对，只是指陈），因此对于对象的整个意向中就不具任何明显的伦理性的论断。反过来说，构成这种意向性活动的心理历程本身也就不具有任何明显的伦理立场与素质，而必须要读者以其伦理意识来认知和再判断，这无形中就给读者保留了较大的对于这种作品做纯粹的美感观照的空间。

同样地，缺乏明显的伦理判断的素质，亦见于《蒹葭》。这一点我们只要和《关雎》一诗略加比较就可明了。[1]虽然这两首诗都是《毛传》所谓"兴也"的作品，在诗歌表现的形式结构上显然是有异于"赋"体的《采葛》，有着显然不同的美学效果。虽然《蒹葭》和《关雎》一样，都在表现一种对于对象的"追求"的意向（在《关雎》里是"寤寐求之"，在《蒹葭》里则是"溯洄"和"溯游""从之"），但是《关雎》一方面很明显地强调了所追求对象的伦理性质——"窈窕淑女"，另一方面也明白地确认了这一追求本身的伦理性质——"君子好逑"，正说明了这是一种合于社会礼俗、为礼教所认可的婚配的追求。并且在"琴瑟友之""钟鼓乐之"的追求方式中，一方面诗中显示对于这一追求的描述所具有的外在的现实性，另一方面也间接地反映出，虽然此诗亦有"求之不得，寤寐思服，悠哉悠哉，辗转反侧"的"发乎情"的心理历程，但诉诸行动之际则永远是"止乎礼义"的伦理性质。这也就是《毛诗序》强调"《关雎》乐得淑女以配君子，忧在进贤，不淫其色；哀窈窕，思贤才，而无伤善之心焉。是《关雎》之义也"的理由。与此大相径庭的是《蒹葭》里对于其"追求"的描述。首先，对于其所追求的对象，除了"在水一方"的情境

---

[1] 全诗如下："关关雎鸠，在河之洲。窈窕淑女，君子好逑。参差荇菜，左右流之。窈窕淑女，寤寐求之。求之不得，寤寐思服。悠哉悠哉，辗转反侧。参差荇菜，左右采之。窈窕淑女，琴瑟友之。参差荇菜，左右芼之。窈窕淑女，钟鼓乐之。"

之外，并无任何明显的素质的指陈。"所谓伊人"的指陈方式，甚至使得此处的"伊人"，显然不具有"彼采葛兮"的"彼"那么明显的真确性，反而更接近《老子》所谓的"惚兮恍兮，其中有象；恍兮惚兮，其中有物"的确而不定了[1]。这也就使得朱熹在《诗集传》中一方面似乎很确定地解释这首诗，以为是："言秋水方盛之时，所谓彼人者，乃在水之一方，上下求之而皆不可得。"另一方面却又说："然不知其何所指也。"相同的反应亦见于一些当代的笺注者："这是一首怀人的诗。诗中的'伊人'是诗人访求的对象，至于是男是女，则不能确定。"[2] "此有所爱慕而不得近之之诗，似是情歌。或以为访贤之诗，亦近是。"[3] 朱熹"然不知其何所指也"的疑惑，或许不仅是"伊人"是男是女，追求是两性间的恋爱或政治上的访贤，[4] 亦可能是在解释"宛在水中央"为"宛然，坐见貌。在水之中央，言近而不可至也"之余，对于"所谓彼人者，乃在水之一方，上下求之而皆不可得"在现实上的不可能。诚如《诗经·卫风·河广》一诗所说的："谁谓河广？一苇杭之。""在水一方"，"宛然坐见"，如此接近，在现实上理解显然是不可能"上下求之而皆不可得"。因此这首

---

1 《老子》第二十一章："孔德之容，惟道是从。道之为物，惟恍惟惚。惚兮恍兮，其中有象；恍兮惚兮，其中有物；窈兮冥兮，其中有精；其精甚真，其中有信。自古及今，其名不去，以阅众甫。吾何以知众甫之状哉？以此。"我们固然不必以"惟道是从"来附会《蒹葭》的"溯洄从之"和"溯游从之"，但在"蒹葭苍苍"之中出现"所谓伊人"，确实具有"惚兮恍兮，其中有象；恍兮惚兮，其中有物"的效果；而"伊人"于"道阻且长"的不可即之余，却强调其"宛在水中央"的可望，亦与"窈兮冥兮，其中有精；其精甚真，其中有信"的意念近似。这里都反映出一种"确而不定"之追求的共同结构。后来如司空图等人要以老庄心目中的"道"来诠释诗歌的"神韵"境界，显然是有它的道理的。

2 见《中国文学史参考数据——先秦之部》（台北：里仁书局印行，1982年），第65页。

3 见屈万里《诗经释义》（台北：联经出版事业公司印行，1983年），第221页。

4 《毛诗序》以为："《蒹葭》，刺襄公也。未能用周礼，将无以固其国焉。"《郑笺》解"所谓伊人，在水一方"云："伊，当作繄，繄犹是也。所谓是知周礼之贤人，乃在大水之一边，假喻以言远。"

诗由"所谓伊人，在水一方"的处境，以至"溯洄从之，道阻且长。溯游从之，宛在水中央"的整个追求的行动与历程，无疑更接近《诗经·周南·汉广》所谓："南有乔木，不可休思。汉有游女，不可求思。汉之广矣，不可泳思。江之永矣，不可方思。"基本上只是一种象征的情境。正如其中的"不可休思""不可泳思""不可方思"，其实只在表达一种"不可求思"的内心感觉；同样地，"在水一方""道阻且长""宛在水中央"，也正是叙述者对于"所谓伊人"可望而不可即的思慕心理历程之反映，未必即是现实上"溯洄""溯游"之渡水行动的结果。

当诗人把注意力由现实情境与行动的投注转移到在情境与行动中心理历程的体验与质量，无形中就给予了我们一种面对现实情境与行动的"优游不迫"的美感距离，使我们不但免除了现实情境与行动的利害成败的压迫，以及因此必须采取的伦理关怀与立场，甚至超越了这种利害成败与伦理关怀所引起的情感反应之笼罩与羁绊，因而充分地体验到"肆行无碍凭来去"，我们精神之自由本质的充分发挥，带给我们的正是完全的美感观照的无穷喜悦。[1]王国维在《人间词话》中说：

> 《诗·蒹葭》一篇，最得风人深致。晏同叔之"昨夜西风凋碧树。独上高楼，望尽天涯路"意颇近之。但一洒落，一悲壮耳。

显然对于这首诗采取的就是视其中的景物、动作的描写皆为一种反映精神状态的"象征情境"的认识。

---

[1] 严羽《沧浪诗话》认为："诗其大概有二：曰优游不迫，曰沉着痛快。"优游不迫和沉着痛快或许正可以视为"神韵诗"与"言志诗"各自的风格特质之区分，虽然"言志诗"未必皆沉着痛快，但"神韵诗"基本上是优游不迫的。"肆行无碍凭来去"见《红楼梦》第二十二回。而不论是"优游"，或是"肆行无碍"，其实都有庄子"逍遥游"的含义，所用的隐喻亦皆相同。

因此，同样是"兴"体，《关雎》的"先言他物以引起所咏之辞"的"兴"句，就很明显具有一种"托物兴词"，或"本要言其事，而虚用两句钓起，因而接续去者",[1]和所咏的本事分裂为两截的现象，所以二者的关系除去了"兴者，起也"[2]所具有的"发端""引起"的作用，其实是近于譬喻的。是以不但陆德明释"兴"以为是"譬喻之名"，《毛传》《郑笺》以至朱子《诗集传》亦皆以"雎鸠"的"挚而有别"来解释"君子"与"淑女"的"好逑"关系："言其相与和乐而恭敬，亦若雎鸠之情挚而有别也。"[3]朱熹甚至还要强调："后凡言兴者，其文意皆放此云。"但是《蒹葭》的"蒹葭苍苍，白露为霜"，《毛传》仍然勉强以"白露凝戾为霜，然后岁事成；国家待礼，然后兴"来做譬喻的解说；《郑笺》亦因而以为《毛传》释此诗为"兴也"乃是："兴者，喻众民之不从襄公政令者，得周礼以教之则服。"但是朱熹则显然意识到这两个"兴"句和全诗的"在水一方"的整体情境不仅是一致的，而且正是其中不可分割的一部分，因此他以"蒹葭未败，而露始为霜，秋水时至，百川灌河之时也""言秋水方盛之时，所谓彼人者，乃在水之一方"来解释句中的含义，以及它们和全诗的关系。他强调它们意旨"秋水方盛之时"，自然不能说是错误，但多少忽略了它们所具有的丰富内涵以及美学效果。这一方面，李重华显然就有更深入的认识：

　　兴之为义，是诗家大半得力处。无端说一件鸟兽草木，不明指天时而天时恍在其中；不显言地境而地境宛在其中；且不

---

1 朱熹《诗集传》："兴者，先言他物以引起所咏之辞也。"《朱子全书》："兴者，托物兴词，如《关雎》《兔罝》之类是也。"《朱子语类》："本要言其事，而虚用两句钓起，因而接续去者，兴也。"

2 见刘勰《文心雕龙·比兴》。

3 见朱熹《诗集传》。

实说人事而人事已隐约流露其中。故有兴而诗之神理全具也。[1]

事实上，"蒹葭苍苍，白露为霜"，正如晏殊《蝶恋花》例中的"昨夜西风凋碧树"一般，不但给"溯游从之"的追求提供了心理的动因，也给"在水一方"的"象征情境"提供了感觉性的具体内容，使得整个追求的"象征情境"因而具有足够的现实感，同时更可以由主体的心理历程转化为可以经验、可以感觉的美感客体。而"蒹葭苍苍，白露为霜"作为景象本身的丰富优美的美感性质，更是超越了语言的脉络和意旨，独立地提供了一种"不涉理路、不落言荃"[2]，可以在想象观照中流连品赏的无穷兴味。换句话说，"蒹葭苍苍，白露为霜"所呈示的基本上就是一种我们后来习惯称之为具有"画意"的"景象"。这种"景象"自身早已涵具一种独立自主的美感观照与品味，即使脱离了原诗的情意脉络，它一样可以提供给我们一种美感品赏上的充分满足，某种意义上可视为一个独立的美学客体的自足单位。因此这类具有"画意"景象的诗句，即使对于全诗的"诗情"具有某种"象征"的作用或"示意"的功能，但是它显然不能像"譬喻"或"隐喻"一般可以被化约为只是某种"意念"的"形象化"的表达。这就是当朱熹想用代表"秋水方盛之时"的意旨来诠解"蒹葭……"二句，我们无法完全心服，甚至李重华的"天时""地境""人事"同时恍在其中、宛在其中、隐约流露的说法，都无法令我们满意的缘故。毕竟这都是一种要破坏其作为自足的美学客体所涵具的美感经验的完整性，而只是将它化约为某一确定的观念或意旨的"言志"性的诠解。

在这一点上，挚虞《文章流别论》以为："兴者，有感之辞也。"或钟嵘《诗品·序》所谓："文已尽而意有余，兴也。"虽然说得含混，

---

[1] 见李重华《贞一斋诗说》。
[2] 见严羽《沧浪诗话·诗辨》。

反而更能掌握这类"兴"句的美感特质。"兴"句深具独立的"画意",能够保持其"画意"的美感效果的完整,"兴"句一如它的定义所示,总是出现在全诗或一段的发端,因而在阅读欣赏的过程中得以享有独立存在、单独被吟味的时刻。只有当它与底下的"言志"的语句结合,再重新回顾之后,它才产生"象征"或"示意"的作用,也因此使它可以既具呈示独立的"画意"景象的功能,又可以使此一"画意"景象和"诗情"结合,而形成一种兼具"诗情画意"之"象征情境"的呈示与表现。

这种独立景象所具有的更丰富的象征示意的作用,在王弼的《周易略例·明象》中已经说得很明白了:

夫象者,出意者也。言者,明象者也。尽意莫若象,尽象莫若言。言生于象,故可寻言以观象。象生于意,故可寻象以观意。意以象尽,象以言著。故言者所以明象,得象而忘言。象者所以存意,得意而忘象。犹蹄者所以在兔,得兔而忘蹄;筌者所以在鱼,得鱼而忘筌也。然则,言者,象之蹄也;象者,意之筌也。是故存言者,非得象者也;存象者,非得意者也。象生于意而存象焉,则所存者乃非其象也;言生于象而存言焉,则所存者乃非其言也。然则,忘象者,乃得意者也;忘言者,乃得象者也。得意在忘象,得象在忘言。故立象以尽意,而象可忘也。重画以尽情,而画可忘也。

这一段话,虽然王弼的原意是在假借庄子的言意观点来诠解《周易》的卦象爻辞,以形成一种更通达的象征理论,基本上是一种更广涵的语言哲学。但是若只从美学的角度来了解,似乎亦深具启示性。从这一段文字,我们可以很自然地引申出以下的观点:它似乎强调了艺术作品作为一个美感的客体,不同于自然景物,它所呈示具现的不仅是景物本身所涵具的美感素质或潜能，同时更是创作者内在的美感观照和美感经验，因此观赏者对艺术作品的媒材之素质，以及由媒材素质所构组而成的形式，必须既能充分地知觉，又能够超越对于它们的知觉，因而不致只将它们视同自然事物而产生现实性的反应，或者忽略它们的构成形式而只作部分的反应，并且最重要的是仍然需要超越对形式本身的贯注，才能凭借形式的导引，在自己内心的想象活动中形成足以掌握创作者凭借形式来传达的美感观照的内容，也就是通过自己所被引发的美感观照去捕捉创作者原初的美感观照，在自己的美感经验中体验创作者原初的美感经验。王弼采取了庄子"得鱼忘筌，得意忘言"[1]的观点，视语言传达的功能不在指向外界的现实，而在表达内心的体验。正是一种将"志之所之"不解释为意向所注的外在对象，而将它解释为意向活动的心理历程自身的立场。因此这里的讨论无形中就给心理历程自身之表达的诗歌类型提供了一种广大而坚强的理论基础。"兴"，假如根据挚虞的了解，正是一种专注于意向活动的心理历程自身，而非意向对象的语言表达，所以，他的解释就是"有感之辞也"。

其次，这一段话指出了意向活动的心理历程自身，一如我们的美感观照之中的美感体验，是无法直接传达的。正如意向需要对象，观照亦需要对象，才能构成内容，而成其为经验。当意向的对象可以指向外在的实有之际，心理历程自身的传达就只有依赖具有实有所引起的感觉素质而并非即是实有本身的"象"作为媒介。也因此不能对这些"象"产生面对实有之事物的现实或伦理的反应。因此专注于心理历程自身，往往就成为一种美感观照的呈现与传播的过程。"诗"在这种"志之所之"的理解下，就可以成为纯粹的美感经验的表现与传达。因此，诗所表达的就是一种美感观照中的"诗情"而非现实、

---

[1] 见《庄子·外物》："筌者所以在鱼，得鱼而忘筌；蹄者所以在兔，得兔而忘蹄；言者所以在意，得意而忘言。"

伦理的感情。而此种"诗情"既然有赖于"象"来具现与传达，因此具有"画意"的"象"，以及呈示这种深具"画意"之"象"的语言，就成为最自然且最有效的表现方法。像"蒹葭苍苍，白露为霜"的"兴"句，固然是这种具有"画意"之"象"的呈示，而《蒹葭》一诗与其"兴"句结合一致所呈现的形象化的"象征情境"，其实亦正是一种兼具"诗情""画意"的"象"的表达。这种掌握"立象以尽意"原理，而以美感观照下的心理历程自身为表现之目标，充分通过深具"画意"的景象来表达"诗情"，因而形成一种"诗情画意"之呈现，却又在欣赏之际要求欣赏者"得意忘象""得象忘言"以掌握其"象外之意"的诗歌，就是所谓的"神韵诗"。换句话说，它就是一种以"文已尽而意有余"为理想的诗歌。

钟嵘虽然第一个提出了"文已尽而意有余"的诗歌的"神韵"的表现，甚至在反对"用事"之际，体认到诗歌的目的在于表现心理历程而不是对事物作现实伦理性的反应，因此强调："夫属词比事，乃为通谈。若乃经国文符，应资博古；撰德驳奏，宜穷往烈。至乎吟咏情性，亦何贵于用事？"[1]因而改变了《毛诗序》的"国史明乎得失之迹，伤人伦之废，哀刑政之苛""以风其上，达于事变而怀其旧俗者也"的"吟咏情性"的了解与意义。并且在举例说明之际，强调："'思君如流水'，既是即目；'高台多悲风'，亦惟所见；'清晨登陇首'，羌无故实；'明月照积雪'，讵出经史。观古今胜语，多非补假，皆由直寻。"从某方面来说，已经是显然具有以带"画意"的形象语句为诗歌的"胜语"的觉识。他的"即目""所见""直寻"，亦对这些诗句的"形象性"以及其经由"兴"会触发而同时兼具"画意"和"诗情"之凝合的性质有所指陈。但是正如钟嵘只以"文已尽而意有余"来解释"兴"，他的"兴"仍然是与"比""赋"相提并论，因而以为："宏斯三义，酌而用之，

---

[1] 见《诗品·序》。

干之以风力,润之以丹彩,使味之者无极,闻之者动心,是诗之至也。"基本上只将此一新理念视为诗歌的表现方式之一。他甚至以为:"若专用比兴,则患在意深,意深则词踬。"因此他虽然是首先意识到"神韵诗"之存在的评论者,但基本上他仍然不能算是以"神韵"为理想的诗论家。

这主要是,在他的时代,五言诗在汉代兴起之后,固然已经有像:

《古诗十九首·庭中有奇树》
庭中有奇树,绿叶发华滋。攀条折其荣,将以遗所思。馨香盈怀袖,路远莫致之。此物何足贵,但感别经时。

曹植,《杂诗六首》其一
高台多悲风,朝日照北林。之子在万里,江湖迥且深。方舟安可极,离思故难任。孤雁飞南游,过庭长哀吟。翘思慕远人,愿欲托遗音。形影忽不见,翩翩伤我心。

这种并不强调对象的现实伦理素质,反而只以简单的"所思""之子"来称呼,主要的注意力集中在"思念"的心理历程,并且巧妙地利用深具"画意"的景象,如"庭中有奇树,绿叶发华滋""攀条折其荣""馨香盈怀袖""高台多悲风,朝日照北林""江湖迥且深""方舟安可极""孤雁飞南游,过庭长哀吟",来呈示形成全诗的"象征情境"的"诗情",已经颇具"神韵"美感的诗作,但是更多更重要的主流,却还是如:

(传)苏武,《结发为夫妻》
结发为夫妻,恩爱两不疑。欢娱在今夕,燕婉及良时。征夫怀往路，起视夜何其。参辰皆已没，去去从此辞。行役在战场，相见未有期。握手一长叹，泪为生别滋。努力爱春华，莫忘欢乐时。生当复来归，死当长相思。

曹植，《箜篌引》（又题名为《野田黄雀行》）

置酒高殿上，亲交从我游。中厨办丰膳，烹羊宰肥牛。秦筝何慷慨，齐瑟和且柔。阳阿奏奇舞，京洛出名讴。乐饮过三爵，缓带倾庶羞。主称千年寿，宾奉万年酬。久要不可忘，薄终义所尤。谦谦君子德，磬折欲何求。盛时不可再，百年忽我遒。惊风飘白日，光景驰西流。生存华屋处，零落归山丘。先民谁不死，知命复何忧！

这类以描述现实情境、表现伦理意图、反映个人意志为重点的"言志诗"。当然在建安以降诗人的宫廷宴游的诗作中，诗人们因为"怜风月，狎池苑"已经将相当的篇幅用到以对句描写具"画意"的景象，但是由于这类诗歌写作的目的原在"述恩荣，叙酣宴"[1]，因此这些写景偶句往往较具装饰、写实的性质，而未能使全诗形成一种"象征情境"，而且一旦意在"述恩荣"，现实伦理的顾念就在其中，因此全诗的精神基本上仍是"言志"的，无法充分实现"神韵"的理想。

陶渊明、谢灵运、谢朓等人的山水田园诗歌继承且取代了"玄言诗"，却引导中国的诗歌进一步地往"神韵诗"的方向发展。一方面由于模山范水逐渐成为诗歌表现的主体，无形中作为美感观照之独立的客体的具"画意"的山水景物成为诗歌主要的内容，因此超越了"言志诗"的社会现实、政治伦理的考虑；另一方面则因所描写的山

---

[1] 见刘勰《文心雕龙·明诗》："文帝陈思，纵辔以骋节；王徐应刘，望路而争驱。并怜风月，狎池苑，述恩荣，叙酣宴。"

水景物同时被视为"玄言诗"中所要表现的玄理的具体显现,因此这些具"画意"的山水景物并不被视为经验写实中所指的客观实体,反而仅被视为传达某种宇宙"真意"或"理"的"象",因而正充分实现了王弼"立象以尽意,而象可忘也"的主张;这种情形正如下面两首诗所显示的:

> 陶渊明,《饮酒》其五
> 结庐在人境,而无车马喧。问君何能尔?心远地自偏。采菊东篱下,悠然见南山。山气日夕佳,飞鸟相与还。此中有真意,欲辨已忘言。

> 谢灵运,《石壁精舍还湖中作》
> 昏旦变气候,山水含清晖。清晖能娱人,游子憺忘归。出谷日尚早,入舟阳已微。林壑敛暝色,云霞收夕霏。芰荷迭映蔚,蒲稗相因依。披拂趋南径,愉悦偃东扉。虑澹物自轻,意惬理无违。寄言摄生客,试用此道推。

虽然这类诗作往往包含了一个实际的行动或经验的历程,如"结庐在人境""采菊东篱下",或自"出谷日尚早"至"愉悦偃东扉"的整个游历的过程,通过它们所要表达的却是一种忘怀现实、游心物外("而无车马喧""心远地自偏",或"虑澹物自轻,意惬理无违""此中有真意,欲辨已忘言"),超越社会伦理、政治关怀之外,直接与宇宙精神交感相契的真理领悟的心灵经验。这种经验基本上正是接近庄子"独与天地精神往来,而不敖倪于万物"[1]之超越精神的形上体验,并不只是一种单纯的美感体验。但是正如庄子所谓的:"天地有大美而不言,四时有明法而不议,万物有成理而不说。圣人者,原天

---
[1] 见《庄子·天下》。

地之美而达万物之理。是故至人无为,大圣不作,观于天地之谓也。"[1]这种形上的体验,正是通过"观于天地"的直观感知,而在"原天地之美",充分地知觉天地之本然具足无限圆满的美感性的体验中,"达万物之理",体认到万物的"各得其和以生,各得其养以成"[2]的自足自成的存在之理。因此这种以超越的观点,掌握"万物"之存在的自具目的性的"成理"之形上真理的领悟,就不是一种以"议"论"言""说"之思辨的结果,而是在"四时行焉,百物生焉"[3]的宇宙实相之流转显现中透露的无限天机的直接感悟上,因而本质上就和"有为"的实用思辨与"制作"的伦理知解判然有异(因为这类思辨和知解都建立在否定万物自身存在的"成理",而要将它们纳入以人类自身之目的为中心所设计的系统中,正是一种要将万物材料化、手段化、工具化的作为),反而是和"至人无为,大圣不作"之际的,近乎纯粹美感观照的知觉活动融合为一,因而同时也就成为一种美感经验的无穷意蕴与内容了。就此而论,这类诗作所表现的虽然未必就是一种狭义的情感体验,但其为"立象以尽意,而象可忘也",为"文已尽而意有余",在其美感效果的形态上,则和表现情感体验之心理历程的以"画意"之形象表现"诗情"的作品初无二致。影响所及,亦促进了他们对于表现情感体验之"神韵诗"在创作上的自觉:

---

[1] 见《庄子·知北游》。
[2] 见《荀子·天论》。《天论》中的这一段,在基本精神上显然和《知北游》上的那一段是相通的:"列星随旋,日月递炤,四时代御,阴阳大化,风雨博施(按:相当于'四时有明法'),万物各得和以生,各得其成以成(按:相当于'万物有成理'),不见其事而见其功,夫是之谓神。皆知其所以成,莫知其无形,夫是之谓天(按:相当于'不言''不议''不说''无为''不作')。"
[3] 见《论语·阳货》:"子曰:'天何言哉?四时行焉,百物生焉,天何言哉!'"这一段话不但与《知北游》《天论》的两段话显然是相通的,即使视之为它们的根源,似亦可以成立。

陶渊明,《拟古》其七

日暮天无云,春风扇微和。佳人美清夜,达曙酣且歌。歌竟长叹息,持此感人多。皎皎云间月,灼灼叶中华,岂无一时好,不久当如何?

谢灵运,《石门岩上宿》

朝搴苑中兰,畏彼霜下歇。暝还云际宿,弄此石上月。鸟鸣识夜栖,木落知风发。异音同至听,殊响俱清越。妙物莫为赏,芳醑谁与伐?美人竟不来,阳阿徒晞发。

谢朓,《秋夜》

秋夜促织鸣,南邻捣衣急。思君隔九重,夜夜空伫立。北窗轻幔垂,西户月光入。何知白露下,坐视阶前湿。谁能长分居,秋尽冬复及。

谢朓,《玉阶怨》

夕殿下珠帘,流萤飞复息。长夜缝罗衣,思君此何极。

这样创作实践上的自觉,经由理论上像钟嵘体认到"兴"句所具有的"象"的性质与功能,而将它诠释为"文已尽而意有余",以及刘勰《文心雕龙》在《神思》中以为美文写作的心理活动就是"然后使玄解之宰,寻声律而定墨;独照之匠,窥意象而运斤。此盖驭文之首术,谋篇之大端也",注意到文学创作必须基于一种独创性的美感观照,"独照之匠";而观照的内容正是一种"意""象"生成的体悟,"窥意象";而这种意象之生成,依据的乃是"神用象通,情变所孕。物以貌求,心以理应"的原理。基本上正是以"物""貌"作为"心""理"之象征,借以形成一种美感意象,并且反过来以此

作为孕育此一美感意象之情感历程——"情变"——的具体表现。因而到了盛唐的王昌龄,就提出如下明确的创作方法:

> 诗思有三。搜求于象,心入于境,神会于物,因心而得,曰取思。久用精思,未契意象,力疲智竭,放安神思,心偶照境,率然而生,曰生思。寻味前言,吟讽古制,感而生思,曰感思。[1]

在三种"诗思"中除了"感思"是由前人作品所引发,和拟作或格调诗的关系较为密切外,"取思""生思"所强调的都是"神用象通"的原理,基本上仍是"立象以尽意"的主张。这种"契意象"的创作手法,正是唐诗的"神韵"精神之所寄:

> 王昌龄,《同从弟销南斋玩月忆山阴崔少府》
> 高卧南斋时,开帷月初吐。清辉淡水木,演漾在窗户。苒苒几盈虚,澄澄变今古。美人清江畔,是夜越吟苦。千里其何如,微风吹兰杜。

> 王昌龄,《芙蓉楼送辛渐》
> 寒雨连江夜入吴,平明送客楚山孤。洛阳亲友如相问,一片冰心在玉壶。

> 李白,《玉阶怨》
> 玉阶生白露,夜久侵罗袜。却下水晶帘,玲珑望秋月。

> 李白,《黄鹤楼送孟浩然之广陵》
> 故人西辞黄鹤楼,烟花三月下扬州。孤帆远影碧空尽,唯

---
[1] 见胡震亨《唐音癸签》卷二。

见长江天际流。

李白,《早发白帝城》
朝辞白帝彩云间,千里江陵一日还。两岸猿声啼不住,轻舟已过万重山。

孟浩然,《宿建德江》
移舟泊烟渚,日暮客愁新。野旷天低树,江清月近人。

孟浩然,《送杜十四之江南》
荆吴相接水为乡,君去春江正渺茫。日暮征帆何处泊?天涯一望断人肠。

王维,《鸟鸣涧》
人闲桂花落,夜静春山空。月出惊山鸟,时鸣春涧中。

王维,《栾家濑》
飒飒秋雨中,浅浅石溜泻。跳波自相溅,白鹭惊复下。

王维,《少年行》其一
新丰美酒斗十千,咸阳游侠多少年。相逢意气为君饮,系马高楼垂柳边。

刘长卿,《送灵澈》
苍苍竹林寺,杳杳钟声晚。荷笠带斜阳,青山独归远。

杜甫,《旅夜书怀》

细草微风岸,危樯独夜舟。星垂平野阔,月涌大江流。名岂文章著,官因老病休。飘飘何所似,天地一沙鸥。

杜甫,《登高》

风急天高猿啸哀,渚清沙白鸟飞回。无边落木萧萧下,不尽长江滚滚来。万里悲秋常作客,百年多病独登台。艰难苦恨繁霜鬓,潦倒新停浊酒杯。

韦应物,《滁州西涧》

独怜幽草涧边生,上有黄鹂深树鸣。春潮带雨晚来急,野渡无人舟自横。

张继,《枫桥夜泊》

月落乌啼霜满天,江枫渔火对愁眠。姑苏城外寒山寺,夜半钟声到客船。

刘方平,《春怨》

纱窗日落渐黄昏,金屋无人见泪痕。寂寞空庭春欲晚,梨花满地不开门。

杜牧,《秋夕》

银烛秋光冷画屏,轻罗小扇扑流萤。天阶夜色凉如水,卧看牵牛织女星。

李商隐,《嫦娥》

云母屏风烛影深,长河渐落晓星沉。嫦娥应悔偷灵药,碧海青天夜夜心。

温庭筠,《瑶瑟怨》
冰簟银床梦不成,碧天如水夜云轻。雁声远过潇湘去,十二楼中月自明。

通过"契意象"的表现形态,不论是明显地表现某种特殊的情感形态,如"愁"、"怨"、怀念、"断肠"、"孤"、"独"、"飘零"、"潦倒",或"意气"、自得,或者只是在显示某种"天地之美""万物之理",展现人在悠"闲"之际对于宇宙"真意"的体悟。唐诗一方面基于情感形态的多样性,另一方面亦由于具画意景象本身的无穷变化之可能的丰富性,形成主观情意的多种美感形态与众多客体物象的美感素质的繁复配合,而创造出极为丰富多样的美感类型。由皎然《诗式·辨体》的十九字("高""逸""贞""忠""节""志""气""情""思""德""诚""闲""达""悲""怨""意""力""静""动"),基本上都是只做"言志"的伦理德性上的划分,而转变到司空图《二十四诗品》("雄浑""冲淡""纤秾""沉着""高古""典雅""洗炼""劲健""绮丽""自然""含蓄""豪放""精神""缜密""疏野""清奇""委曲""实境""悲慨""形容""超诣""飘逸""旷达""流动"),讨论的都是情意与景象融会之后的风格类型,我们就可以看出"神韵诗"在唐代的充分实现与完全成熟。

因此使得倡言"韵外之致",寻求"咸酸之外"的"醇美",主张"妙契同尘。离形得似""超以象外,得其环中",强调"意象欲生,造化已奇""不着一字,尽得风流"[1]的司空图,得以

---

1 "韵外之致""咸酸之外"见司空图《与李生论诗书》。其余引句俱见《二十四诗品》。

不只是从"意"与"象"相契的创作方法或"立象以尽意，而象可忘也"的欣赏态度来讨论诗歌的"神韵"理论，而是将"神韵诗"的存在当作根本既成的事实，以此为出发点，着眼于这些"神韵诗"作美感类型的分辨与探讨，以形成一个完整的"神韵诗"之诸实有与可能风格的理论体系。皎然《诗式·辨体》中："贞""忠""节""志""气""情""思""德""诚""意"诸体，在司空图《二十四诗品》中找不到对等的品类，正可反映出"神韵诗"在风格上迥异于"言志诗"之处，这既反映了它的美感形态的特质，同时也显示了它的美感内涵的限制。

"立象以尽意"固然符合"形象的直觉"[1]的美感观照，但人类的生存经验、情志思维有许多时刻与场合无法也不容许只以"画意"的"景象"来作保持美感距离的观照与表达。元和诗人背离"神韵"的美学典范，促成了司空图《二十四诗品》的"神韵"理论的自觉与完成，意图通过此"理论"的提出，重新回归"神韵诗"的典范与道路。同样，元祐诗人继承元和诗人的美学典范而踵事增华的发展，亦使严羽《沧浪诗话·诗辨》重新提出钟嵘"文已尽而意有余，兴也"的理想，以为：

> 大抵禅道惟在妙悟，诗道亦在妙悟，且孟襄阳学力下韩退之远甚，而其诗独出退之之上者，一味妙悟而已。惟悟乃为当行，乃为本色。然悟有浅深：有分限，有透彻之悟，有但得一知半解之悟。汉、魏尚矣，不假悟也。谢灵运至盛唐诸公，透彻之悟也。他虽有悟者，皆非第一义也。

> 夫诗有别材，非关书也；诗有别趣，非关理也。然非多读书、

---

[1] 此为[意]贝奈戴托·克罗齐（Benedetto Croce）对美感经验的界定，参阅其《美学原理》，及朱光潜的《文艺心理学》。

多穷理，则不能极其至。所谓不涉理路、不落言筌者，上也。诗者，吟咏情性也。盛唐诸人惟在兴趣，羚羊挂角，无迹可求。故其妙处，透彻玲珑，不可凑泊，如空中之音，相中之色，水中之月，镜中之象，言有尽而意无穷。近代诸公，乃作奇特解会，遂以文字为诗，以才学为诗，以议论为诗。夫岂不工？终非古人之诗也。

司空图虽然完成了"神韵诗"的理论，但在建构理论之际，似乎以为这就是"诗"的理论。直到严羽才清楚地在意识中一方面承认"神韵诗"只是中国既存诗歌的美学类型中的一种，另一方面却又坚决以其为理想："故予不自量度，辄定诗之宗旨，且借禅以为喻，推原汉、魏以来，而截然谓当以盛唐为法；虽获罪于世之君子，不辞也。"因此，就"神韵诗"之为中国诗歌的基本美学类型之一的理论自觉而言，我们似乎可以说"神韵诗"的理论要到严羽方才完全提出，并且由于指明了这正是盛唐诗歌的美学性格之所在，遂使理论与实例得到充分的配合，足以互为诠解，对后世接受与运用此一美学典范，产生了很大的影响。

他以禅喻诗而出的"妙悟"一语，无疑也因语词的简省而滋生了不少的困扰，但其所指陈的其实不外乎钟嵘的"直寻"，王昌龄的"取思""生思"和"感思"之类的心理活动。所谓"透彻之悟"指的就是这种美感观照之中物象与情意能够充分契合，完全表现出成为一个富有象征效果的美感情境而已。这一方面可以由他引申钟嵘的"兴"为"言有尽而意无穷"的"兴趣"；另一方面就像钟嵘在提出"直寻"之际，批评当时诗人的"补假""用事"：

颜延、谢庄，尤为繁密，于时化之。故大明、泰始中，文章殆同书抄。近任昉、王元长等，词不贵奇，竞须新事。尔来作者，浸以成俗，遂乃句无虚语，语无虚字，拘挛补纳，蠹文已甚。但自然英旨，罕值其人。词既失高，则宜加事义。虽谢天才，且表学问，亦一理乎！[1]

他如出一辙地批评"近代诸公"的"以文字""以才学""以议论"为诗："且其作多务使事，不问兴致，用字必有来历，押韵必有出处，读之反复终篇，不知着到何处"见出端倪。"妙悟"与否的关键，一方面在于"薄言情悟，悠悠天钧""意象欲生，造化已奇"的在内心形成"生气远出""妙造自然"而又"离形得似"的"象"，[2]另一方面则在了解"言者明象也"，而使"独照之匠，窥意象而运斤"，通过语言表现出一种独创的、富含美感意味的鲜活形象来。这种"直寻"之"妙悟"的心理历程，实在具有"兴"的"触物起情""感物吟志"的性质，[3]这一点叶梦得《石林诗话》中即已说得很清楚：

"池塘生春草，园柳变鸣禽"，世多不解此语为工，盖欲以奇求之耳。此语之工，正在无所用意，猝然与景相遇，借以成章，不假绳削，故非常情所能到。诗家妙处，当须以此为根本，而思苦言难者，往往不悟。钟嵘《诗品》论之最详，其略云："'思君如流水'，既是即目；……自然英旨，罕遇其人。"余每爱此言简切，明白易晓。但观者未尝留意耳。自唐以后，既变以律体，固不能无拘窘。然苟大手笔，亦自不妨削镂于神志之间，斫轮于

---

1 见钟嵘《诗品·序》。
2 引句俱见司空图《二十四诗品》。
3 杨慎所著《升庵诗话》的"赋比兴"条引李仲蒙曰："触物以起情谓之兴，物动情也。"刘勰的《文心雕龙·明诗》以为："人禀七情，应物斯感，感物吟志，莫非自然。"笔者以为，由"感物"而"吟志"正是"兴"的特色，而刘勰的《文心雕龙·神思》主张"独照之匠，窥意象而运斤"，实亦出于他的"感物吟志"的理论使然。

甘苦之外也。

严羽的贡献，正在于他将原是创作方法的"兴"转化引申为作品风格的"兴趣"，并且通过所添加的"趣"字，强调了这类作品中所呈现的内容其实并非现实的景物或情感，而是一种浑然的美感观照中的作为美感经验之对象的"意""象"，"如空中之音，相中之色，水中之月，镜中之象"，因此不能视为日常语言，以条理的认知、现实的态度加以反应（"不涉理路、不落言筌""羚羊挂角，无迹可求"），只有通过相似的美感观照方能掌握，"故其妙处，透彻玲珑，不可凑泊"，其结果自然是一种"言者所以明象，得象而忘言。象者所以存意，得意而忘象"的"言有尽而意无穷"，一种无法以语言的理解，甚至以形象喻意之辨析所能穷尽的美感趣味的再生。而美感的趣味也就成为严羽心目中盛唐诗人所想经由诗歌所表现的"意"了，是以说："盛唐诸人惟在兴趣。"

三、"格律诗"的意义

"言志诗"和"神韵诗"的美学规范，基本上都是"内容"性的规范，前者侧重和现实情境的关系，后者偏向美感的形象观照。"格律诗"与"格调诗"则主要基于一种"形式"划分的规范。假如说"言志诗"和"神韵诗"在美学性向上显然具有相当的不兼容成分的话，在"格律诗"和"格调诗"之间，则并没有任何必然的矛盾，它们的提出只是为了方便说明某类作品的美学性质。真正和"格律诗"相对的是杂言的"乐府诗"，像：

《有所思》
有所思，乃在大海南。何用问遗君？双珠玳瑁簪，用玉绍缭之。闻君有他心，拉杂摧烧之。摧烧之，当风扬其灰。从今以往，勿复相思！相思与君绝！鸡鸣狗吠，兄嫂当知之。妃呼豨！秋风肃肃晨风飔，东方须臾高知之！

《上邪》

上邪！我欲与君相知，长命无绝衰。山无陵，江水为竭，冬雷震震，夏雨雪，天地合，乃敢与君绝！

这样的诗，在脱离了音乐之余，除了仍有明显的押韵的迹象，几乎可以算是"自由"诗了。它们的美感显然并不依赖语言的某些明显的格律。但是若仔细加以观察，它们的美感仍依赖于语文"形式"的两种特质，其一是接近日常语言所形成的对于说话者之口吻语调的模拟。由于语调往往反映说话者的情绪与个性，这种语调的模拟本身也是一种"情感"与"个性"的表现。因此它们在语句上的参差，并不只是为了追求一种参差的"形式"上的美感，因为参差的"形式"上的美感往往是不易觉知与把握的。它们的语句参差，正是一种"内容"的表现。在这类作品中，语言的"形式"主要是由应合说话的"心理"和"情意"之"内容"而决定的。因此语言"形式"并未脱离其表现的"内容"而独立，它所具有的美感基本上是表现性的。虽然如此，我们若再仔细观察，上述诗中的"语言"基本上和日常语言仍有相当的差异。使用"意象"的表现固然是其一，但在更重要的心意表达的结构上，其实是大量地使用"对比"以及"类似"的呈现来连接。

在《有所思》中，"有所思"和"何用问遗君"之间，显然具有情意上的"类似"性，而"乃在大海南"与"双珠玳瑁簪"之间，一方面"大海"与"珠""玳瑁"之间亦有关联上的"类似"性，而"大"与小，近与远则成"对比"。"何用问遗君"与"闻君有他心"则具"消息沟通"的"类似"性，而又在情意对待上成为"对比"。"用玉绍缭之"和"拉杂摧烧之"所处理的皆是象征情意的"双珠玳瑁簪"，而处理的态度与方向皆成"对比"。"摧烧之,当风扬其灰"与"从今以往,勿复相思"在情意上类似。"勿复相思"与"相思与君绝"则同时具有"类似"的对于对方之"相思"的否定,而上下两句又有不要"相思"的情爱与要"相思"的情爱行为的"对比"。"鸡鸣狗吠"与"秋风肃肃晨风飔"有强调其声响的"类似"性,又有惊扰的声响和自然的声响的"对比"。"兄嫂当知之""东方须臾高知之"在"知之"上是"类似"的,在时间和知之者上又成"对比"。

同样的借"类似"与"对比"作为组构的原则,亦见于《上邪》一诗中。"我欲与君相知"与"乃敢与君绝"其为"对比"固无待言,"长命无绝衰"和"山无陵"在句式上有其"类似",意念上正是"对比"。"山无陵"和"江水为竭"在意念上是"类似",在景物上是"对比"。"冬雷震震"和"夏雨雪"在气候的反常上是"类似",在季节上是"对比"。"天地合"与"乃敢与君绝",在字面上"合"与"绝"成"对比",在强调其为不可能的意念上则为"类似"。

事实上,利用景象与意念的"类似"与"对比"之并置来呈现,正是诗歌消减了解说的精简表达方式,也是足以转化内在意念与情感的体验为欣赏者可以经验与感受的经验品(经验的对象)的必然途径(人类做梦经验中的梦思亦往往经由相同方式来转化为梦境)。因此"自由"诗与"格律诗"的基本差异,其实主要是在语句的参差与整齐上,而不是在基本的思维方式上。诗歌的基本思维方式假如除去"叙事"对于"情节"与"人物"的模拟,其实正是"格律诗"所刻意强调的方式——"对"。

那么,"自由"诗的参差与"格律诗"的整齐之"形式"差异,其意义何在?但是作这样的询问,就中国古典诗歌而言,或许是一种误导。事实上,中国古典诗并无所谓的"自由"诗存在。凡是语句"参差"的仍然押韵,并且主要都是"合乐"的乐歌,不论是《诗经》,是"乐府",是"词",是"曲",皆是如此。《楚辞》的情况比较隐

晦，但至少其在形式上已有独特的"兮"字来形成它专有的音律效果。因此，正如李东阳《麓堂诗话》所谓

> 诗在六经中别是一教，盖六艺中之乐也。乐始于诗，终于律，人声和则乐声和。又取其声之和者，以陶写情性，感发志意，动荡血脉，流通精神，有至于手舞足蹈而不自觉者。后世诗与乐判而为二，虽有格律，而无音韵，是不过为排偶之文而已。使徒以文而已也，则古之教，何必以诗律为哉？

"格律"正是"诗与乐判而为二"之后所丧失的"乐律"在"音韵"上的代替品。没有了音乐的"声依永，律和声"，只好以文字形式上的"诗律"来补充，而整齐正好是最容易觉知的形式特点，因此诗律发展的第一步，除了押韵之外就是语句的整齐化。中文的独体单音的特质，无疑使这一整齐化格外容易，也就更容易依赖这种整齐，甚至因为这种整齐，中国的古典诗被称为四言、五言、六言、七言等。纯为五言的《古诗十九首》中的

> 生年不满百，常怀千岁忧。昼短苦夜长，何不秉烛游。为乐当及时，何能待来兹？愚者爱惜费，但为后世嗤。仙人王子乔，难可与等期。

和杂言的乐府诗《西门行》在内容甚至部分语句上的重叠近似：

> 出西门，步念之，今日不作乐，当待何时？逮为乐，逮为乐，当及时。何能愁怫郁，当复待来兹。酿美酒，炙肥牛，请呼心所欢，可用解忧愁。人生不满百，常怀千岁忧。昼短苦夜长，何不秉烛游。游行去去如云除，弊车羸马为自储。

正可解释"乐始于诗,终于律",因此合乐的"诗"则不妨"参差",而当"诗与乐判而为二",只有以刻意的"诗律",依赖语句的"整齐"划一,才能够显示诗歌的"音韵"之美。

当"诗律"因"与乐判而为二"而走上语句的整齐划一之后,诗歌惯常使用的"对比"与"类似"的语句与语句连接的思维模式,很自然地就不再停留在思想意念上的"类似"与"对比"关系,而发展为在语句与语句文法关系之对称上去实现此一"类似"与"对比"的效果。"对称"因此就是一种由于单音独体文字而能充分实现语句的整齐划一之"形式"美感的更进一步发展的指导原则。这种"对称"的效果,首先只出现在零星的语句中,如"胡马依北风,越鸟巢南枝"说理的比喻,或"青青陵上柏,磊磊涧中石"起兴的景象,基本上都只是装饰性的语句。[1]而当宫廷宴游诗兴起,存心作诗的文人开始为了竞逞才华,刻意强调这种"装饰"趣味的美感,因而不断制作出像"白日曜青春,时雨静飞尘"(曹植,《侍太子坐》)、"凝霜依玉除,清风飘飞阁"(曹植,《赠丁仪》)、"白苹开素叶,朱草茂丹华。微风摇茝若,增波动芰荷"(张华,《杂诗》)、"清川含藻景,高岸被华丹"(陆机,《日出东南隅行》)、"迅雷中宵激,惊电光夜舒"(陆机,《赠尚书郎顾彦先》其二)之类的写景对句来。对句至此已经显示它不但具有"对比"与"类似"的效果,而且它显然可以不加解说或连接,使两个"景象"因为句法的"对称"而迭合成为一个"整体画面",并且因为内在的互补均衡而形成稳定自足的、可以反复品味的独立的美感单位。这对以独立的具"画意"景象呈现"诗情"的"神韵诗"的发展,显然是极大的促进与方便。因此,对句在"为情造文"的时代,只具边缘的"装饰"或"增益"的效果,但在"为文造情"的时代,甚至可以成为构思或表达的基本原则,而产生像下列

---

[1] 引句俱见《古诗十九首》。

纯粹以"对句"构成的诗作：

> 谢灵运，《登池上楼》
> 潜虬媚幽姿，飞鸿响远音。薄霄愧云浮，栖川怍渊沉。进德智所拙，退耕力不任。徇禄反穷海，卧疴对空林。衾枕昧节候，褰开暂窥临。倾耳聆波澜，举目眺岖嵚。初景革绪风，新阳改故阴。池塘生春草，园柳变鸣禽。祁祁伤豳歌，萋萋感楚吟。索居易永久，离群难处心。持操岂独古，无闷征在今！

自然的景象，由于是外在的复杂的客体，使用"对句"加以表达时，似乎有意无意中正将人类的再组织与诠释的痕迹抹去，而显现为近乎"景象"的"直接呈现"的效果。因此"对句"似乎正是"巧构形似之言"的关键。但是人类自身的情志（"进德智所拙，退耕力不任"）、行动（"倾耳聆波澜，举目眺岖嵚"）以及生活状况（"徇禄反穷海，卧疴对空林"）使用"对句"来表达时，就显出一种"刻意造作"的"美感距离"来，正与"参差"的乐府诗模拟说话者的语调以反映说话者的情绪与个性之美感效果相反。这种"整齐"甚至刻意"对称"的语言"形式"，正要强调"语言"是一个独立于"事件"的美学客体，"诗歌"是一种"语言的创造"而不是"事件的叙述"。"事件"因此被"语言"陌生化了，"情志""行动""境遇"亦被客观化、外在化而丧失了它们的个人特殊的属性。中国古典诗中省略主词所形成的整体境况的由特殊个人之境遇而转化为人类普遍的共同经验之可能，以及共同命运之象征，至此得到更进一步的发展与完成。"名岂文章著，官因老病休"因此成为多少失意文人的共同心声；"此情可待成追忆，只是当时已惘然"又是多少有情人在追忆怀思之际的慨叹！"格律诗"因此提供了双重的美感：情境事件心志景象诸"内容"的美感，以及语言文字组构"形式"的美感。而后者的美感，可以不是"辅助"性质,甚至可以是我们所首先经验的原初美感,只有再加思维、想象才能体会到前者的美感。"格律诗"的出现正提醒我们,诗歌所提供给我们的原是一种"语言"经验,而并不是"情志事象"的经验;正如"诗"与"乐"的美感并不全然相同,二者可分可合;同样的"诗"的"语言"美感和"情境"美感亦并不全然相同,二者亦一样可分可合。"格律诗"打破了我们在"言志"与"神韵"观念中,以为"语言"只是一种"工具"、一种"媒介"、一种"手段"的观念,当"言志"观念要我们"知人论世""以意逆志","神韵"观念要我们"得意忘言"甚至"得象而忘言"之际,"格律诗"却要我们正视"诗"就是"语言的特殊组构",我们对"诗"的美感经验正是始于对于"语言"之"组构"的经验。"语言"正是"诗"本身。"语言"组构的"形式"美正是"诗"不同于其他文类、文体的命脉之所在(即使是以无韵的自由诗为主的现代诗,亦有赖于"分行""分段"或"图象"化等语言组构之"形式"设计,来作为与其他文体、文类区分的基础)。因此当唐初的诗学将刘勰《文心雕龙·丽辞》针对对偶的原理所提出的"四对":

> 故丽辞之体,凡有四对:言对为易,事对为难,反对为优,正对为劣。言对者,双比空辞者也;事对者,并举人验者也;反对者,理殊趣合者也;正对者,事异义同者也。

扩充为"八对"之说,不论是上官仪《笔札华梁》的:

> 一曰正名,二曰隔句,三曰双声,四曰叠韵,五曰连绵,六

曰异类，七曰回文，八曰双拟。[1]

或者是元兢《诗髓脑》的"正对、异对、平对、奇对、同对、字对、声对、侧对"[2]，其实侧重的都是"对句"的语言的特殊"形式"。刘勰的"四对"之说仍然以"内容"为重，因此强调"事对为难""反对为优"。但是上官仪的"八对"，除了"正名""异类"稍涉"内容"，"双声""叠韵"其实是有音韵重复性质之造词法的应用；"连绵""双拟"皆为重字的不同形态的造句法；"回文""隔句"则是特殊的复句以上的关联，基本上都是"形式"在"对偶"之上的"刻意复杂化"的强调与表现。而元兢"八对"中的"正对""异对""平对""同对"皆因承袭前人而多少牵涉"内容"与评价，但他所新创的"奇对""字对""声对""侧对"：

> 奇对者，若马颊河、熊耳山。此"马""熊"是兽名，"颊""耳"是形名，既非平常，是为奇对，他皆效此。又如漆沮、四塞。漆与四是数名，又两字各是双声对。又如古人名，上句用曾参，下句用陈轸，"参"与"轸"同是二十八宿名。若此者，出奇而取对，故谓之奇对，他皆效此。
> ……
> 或曰：字对者，若桂楫、荷戈。"荷"是负之义，以其字草名，故与"桂"为对。不用义对，但取字为对也。或曰：字对者，谓义别字对是也。诗曰："山椒架寒雾，池筱韵凉飙。"山椒，即山顶也；池筱，傍池竹也：此义别字对。
> ……

---

[1] 见残存于《吟窗杂录》中所谓《魏文帝诗格》，据王梦鸥先生以《文镜秘府论》所引录上官仪《笔札华梁》参校二者几同，故断为上官仪《笔札华梁》残叶。见王梦鸥，《初唐诗学著述考》（台北：台湾商务印书馆，1977年1月初版）。
[2] 见王梦鸥《初唐诗学著述考》所辑，第74页。

或曰：声对者，若晓路、秋霜。路是道路，与霜非对，以其与露同声故。或曰：声对者，谓字义俱别，声作对是。诗曰："彤驺初惊路，白简未含霜。"路是途路，声即与露同，故将以对霜。又曰："初蝉韵高柳，密蔦挂深松。"蔦草属，声即与飞鸟同，故以对蝉。

……侧对者，若冯翊（地名，在左辅也）、龙首（山名，在西京也）。此为冯字半边有马，与龙为对；翊字半边有羽，与首为对，此为侧对。又如泉流、赤峰。泉字其上有白，与赤为对，凡一字侧耳，即是侧对，不必两字皆须侧也。[1]

其实都是纯粹经由文字"形式"在原有的"内容"之外，寻求"秘响傍通，伏采潜发"的"争价一句之奇"的表现；正是刘勰《文心雕龙·隐秀》所谓"义生文外""文外之重旨者也"的"隐"的"形式"规律上的发明。这些都反映出"格律诗"的种种"格律"之规约与寻求，其实就是出于对语言组构之"形式"美，在传达"内容"之外所具有的独立价值之肯定的立场。

"格律"诚如李东阳所谓的："虽有格律，而无音韵，是不过为排偶之文而已。"因此"诗律"另一个必然的发展是如何在"整齐"的"形式"基础上，同时寻求"音韵"的"对比"与"类似"的"对称"原理之最大的实现。这也就是沈约在《宋书·谢灵运传论》所谓

夫五色相宣，八音协畅，由乎玄黄律吕，各适物宜。欲使宫羽相变，低昂互节，若前有浮声，则后须切响。一简之内，音韵尽殊；两句之中，轻重悉异。妙达此旨，始可言文。

---

[1] 见日僧遍照金刚《文镜秘府论》东卷。

的基本立场。虽然他用了"五色相宣，八音协畅"之"各适物宜"来辩解，其实他只不过将原来用在辞义中"对偶"的原理用到字音上来，在一句之内采取"句内对"的精神就成了"一简之内，音韵尽殊"；在两句之中采取"对句"的形态，就得到"两句之中，轻重悉异"。所谓"始可言文"的"妙达此旨"，不过是"若前有浮声，则后须切响"的"声音"上的"对称"原理的反复运用。因此由"四声八病"的讲求到近体诗的充分完成，其实不过就是以"整齐对称"的语言"形式"来自觉地弥补"诗与乐判而为二"所损失的"乐律"所具有的"歌永言，声依永，律和声。八音克谐，无相夺伦，神人以和"的美感效果而已。因此沈约一方面承认："曲折声韵之巧，无当于训义，非圣哲立言之所急也。是以子云譬之'雕虫篆刻'，云'壮夫不为'。"另一方面仍然坚持："若以文章之音韵，同弦管之声曲，则美恶妍蚩，不得顿相乖反。"[1]是以除非"诗"或者走倚声合乐的道路，如"乐府""词""曲"，否定一己的独立性；或者干脆放弃自己的音韵效果，并入艺术性的散文。"诗"终究是要讲究"格律"的，只是这些"格律"未必皆如近体诗因为充分地利用了传统中国语文的单音独体的方便，而把"整齐""对称"的美感规律发挥得那么淋漓尽致罢了。

四、"格调诗"的价值

一旦诗歌的写作脱离了纯为自然流露的天籁阶段，美感规范的习得就成为创作的先决条件。一般而言，化为抽象理论的美感规范往往只具空泛的方向指导，对于作品的产生总是消极限制的意义多，实际促成塑型的意义少。因此在实际创作的过程中，美感规范的习得主要还是来自对于具有典范性质之作品的揣摩仿真。建安诗人留下了相当数量使用"乐府旧题"的作品，或许就是这种典范学习过程的残迹。而事实上，除非能够自行开创新的美感风格，一个诗人或者一群

---

[1] 见沈约《答陆厥书》。

诗人，甚至一整个时代的诗人，就会一直停留在已经由前人的具典范性的作品所充分具现的美学风格中。在既有的美学风格中写作，其实并不一定就会妨碍一个诗人"言志"甚至追寻"神韵"，因为风格毕竟是一种具有相当普遍性的美感类型，一个美感类型中尽有足够的空间可以容纳与其美感性质兼容的各式各样的情意、景象"内容"与各型各类语言结构的"形式"。同时各种文类文体本身亦往往有其基本的风格倾向与限制，因此一方面诚如王国维所谓

> 四言敝而有楚辞，楚辞敝而有五言，五言敝而有七言，古诗敝而有律绝，律绝敝而有词。盖文体通行既久，染指遂多，自成习套。豪杰之士，亦难于其中自出新意，故遁而作他体，以自解脱。一切文体所以始盛终衰者，皆由于此。故谓文学后不如前，余未敢信。但就一体论，则此说固无以易也。[1]

而有文体嬗变的现象；另一方面则在"文体通行既久，染指遂多，自成习套"，由于足为典范的作品大量出现，因此形成了这一文体固定的或标准的风格的观念，使用这种文体就意味着接受并追寻这种固定的美学风格。或者如果已然出现数种以上不同的美学风格，使用这种文体也就意味着对这些不同风格的判别、批评与取舍。因此写作就不仅是表达一己之情志或美感观照，而且同时是某种对于先前作品的欣赏肯定与批评鉴别的活动。这种同属于一个文类文体所形成的传统，其写作某种意义上就是对于此一传统中其他作品之认同取法或变异争胜，使作品与作品之间因传统的发展这一观念而形成一种交互影响的辩证关系。在这种关系中，一个文类或文体具有某种范围的共同的美学风格，也就形成一种最广义的"格调"的观念。从这种最广义的角度看，任何作品事实上都不能逾越其所属文类文体的本质性的"格

---

[1] 见王国维《人间词话》。

调"，因此"格调"的学习就是写作这种文类文体、参加此一文类文体之传统的先决条件。所以所有的"格调"理论总是包含着一种对于文类文体之整体发展的"传统"的意识以及对此"传统"重新再认的努力。这不但见于主张"当以盛唐为法"的严羽：

> 夫学诗者以识为主：入门须正，立志须高；以汉、魏、晋、盛唐为师，不作开元、天宝以下人物。若自退屈，即有下劣诗魔入其肺腑之间；由立志之不高也。……工夫须从上做下，不可从下做上。先须熟读《楚辞》，朝夕讽咏，以之为本；及读《古诗十九首》，乐府四篇，李陵、苏武，汉魏五言皆须熟读，即以李、杜二集枕藉观之，如今人之治经，然后博取盛唐名家，酝酿胸中，久之自然悟入。虽学之不至，亦不失正路。
>
> ……
>
> 试取汉、魏之诗而熟参之，次取晋、宋之诗而熟参之，次取南北朝之诗而熟参之，次取沈、宋、王、杨、卢、骆、陈拾遗之诗而熟参之，次取开元、天宝诸家之诗而熟参之，次独取李、杜二公之诗而熟参之，……又尽取晚唐诸家之诗而熟参之，又取本朝苏、黄以下诸家之诗而熟参之，其真是非自有不能隐者。倘犹于此而无见焉，则是野狐外道，蒙蔽其真识，不可救药，终不悟也。[1]

亦见于模拟所有重要五言诗人而写成《杂体》三十首的江淹：

> 夫楚谣汉风，既非一骨；魏制晋造，固亦二体。譬犹蓝朱成彩，杂错之变无穷；宫商为音，靡曼之态不极。故蛾眉讵同貌，而俱动于魄；芳草宁共气，而皆悦于魂，不其然欤？至于世之诸

---

[1] 见严羽《沧浪诗话·诗辨》。

贤，各滞所迷，莫不论甘而忌辛，好丹而非素。岂所谓通方广恕，好远兼爱者哉？……然五言之兴，谅非复古。但关西邺下，既已罕同。河外江南，颇为异法。故玄黄经纬之辨，金碧浮沉之殊，仆以为亦合其美并善而已。今作三十首诗，效其文体，虽不足品藻渊流，庶亦无乖商榷云尔。

由于江淹所面对的是"五言之兴，谅非复古"，是一个方兴未艾、相对而言相当初始短暂的"传统"，对他而言只要"亦合其美并善而已"，承认他们合而成为一个五言诗的已然成立的"传统"，而他们的独特风格在此"传统"中，各为五言诗之"格调"的可能的表现之一，即已足够。但是由于严羽面对的其实是一个已然高度发展、近于"染指遂多，自成习套"的"终衰"之际的"传统"，"传统"的"格调"不但已经完全成形，而且已经出现各个阶段的显著变化，因此明显地形成多种不同可能的"格调"在"传统"中的杂然并陈。于是开创新的美学风格、新的"格调"，不再是要务，而认识此一"传统"，尤其是"传统"中最合此种文类文体的美学风格的"格调"的"真识"就成为创作的首要条件，所以强调"夫学诗者以识为主"。因此严羽一方面在强调形成"传统"之"格调"的认知之"识"的形成上，仍然以为必须涵盖古近体诗的整体发展：由"取汉、魏之诗而熟参之"……直到"取本朝苏、黄以下诸家之诗而熟参之"；但在众多风格的取法上则要求有所选择："入门须正，立志须高；以汉、魏、晋、盛唐为师，不作开元、天宝以下人物。"因而在实际的写作上则主张仅以《楚辞》、汉魏、李杜、盛唐为典范。这一方面是当"传统"已经过为繁复时若不加选择，就失去了事实上的典范学习的意义；另一方面则是在"一切文体"的"始盛终衰"的发展过程中，肯定其"始盛"的美学风格为该文体之最适宜的美学风格，亦即以"本色""当行"或者"极致""入神"（"诗而入神，至矣，尽矣，蔑以加矣！惟李、杜得之。他人得之盖寡也")的作品之"格调"作为学习的典范。

明代"格调派"的诗论大抵承袭了严羽的这种观念。但是以前人为典范未必选择"本色""当行"的作品，而且各人对何谓"极致"往往有不同的看法，这事实上是在文体已充分发展、"自成习套"之余的后起时代诗人（除非能够另辟蹊径，自创新鲜的美学风格），所难以避免的命运：

> 国初之诗尚沿袭唐人：王黄州学白乐天，杨文公、刘中山学李商隐，盛文肃学韦苏州，欧阳公学韩退之古诗，梅圣俞学唐人平淡处。至东坡、山谷始自出己意以为诗，唐人之风变矣。山谷用工尤为深刻，其后法席盛行海内，称为江西宗派。近世赵紫芝、翁灵舒辈，独喜贾岛、姚合之诗，稍稍复就清苦之风，江湖诗人多效其体，一时自谓之唐宗；不知止入声闻、辟支之果，岂盛唐诸公大乘正法眼者哉！[1]

严羽与明代的"格调派"诗论，正是基于文体的"本色""当行"的观念，宁可"入门须正"，"虽学之不至，亦不失正路"，因此强调"从顶领上做来"，要"直截根源"，以"始盛"至"极致"的"汉、魏、晋、盛唐为师"，宁可归宗于前人最高的美学典范，而不愿如"东坡、山谷始自出己意以为诗"。这固然是"正格"与"变调"之间的评价问题，也是遵循典范或改变典范的选择的问题。晚明"性灵派"如袁宏道诗论称赏苏东坡与宋诗，正因其"始自出己意以为诗"："今之人徒见宋之不唐法，而不知宋因唐而有法者也。"[2] "法李唐者，岂谓其机格与字句哉？法其不为汉，不为魏，不为六朝之心而已，是真法

---

1 见严羽《沧浪诗话·诗辨》。
2 见袁宏道《雪涛阁集·序》。

者也。""迹而败，未若反而胜也。夫反，所以迹也。"[1]但是不论是"迹"是"反"，是遵循是改变，都建立在明显地意识到"传统"与"典范"的存在的结果上。或许意识到前人作品已然存在是所有后起者所无法逃避的命运，因此不论是"格调派"的理论或"性灵派"的主张，都是这种后起者的诗观，都无法完全摆脱这种"师"与"法"的问题与考虑。

但是即使是被严羽视为"始自出己意以为诗"的"东坡、山谷"，亦未必真的全出己意，前无所承，其实往往只是"转益多师是汝师"（杜甫，《戏为六绝句》），不为一家所限而已。苏东坡晚年喜好陶渊明诗，追和其作达一百有九篇，虽自以为：

> 古之诗人有拟古之作矣，未有追和古人者也。追和古人，则始于吾。吾于诗人无所甚好，独好渊明之诗。渊明作诗不多，然其诗质而实绮，癯而实腴，自曹、刘、鲍、谢、李、杜诸人，皆莫及也。吾前后和其诗凡一百有九篇，至其得意，自谓不甚愧渊明。[2]

却正说明了"和"诗其实是和"拟古"相近，正是有他人作品在心之际的写作，因此事实上亦不妨"子瞻诗句妙一世乃云效庭坚体……"[3]同时这一段话亦说明了所谓改变典范，往往是出于对于"传统"或对于"极致"有了不同的诠释，提升了前人所较不注意的作者作品以作典范而已。而黄山谷更是所谓"夺胎换骨法"的首倡者，《野老纪闻》载：

---

1 见袁宏道《叙竹林集》。
2 见苏辙《子瞻和陶渊明诗集引》。
3 见黄庭坚诗题。

山谷云：诗意无穷，人之才有限，以有限之才，追无穷之意，虽渊明少陵不能尽也。然不易其意，而造其语，谓之换骨法；规模其意，形容之，谓之夺胎法。[1]

"换骨""夺胎"正是"拟古"或模拟的基本手法。因此不论是专学一家，是"其美并善"，甚至"会萃百家句律之长，究极历代体制之变"[2]，基本上都是一种对典范的学习，对美感风格的取法。为了讨论的方便我们就将这种衍生自既有作品又具近似美感风格类型的诗作，不论其原来作品为古人或同时代人所作，皆称为"格调诗"。

对于这种"格调诗"所具有的美学意义与价值，也许仍该从具体的实例来思考，兹先以陆机的"拟古诗"为例，并且为了讨论观察的方便，我们将它们与原作一一并列：

《古诗十九首·涉江采芙蓉》
涉江采芙蓉，兰泽多芳草。采之欲遗谁？所思在远道。还顾望旧乡，长路漫浩浩。同心而离居，忧伤以终老。

陆机，《拟涉江采芙蓉》
上山采琼蕊，穹谷饶芳兰。采采不盈掬，悠悠怀所欢。故乡一何旷，山川阻且难。沉思钟万里，踯躅独吟叹。

《古诗十九首·迢迢牵牛星》
迢迢牵牛星，皎皎河汉女。纤纤擢素手，札札弄机杼。终日不成章，泣涕零如雨。河汉清且浅，相去复几许？盈盈一水间，脉脉不得语。

---

1 见王楙《野客丛书》附录。
2 见刘克庄《江西诗派小序》，对黄庭坚的形容。

陆机，《拟迢迢牵牛星》

昭昭清汉辉，粲粲光天步。牵牛西北回，织女东南顾。华容一何冶，挥手如振素。怨彼河无梁，悲此年岁暮。跂彼无良缘，睆焉不得度。引领望大川，双涕如沾露。

《古诗十九首·明月何皎皎》

明月何皎皎，照我罗床帏。忧愁不能寐，揽衣起徘徊。客行虽云乐，不如早旋归。出户独彷徨，愁思当告谁？引领还入房，泪下沾裳衣。

陆机，《拟明月何皎皎》

安寝北堂上，明月入我牖。照之有余辉，揽之不盈手。凉风绕曲房，寒蝉鸣高柳。踟蹰感节物，我行永已久。游宦会无成，离思难常守。

陆机的《拟古诗》共有十二首，我们这里只引了三首，主要是它们似乎足以显示这种"拟古"类型的"格调诗"的几种基本的形态。虽然冯班《钝吟杂录》以为：

> 陆士衡拟古诗、江淹拟古三十首，如搏猛虎，捉生龙，急与之较力不暇，气格悉敌。今人拟诗，如床上安床，但觉怯处，种种不逮耳。然前人拟诗，往往只取其大意，亦不尽如江、陆也。

假如"气格悉敌"不仅是一种评价的赞语，指的亦不仅是"只取其大意"，而是努力在"拟作"中创造出与"原作"一一对称的语句来，那么陆机的拟作中确乎有此精神或意图存在，但是并不仅止于此。在《拟涉江采芙蓉》中似乎最接近这种意图。他以"上山采琼蕊，穹谷饶芳兰"来拟"涉江采芙蓉，兰泽多芳草"，其实正是在撰写与原诗相对的"对句"。这种情形正如他以"西山何其峻，层曲郁崔嵬。零露弥天坠，蕙叶凭林衰"来拟"东城高且长，逶迤自相属。回风动地起，秋草萋已绿"一般，[1] 当然他也显然有意地使"拟作"自身的两句具有了"原作"所没有的"对句"的意味。这种"拟作"本身的"对句"化，亦见于接下来的"采采不盈掬，悠悠怀所欢"。这两句自然和"采之欲遗谁？所思在远道"是平行的，却用"采采"和"悠悠"的叠字加强了"采"的动作与心理的暗示以及"思"的历程；而且很巧妙地利用"悠悠"的既是"思"的状态，亦可是"所欢"之所在距离的双关性，照应了"所思"的"在远道"。接着"故乡一何旷"直接以"还顾望旧乡"的心情，既照应了"还顾"的动作，又表达了下句"长路漫浩浩"的内容，因此"山川阻且难"既在主观意识上加强了"漫浩浩"的距离感，又提供了必要的外在的客观景象，使"还顾望"的动作与"长路"的景象有了平行的表现。结句的"沉思钟万里"则显然是以"沉思"照应"同心"，以"万里"照应"离居"；同样的"踯躅独吟叹"则以"踯躅"和"吟叹"照应"忧伤"，以"独"照应上句的"同心而离居"，而将观念性的"同心而离居，忧伤以终老"，借动作、心理与景象加以表现。因此"拟作"似乎是亦步亦趋地紧随"原作"，却也将"原作"中的情思动作化、景象化、格律化，因而产生了增益、附丽的美感。

在《拟涉江采芙蓉》中，陆机有意以两句为单位与原作做对当的表现，因此不只"气格悉敌"，而且句数相当。但在《拟迢迢牵牛星》上则增加了两句，使"拟作"有了更大的表现自由，虽然仍然照顾着"原作"的主要内涵。首先仍以"昭昭清汉辉，粲粲光天步"的"昭昭""粲粲"保持了对于原诗中使用"迢迢""皎皎""纤纤""札

---

[1] 前句见陆机《拟东城何一高》，后句见《古诗十九首·东城何一高》。

札"叠字之特殊风格的模拟。而"昭昭"和"粲粲"在语意上亦照应了原诗中"皎皎"的明亮之意旨，并且对应"河汉"与"织女"皆为"星象"之暗示。其实"昭昭清汉辉"正是"皎皎河汉"的景象化，而"粲粲光天步"一方面落实了"牵牛西北回"的牵牛而行的景象，另一方面隔着"昭昭清汉辉"，再由"织女东南顾"显现出"牵牛星"的"迢迢"来了。由于诗中的"践彼无良缘，睆焉不得度"显然是引用了《诗经·小雅·大东》一诗的"跂彼织女"与"睆彼牵牛"，因此"牵牛西北回，织女东南顾"的方位，再加上"粲粲"一词对"牵牛"的形容，自然也使人联想到该诗的"东人之子，职劳不来。西人之子，粲粲衣服"，多少正暗示了同于该诗所谓"跂彼织女，终日七襄。虽则七襄，不成报章"的"札札弄机杼。终日不成章"。所以"拟作"中就不复照应"织女"的"职劳不来"的"织作"了。但是"皎皎河汉女"的"皎皎"其实不是指"河汉"而是指"织女"，并且意义也不是普通所谓的明亮，而是如"盈盈楼上女，皎皎当窗牖"（《古诗十九首·青青河畔草》），指的正是她的艳光四射、明艳动人。因此"拟作"以"华容一何冶"来照应这一层含意。"挥手如振素"，正以"挥""振"暗示"擢""弄机杼"，尤其充分利用了丝织品"素"的本身形象，不但生动地表现"纤纤""素手"，而且再一次暗示了"织布"的行为。接着"怨彼河无梁"以具体的形象呈示"河汉清且浅，相去复几许？盈盈一水间，脉脉不得语"的隔阻的幽怨。由于"河汉清且浅"的美丽景象已在首句中以"昭昭清汉辉"中表现了，就在意念上以"悲此年岁暮。践彼无良缘，睆焉不得度"加强"原作"中"泣涕零如雨"的悲哀的心理意义，而结束全诗在"引领望大川，双涕如沾露"。"引领望大川"自然正照应"原作"的"河汉清且浅""盈盈一水间"所隐含的顾望的动作，而且有意将"原作"中的反激之言的"清且浅"和"盈盈一水"背后的严阻艰隔之事实，以"大川"明白表现，在"怨彼河无梁，悲此年岁暮。践彼无良缘，睆焉不得度"

的意识中，显得格外绝望、格外悲伤。结句"双涕如沾露"的"双涕"也强调了顾望的"双眼"，还加强了"望"的悲愁。这种"拟作"已不再亦步亦趋，而具有相当意味的分析、综合的重组再造的性质了。

《拟明月何皎皎》和原诗虽然句数相同，但意味已经有了相当大的歧异。似乎"拟作"只保留"原作"的"月照"引发"思归"的基本心理结构而已。因此"原作"的"明月何皎皎，照我罗床帏"，就转化为"明月照我床"的"安寝北堂上，明月入我牖"，以及刻意表现"明月何皎皎"，月光之清辉撩人的"照之有余辉，揽之不盈手"了。而"揽衣起徘徊"，则只以"凉风绕曲房"的景象暗示"揽衣"之"凉"，"徘徊"亦外在化为"绕曲房"。"寒蝉鸣高柳"自然可以有一点"出户"的暗示，勉强也可以说和"独彷徨"的情调有一点相通。但是"凉风绕曲房，寒蝉鸣高柳"的"神韵诗"的表现，却是高度直抒直叙性的"原作"所绝对没有的。而"拟作"的全诗也正有意地避免如"原作"的"忧愁不能寐""愁思当告谁""泪下沾裳衣"因过于直露而缺乏含蓄韵致的情感，甚至对"客行虽云乐，不如早旋归"的矛盾与论辩式的表白也是如此。因此"拟作"除了采取"原作"所无的以"画意"的景象表现"诗情"的"神韵"的手法，更重要的是以"踟蹰感节物"交代了"感物吟志"的心理历程，特别强调的是"我行永已久""游宦会无成"，扣紧了思乡情绪之必然，显然就消除了"客行虽云乐"的"乐不思蜀"或"但使主人能醉客，不知何处是他乡"（李白，《客中作》）之可能，以及突如其来的"忧愁""愁思"，甚至"泪下沾裳衣"的矛盾，因而结束在"情景交融"的"离思难常守"，含蓄地表达了思归的情绪，因此无论从哪方面看，在情感性质与表现上皆较"原作"深刻沉着。所以这首"拟作"确实可以当得起《文心雕龙·辨骚》所谓的"观其骨鲠所树，肌肤所附，虽取镕经意，亦自铸伟辞"了。

像《拟明月何皎皎》只取"原作"的"月照思归"结构而"自铸

伟辞"的"模拟"方式，若非陆机在诗题上注明"拟明月何皎皎"，其实它"模拟"《明月何皎皎》的成分，并不多于李白的《静夜思》（"床前明月光，疑是地上霜。举头望明月，低头思故乡"）对于上述二诗的"模拟"，假如我们可以因为彼此情调的近似而径自视为"模拟"的话。

由上述三例可见，假如我们不以"言志"的观点要求诗人必须直接表现自己的生平经历，则"模拟"的诗作依然大有可观。就以《拟涉江采芙蓉》这类亦步亦趋的"模拟"诗作而论，虽然原始的"诗意结构"是根源于《涉江采芙蓉》，假如我们同意"格律诗"潜在的美学规范，承认"诗"是一种"语文组构"的创造，那么首先它仍然必须创造出与原诗"气格悉敌"的另一种语文组构来。在原诗已经很优美又很自然的语言表达方式之外，要另外创构既表达相同意旨，又必须是不同的语言表达的形态，同时还得达到对等甚至超越原诗的自然与优美，若只就"格律诗"所注意的"语文组构"层面的美感创造而言，其实并不比"直抒胸臆"来得容易。这一方面显示"言者所以明象"，而相同的"象"却可以经由不同的多种的"言"来"明"。至于以"上山采琼蕊，穿谷饶芳兰"来拟"涉江采芙蓉，兰泽多芳草"，像这样以"对"的方式来"拟"时，"拟作"所做的就不只是以不同的"言"来"明"相同的"象"了，事实上它正在创造自己的"象"。这一方面显示了"象者所以存意"，事实上是相同的"意"可以经由不同的"象"来"存"。这也就是王弼在《周易略例·明象》中，紧接着"得意在忘象，得象在忘言"主张之后所提出的结论

> 是故，触类可为其象，合义可为其征。义苟在健，何必马乎？类苟在顺，何必牛乎？

的论旨。而当"神韵诗"的美学表现正在于"立象以尽意"，在于独

立的具有美感性质的"象"的创造，像这一类的"拟""对"，事实上已经达到了"神韵诗"主要的美学规范的要求，《拟明月何皎皎》"神韵"化现象的出现也就不是令人诧异的事了。但是这类"模拟"其实不只是"构言""立象"而已，事实上它显然包含了一种对于"原作"的"寻言以观象""寻象以观意"的欣赏与领会，而且在"得象而忘言""得意而忘象"之余，能够以其所"得"之"意"，另外"立象以尽"；能够以其所"得"之"象"，另外设"言"以"明"。从某种意义而言，这正是"神韵"派批评中常见的以本身即极具美感意味的"形象语句"，如司空图的《二十四诗品》甚至是一首首相当完整的"神韵诗"，来呈示掌握"原作"之美感风格的评赏活动。因此这类"模拟"诗自然不能视为"言志"的创作，却大可当作一种"神韵"的批评。在这一点上江淹在写作他的《杂体》三十首时其实是有着高度的自觉的，是以他强调："今作三十首诗，敩其文体，虽不足品藻渊流，庶亦无乖商榷云尔。""品藻""商榷"都正是"批评"的活动。

但是大多数"格调诗"其实更接近《拟迢迢牵牛星》"往往只取其大意"的分析、综合的重组再造。这种情形，就以被戏为挦扯李义山至衣服败敝的西昆诗人而论，[1]正是"格调"仿真的常态：

李商隐，《南朝》
玄武湖中玉漏催，鸡鸣埭口绣襦回。谁言琼树朝朝见，不及金莲步步来。敌国军营漂木柹，前朝神庙锁烟煤。满宫学士皆颜色，江令当年只费才。

杨亿，《南朝》
五鼓端门漏滴稀，夜签声断翠华飞。繁星晓埭闻鸡度，细

---

[1] 事见宋·刘攽《中山诗话》："赐宴，优人有为义山者，衣服败敝，告人曰：'我为诸馆职挦扯至此。'闻者欢笑。"

雨春场射雉归。步试金莲波溅袜,歌翻玉树涕沾衣。龙盘王气终三百,犹得澄澜对敞扉。

钱惟演,《南朝》
结绮临春映夕霏,景阳钟动曙星稀。潘妃宝钏光如昼,江令花笺落似飞。舴艋凌波朱火度,舼棱拂汉紫烟微。自从饮马秦淮水,蜀柳无因对殿帏。

刘筠,《南朝》
华林酒满劝长星,青漆楼高未称情。麝壁灯回偏照昼,雀航波涨欲浮城。钟声但恐严妆晚,衣带那知敌国轻。千古风流佳丽地,尽供哀思与兰成。

杨、钱、刘诸人的作品,有许多对李商隐《南朝》诗的因袭的痕迹。但是若不考虑因袭的因素,"繁星晓埭闻鸡度,细雨春场射雉归。步试金莲波溅袜,歌翻玉树涕沾衣",真的不如"玄武湖中玉漏催,鸡鸣埭口绣襦回。谁言琼树朝朝见,不及金莲步步来"?"潘妃宝钏光如昼,江令花笺落似飞",真的不及"满宫学士皆颜色,江令当年只费才"?"钟声但恐严妆晚,衣带那知敌国轻"的讽刺不比"敌国军营漂木柹,前朝神庙锁烟煤"更强烈?"千古风流佳丽地,尽供哀思与兰成"的反省又真的不比"满宫学士皆颜色,江令当年只费才"的讽刺深沉沉着?事实上,他们在因袭中正自有"踵事增华"的现象,在景象的神韵上,在语言格律的精巧上,在讽刺寄托的思致上,其实亦皆有长足的发展,虽然在美学风格的基本方向,即在"格调"上是承袭李义山的。这种情形正是好的"格调诗"所具有的常态。这种情形诚如徐增《而庵诗话》所谓:

夫作诗必须师承，若无师承，必须妙悟。虽然，即有师承，亦须妙悟。盖妙悟师承，不可偏举者也。是故由师承得者，堂构宛然；由妙悟得者，性灵独至。

事实上"格调诗"得自于"师承"者，正是"堂构宛然"而已，它的精彩与表现，仍然来自"即有师承，亦须妙悟"，来自自己的"性灵独至"，并非"掉扯""模拟"一语足以抹杀。在《拟明月何皎皎》中，我们正可看到一个新的美学风格如何在师法承继中蜕化而出。新的美学风格未必来自新的情意内容，往往正是来自近似的一般的人性反应，亦即是近似的情意经验，却出以不同的整理呈现、不同的塑型方式、不同的规范表达的结果。毕竟人类的情志需求与情性反应总是共通的，而文学的传达与表现仍然依赖的是这种人生情境与人性反应的共通性。

同时，美学风格，或者所谓的"格调"，其实是一些具有广泛适用性与涵括性质的类型的概念。事实上，它们皆能容括相当丰富的不同的情意内容，以及无穷变化的语言表现的可能。因此情意内容的差异，或者是相同情意、经验内容的截然不同的诠释，并不必然构成"格调"的差异。王安石的两首《明妃曲》表现的主题各自不同，并不影响它们"格调"的类同。即使是欧阳修的《明妃曲和王介甫作》《再和明妃曲》，甚至梅尧臣的《和介甫明妃曲》，虽然各人的诠释皆有不同，而且表现的依据大抵亦不出杜甫《咏怀古迹·群山万壑赴荆门》一诗所暗示的重点，但并无碍于唱和诸人在"格调"上的近似，而皆与杜甫《咏怀古迹》诗在"格调"上的迥然歧异。"格调"其实正是彼此唱酬的诗人集团往往具有的共同美学规范之具体呈现。时代风格、派别精神其实都是经由"格调"而得实现而可理解。至于像梅尧臣的《依韵和永叔澄心堂纸答刘原甫》：

退之昔负天下才，扫掩众说犹除埃。张籍卢仝斗新怪，最称东野为奇瑰。当时辞人固不少，漫费纸札磨松煤。欧阳今与韩相似，海水浩浩山巍巍。石君苏君比卢籍，以我拟郊嗟困摧。公之此心实扶助，更后有力谁论哉。禁林晚入接俊彦，一出古纸还相衰。曼卿子美人不识，昔尝吟唱同樽罍。因之作诗答原甫，文字骎稳如刀裁。怪其有纸不寄我，如此出语亦善诙。往年公赠两大轴，于今爱惜不辄开。是时有诗述本末，值公再入居兰台。崇文库书作总目，未暇缀韵酬草莱。前者京师竞分买，罄竭旧府归邹枚。自惭把笔粗成字，安可远与钟王陪。文墨高妙公第一，宜用此纸传将来。

当拿来和欧阳修的《和刘原父澄心纸》原诗比较：

君不见曼卿子美真奇才，久已零落埋黄埃。子美生穷死愈贵，残章断稿如琼瑰。曼卿醉题红粉壁，壁粉已剥昏烟煤。河倾昆仑势曲折，雪压太华高崔嵬。自从二子相继没，山川气象皆低摧。君家虽有澄心纸，有敢下笔知谁哉？宣州诗翁饿欲死，黄鹄折翼鸣声哀。有时得饱好言语，似听高唱倾金罍。二子虽死此翁在，老手尚能工剪裁。奈何不寄反示我，如弃正论求俳诙。嗟我今衰不复昔，空能把卷阖且开。百年干戈流战血，一国歌舞今荒台。当时百物尽精好，往往遗弃沦蒿莱。君从何处得此纸，纯坚莹腻卷百枚。官曹职事喜闲暇，台阁唱和相追陪。文章自古世不乏，间出安知无后来。

虽然欧诗稍见遒丽，梅诗略显疏淡，但两首诗基本上皆为典型的"宋诗"的"格调"，同时虽然所叙的内容、重点因为恰合各人立场而自然不同，但显然是一种"对答"的关系，而当梅尧臣有意在韵脚字上——"依韵"时,却使此诗一如其他的"拟作"产生了亦步亦趋的效果。这种效果自然不是在内容情意上的"气格悉敌"、彼此对当,却接近"格律诗"语文形式上产生的另外一种表现上的弦外之音。因此"格调诗"不论其为"拟古",其为"唱和",都因为作品与作品的特殊关联而提供了一种作品本身内容之外的额外趣味。它们像是一塘清澄的池水,除了本身"半亩方塘一鉴开"的清丽的美感之外,常常因为反映了其他作品的"天光云影共徘徊"丰富的内涵与联想,而使它产生一种辉映反照的叠影的附加增益之美,并且让我们充分地意识到它们是"为有源头活水来"的整个诗歌传统的衍流开展。[1]正如用典或引述往事,一个高度文明化且浸润在一个源远流长之丰富传统中的文化心灵是自然不能也不必全以初生婴儿的原始眼光来观看世界或表达思维的,"格调诗"或许不是"剽窃"二字便能穷尽其美学意义的。[2]

在简单描述了"言志诗""神韵诗"以及"格律诗""格调诗"的一些美学性格之后,有一点必须补充说明的是,本文虽然借用了一些传统诗论的"术语",但无意完全遵守这些术语提出之际的原意,虽然若干关联总是有的。此外,某些介乎这些类型的中间类型总是存在的,例如"言在耳目之内,情寄八荒之表"[3],阮籍的《咏怀》诗就是一种"言志"与"神韵"统合在一起的中间类型,而杜甫的《秋兴》八首或许就是这种综合类型的极致。正如所有分类的提出都只是为了观察的明晰、叙述的方便,这些类型的讨论也不免是极端化的理想典型,基本上是俾做描述指陈的一种便利的设计罢了。

此外,"言志诗"表现政治现实的规范,后来就发展为蔡琰《悲愤诗》、杜甫《石壕吏》之类的叙事诗;对社会现象作伦理的关怀的

---

[1] 引句俱见朱熹《观书有感》。
[2] 王若虚《滹南诗话》以为:"鲁直论诗有夺胎换骨、点铁成金之喻,世以为名言。以予观之,特剽窃之黠者耳。"
[3] 见钟嵘《诗品》。

规范，亦可说在《陌上桑》《孔雀东南飞》之类的叙事诗得到实现。所以"叙事诗"其实可视为"言志诗"的一个支流的发展，而"言志诗"表现个人的人生理想与性情修养的规范，亦因陶渊明《形影神》三首之类诗作的出现而发展出"说理诗"的形态，并且在阮籍《咏怀》诗、左思《咏史》诗、陶渊明《饮酒》《读山海经十三首》、陈子昂《感遇》诗、张九龄《感遇》诗等"自叙"性的组诗中，发展出"模拟""议论"的形态。因此，"怀古""咏史""议论""说理"也正是"言志诗"的另一个支流的发展。这些发展所具有的美学意义皆因篇幅所限，未能仔细探究，当俟他日另撰一文从容讨论。

附录二
《关雎》的内容表现

关关雎鸠，在河之洲。窈窕淑女，君子好逑。
参差荇菜，左右流之。窈窕淑女，寤寐求之。
求之不得，寤寐思服。悠哉悠哉，辗转反侧。
参差荇菜，左右采之。窈窕淑女，琴瑟友之。
参差荇菜，左右芼之。窈窕淑女，钟鼓乐之。

这首诗见于《诗经》十五国风的《周南》，是《诗经》的第一首。由于孔子说过《关雎》"乐而不淫，哀而不伤"的话，历来都以为别有深意，所以《毛诗序》强调："《关雎》，后妃之德也，风之始也，所以风天下而正夫妇也。"以为是先王"经夫妇，成孝敬，厚人伦，美教化，移风俗"的典范，因而特别认定"《关雎》《麟趾》之化，王者之风"。其实上述各种说辞所要强调的，还是在于认定《关雎》的内容表现，具有一种"发乎情，止乎礼义"的基本精神。

朱熹引述了孔子的话之后，也以为："此言为此诗者，得其性情之正，声气之和也。盖德如雎鸠，挚而有别，则后妃性情之正，固可以见其一端矣。至于寤寐反侧，琴瑟钟鼓，极其哀乐而皆不过其则焉。则诗人性情之正，又可以见其全体也。"[1]所以不但诗中的"寤寐求之""辗转反侧"与"琴瑟友之""钟鼓乐之"各代表哀与乐两种情感的适度表现，连关关的"雎鸠"亦具有象征"窈窕淑女""性情之正"的深意，至于匡衡所谓"'妃匹之际，生民之始，万福之原。'婚姻之礼正，然后品物遂而天命全"[2]则只是肯定男女婚姻乃是社会的基础，在人伦教化甚至历史政治上，亦具有绝对重大的意义罢了。

但是这首诗是典型的"兴"诗，而"兴"诗中所起兴的事物或意象，往往与所要咏歌的意志之间具有一种互补相成的加强表现的作用——不是相似而具有象征的作用，就是相反而具有对比的作用。因此我们欣赏这首诗，除了要注意诗中章节所涵具的心理变化的历程之外，更应当注意所以起兴的意象本身所包含的趣味。

这首诗很清楚地分别以"关关雎鸠，在河之洲"与"参差荇菜，左右流之／采之／芼之"两个意象来起兴。后面的"参差荇菜"三章都只一字之差，倒是最接近《诗经》中常见的形态。但是加上了"求之不得"以下四句，无形中就加强了全诗所具有的情感发展的阶段性与历程性的意义了。而在作为"窈窕淑女，君子好逑"象征的"关关雎鸠，在河之洲"的意象表达中，最值得注意的还是它叙述的语序。这种语序同时包括了"关关"与"雎鸠"的关系，以及"雎鸠"与"在河之洲"的关系。若不考虑任何韵律的因素，一个最合事态之逻辑关系的叙述应当是："在河之洲，雎鸠关关。"不说"雎鸠关关"而说"关关雎鸠"，本来就有"啼鸟"与"鸟啼"的区别，而这里"关关"在上、"雎鸠"在下的语序，无形中正构成一种感知经验的模拟：先听到"关关"的鸣声，然后意识到"雎鸠"的存在；由"雎鸠"的存在而进一步意识到它的"在河之洲"。因此整个意象唤起我们注意力的重点正

---

[1] 见朱熹《诗集传》。
[2] 见匡衡《上成帝疏》。

在"雌雄相应之和声也"的"关关",反而不在"挚而有别"的"雎鸠"了。这里正有以"关关"的"和声"象征君子与淑女的"爱情"之交感共鸣的意思。因此在求而有得之后,就更以"琴瑟"与"钟鼓"的和鸣来表现"友之""乐之"的发展。以"琴瑟"与"钟鼓"的和鸣来象征"爱情"的表现,固然有"止乎礼义""立于礼,成于乐"的意思,但是以"和声",尤其是以"关关"的自然"和声"来象征男女的爱悦之情是不是更在暗示,爱情原是两人内心情意的彼此体会、互相交感,因而发为和谐融会的对语与共鸣,一种因内在的契合而表现为循环响应的沟通?而在这种沟通中,彼此虽然仍是彼此,但是正如"乐意相关禽对语,生香不断树交花"(石延年,《金乡张氏园亭》),是一种达到了《菜根谭》所谓"此是无彼无此的真机"的境界?

"在河之洲"除了即目写景的写实意义外,作为意象的内容,本身亦强调了一种"河"的广阔包围性的流动,与"洲"的狭小、被包围的静止之间的对比,而示意的重点则正在这一片流动中安定、静止、坚实的"洲"。所以,"关关雎鸠"的"在河之洲",景象由小而大扩展,正有由彼此的"同存在"扩展为"同在此世界存在"的象征意义,但从"河"而"洲"的由大而小、由动而静的变化,似乎更反映了一种抉择以及抉择后的宁定的意识,是不是多少也可以看成类似《红楼梦》第九十一回中贾宝玉所谓的"任凭弱水三千,我只取一瓢饮"中的"知止而后有定"?暗示的不只是一种专一坚贞的心意,更是于茫茫人海、悠悠流逝的人世中,找到了一片不变的净土,所以底下很自然地转出"窈窕淑女,君子好逑"。而且非常显然,这里的"窈窕淑女"必然是特指某一不可改易的"所谓伊人",而不会是一般泛指的人物类型。

在这首诗中最具戏剧性的表现,无疑正是"寤寐思服"的"悠哉悠哉,辗转反侧"。如同前述,这首诗始终近于第三人称的客观叙述,所以总是说明性、呈示性大于情感的表现，至此，突然一跃而内心直接呼喊"悠哉悠哉"，在动作形象上更是直接显现"辗转反侧"，遂突破了近于客观呈示所造成的疏离——虽然加上了"寤寐"两字，但"求之"与"思服"毕竟还是太抽象而显得不够真实——因而使得全诗的一切叙述都能成为真切内心感受的相应与补足。这关键性的两句，不但使人物的真情毕露，其情感的一切良好质量也在此有了真实的根基。这两句所以关键，正因它不只是观念的体验，更重要的正在它是"求之不得"，全诗之中唯一受挫折的情境的反应，也就是人物真正受到考验的俄顷。

在《关雎》这一场神圣喜剧中，"窈窕淑女"是全诗出现最多的句子。她"窈窕"的光辉充满、照耀了全诗的整个历程，仿佛成了一种永恒的导引、无尽的召唤，引领着"君子"与我们的精神上升。"桃李不言，下自成蹊"，其是之谓乎？

附录三
《国殇》的勇武观念

操吴戈兮被犀甲，车错毂兮短兵接。
旌蔽日兮敌若云，矢交坠兮士争先。
凌余阵兮躐余行，左骖殪兮右刃伤。
霾两轮兮絷四马，援玉枹兮击鸣鼓。
天时坠兮威灵怒，严杀尽兮弃原野。
出不入兮往不反，平原忽兮路超远。
带长剑兮挟秦弓，首身离兮心不惩。
诚既勇兮又以武，终刚强兮不可凌。
身既死兮神以灵，子魂魄兮为鬼雄。

《国殇》，由于是一篇祭祀阵亡战士的作品，因此采取了一种很特别的立场来描写战争。它不同于《诗经》的《东山》《采薇》，表现出对于平居生活的向往，因而强烈地感受到战争对于平居生活的剥夺，而反应为一种"我心伤悲，莫知我哀"（《采薇》）的自伤之情。这种自伤之情在汉乐府《战城南》中，由于深切预期"战城南，死郭北，野死不葬乌可食"的命运，因此甚至发展为"为我谓乌：'且为客豪，野死谅不葬，腐肉安能去子逃？'"的苦涩自嘲，全诗并一再以"枭骑战斗死，驽马徘徊鸣""朝行出攻，暮不夜归"来强调阵亡的哀伤。

《国殇》中的战士，其命运其实和《战城南》中是一样的，作者却努力地表现一种完全不同的情绪——一种临危受命的英勇情怀。也因此，这首诗刻意而具体地描写了战争场面，中国传统的诗歌通常是避免描写这种场面的："车错毂兮短兵接。旌蔽日兮敌若云，矢交坠兮士争先。"而且最特别的是，它刻意地去描绘一种对于己方绝对不利的情景，这种不利，不但首先见于"旌蔽日兮敌若云"，所谓敌众我寡的形势，而且更具体地表现在战阵冲陷中的失利（"凌余阵兮躐余行，左骖殪兮右刃伤。霾两轮兮絷四马"），以至于被彻底歼灭的命运（"严杀尽兮弃原野"）。作者并且不避残酷地直接提到战死之后"首身离兮"的惨状。因此，它所表现的就是一种面对最残酷厄运的英勇。

面对厄运而英勇地与命运奋斗，正是一般所谓悲剧英雄的定义。因此这首《国殇》就在短短的篇幅中表现了这种悲剧英雄的基本情怀：面对着"旌蔽日兮敌若云"般敌我悬殊的情势，在"矢交坠"的危险当中，《国殇》所颂赞的战士们却了无怯意地"士争先"，奋勇向前。即使到了困陷"凌余阵兮躐余行，左骖殪兮右刃伤。霾两轮兮絷四马"的伤残地步，这些楚军却仍然能够"援玉枹兮击鸣鼓"，英勇力战到底，直到"严杀尽兮弃原野"，死而后已，既不投降，也无退缩。并且在"天时坠兮威灵怒"一句中，将战败阵亡提升到："此天之亡我，非战之罪也。"[1]这体现的不仅是和敌人，更重要的是和命运、和无可逃避的厄运搏斗的悲剧意识。

经由这种和厄运搏斗的悲剧意识，这首诗提出了一种特殊的勇

---

1 见司马迁《史记·项羽本纪》。

武观念。这种勇武，既不同于《左传》中晋文公所谓"以乱易整，不武"、随武子所谓"兼弱攻昧，武之善经也"或楚君所谓"夫文，止戈为武""夫武，禁暴、戢兵、保大、定功、安民、和众、丰财者也"，充满了伦理政治意义的霸主之业；也不同于唐代《少年行》之类诗歌所咏叹的才力胜人、意气纵横的豪勇："一身能擘两雕弧，虏骑千重只似无。偏坐金鞍调白羽，纷纷射杀五单于。"（王维，《少年行》其三）"新丰美酒斗十千，咸阳游侠多少年。相逢意气为君饮，系马高楼垂柳边。"（王维，《少年行》其一）因为上述两种勇武，不论是政教的霸业或个人的豪迈，其实都是强调一种居于优势的胜利者的德性。但《国殇》中所要歌颂的是虽败犹荣、至死不屈的另一种勇武。这种勇武就表现在面对"首身离兮"的厄运而能"心不惩"，可杀不可辱的"不可凌"的"终刚强兮"。这里的"刚强"很明白地强调出这些战士的宁折不弯、临危受命的性行。因此这种勇武与其说是才力性的，不如说是一种精神性的，也就是一种大无畏的精神；这种刚强正来自一种内在的正直完整，不以物喜、不以己悲的无忧无惧。因此知道面临厄运而不惑，直至身首相离而不惧，所以最接近孔子所谓"勇者不惧"的本意。或许这种不惑不惧，最接近古代所称道的"男儿本色"，就如唐代安禄山之乱时，张巡守睢阳，"城陷，贼以刃胁降巡，巡不屈，即牵去，将斩之。又降霁云，云未应"，巡所呼云的"南八，男儿死耳，不可为不义屈！"[1]正是一种"白刃交于前，视死若生者，烈士之勇也"（《庄子·秋水》），敢于拥抱死亡的"大丈夫生而何欢，死而何惧"的慷慨激昂的情怀。所以这首诗就结束在对于这种"男儿本色"的"精神不死"的赞颂上："身既死兮神以灵，子魂魄兮为鬼雄。"

---

1 见韩愈《张中丞传后叙》。

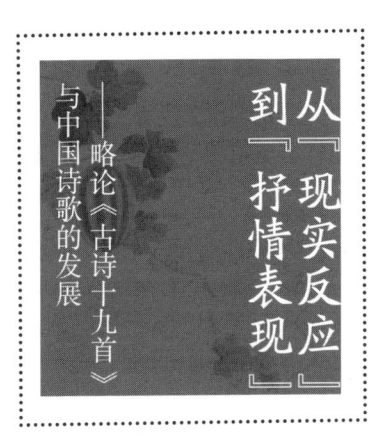

从"现实反应"到"抒情表现"
——略论《古诗十九首》与中国诗歌的发展

虽然《文心雕龙·明诗》"又古诗佳丽，或称枚叔，其《孤竹》一篇，则傅毅之词。比采而推，两汉之作乎？观其结体散文，直而不野，婉转附物，怊怅切情，实五言之冠冕也"或者钟嵘《诗品》"古诗：其体源出于《国风》。陆机所拟十四首，文温以丽，意悲而远，惊心动魄，可谓几乎一字千金"所论未必恰为《古诗十九首》[1]，但是《古诗十九首》在中国诗史上的崇高地位，则是毋庸置疑的。对于《古诗十九首》，我们自然可以有各种解读的方式，但是沈德潜所谓"古诗十九首，不必一人之辞，一时之作"[2]的认识，其实是最基本的。因此它们或者经《文选》将其编入"杂诗"之类而具有类似的题材风格，诚如沈德潜所谓"大率逐臣弃妇，朋友阔绝，游子他乡，死生新故之感。或寓言，或显言，或反复言。初无奇辟之思，惊险之句，而西京古诗，皆在其下，是为《国风》之遗"[3]，但是整体的时代风格的类似之中，仍然具有诸多差异，由于它们正出现在五言诗开始步向成熟的时期，因此其中的某些差异就喻示了中国诗歌发展的某些契机，我认为最值得重视与玩

---

1 因此，《诗品》接着说："其外，'去者日以疏'四十五首，虽多哀怨，颇为总杂。"
2 见沈德潜《说诗晬语》卷上。
3 见沈德潜《说诗晬语》卷上。

味的就是从"现实反应"到"抒情表现"的差异与发展[1]。

这种差异与发展,王国维似乎有所知觉,虽然他申论的重点很快就转移了,因此未做较大的发挥。他在《人间词话》中两度以《古诗十九首》为例:

"昔为倡家女,今为荡子妇。荡子行不归,空床难独守。""何不策高足,先据要路津?无为久贫贱[2],辘轳长苦辛。"可谓淫鄙之尤。然无视为淫词鄙词者,以其真也。五代、北宋之大词人亦然。非无淫词,读之者但觉其亲切动人。非无鄙词,但觉其精力弥满。可知淫词与鄙词之病,非淫与鄙之病,而游词之病也。"岂不尔思,室是远而。"而子曰:"未之思也,夫何远之有?"恶其游也。

"生年不满百,常怀千岁忧。昼短苦夜长,何不秉烛游。""服食求神仙,多为药所误。不如饮美酒,被服纨与素。"写情如此,方为不隔。"采菊东篱下,悠然见南山。山气日夕佳,飞鸟相与还。""天似穹庐,笼盖四野。天苍苍,野茫茫,风吹草低见牛羊。"写景如此,方为不隔。

当王国维论"昔为倡家女,⋯⋯"与"何不策高足,⋯⋯"两例时,他先是直断其内容为"可谓淫鄙之尤",认为前者"淫"后者"鄙",甚至到达"可谓""之尤"的地步。这从伦理判断而言,其实是非常严重之指控。然后笔锋一转,就凭一句"以其真也",以为就

---

[1] 就《古诗十九首》而言,当然只能说有此"差异",这里的"发展"是针对中国诗歌由汉往盛唐的风格转变而言。
[2] 按《古诗十九首》中原作"守穷贱",王国维省略了上下文,改为"久贫贱",固是误记,却因此获得了上下文之外的"自足"含义,因此此处的讨论仍依王氏误记的版本。

可以"无视为淫词鄙词",这种说法显然是太过简略,转折过速,就像"真心谋杀,就不算谋杀"一样无法取信于人。虽然他接着泛言"五代、北宋之大词人亦然",以为"非无淫词,读之者但觉其亲切动人。非无鄙词,但觉其精力弥满"。但什么是"但觉其亲切动人"的"淫词",以及"但觉其精力弥满"的"鄙词",他并未实际举例。那么我们是不是可以在"昔为倡家女,……"的例中,"读之","但觉其亲切动人"?在"何不策高足,……"的例中,"但觉其精力弥满"?答案并不明显。虽然我们或许也可以视"亲切动人"与"精力弥满"为"以其真也"的一种说明或批注。

对于王国维这种明显矛盾的说法,也许我们可以多少自他论"生年不满百,……"与"服食求神仙,……"两例中得到若干线索。假如我们再仔细阅读《人间词话》所引《古诗十九首》四例,其实皆是面对人生处境的抉择反应:"生年不满百"(人生短暂),却"常怀千岁忧"(不免忧思长抱),既已苦多乐少,况且百年中昼夜参半,遂而更觉"昼短苦夜长",如此"何不秉烛(夜)游"?"为乐当及时"!面对"人生忽如寄,寿无金石固"的现实,"服食求神仙"似是消解超越的一法,却"多为药所误",但见其失未见其得,因此"不如饮美酒,被服纨与素",享受生命与生活中的种种美好,方为真实有效的对策。但王国维并未从人生抉择的立场来解读,反而他的着眼点是"写情如此,方为不隔",也就是他并不视它们为对"现实"的"反应",反而视它们为一种"情感"的"抒写"与"表现"。

相同的情形,似乎也发生在构成问题的两例:"昔为倡家女",出身的情境本非贞静自守、不解男欢女爱的环境;"今为荡子妇",所嫁托终身的对象亦非重视家庭、专一于爱情之辈。"荡子行不归",当这样的夫婿,长年在外拈花惹草、流连不归,使得自己的"婚姻"生活名存实亡,那么这位出身倡家的少妇最自然的反应,是不是该为芳心寂寞,"空床难独守"?一个人生活在"久贫贱"的境况,"辗辄长苦辛"之余,是不是自然想要摆脱这种艰困的处境?那么想到"何不策高足,先据要路津",借谋取富贵利达,先占先赢,来纾解困境,是不是也是自然的反应?这样的人生抉择,当然谈不上什么高贵与品格,正如"饮美酒,被服纨与素",甚至"秉烛夜游,及时行乐"也一样,并不是什么特别值得礼敬的德行,只是后者尚不致招受太严重的批评,而前者已濒临败德边缘,因而以伦理素质而言,难免遭到"淫鄙之尤"的讥讽。王国维在这里也就先视其为"现实反应"而作了伦理判断,却又很快地从其"写情",作为"抒情表现"而论其"亲切动人""精力弥满"的表现效果,强调它们符合人之常情,也就是反映了一种"常人之境界"[1]的"真"。假如说"生年不满百,……"与"服食求神仙,……"两例可以作为"写情如此,方为不隔"的范例,那么"昔为倡家女,……"与"何不策高足,……"两例又何尝不然?因此亦不妨以"写情""不隔"的角度,强调它们的"真",甚至"精力弥满","亲切动人"。

但是本文的目的并不是解释王国维的评述,而是借此指出《古诗十九首》中一种已在上述的讨论中约略提及的特质,亦即其中的许多作品往往不只具有"抒情表现",同时往往更具有"现实反应"的内涵。前面已然论及的《青青河畔草》,假如配合上另一首《迢迢牵牛星》比对而观,我们或许更能看出这种特质:

《古诗十九首·青青河畔草》

青青河畔草,郁郁园中柳。盈盈楼上女,皎皎当窗牖。娥娥红粉妆,纤纤出素手。昔为倡家女,今为荡子妇。荡子行不归,空床难独守。

---

[1] 见王国维《清真先生遗事·尚论三》:"境界有二:有诗人之境界,有常人之境界。诗人之境界,惟诗人能感之而能写之,故读其诗者,亦高举远慕,有遗世之意。而亦有得有不得,且得之者亦各有深浅焉。若夫悲欢离合、羁旅行役之感,常人皆能感之,而惟诗人能写之。故其入于人者至深,而行于世也尤广。"

《古诗十九首·迢迢牵牛星》

迢迢牵牛星，皎皎河汉女。纤纤擢素手，札札弄机杼。终日不成章，泣涕零如雨。河汉清且浅，相去复几许？盈盈一水间，脉脉不得语。

这两首诗的情调初看似极不同，其实充满了类似之点：首先，两诗各用了六个叠字，不但造成了类似的吟诵语调，因而或多或少产生了一种近于虚构的"传奇"而非认真"写实"的印象，并且其中"皎皎"皆用以形容诗中女主角的明艳照人，"纤纤"皆用以描写女主角的素手，因而间接地展示了她具体的美丽。同时，虽然意旨不同，两诗亦皆使用了"盈盈"，因而使得六个叠字，有一半是重复的，在同为十句的长度中，这样的数量在语言的风格上就更有近似的意味与效果。但是真正重要的是两诗皆写夫妻离别，而且皆以妻方为表现的重点，因而潜在的情境，都是"伤彼蕙兰花，含英扬光辉。过时而不采，将随秋草萎"（《古诗十九首·冉冉孤生竹》）的必然压力，并且皆强调了夫方的"不归"。因而戏剧情境所要呈现的焦点，皆在这个孤栖的妻子要如何回应这种处境。

绝对不会遭受"淫鄙之尤"批评的《迢迢牵牛星》，它所采取的修辞策略是尽量减少这一处境的"现实"性质，因此不但可以避免必须作"现实反应"的需要，而且可以将写作的重点集中在"抒情"的"表现"上，因而只引人同情感动，不但不去思索问题的解决，更不会对人物的"反应"加以批判。它的第一个也是最重要的策略，是先将这一对离别的夫妻神话化。径自以"牵牛星"与"河汉女"来称呼，并且取代了他们的真实身份与存在，虽然它还是要我们具体感受到别妇的痛苦："终日不成章，泣涕零如雨。"当使用了牛郎、织女等神话之际，它首先就豁免了夫妻离别的当事人，尤其是做丈夫的，导致此一分别的责任。于是此一离别就具有一种"宿命"或"天命"的意义，除了接纳与忍受，就再无其他思想反应的可能。在妻子仍为具体的"女"，并且有着"皎皎"之光艳，"纤纤""素手"皆可观可感之际，却将丈夫"虚位"化为"星"，只强调他距离的"迢迢"，而全诗的戏剧性对比，正在诗首的"牵牛星"之"迢迢"，到了诗末却显现为"河汉清且浅，相去复几许"，其实只是"一水间"的"盈盈"：以貌似天真的询问，暗示了"游子不顾反"（《古诗十九首·行行重行行》）的事实，并且在"脉脉不得语"的感叹中，喻示了连"客从远方来，遗我一书札。上言长相思，下言久别离"（《古诗十九首·孟冬寒气至》）之类的音讯与慰问都阙如。

"河汉女"之"皎皎"光彩夺目与"纤纤""素手"之美丽动人的"妇容"，虽然不至于"一顾倾人城，再顾倾人国"（李延年，《李延年歌》），但像罗敷的吸引"使君从南来，五马立踟蹰"，以至于引起"使君谢罗敷，宁可共载不"之类的追求，则是并非全无可能。因而张庚《古诗十九首解》引申吴淇之说曰：

> 吴氏曰：此与青青章俱有织织素手，彼用一出字，的是卖弄春葱，为倡女之态；此用一擢字，的是掷梭情景，为贞女之事。[1]

虽曰"贞""倡"有别，这种语言表现所涵具的对女性魅力与美丽之强调，则仍是一致无差。但是《迢迢牵牛星》一诗，却是很巧妙地借着"札札弄机杼"的"妇功"，将其一如"纤纤出素手"一样，要读者（或听众）去仔细"观赏"或"想象"那只（或那双）美丽、白皙的手，正如达·芬奇的名画《蒙娜丽莎》的表现重点，除了那神秘的

---

[1] 见杨家骆编《古诗十九首集释》（台北：世界书局，1962年11月初版），第32页。

微笑，就是那双柔荑。虽然它已经通过"札札弄机杼"将之转化为"好色而不淫"的"无邪"的展露。关于"擢"，张铣曰："举也。"[1] 从姿态与视觉效果上都一样是"特写镜头"，而"擢"字实在要比"出"字更具动态的美感甚至挑逗性。但是作者又很巧妙地在紧接着的"终日不成章，泣涕零如雨"中，借全心投入的思念与痛苦的情状，反映了她贞洁专一的"妇德"。因而吴淇《古诗十九首定论》要强调：

"纤纤"二句，手不离机杼，所守之贞也。"终日"二句，所守者苦节之贞也。

并且结尾"河汉清且浅，相去复几许？盈盈一水间，脉脉不得语"虽被孙鑛评为"末四句直截痛快，振起全首精神"[2]，其实是在温柔敦厚、委曲婉转的"妇言"中，塑造了一位兼备"四德"、贞洁完美的女性，并抒发了完全不会引起读者或听众困扰的离情别绪。

消解文学作品中所呈现情境的恼人的"现实"性，使读者或听众不必去面对其中所蕴含的"现实"的困境，不必去思索其中种种问题的必须解决、如何解决，不必去面临种种抉择，以及抉择的种种后果，因而我们只需去玩味品赏其中各式各样"情感"反映的种种内外姿态，掌握其"文垂条而结繁，信情貌之不差"的文情并茂的表现，因而只是玩味"其为物也多姿，其为体也屡迁"[3]的种种文学风貌与趣味，正是"抒情"文类写作与鉴赏潜在的"美典"[4]。这样的消解"现实"性的方法，容许有各样的修辞策略：一种是完全接纳当时社会文化的"价值规范"或"意识形态"，在一个主张"饿死事小，失节事大"的社会

---

[1] 见杨家骆编《古诗十九首集释》，第15页。
[2] 见杨家骆编《古诗十九首集释》，第16页。
[3] 以上引句，俱见陆机《文赋》。
[4] "美典"一词是高友工先生所提出的术语，借以指出各种文艺现象所隐含的美感规范或典律。

文化里，人们"知人论世"的种种关切，自可"只见"是否"失节"，而可以完全"不见"该不该要求别人或让自己"饿死"，以及"饿死"的真正过程、其中的种种痛苦与不人道的重重问题。因而几乎可以借用梅尧臣《范饶州坐中客语食河豚鱼》诗中所云"皆言美无度，谁谓死如麻"来加以形容。但这是我们跳脱了该一社会文化，并且在有意揭露了该一意识形态的压迫或压抑形态之后的"后见"之明。然而对于身处其间的作者与读者，甚至身历其境的诗内诗外人物，都可以因为"习惯成自然"，在"习焉不察"中自然将"问题"与其"现实"性，在阅读与欣赏里自动跳过或略去。

因此，《迢迢牵牛星》一诗，正如吴淇、张庚再三称道其"贞""节"，事实上是采取了上述的这种修辞策略，而将其写作的重点指向了"抒情表现"。虽然诗中也有像"终日不成章，泣涕零如雨"这样的语句，确乎是在表现这位"河汉女"的痛苦，但是"泣涕零如雨"的夸张比喻，反而掩蔽了别离的漫长持续，不是经由一场哭泣就可以抒泄消除夜以继日、经年累月的折磨与苦痛之事实。尤其以语调和缓、状似轻松、含情脉脉的四句询问（"河汉清且浅，相去复几许？盈盈一水间，脉脉不得语"）作结，真的是将一切"现实"处境与问题转化得太清浅，太盈盈，太温柔，太脉脉，以致但见其柔情，不见其苦楚了。

当然，"现实"情境"抒情"化的另一种"表现"方式，就是省略所有的"现实"问题，而集中在利用富涵美感的场景物象甚至人物自身的动作与感官性的知觉，来作"兴象"或"情景交融"的表现，例如底下的两首《玉阶怨》：

谢朓，《玉阶怨》
夕殿下珠帘，流萤飞复息。长夜缝罗衣，思君此何极。

李白，《玉阶怨》

玉阶生白露，夜久侵罗袜。却下水晶帘，玲珑望秋月。

这两首诗，假如不是诗题上还有一个"怨"字，所有的痛苦与现实皆已消失，已近于底下的这首：

杜牧，《秋夕》

银烛秋光冷画屏，轻罗小扇扑流萤。天阶夜色凉如水，卧看牵牛织女星。

对于"时序"与"物色"的感触与表现，几乎取代了其中的"分离"处境与"孤独"情怀。在谢朓的诗中，还有"思君此何极"的语句，在李白的诗中，几乎完全取消了一切表现情感的词语。这种写作的重点，正是集中注意于人物的感官知觉与情感姿态，而无暇或无意去理会其中真实的"处境"与"问题"，底下这首：

李白，《怨情》

美人卷珠帘，深坐颦蛾眉。但见泪痕湿，不知心恨谁。

似乎最能说明这种"保持距离"的"无利害""无关心"的美感态度[1]。这正是中国古典诗歌，由"言志"往"神韵"，由"现实反应"

---

[1] 自18世纪至20世纪中叶，西方美学的主流，对美感经验往往采取与美感态度相应的主张，并且以三"D"理论（Disinterestedness, Detachment, and Distance）为其论述的核心，虽然当代的认知已经不再如此局限［见 John W. Bender & H. Gene Blocker *Contemporary Philosophy of Art* (Englewood Cliffs, N. J.: Prentice-Hall, Inc., 1993) 第367页］，但就区分"现实反应"与"抒情表现"而言，仍是一种方便的参考。

往"抒情表现"的纯粹化发展的极致。

但是《古诗十九首》的丰富性与趣味性在于"现实反应"与"抒情表现"仍在相互颉颃拉锯的状态，因而充满了各种表现的可能。这一点，我们只要再比较一下《古诗十九首》中的《明月何皎皎》与由此脱胎而出的陆机的拟作和情境类似的李白的《静夜思》，就可以更清楚地看到：

《古诗十九首·明月何皎皎》
明月何皎皎，照我罗床帏。忧愁不能寐，揽衣起徘徊。客行虽云乐，不如早旋归。出户独彷徨，愁思当告谁？引领还入房，泪下沾裳衣。

陆机，《拟明月何皎皎》
安寝北堂上，明月入我牖。照之有余辉，揽之不盈手。凉风绕曲房，寒蝉鸣高柳。踟蹰感节物，我行永已久。游宦会无成，离思难常守。

李白，《静夜思》
床前明月光，疑是地上霜。举头望明月，低头思故乡。

这三首诗，我们可以借吴淇《六朝选诗定论》评《明月何皎皎》所谓

无限徘徊，虽主忧愁，实是明月逼来；若无明月，只是捶床捣枕而已，那得出户入房许多态？[1]

---

[1] 见杨家骆编《古诗十九首集释》，第24页。

的说法，视为都是"明月逼来"的"乡思"。但是只要细看陆机的拟作，我们马上可以感觉到，同样是"抒情表现"，他就有意避免了"明月何皎皎，照我罗床帏"的月光直逼人来的"物""我"交感，尤其是"何皎皎"的直陈而近乎惊叹或呼喊的表白，反而是将对整个情境的直接感受化为近乎旁观报道的间接叙述："安寝北堂上，明月入我牖。"因而将注意转为对"月光"的"物色"性的玩赏与描写（"照之有余辉，揽之不盈手"），以及"凉风绕曲房，寒蝉鸣高柳"的对于"时序"之景象的感觉性刻画，结果当然就不会有因明月照床的"忧愁不能寐"，以致"揽衣起徘徊""出户独彷徨"，因而"引领还入房，泪下沾裳衣"的"出户入房许多态"了。因此陆机的拟作自然就将注意转往"踟蹰感节物"上，然后以《诗经·小雅·六月》的"我行永久"转化为"我行永已久"，而得出几乎是客观叙述的"游宦会无成，离思难常守"近乎无动于衷的"抒情"表现。同样地，压抑情感之直接以像"忧愁不能寐""愁思当告谁"这样的告白，或像"揽衣起徘徊""出户独彷徨""泪下沾裳衣"等行动来表现，也是《静夜思》的修辞策略，虽然它借与"举头望明月"形成对比，而提出了"低头"的情感姿态与"思故乡"的主题，但在"抒情表现"上仍然是倾向对于"情感"采取"不着一字，尽得风流"的间接手法。它的压抑了的情绪，完全是以"疑是地上霜"的寒冷、暗淡的感觉来表现的。因而在这三首诗中，虽然皆有"乡思"的情怀，但是只有《明月何皎皎》将其情感表现得最真切、最热烈，而令吴淇要赞叹其：

> 无甚意思，无甚异藻，只是平常口头，却字字句句，用得合拍，便尔音节响亮，意味深远，令人读不厌。[1]

并且也是唯一面对了产生"乡思"的原因——"离乡"，原也是有所

---

[1] 见杨家骆编《古诗十九首集释》，第24页。

追求的"现实",因而坦承了这种"情境"与"情感"的矛盾:"客行虽云乐,不如早旋归。"所以,面对"情境"的复杂性,并且产生了抉择性的内心冲突与矛盾"感情",正是《古诗十九首》往往具有的"现实反应"的特质。

当我们从这种"现实反应"的特质,再回到《青青河畔草》上来考察时,就会发现它最为正视别妇之真实处境以及敢于面临抉择的特质。这一点我们还可以通过与王昌龄的这首《闺怨》的比较,来加以讨论:

> 闺中少妇不知愁,春日凝妆上翠楼。忽见陌头杨柳色,悔教夫婿觅封侯。

诗中开头的"青青河畔草,郁郁园中柳",其实就是"忽见陌头杨柳色",而着以"青青""郁郁"的形容,不但颜色格外鲜明,而且几乎产生一种迫人的压力,尤其此一"春色",由"河畔"之外界而及于"园中"之内庭,由水平之"草"而立体之"柳",真是弥天盖地,咄咄逼人。以"盈盈"充满青春活力之"女",于"楼上"见此内外一片的春色,会引发多少的春心春愁,自不待言。尤其"皎皎当窗牖""娥娥红粉妆"(固是与"春日凝妆上翠楼"同一机杼),更是显示了她的"天生丽质难自弃"(白居易,《长恨歌》)这层意思,自然一直贯注到底下的"纤纤出素手"。这一句,定要强调其"的是卖弄春葱,为倡女之态"恐怕还是受到下文影响之后的解读;其实"纤纤素手"自是写其美丽善感,而用一"出"字,恐怕谈不上"卖弄",反而应是一种情不自禁的"探触""向往""追寻"或者"感怀"的一种姿态,是一种近于"攀条折其荣"(《古诗十九首·庭中有奇树》)或"涉江采芙蓉"(《古诗十九首·涉江采芙蓉》)时面对"青青岸草""郁郁园柳"的自然反应。

至于底下被王国维视为"淫鄙之尤"的四句，其实包含了一个很严肃的"现实"处境与"伦理"问题。夫妻的离别不同于朋友、兄弟甚至亲子，而在于必然会导致"空床独守"或者"不守"的困境与抉择。当这种"空床独守"的处境，即使是双方都努力在忍受之际，尚且会有"过时而不采，将随秋草萎"（《古诗十九首·冉冉孤生竹》）的"青春虚度"或"同心而离居，忧伤以终老"（《古诗十九首·涉江采芙蓉》）的"折磨痛苦"，何况，假如这种"空床独守"只是单方面的，在"荡子行不归"的情形下，"空床难独守"岂不是最自然不过的心声？而导致这种处境与感受的难道不正是"行不归"的"荡子"？为何只是苛求其妻而未有片言只字责怪此夫？这正是作诗者（其实他是以第三人称的口吻来叙事的）的温厚同情之所在，反倒是这些评诗者未免抱着"礼教吃人"的偏袒心态来发言立论，虽然不免囿于时代文化，但总是显示了他们在"真实"人类处境与"道德"关怀方面的钝感，连"如得其情，则哀矜而勿喜"的善意，皆有所欠缺。

相形之下，王昌龄虽题其诗曰"闺怨"，却一口咬定"夫婿觅封侯"之举，全为此一"闺中少妇""教"唆指使的结果，好像那位"夫婿"真的毫无个人野心或梦想，因此，一股脑将"分别"的责任全推给女方，并且强派这一位理应情窦初开的"闺中少妇"为对"离别"之情境，竟是全然麻木不仁的"不知愁"人物，依然日日"凝妆上翠楼"，要待"忽见陌头杨柳"的"春""色"才知道后"悔"。固然这一切我们都可以谅解王昌龄是为了强调"悔"之主题所作的虚构，因此只是一种修辞策略的应用，但是正如王国维引以为"恶其游也"，孔子的评论

"唐棣之华，偏其反而。岂不尔思？室是远而。"子曰："未之思也，夫何远之有？"[1]

---

[1] 见《论语·子罕》。

一样，我们一定可以说假如这位"闺中少妇"对于夫妻离别竟可以全然无感，保持"不知愁"的状态，我们也实在看不出一时"忽见"的遥远的"陌头"之上的"杨柳色"，会有什么神秘力量可以令她感觉"悔"恨？因此，仔细玩味这首以"闺怨"为名目的诗作，反而是相当有趣的，反映了时时以功名为念的新进士阶层对于他们抛弃在家里的"闺中少妇"的真实处境与情怀的无法或有意不去体会。也许这首诗中反映得更多的，反而是"觅封侯"的"夫婿"们对于他们家里"闺中少妇"万一不是如他们所"希望"或"自欺"的那样"不知愁"，而对她（们）"忽见"于"陌头杨柳色"之外，可能兴起的任何情怀所暗暗滋生的焦虑与懊"悔"。因而在面对"现实"的"真"，"亲切动人""精力弥满"上，就远远不如《青青河畔草》，"抒情表现"的成分就要远远大于"现实反应"了。

《古诗十九首》在夫妻男女离别的主题上，其实反映了高度的伦理知觉、具体的情境感受与极具现实抉择的反应表现。伦理知觉方面，《青青河畔草》出以第三人称叙述，而第一人称叙述的最好的例子，或许是《冉冉孤生竹》：

冉冉孤生竹，结根泰山阿。与君为新婚，兔丝附女萝。兔丝生有时，夫妇会有宜。千里远结婚，悠悠隔山陂。思君令人老，轩车来何迟？伤彼蕙兰花，含英扬光辉。过时而不采，将随秋草萎。君亮执高节，贱妾亦何为？

这首诗的"抒情表现"主要见于一再翻转的"植物"的比喻：君是"冉冉孤生竹"，妾是"兔丝附女萝"，君"结根泰山阿"，所以两人"悠悠隔山陂"；在"思君令人老，轩车来何迟"的情况下，彼此的青春生命是"将随秋草萎"的"蕙兰花"[1]，即使曾是或仍是"含英扬光辉"。但是这一切，由"兔丝生有时"与"过时而不采"所象征的"夫妇会有宜"的时间压力与离别情境，却因为君为"冉冉孤生竹"所象征的"君亮执高节"的伦理抉择与表现，"贱妾亦何为"，妾亦只有作相同的伦理抉择，默默忍受一切的芳华徒谢与孤独而空虚的生活。但是，把这种离别而怀想的生活情境表现得最为真切而具体的或许是《凛凛岁云暮》：

凛凛岁云暮，蝼蛄夕鸣悲。凉风率已厉，游子寒无衣。锦衾遗洛浦，同袍与我违。独宿累长夜，梦想见容辉。良人惟古欢，枉驾惠前绥。愿得常巧笑，携手同车归。既来不须臾，又不处重闱。亮无晨风翼，焉能凌风飞？眄睐以适意，引领遥相睎。徙倚怀感伤，垂涕沾双扉。

这首诗以"蝼蛄夕鸣悲"的意象，借"凛凛岁云暮""凉风率已厉"的气候变化起兴，既象征一己之孤寂凄凉，日久悲伤，又引起对于身为"游子"的"良人"，在岁暮季节是否"寒无衣"的牵挂。以"衣"与"袍"以至"锦衾"等意象来象征夫妻同眠共枕的亲密关系，以及在男耕女织的分工下，妻的职分与对夫的情意原就在于"授衣"[2]所表现的关怀，都是既切合日常生活的现实，但又饱含深情蜜意的"抒情表现"。而对于夫妻别离的"锦衾"遗失、"同袍"相违所面对的生活真相，以最直接的"独宿累长夜"表现出，一点没有闪躲或遮掩；而分别日久，"良人惟古欢"，彼此只成为往日的记忆，以及如真似幻的"梦想见容辉"，"愿得常巧笑，携手同车归"的企盼，终究美梦成空，只余倚门彷徨盼望："眄睐以适意，引领遥相睎。"

---

1 当然也可以解读为专指妾的青春生命。
2 见《诗经·豳风·七月》："七月流火，九月授衣。……无衣无褐，何以卒岁？"

感伤泪下："徙倚怀感伤,垂涕沾双扉。"对身处其境的痛苦悲哀没有逃避与妆饰。所以是深具"现实反应"的"抒情表现"。

《古诗十九首》关于夫妻别离主题的诗作,最具现实抉择反应的,或许是《行行重行行》。为了更为清晰地凸显这种抉择的"现实反应"的性质,我们将通过与曹植《七哀诗》的比较来讨论:

《古诗十九首·行行重行行》
行行重行行,与君生别离。相去万余里,各在天一涯。道路阻且长,会面安可知?胡马依北风,越鸟巢南枝。相去日已远,衣带日已缓。浮云蔽白日,游子不顾反。思君令人老,岁月忽已晚。弃捐勿复道,努力加餐饭。

曹植,《七哀诗》
明月照高楼,流光正徘徊。上有愁思妇,悲叹有余哀。借问叹者谁?言是宕子妻。君行逾十年,孤妾常独栖。君若清路尘,妾若浊水泥。浮沉各异势,会合何时谐?愿为西南风,长逝入君怀。君怀良不开,贱妾当何依?

这两首诗都是以夫妻阔别为主题,而且以妻子的孤栖情境为描写焦点的作品,但是曹植的《七哀诗》已经充分地"抒情表现"化了。它首先经营了一个优美动人的"清景":"明月照高楼,流光正徘徊。"这样的写作方式,不但符合钟嵘《诗品·序》所列举

至乎吟咏情性,亦何贵于用事?"思君如流水",既是即目;"高台多悲风",亦惟所见;"清晨登陇首",羌无故实;"明月照积雪",讵出经史。观古今胜语,多非补假,皆由直寻。

所谓的"古今胜语"的表现，亦即以一明确具体，甚至是固定的空间物象（"高台""陇首""明月"），而连接以广泛、流动或至少是不确定而绵延的另一甚具感觉性的形象或情境（"多悲风""积雪""清晨"），因而产生一种摇曳生姿的动荡感受，因而正能隐喻一种"思君如流水"的起伏澎湃、无尽无休的心理激荡与悠远情怀。"明月照高楼，流光正徘徊"正是很自然地综合了"明月照积雪"与"思君如流水"的表现效果为单一景象，不但增强了景象的明晰与造型，还强调了"徘徊"不止的彷徨心绪。这两句的写法，再侧重一点写景意味，就可以得出类似"明月出天山，苍茫云海间"（李白，《关山月》），或者往对句发展，就可以成为"明月松间照，清泉石上流"（王维，《山居秋暝》）或者"野旷沙岸净，天高秋月明"（谢灵运，《初去郡》）与"白云抱幽石，绿筱媚清涟"[1]等发展自谢灵运而在盛唐诗人手中发扬光大的写景佳句了。

然后，利用月夜高楼的场景，将它转化为"上有愁思妇，悲叹有余哀"的"戏剧情境"。并且借用了"借问叹者谁？言是宕子妻"的对话，一方面解释了"悲叹有余哀"的"愁思妇"之"愁思"所在与其处境，一方面则借此将原来的外景与"戏剧情境"的第三人称叙述，转向主角人物之妻子的以第一人称向另一主角之丈夫（即第二人称）所作的内心独白式的倾诉。整个"戏剧"形态的写作策略，即便没有造成一种"虚拟"或"虚构"的美感距离（因而我们不必很"现实"或"认真"地来对待），至少也令我们像观赏"戏剧"一样，对主角保持了一种"认同"或"仿同"的距离，因为主角是在对另一主角说话，而不纯然是"内在独白"。

自然《行行重行行》的"内在独白"的性质亦不纯粹，而亦有可以视为对第二人称"君"倾诉的部分与意味，所以一再出现"与

---

[1] 见谢灵运《过始宁墅》。此一对句虽不写月，但"白云抱幽石"在构词造句法上其实与"明月照高楼"同一机杼。

君生别离""会面安可知""思君令人老"等语句，但基本上它的着重"处境"转移的抒写方式，仍然接近足以引发直接"认同"或"仿同"的"内在独白"，并且随着诗句的发展，我们几乎可以得到这似乎是一个漫长经验的回溯当下、重新演出的追忆历程：诗虽然是从"行行重行行"的分别时刻开始的，但事实上则是彼此"相去日已远"，早已经历了漫长的年月，而真正的情境则是"游子不顾反""岁月忽已晚"。于是"行行重行行"的描写，就近于电影中停格或慢动作的"特写"，它不但是真实发生的情景，而且正是将那刻骨铭心的"与君生别离"的分离的刹那，反复咀嚼，给人一种念兹在兹，不敢亦不能或忘印象的呈现，就在这种"分别"的经验中，君渐行渐远，毫无停息，直到成为"相去万余里，各在天一涯"的长久存在的"现实"。

"行行重行行"自是深具内心印象之剖白与呈露的"抒情表现"，但"与君生别离"，则是对于此一分离情境极具"现实"意义的掌握。"生别离"自然可以因为《楚辞·九歌·少司命》中所谓"悲莫悲兮生别离，乐莫乐兮新相知"而令我们作"悲莫悲兮"的情绪意义的联想，但由下文的"思君令人老"，我们也可以解读出"与君"一词中，"君"的绝对重要性。但"生别离"事实上也提供"思君"与盼望"游子""顾反"的可能性。所谓"会面"云云，正是有赖于彼此的同"生"，如此我们才能毫不突兀地了解诗末"努力加餐饭"的抉择。

接下来的叙写则大抵着重或者至少兼顾彼此"处境"之"现实"状态的提示。"相去万余里，各在天一涯"的重复说明不但是"抒情表现"的强调，其实也是"现实"处境的勾勒，因而开展下去就是"道路阻且长，会面安可知"的客观性衡量。这种"衡量"显然不乐观，述说者又以看似主观，却也有其物理上的依据的期望，来推翻上述的"衡量"："胡马依北风，越鸟巢南枝。"李善《文选·注》谓：

《韩诗外传》曰："诗曰：'代马依北风，飞鸟栖故巢。'皆不忘本之谓也。"

虽然"道路阻且长"，但是若有"思乡"之心，则既可前往，理当亦可归反。因此在"情境"上就展现为双向的可能性：既是"会面安可知"，但亦可以是"游子""顾反"，而终有重聚的一日。结果是在这种双重性的悬疑与等待中，"相去日已远，衣带日已缓"，随着分离日久的折磨，述说者也日渐消瘦，渐渐得出"游子不顾反"的结论。但述说者似乎不愿就此绝望，她以"浮云蔽白日"的比喻，来诠释这种"不顾反"只是一时的蒙"蔽"，并非永久的本心。于是，在渐次加重的痛苦与悲观中又保持了希望。虽然仍然抱持着希望，但另一个"现实"的情势是，"思君令人老"（这正是"衣带日已缓"的自然结果），人是不堪朝朝暮暮之怀想的磨损的。而"岁月忽已晚"，岁月不待人，青春与生命随时间日渐消失，这样的"情势"，直要将述说者逼入绝境。但诗中人却话锋一转："弃捐勿复道，努力加餐饭。"她选择了"希望"与"等待"，并且通过"弃捐勿复道"的屏绝忧虑，以"努力加餐饭"的摄"生"以待"会面"，来和"思君令人老""衣带日以缓"的情势对抗。

这首诗所具有的"现实反应"的强调与特质，我们只要和《七哀诗》中妻对夫的那段倾诉略加比较，就很清楚。关注一个"情境"，正视其具体的"现实"内涵，视为必须不断地重做抉择，采取行动之际——亦即在"情境"的"现实"中，做伦理或利害的判断，"选择"可能的反应，并且针对"情境"之需要，以及为了改善或改变"情境"而采取"行动"——我们做出的正是"现实反应"。但是，规避"选择"与"行动"，而将注意集中在以一"诸意象之综合"来"表现"引生此一意象综合之特殊"情感"的"直觉"，因而呈现为对此一"情感"的"观照",亦即是"纯粹直观"的"抒情直观",结果产生的就是诗歌或文学的"抒情表现"[1]。在《七哀诗》中,"君行逾十年,孤妾常独栖",当然是"现实"的体认。但诗中笔锋一转,诗中主角并不去思考如何应对此一困境,作"抉择"采"行动",反而将上述的"君行/妾独栖"的情境转化为"君若清路尘,妾若浊水泥"的意象组合,而感叹起"浮沉各异势,会合何时谐?"来。"君"是否为"尘","妾"是否为"泥",完全是自行比喻的结果,其为"浮",为"沉",并没有本质上的必然,反映的反而只是在"君行逾十年"之余,对于"孤妾常独栖"的等待的失望,甚至是绝望的情绪。因为她并未因此"判断"而作出任何"抉择"或"行动"。所接续的"愿为西南风,长逝入君怀"只是一种"姿态"而非"行动"的"选择"。所以,它真正的意义只是与"君怀良不开,贱妾当何依?"的诗句,组合成一种呈现"虽深爱而竟被弃"之"无奈"情怀的"综合意象",终究只是一种"抒情表现";与《行行重行行》,步步扣紧"情境"的"现实"发展,判断各种可能,因而作出"抉择"采取"行动",大异其趣。因此,《七哀诗》就显得空灵蕴藉,满涵神韵,足以令人回肠荡气,但反映的却是无关"现实"的"抒情直观";而《行行重行行》,则显得质实凝重,"现实""伦理"直逼人来。"君若清路尘",甚至"君怀良不开",就都没有"游子不顾反"在"伦理"判断上来得清楚明白、直截了当!

这种在"伦理"与"现实"上的高度关切,就使得《古诗十九首》在贫贱富贵的对比上,发出类似"何不策高足,先据要路津?无为守穷贱,辘轳长苦辛"(《古诗十九首·今日良宴会》)"斗酒相娱乐,聊厚不为薄""极宴娱心意,戚戚何所迫"(《古诗十九首·青

---

[1] 以上观念与词句的英语部分,见[意]贝奈戴托·克罗齐"Intuition and Expression", in John W. Bender & H. Gene Blocker *Contemporary Philosophy of Art* 第128-129页。该文下注明:From "Aesthetic" in Encyclopaedia Britannica, 14th edition, 1929。

青陵上柏》)的反省；在亲交知己的追寻上，亦有"不惜歌者苦，但伤知音稀"(《古诗十九首·西北有高楼》)"荡涤放情志，何为自结束"(《古诗十九首·东城高且长》)甚至"良无磐石固，虚名复何益"(《古诗十九首·明月皎夜光》)等种种思考；并且在人生短暂的知觉下，亦各自发展为或者"盛衰各有时，立身苦不早""奄忽随物化，荣名以为宝"(《古诗十九首·回车驾言迈》)，或者"万岁更相送，圣贤莫能度。服食求神仙，多为药所误。不如饮美酒，被服纨与素"(《古诗十九首·驱车上东门》)，或者"去者日以疏，来者日以亲"(《古诗十九首·去者日以疏》)，以至"为乐当及时，何能待来兹？愚者爱惜费，但为后世嗤"(古诗十九首·生年不满百》)等思虑抉择。因而提供我们再作省察、自行判断与抉择的参考。在"抒情表现"中，或者往"抒情表现"的发展中，仍然保持相当程度的"现实反应"，或许就是《古诗十九首》渐为后世难及而难学的特质。

因为以"抒情直观"作"意象经营"，并且加以"声律考究"，一如《文心雕龙·神思》所谓"然后使玄解之宰，寻声律而定墨；独照之匠，窥意象而运斤"的"抒情表现"，似乎成为后来中国诗歌以至文学的主流。[1]而这一主流的写作精神，《文心雕龙·神思》的赞文，或许是最好的摘要：

神用象通，情变所孕。物以貌求，心以理应。刻镂声律，萌芽比兴。结虑司契，垂帷制胜。

因此以"妙悟"来了解这"抒情直观"，借"兴趣"来描述这种意象化的"抒情表现"的严羽，面对《古诗十九首》这类的作品，虽然承认"汉、魏、晋与盛唐之诗，则第一义也"，但当他"推原汉、魏

---

[1] 这主要是由六朝到盛唐的发展，但是除了元和、元祐有了另外的美典以外，大抵凡以盛唐为宗的年代，总又回归此一主流。

以来，而截然谓当以盛唐为法"之际，显然是知觉它们与后世发展其实有明显的差异存在，因而只好说：

> 汉、魏尚矣，不假悟也。谢灵运至盛唐诸公，透彻之悟也。[1]

对于《古诗十九首》这种同时涵具"现实反应"与"抒情表现"的特点，元代陈绎曾《诗谱》显然略有知觉，因而他不免要强调其"情真、景真、事真、意真，澄至清，发至情"。"情""景"之"真"或许是"抒情表现"之所在，但"事""意"之"真"，则是"现实反应"之重点。而明代陆时雍《诗镜总论》的解说，或许更近于本文的理解：

> 《十九首》近于赋而远于风，故其情可陈，而其事可举也。虚者实之，纤者直之，则感寤之意微，而陈肆之用广矣。夫微而能通，婉而可讽者，风之为道美也。

陆时雍所谓的"赋"，正有接近本文所强调的"现实反应"的某些素质；而他所谓的"风"，亦和本文所指出的"抒情表现"有若干近似，中国诗歌走向以"抒情表现"为主的道路，使中国文学进一步往优美的"抒情传统"发展，确实可谓"风之为道美也"。但正视种种人类生存处境，如何去理解判断，如何去抉择行动的"陈肆之用"也就渐渐消失了。其为得为失，自是见仁见智。但是正如陆时雍用的仍是"近于赋而远于风"而非"但用赋不用风"，《古诗十九首》之所以为千古绝唱，原也在于同时具有"现实反应"与"抒情表现"的特质，自然其中也有像下列这首已然深具"神韵"，几乎是纯粹以"抒情表现"为主，并且被誉为"言情不尽，其情乃长。此风雅温柔敦厚

---

[1] 以上有关严羽的理念与引句俱见《沧浪诗话·诗辨》。

之遗"[1]的作品:

> 庭中有奇树,绿叶发华滋。攀条折其荣,将以遗所思。馨香盈怀袖,路远莫致之。此物何足贵,但感别经时。

但是人物的姿态与心理转折,仍然比纯粹精美辽夐的物象重要,而成为诗中"抒情表现"的主体,"时序"或许发挥了"起情"的作用,但"物色"仍然未成为"情采"的中心。或许我们也可以说《古诗十九首》仍是"人性的,太人性的",以人为中心的诗歌!

---

[1] 见杨家骆编《古诗十九首集释》,第14页引陈祚明语。

天高地迥 月照星临
——略论唐诗的开阔兴象

一、盛唐诸人，惟在兴趣

唐诗，尤其是盛唐诗，自宋代严羽于《沧浪诗话·诗辨》提出"论诗如论禅，汉、魏、晋与盛唐之诗，则第一义也"，"以汉、魏、晋、盛唐为师，不作开元、天宝以下人物"，并且解释道："汉、魏尚矣，不假悟也。谢灵运至盛唐诸公，透彻之悟也。"后经明代前后七子"诗必盛唐"主张的推扬，一直是中国古典诗歌的理想与典范。至于这种盛唐诗风，严羽亦有如下解说：

> 诗者，吟咏情性也。盛唐诸人惟在兴趣，羚羊挂角，无迹可求。故其妙处，透彻玲珑，不可凑泊，如空中之音，相中之色，水中之月，镜中之象，言有尽而意无穷。

所谓"兴趣"，原自梁代钟嵘《诗品·序》的"文已尽而意有余，兴也"蜕化而来。因此，我们固然可以参考明代胡应麟《诗薮》中：

> 作诗大要不过二端：体格声调，兴象风神而已。体格声调有则可循，兴象风神无方可执。故作者但求体正格高，声雄调鬯，积习之久，矜持尽化，形迹俱融，兴象风神，自尔超迈。譬则镜花水月，体格声调，水与镜也；兴象风神，月与花也。必

水澄镜朗，然后花月宛然。讵容昏鉴浊流，求睹二者？故法所当先，而悟不容强也。

的意见，援引"兴象风神"作"兴趣"的脚注，以为它指的就是来自作者情性而流露在作品之内的一种特殊的精神风貌。但是更具体地从作品的结构考察，似当亦正是一种"兴"的创作手法的运用，清代李重华《贞一斋诗说》说得好：

兴之为义，是诗家大半得力处。无端说一件鸟兽草木，不明指天时而天时恍在其中；不显言地境而地境宛在其中；且不实说人事而人事已隐约流露其中。故有兴而诗之神理全具也。

也就是说诗人借着一些自然景物的描写，不但象征性地传达了诗人所想表示的情意，更自然而然地在这些景物的刻画中，益加具体可感地表现了诗人的人格性情以及身居其境的世界感受与生命意识。例如《论语·子罕》记载：

子在川上曰："逝者如斯夫，不舍昼夜！"

这样触景生情、借物起兴的感慨，原来就是一种"兴"的心理机转，但是它虽然深具哲理的妙趣，甚至也充分显露夫子独特的人格，这样的记述仍然不能说是诗意的，主要的原因并不在其文字的形式的问题，而在其中缺少了对于川流不息的具体景象的刻画与描写。所以，汉乐府的"百川东到海，何时复西归？"虽然也在同样的意念中，表现了深切的感慨，但是毕竟仍然不算达到严羽所谓"不涉理路、不落言筌者，上也"的理想。正因它的表达仍是不免犹"涉理路"，同样的虽然对人生之变化有一谛视深慨却依然未免犹"涉理路、落言筌"的是魏代阮籍《咏怀诗八十二首》其四的"朝为媚少年，夕暮成丑老"，但是相同的意念到了李白的《将进酒》：

君不见黄河之水天上来，奔流到海不复回。君不见高堂明镜悲白发，朝如青丝暮成雪。

不但以"君不见"而达到亲自上场现身说法的效果，更重要的是已然消融了理路言筌的形迹，完全以可以置之眼前的景象来呈现，因此言黄河，则有"天上来""奔流"等状态的描写，说头发，则以"朝如青丝暮成雪"来象喻，并且不但化观念为状态，而且进一步表现为具体情境里的一种动作，例如："高堂"之中，"明镜"之前的"悲"白发。这种写眼前景象而能够"有兴而诗之神理全具也"的效果，正是"谢灵运至盛唐诸公"的"透彻之悟"。而底下两首诗在表现上的差异：

曹植，《赠白马王彪》其六
心悲动我神，弃置莫复陈。丈夫志四海，万里犹比邻。恩爱苟不亏，在远分日亲。何必同衾帱，然后展殷勤。忧思成疾疢，无乃儿女仁。仓卒骨肉情，能不怀苦辛？

王勃，《送杜少府之任蜀州》
城阙辅三秦，风烟望五津。与君离别意，同是宦游人。海内存知己，天涯若比邻。无为在歧路，儿女共沾巾。

除了古诗与律体的差异，更多少反映了由"汉、魏尚矣，不假悟也"到"透彻之悟"的变化。而其中的关键，不但在以"城阙辅三秦，风烟望五津"的地域的景象起"兴"，更在于"无为在歧路，儿女共沾巾"的具体情境中之动作性的描写,尤其"城阙""风烟"与"歧路"等地域景象,更使"海内""天涯""比邻"等抽象意念得到了具体的呈示与象征,因而就实际转化为一种真实可感的整体的宇宙意识。使用"兴"的手法,以地域性的景象,呈现为一种身居其中的宇宙意识,正是唐诗兴象的开阔高远之处。这种开阔辽远的兴象,不但是唐诗中随处可见的现象,从某些数据看来,还可以说是唐人有意识的创作。例如王昌龄就以为:

诗思有三。搜求于象,心入于境,神会于物,因心而得,曰取思。久用精思,未契意象,力疲智竭,放安神思,心偶照境,率然而生,曰生思。……[1]

凡作诗之体,意是格,声是律,意高则格高,声辨则律清,格律全,然后始有调。用意于古人之上,则天地之境,洞焉可观。……

凡属文之人,常须作意。凝心天海之外,用思元气之前。巧运言词,精练意魄。……

夫置意作诗,即须凝心,目击其物,便以心击之,深穿其境。如登高山绝顶,下临万象,如在掌中。以此见象,心中了见,当此即用。如无有不似,仍以律调之定,然后书之于纸。会其题目,山林、日月、风景为真,以歌咏之。犹如水中见日月,文章是景(影),物色是本,照之须了见其象也。[2]

---

1 见胡震亨《唐音癸签》卷二。
2 以上俱见日僧遍照金刚《文镜秘府论》南卷。

不但强调诗的创作需出于境物景象与心神意兴的契会以达到一种彻悟的境界，而其所谓"犹如水中见日月，文章是景（影），物色是本，照之须了见其象"，正与严羽"水中之月，镜中之象"的论点相合。同时更重要的是，他特别点明"天地之境"，"如登高山绝顶，下临万象，如在掌中"，以及"会其题目，山林、日月、风景为真"，正清楚地表明了唐诗在兴象之际，寻求其开阔高旷、夐远的理想，以及对于地域自然景观的运用。而孟郊《赠郑夫子鲂》论及诗的创作亦云：

天地入胸臆，吁嗟生风雷。文章得其微，物象由我裁。宋玉逞大句，李白飞狂才。苟非圣贤心，孰与造化该。勉矣郑夫子，骊珠今始胎。

同样地强调了一种纳天地、改造化的气魄以及裁物象、胎骊珠的意象契会的妙悟功夫。这种自觉无疑缔造了唐代雄伟高旷的特殊诗风。

二、天高地迥，觉宇宙之无穷

这种"天地之境，洞焉可观"的兴象，诚如王勃在《滕王阁序》所谓的"天高地迥，觉宇宙之无穷"，原是来自一种宇宙意识的自觉。这种自觉首先往往是与一种"兴尽悲来，识盈虚之有数"的生命存在的意识纠结在一起的，例如陈子昂的《登幽州台歌》：

前不见古人，后不见来者。念天地之悠悠，独怆然而涕下。

或者张九龄的《登荆州城望江》：

> 滔滔大江水,天地相终始。经阅几世人,复叹谁家子。
> 东望何悠悠,西来昼夜流。岁月既如此,为心那不愁。

在这种诗里宇宙的无穷广大与人类个我存在的孤绝渺小迥然对立,兴发的往往正是一种生命的悲情。但是这种悲情却在唐诗的发展过程中很迅速地被消融在一种纯粹的美感观照或积极把握的意志里。例如张若虚的《春江花月夜》虽然自"江天一色无纤尘,皎皎空中孤月轮"的景象而引发了这种典型的宇宙无穷与生命有限的意识:

> 江畔何人初见月,江月何年初照人。人生代代无穷已,江月年年只相似。不知江月待何人,但见长江送流水。

但在"白云一片去悠悠,青枫浦上不胜愁"之余,却通过"谁家今夜扁舟子,何处相思明月楼"而将注意转移到"不知乘月几人归,落月摇情满江树"的及时把握上。当然这种把握的更典型的方式,或许往往像李白的《把酒问月》,在醒悟了"今人不见古时月,今月曾经照古人。古人今人若流水,共看明月皆如此"之后,所强调的却是:"唯愿当歌对酒时,月光长照金樽里"。但是这种"海上生明月"的无穷宇宙的永恒律动之感,却在张九龄的《望月怀远》诗中,因为"情人怨遥夜,竟夕起相思"的思念,而转化为"天涯共此时"的人间深情的无限延伸与扩展的象征。因此宇宙无穷的知觉,就不复只是"兴尽悲来"引发存在悲情的对照,而更进一步成为人类所以实现自我、可以充分活动的无限开阔的生活空间,以及可以充分体验感受的无穷丰富的内涵。前者如王维《临高台送黎拾遗》:

> 相送临高台,川原杳何极。日暮飞鸟还,行人去不息。

后者如王之涣《登鹳雀楼》：

> 白日依山尽，黄河入海流。欲穷千里目，更上一层楼。

在这类诗作里，"天行健"的无穷无尽，就都转化为"君子以自强不息"的精神认知与行动征服的豪情与壮志的表现了。

当然这种对宇宙知觉反应的差异，与对时间因素或空间因素之侧重的不同有关。大抵侧重时间的诗作，由于人命的必然有限，往往陷于悲慨；而侧重空间的诗作，则因界域的广大反而激发出一种刚健的雄心壮志来。同时由于自然景象本身的雄伟秀丽，于是当"宇宙洪荒"的"天地玄黄"显现为可观可赏的"白日依山尽，黄河入海流"之际，一个"美丽新世界"就在盛唐诗风里展现了。像：

> 云霞出海曙，梅柳渡江春。（杜审言，《和晋陵陆丞早春游望》）
> 江静潮初落，林昏瘴不开。（宋之问，《题大庾岭北驿》）
> 潮平两岸阔，风正一帆悬。（王湾，《次北固山下》）
> 山光悦鸟性，潭影空人心。（常建，《题破山寺后禅院》）
> 黄河远上白云间，一片孤城万仞山。（王之涣，《凉州词》）
> 青海长云暗雪山，孤城遥望玉门关。（王昌龄，《从军行·其四》）
> 青枫江上秋天远，白帝城边古木疏。（高适，《送李少府贬峡中王少府贬长沙》）
> 轮台九月风夜吼，一川碎石大如斗。（岑参，《走马川行奉送出师西征》）
> 大漠孤烟直，长河落日圆。（王维，《使至塞上》）

日落江湖白,潮来天地青。(王维,《送邢桂州》)
荒城临古渡,落日满秋山。(王维,《归嵩山作》)
江流天地外,山色有无中。(王维,《汉江临泛》)
野旷天低树,江清月近人。(孟浩然,《宿建德江》)
照日秋云迥,浮天渤澥宽。(孟浩然,《与颜钱塘登障楼望潮作》)
山随平野尽,江入大荒流。(李白,《渡荆门送别》)
明月出天山,苍茫云海间。(李白,《关山月》)
三山半落青天外,二水中分白鹭洲。(李白,《登金陵凤凰台》)
孤帆远影碧空尽,唯见长江天际流。(李白,《黄鹤楼送孟浩然之广陵》)
星垂平野阔,月涌大江流。(杜甫,《旅夜书怀》)
吴楚东南坼,乾坤日夜浮。(杜甫,《登岳阳楼》)
锦江春色来天地,玉垒浮云变古今。(杜甫,《登楼》)
无边落木萧萧下,不尽长江滚滚来。(杜甫,《登高》)

这类的胜景佳句,真是美不胜收,目不暇接。同时,像"长风破浪会有时,直挂云帆济沧海"(李白,《行路难》)或"会当凌绝顶,一览众山小"(杜甫,《望岳》)的征服的意志亦往往间出,时时可见。这种壮伟开阔的兴象,不但在唐诗中处处可见,而且应用在任何题材,例如孟浩然的《望洞庭湖赠张丞相》一诗:

八月湖水平,涵虚混太清。气蒸云梦泽,波撼岳阳城。欲济无舟楫,端居耻圣明。坐观垂钓者,徒有羡鱼情。

以后四句而论,本来意在求仕,但出以涵盖乾坤的前四句,则胸襟自然高远，了无猥下之态，转使求仕之心成为一种壮志的表征。于是这种壮阔的兴象，又不只是行动的背景或观览的对象了。

三、星临万户动，明月来相照

当自然景象同时成为诗人心志的象征时，人与宇宙的疏离消失了，不但"野旷天低树，江清月近人"（孟浩然，《宿建德江》）、"星临万户动，月傍九霄多"（杜甫，《春宿左省》），而且永恒开始注入了人类的生活，虽然"人攀明月不可得"，毕竟"月行却与人相随"（李白，《把酒问月》），因此当人类在兴高采烈、凝神深思之际，正如王维《竹里馆》所显示的：

独坐幽篁里，弹琴复长啸。深林人不知，明月来相照。

人类终于感觉与自然融合为一，相亲相近，是以"长歌吟松风，曲尽河星稀"（李白，《下终南山过斛斯山人宿置酒》），是以"举杯邀明月，对影成三人"（李白，《月下独酌》其一），甚至"我寄愁心与明月，随风直到夜郎西"（李白，《闻王昌龄左迁龙标遥有此寄》），终至"兴酣落笔摇五岳，诗成笑傲凌沧洲"（李白，《江上吟》），因此不但"永夜角声悲自语，中天月色好谁看"（杜甫，《宿府》）"五更鼓角声悲壮，三峡星河影动摇"（杜甫，《阁夜》），甚至在"一舞剑器动四方"之际，"天地为之久低昂"，因为"来如雷霆收震怒，罢如江海凝清光"，人类的精神与行动本身就反映出与自然一样的雄伟与永恒。于是神话的开天辟地的豪健精神二度再现："㸌如羿射九日落，矫如群帝骖龙翔。"（杜甫，《观公孙大娘弟子舞剑器行》）唐人就这样在深切地体察自然之际，终于达到了超凌自然的精神上的壮伟！复兴中华文化，或许我们最该复兴的就是这种"大用外腓，真体内充。返虚入浑，积健为雄。具备万物，横绝太空"的"雄浑"的天地境界,以及"俯拾即是,不取诸邻。俱道适往,著手成春。如逢花开,如瞻岁新"[1]的清新自得的"自然"意趣吧!

---

[1] 俱见司空图《二十四诗品》。

试论汉诗、唐诗、宋诗的美感特质

一、前言

每个时代是否有每个时代的文风？若有，我们又根据什么来区分这些时代？是因为它们有着特异的政治条件或社会状况？或者我们相信有一种神秘的时代精神贯穿于其间，使一切文化事物都沾染上了特殊的时代印记？但其实我们了解每一个作品都与其他作品不同，即使是同一个作者同一个时期，甚至同一天的作品，假如它们是作品而不是复印，它们都必然不会完全一样。因此所有的概括形容，讨论的都是方便的分类，用类型的近似来取代个别作品的独异实体。因此我们在作概括性的讨论之际，往往正是在虚构，甚至是创造。若追根究底，终不免是独断的一种分类，它永远得面对一种质疑：这些独断的分类真的代表事物或历史的原貌吗？尤其具有评价意味的文艺作品，哪些作品才代表那个独特的时代，更是可以因为信仰、品味、兴趣与立场的差异而人言人殊。

我们必须承认，历史的整体，往往无法为我们所绝对掌握。因为对任何历史的讨论，总是选择性的，也是简略化了的。因为以简驭繁是我们了解历史现象的唯一途径，否则无穷无尽的历史资料势必淹没我们。"生年不满百，常怀千岁忧"的结果，我们势必只能以一年半载的阅读来追认上下数千年异代同时的浩如瀚海的事件与遗迹。因此，探究历史又何尝不是一种创作"历史"。尤其时移世异，发生在个人本身尚且不免有"情随事迁""已为陈迹"之叹，对于遥远的异代异地的古今才人之幽微心思所凝结而成的文艺作品，我们若是稍具自觉，亦必然对于自己的种种辨析、诸多论断，不能不深自犹疑。但是这种犹疑并不该阻止我们去尝试了解历史，了解文艺，了解文艺作品的历史发展的努力，否则我们所剩下的就只是瘫痪一切的怀疑，甚至是自我吞噬的虚无。毕竟对我们所有知识之性质与限制的自觉，正来自一种更加认真的积极的求知精神。

虽然我们未必掌握了历史的全貌，掌握了事物的完整真相，但是有些事情，我们却可以确定它曾在某个时代发生或存在，而且由这些部分的确定，产生对于某些事情的认知与论断。例如，我们可以确知宋诗和宋词虽然产生在同一时代，甚至由同一作者作于同一时期，但它们的风格可能有着显然的不同；东坡诗和东坡词在韵味上是各有偏重的。于是我们可以相信，在同一个政治、社会背景中仍然可以滋生不同类型的艺术，同一个神秘的时代精神在贯穿一切文化现象之余，仍不免受到文类文体自身的传统、规律以及各自发展的阶段、状况的阻碍与折射。所以，文艺作品的时代性不能只由普遍的历史背景或时代精神去探讨、去诠释，我们必须考虑文体文类自身的内在规律与发展变化的过程。如果说"通古今之变"原就是历史认识的一种目的，那么认知一种文类文体在各个不同时代的美感规范的演化流转，似乎也正是文艺历史的合宜正当的工作。

在辨认一种文体文类的衍化转变的过程中，观察其特殊的美感风格，探究其中所蕴含的美感规范，或许是最直接也最有效的方法。自然，在每一个特殊美感风格中，美感规范的最主要成分，显然包括了以下两种因素：一是注意的题材；一是观照事物、整理经验的倾向与方式。前者如盛唐的边塞诗与中唐的社会诗，注意的是性质根本不同的事件；后者如同是描写项羽，配合了各篇情调的统一与完整，《项羽本纪》《高祖本纪》《淮阴侯列传》中，各自呈现的分别是一个英勇善战的悲剧英雄、一个暴虐无道的罪魁祸首，以及一个因为具有极不相称之弱点而不免于滑稽的背景人物。也就是说，经验、事件甚至题材，虽然自有其意义与性质，但是出现在文艺作品中，它们仍然还得经过创作者的诠释、辨认并且加以转化赋予崭新的意义。而这种加以转化赋予意义的诠释方式，往往不是偶然的，反而是社会性的。正如大体相同的鸡、鸭、鱼、肉等原料，却可以调烹出不同口味的川菜、湘菜、粤菜等，这正来自美感规范中的观物方式对于题材之原始性质的转化和处理。在探讨各个时代的差异之际，也许所注意的题材的分歧是更容易察觉的，所以，乐府、咏怀、玄言、山水、宫体等观念早就成为我们辨识传统诗歌历史的时代标记，并且经由这些因所注意的题材之不同而形成的里程碑，我们也进一步能够将作品和它的历史背景与时代精神系连在一起，获致的往往不只是文艺历史，还包括对整体"历史"的某种了解。

　　但是观物的方式与转化经验为艺术这方面的美感规律，则似乎较少与整体的"历史"发生关联，因此虽然透过文艺历史的观察，它们往往自有相当明显的时代性，甚至因时代先后而有不同发展的历史性，但是这种时代性或历史性一般说来较少受到近代学者的注意，而传统的诗话亦仅止于直觉的掌握，而较少做分析性的阐明。这一方面固然由于观物的方式与转化经验为艺术的美感规律，没有注意选取不同题材的美感规律那么明显易见，另一方面也因在这种类型的规律上若有沿袭承继的现象，比较不易觉察，难以辨认出模拟的痕迹，这正是一般诗论中所谓"师其神而不袭其貌"的"活法"，文艺创作总是不免始于取法和由模拟入手，亦使这方面规律的时代性、历史性混淆掺杂，面目较难凸显。同时，题材的选取与注意的规律，我们可以很容易经由题材的性质与范畴加以形容与指认，在概念的创制上并不必须通过一套完整的美学理论体系，即可优为之而且足以胜任愉快地对现象加以描述。但在观物以及艺术处理的规律方面，则一直有着术语观念匮乏与亟须创制一套完整美学理论的困难。因此在这方面，近代以来除了像梁启超的《中国韵文里头所表现的情感》等少数著作略有触及，几乎还是一片尚待开发的处女地。

这种工作，一方面似乎更宜就作品的本身，依其时代先后，通过对比与分析来加以探究，另一方面实在需要暂时忽略其与整体的"历史"的关联，而先行构造出一套美感类型的理论，才能够清晰地加以诠释与描摹。而且，若真要完整地探讨中国诗歌美感规范和实际风格的历史发展，事实上正是彻底重写一部中国诗歌史的艰巨工作。这自然不是笔者目前的学力所敢奢望，更不是本章的短小篇幅所能负荷的。因此，本章的构想只是尝试就汉诗（以东汉的五言诗为代表）、唐诗（以盛唐诗为代表）、宋诗（以盛宋诗为代表）中的若干作品，根据它们对相同的情感经验（别离）以及相同的景象（月夜）的处理，来探讨它们所各自呈现的美感范畴的不同类型，以及其中观物和整理经验的不同方式。自然这些类型未必完全始于本文所讨论的各个时代，例如盛宋诗实在是承袭了中唐诗的某些精神而发扬光大的，而且这些类型的风格是不是就足以代表那个时代，更是大有商榷的余地。但是一者承袭传统诗话的一般应用，例如习惯上总是多强调为唐诗、宋诗之别，而少强调为盛唐、中唐之分；再者，这些风格在中国诗歌历史上的出现与发展，也确乎有此先后差异的关系。而正如前述，从事这类工作，事实上需要先行发展出某种美感类型的理论来作探讨描述的工具，因此本文最主要的兴趣，在于尝试为中国诗歌构造出一种足以描述其风格发展的美感范畴与类型的理论。当然，即使是纯粹出于一种理论构架上的兴趣，本文也是极为粗疏的，因为即便只为发展出一个基本架构，此处也已经遗漏了一个绝对不可忽略的阶段——魏晋六朝。事实上，为了观念陈述条理上的清晰，本文正是有意忽漏了汉代的乐府以及魏晋六朝的发展，唐诗的初、盛、中、晚之分，宋代的西昆、江西、江湖、四灵、遗民等派，更遑论元、明、清诗的发展。

若要勉强辩解，自然亦可以说这些被遗漏的阶段，正是由前一个主要的大典范过渡到下一个主要的大典范的中间类型，所以前者更宜作为基本，将来亦可以利用前者的基本分类，再造作出各种适宜的次级分类来。但在此处，笔者宁可视为是自己学力不足、思虑不周的一种限制。终究这只是一种尝试的起步，一张草图的起笔。以上种种疏解，其实并非为一己之谬误开脱，而是在抛砖引玉、提出问题，寄望于后来居上的贤者。

二、一些基本观念

美，只要我们面对文学艺术的历史就会发现，并不是只有一种。从早期的秀美与崇高的对立开始，美学理论家就不仅是在辨认美与非美的性质，事实上更在辨析美所可能具有的种种差异的范畴。经由这种种差异，尤其是在文学作品中的悲剧与喜剧的美感经验所包含的痛苦与丑恶的成分，我们发觉基本上以秀美为基准所发展出来的美的观念显然是太狭隘、太局限，根本不足以解释或描述文学艺术史的事实。因此，为了我们处理诗歌之美感类型变异的需要，我们似乎可以不去争论诸如美是主观或客观的之类的问题，而暂时将"美"定义为事物或文艺作品中所呈现的特别引人注意，令人发生感觉，甚至产生感动的素质。尤其在文艺作品中，这类素质，往往正是作者在创作之际所意图捕捉的美感经验的焦点与特质，更是他企图在此作品中呈现或凸显的意旨或意义之所在。因此在文艺作品中，美，正是作者的主观思感通过对客观事物的性质（包括题材事物以及媒材事物自身的种种性质）所作的种种安排、运用，因而达成的效果。假如我们在艺术文学的历史中发现，文艺作品往往呈现某种风格近似的"时代"性，那么或许我们可以假定各种艺术或文学的类别与体制，事实上已经形成某种"时代"性的"美"的知觉或观念。这种"时代"性的"美"的知觉与观念，往往形成一种"典范"，而在习而未察的情形之下，自然而然地成为文学家、艺术家据以寻找事物性质，甚至形成一己思感，以表现合宜的文艺体类的思感方式与习惯［这种"典范"的规范作用，不只发生在迈克尔·波兰尼（Michael Polanyi）所谓的支援意识的层面，也可以发生在焦点意识的层面，所以文艺史上才充满各种当时流行的题材］，同时也创造出各种文艺体类的该"时代"性的特殊的"美"的类型。[1] 掌握一个文艺体类的"时代"性风格，正是掌握作品中共同近似的这种"美"的类型，以及进一步去探讨它们背后所可能共有的是何种"美"的"典范"、遵循的又是哪些"美"的规律。在这种工作中，美学理论家所发展出来的美的范畴的观念，似乎很有帮助，但是也有目标并不相合的限制。在美学理论家寻求其理论体系的完整、概念分析的明晰与逻辑性之际，他们所发展出来的种种美的范畴，或许有其超验的、不容置疑的、放诸四海皆准的真实，但文艺历史所处理的正是"时代"性的"美"的偏好、偏爱甚至是偏见的事实。所以，我们只有另行发展出更具描述性（较不具有先验的规范性，但仍在历史过程中有其经验事实的规范性）的"美"的类型的观念来应用，虽然美的范畴的种种理念，仍然有助于我们辨析、探讨，甚至描述种种历史时代中所盛行的"美"的类型的各种性质。因此本文将一方面借助一些既有的美的范畴的概念来描述，另一方面更尝试拟构出若干"美"的类型的观念来掌握汉诗、唐诗、宋诗的美感特质。

在我们探讨一个历史时代的某一文艺体类的美感特质时，有一种情形可以使得实际状况变得复杂，即虽然我们可以假定在每一个

---

[1] "典范"（paradigm）的观念，请参阅：［美］托马斯·库恩（Thomas S. Kuhn）*The Structure of Scientific Revolutions* (Chicago, Illinois: The University of Chicago Press, 1963, 1970)。虽然库恩原来是用在科学研究上，但其实是从艺术史的风格变迁获得的灵感，此处是一种还原意义的借用。［英］迈克尔·波兰尼的"焦点意识"与"支援意识"的观念，可参阅：Michael Polanyi & Harry Prosch, *Meaning* (Chicago, Illinois: The University of Chicago Press, 1975)。

历史时期，可能有其独特的"美感"上的偏好与偏爱，甚至因此形成那个时代的"美"的偏见（也就是那个时代所特有的何谓"美"的观念），因而有意无意间促成了该一时期该一体类的作品呈现出某种近似的"美"的类型，但是由于历史的承袭关系，前于此一时期的历史上各个时代的作品，经过筛洗而以其圆熟的形态继续存在。这些作品一方面吸引当代的艺术家、文学家认识一些已然成功甚或是辉煌灿烂的"美"的类型，并且诱使他们去加以吸收与消化——这通常需要经过一种模仿与学习的过程，同时这些历史上已然存在的"美"的类型，会因时代的继续迈进而有一种日益添加增长的累积现象，而导致愈是后起的时代，在仿效的可能与实践上愈是复杂、愈具多样化。另一方面这些已成历史传统的经典作品，又往往会迫使继起的艺术家、文学家，为了发展自己的面目，而必须禁止自己再去重复已经取得高度成就且广为流布的"美"的类型。因此此前历史上的伟大作品，往往又成为一种迫使当代艺术家、文学家向边缘开拓以求一己之发展空间的"美"之核心禁区，成为一种在"美"的知觉和类型上非求新求变不可的基本压力和原始动力。这诚如萧子显《南齐书·文学传论》所谓："在乎文章，弥患凡旧，若无新变，不能代雄。"

上述这两种情势的并存往往就造成了一种创作与欣赏、认知与追求之间的分裂，一方面对于"美"的欣赏或认知，也就是对于何谓"美"的观念，可能是一种范围日渐扩大、基础日渐深广的过程；另一方面在创作之际寻求"美"的领域或类型的人，却更像是一群代代遭受放逐，而必须在更加遥远的新的边疆、新的荒蛮的殖民地创建家园的拓垦者，往往更因其艰辛寻获，而执意对于此一新发现的处女地表现出一种专注甚至不免深具排他性的忠诚与热爱。因此即使在观念认知的领域，他们对"美"的了解可能更加广阔，但在实践追求的领域，则可能更加专情、更加褊狭，而使得某一种新的"美"的类型，或者是虽然已经出现但始终未受重视的"美"的类型，得以茁壮发展而蔚为大观，因而往往形成一种认知上的"美"的观念和创作上的"美"的类型并不一致的矛盾现象。在这种矛盾的状态中自然会发生对传统、既存的"美"的类型的模仿与排斥，学习与背离杂然并存，并且学习、模仿的风格可能日益繁杂多样，但每一个时期真正创新的"美"的类型，则倾向于单一与近似——这自然也因为此一类型尚有大加开发的可能，自然没有继续流徙的必要。

这种仿古与创新并陈的现象，不但可能发生在不同的作者、不同的集团之间，也可能发生在同一作者自身，尤其是不同的阶段。这自然会导致我们决定此一时期的"代表"风格的困难。因为仿古不但可以是多样的，而且在数量上这类作品可能远多于创新的作品，不但就时代整体而言是如此，有时候就作者本人而言也是如此。同时许多师法传统风格，表现既有的"美"的类型的作品，往往就其本身而论也可以达到某种圆融完整的境地，就如一些几可乱真的仿造的古董，若忘记它的历史渊源，亦自大有可观。这也使仿制的作品往往可以在异国异地，甚至在整个历史渊源的线索断裂之余的异代，一样受到尊崇。因此在文学艺术的"历史"论述中，我们轻忽那些圆熟地重复既有的"美"的类型的传统风格作品，而偏重展示新的美感知觉，开发新的"美"的类型的作品，并且以这些新开发的"美"的类型来"代表"这些"时代"，视为这个"时代"的基本成就与主要风格，就不是毫无商榷或争论余地的。特别是历史发展的渊源与线索并不一定总是清楚或完整的，尤其在历史过程上的创新，更不是一种必然放诸四海皆准的、为大家所重视的价值。但是以新变的"美"的类型，作为那个"时代"的成就与代表，却是本文论述的基本立场。

就上述种种限制之下的意义，我以为汉诗基本上表现的是一种"素美"，唐诗表现的是一种"优美"，宋诗表现的则是一种"畸美"。汉诗所表现的基本上是一种情意伦理之美；唐诗所表现的是一种美感形象化的情景交融之美；宋诗所表现的是一种经过疏离之后的造作之美。唐诗所注重的美的范畴是秀美与雄浑；宋诗所注重的美的范畴是抽象、滑稽、怪诞，有时候则偏向清冷、疏淡、衰残；而汉诗所注重的美的范畴，为了我们的特殊需要，我们可以称之为温厚。因此就以与所描写的人生情境的距离关系而论，汉诗所写是境内之感，唐诗所写是境缘之观，宋诗所写是境外之思。因之，汉诗以情胜，唐诗以景胜，宋诗以意胜。汉诗的思维方式，出以直感，近于赋；唐诗的思维方式，出以想象，近于兴；宋诗的思维方式，出以幻想，近于比。

三、以离别主题的作品为例

对于上述的种种论断，或许我们可以借一些表现了相同或类似的人生情境的各个时代的作品来加以阐释，此处我们首先选取的是一些以离别为主题的例子：

李陵，《与苏武》诗三首

良时不再至，离别在须臾。屏营衢路侧，执手野踟蹰。仰视浮云驰，奄忽互相逾。风波一失所，各在天一隅。长当从此别，且复立斯须。欲因晨风发，送子以贱躯。

嘉会难再遇，三载为千秋。临河濯长缨，念子怅悠悠。远望悲风至，对酒不能酬。行人怀往路，何以慰我愁？独有盈觞酒，与子结绸缪。

携手上河梁，游子暮何之？徘徊蹊路侧，悢悢不得辞。行人难久留，各言长相思。安知非日月，弦望自有时。努力崇明德，皓首以为期。

李白，《送友人》

青山横北郭，白水绕东城。此地一为别，孤蓬万里征。浮云游子意，落日故人情。挥手自兹去，萧萧班马鸣。

李白,《赠汪伦》
李白乘舟将欲行,忽闻岸上踏歌声。桃花潭水深千尺,不及汪伦送我情。

王维,《送别》
山中相送罢,日暮掩柴扉。春草明年绿,王孙归不归?

王维,《临高台送黎拾遗》
相送临高台,川原杳何极。日暮飞鸟还,行人去不息。

王维,《送元二使安西》
渭城朝雨浥轻尘,客舍青青柳色新。劝君更尽一杯酒,西出阳关无故人。

苏轼,《辛丑十一月十九日既与子由别于郑州西门之外马上赋诗一篇寄之》
不饮胡为醉兀兀,此心已逐归鞍发。归人犹自念庭闱,今我何以慰寂寞。登高回首坡垅隔,惟见乌帽出复没。苦寒念尔衣裘薄,独骑瘦马踏残月。路人行歌居人乐,僮仆怪我苦凄恻。亦知人生要有别,但恐岁月去飘忽。寒灯相对记畴昔,夜雨何时听萧瑟。君知此意不可忘,慎勿苦爱高官职。

梅尧臣,《芜湖口留别弟信臣》
少也远辞亲,俱为异乡客。昨日偶同归,今朝复南适。南适畏简书,叨兹六百石。重念我当去,送我江之侧。溪山远更清,溪水深转碧。因知惜别情,愈赊应愈剧。

王安石，《示长安君》

少年离别意非轻，老去相逢亦怆情。草草杯盘供笑语，昏昏灯火话平生。自怜湖海三年隔，又作尘沙万里行。欲问后期何日是，寄书应见雁南征。

在上列诗中，《与苏武》诗三首虽然一般的学者早已认定它的年代不可能那么早，但视其为东汉的作品则是确然无疑的。因为五言诗到东汉方始成熟，这三首诗即使推断为东汉的作品，并无碍于它们作为"汉诗"之典型的代表性。就离别的主题而言，一般表现的不外是离别的情感、离别的景象以及离别经验所具有的意义之体认。虽然这三个层次或重点并不彼此排斥，并且更通常的情形是三者融贯为一个难分难辨的整体，但是仔细体察，我们还是可以感觉，汉诗的表现偏重在离别的情感，唐诗的表现偏重在离别的景象，宋诗的表现则偏重在离别经验所具有的意义之体认。

在三首《与苏武》诗里，首先值得注意的是它们所抒写的内容，似乎就是一个充满了离情别绪的人物的所思所感、所见所闻，完全没有中立于或外在于此一情绪之外的事物的描写，所以一开始就是："良时不再至，离别在须臾。"诗的叙述传达的是主人公念兹在兹对于离别的感受。而此一离别的感受，又跟聚会的体验成一相反相成的对比。诗中的意识一开始就充满了叙述者对于聚会的珍惜（"良时""嘉会"），然后急转直下（"不再至""难再遇"），于是无尽的忧愁暗恨就自然涌现。王国维说得好："有我之境，以我观物，故物皆着我之色彩。"[1]此处正是以离情别绪观物，故物皆着离别情绪之色彩。所以出现的离别景象的叙述，皆一再地强调构成离别的"分"与"合"这两个互相矛盾的因素，而使这两个冲突的因素彼此激荡而

---

1 见王国维《人间词话》。

迸溅起离情的波涛来："衢路"是"分开"的地点，"执手"是人与人在此一文化中的最为亲密的"聚合"的表示。而在"分"与"合"交接的空间"野"，人物陷入一种情绪胜于行动的两难式的状态："屏营""踟蹰"——"屏营衢路侧，执手野踟蹰。"而正如一开始"良时不再至，离别在须臾"，除了强调了"聚合"之美好——"良时"，以及因此隐含的"分别"之痛苦——"不再至"，同时"良时""不再至""在须臾"更强调了在此特殊的情绪下，所深切感受的合、分，与分合之际的时间的久暂——"不再至"的分离之久与"在须臾"的聚合之暂。这种基于深情厚谊所愈加感受到的分合的空间距离与时间仓促之感，终于在"仰视浮云驰，奄忽互相逾。风波一失所，各在天一隅"达到近乎自然命运的体认。

"浮云驰""奄忽""风波"都强调了聚合的匆促、短暂与不定，但"各在天一隅"的"在"却暗示了分离的确定与长久。聚合在此被强调为只是一种内在即已蕴含了分离因子的"互相逾"，而进一步在"风波一失所"中甚至否定了"互相逾"中所原来具有的"聚合"的因子，因此达到的是恒常、确定的，不可跨越的、长久的分离的意识："各在天一隅。"这种在自然景象中发现彼此分合命运的情状，似乎一方面有类于唐诗的景象塑造，另一方面也接近宋诗对经验所具意义的捕捉。但有一显然的分别是，此处的景象除了强调那种分合的性质与命运，以及由此性质与命运的意识而更加引发的一种别离的哀感之外，并未如唐诗一般表现景象本身所具有的美感特质，或如宋诗所掌握的是此一离别经验的离合之外的意义，例如为何离别、这是第几次或在哪种人生情况下的离别。由于汉诗的这种似乎只有当下当前的反应，因此即使是景象的塑造，甚或意义——命运性质——的探讨，都成为只是更深一层情感的抒发，因为它始终被笼罩在诗中主要情绪情感的范围内，而并未作独立于此一情感之外的景象的刻画或经验意义的探究，而整首诗的结构原则依循的正是这一特殊情感的发展变化历程。

在《与苏武》诗的第一首中，聚合的"良时"即将逝去，在别离前的暂聚中，诗中人一层又一层地意识到分隔别离的到来与必然，一层层地加深了那离别的哀愁，而同时与此一别愁缠结的正是聚合的欢乐，以及经由此一彼此欢喜之情所衍生的临别之际的依依之意（"长当从此别，且复立斯须"）以及恋恋不舍之情（"欲因晨风发，送子以贱躯"）。"且复立斯须"的小驻，除了"立"还保持着最低限度的景象感，事实上此一动作已完全被"长当从此别"的意识所精神化、情感化了，在"且复"的无可奈何性的虚字的运用，以及"长""别"和"斯须"的对比下，显现的正完全是一种情意而非景象的表现。影响所及是"欲因晨风发，送子以贱躯"中的"晨风"和"贱躯"的形象性亦大为减弱。在"欲因……发"与"送子以……"的强调中，固然两句本身已是偏重在依依恋恋的情意的表现，但是"晨风"不但呼应了"良时"的对于时间的因情感而滋生的念兹在兹的高度意识，而且诚如曹植《七哀诗》所谓的"愿为西南风，长逝入君怀"，"因晨风发"正有一种附贴追随的缠绵意致在此一景象中；"躯"而强调为面对对方的自谦自抑的"贱"，原就使此处的"躯"被强调为一意念性的词语，再加"送子"的"送"原即有"送行"与"赠送"的双关含意——特别在"送子以……"的句法中，更使人产生"赠送"之意的错觉，因而两句主要表现的就是一种对对方的依慕追附，甚至不惜投掷交付自己的一种缠绵的情思与意愿——"欲"。整首诗的扣人心弦之处，正在贯穿于其中全心全意投入的亲爱欢好之情，以及因而于离别之际所转化而出的别愁离绪，缠绵中有悱恻，悱恻里有缠绵。诗中人的情深意厚完全通过其沉溺于别离情境中的拟似自然反应的心思流转层层回荡而出。因此，它的表现方式固然有类于梁启超所谓的"回荡的表情法"[1]，但它的表现性，却全在不露匠意、不见用心的直

---

[1] 见梁启超《中国韵文里头所表现的情感》。

接模拟沉浸在情感中的心意流转的自然历程，而通过在此心理历程所透显的情感的深挚、纯厚、诚笃等伦理性质来感动读者。因此它虽然也出现意象，甚至使用比较抽象的语句，但基本上让我们感觉的仍是"为情造文"[1]，是"在心为志"的"发言为诗"，是"情动于中而形于言"，甚至是"不知手之舞之，足之蹈之也"的"不知"——不自觉的自然流露。[2]当王国维在《人间词话》中论"词家多以景寓情。其专作情语而绝妙者，……此等词求之古今人词中，曾不多见"之前，原有"昔人论诗词，有景语、情语之别，不知一切景语，皆情语也"一则，后来在发表时删去，显然就是他意识到：并非"一切景语，皆情语也"。

事实上，在后来中国的诗歌发展中，确实可以有并非情语的景语，甚至这种独立于情感之外的景象的自足的美感性质，还可以在神韵传统中成为诗歌所追求的理想。但是在汉诗之中，确实我们可以同意它的"一切景语，皆情语也"，并且它往往能够"专作情语而绝妙者"正因为它的表现性来自情感流露的心理历程与所流露的情感所具有的伦理质量。前者为情感之"姿"，后者为情感之"质"。这种对于情感之"姿"的模拟，掌握情感流露中情感内在所蕴含的矛盾冲突的戏剧性，以及情感定向流动层转的自然韵律，同时自然而然呈露出情感本身合于文化理想的伦理意义的"质"，使得宋代的严羽，一方面肯定"汉、魏、晋与盛唐之诗，则第一义也"，另一方面也确认"汉、魏尚矣，不假悟也。谢灵运至盛唐诸公，透彻之悟也"，[3]明显地意识到汉诗与唐诗的不同，以及汉魏诗无法以盛唐诗的思维方式写作。"不假悟也"正是"不知手之舞之，足之蹈之也"的"不知"。我们可以透彻地观照我们自身的情感，但是诚如老子所谓"道可道，

---

1 见刘勰《文心雕龙·情采》。
2 以上引句俱见《毛诗序》。
3 以上引句俱见严羽《沧浪诗话·诗辨》。

非常道",由于"观我之时,又自有我在",[1]当我们去观照自我之际,我们已是观照者的"我"而非被观照者的"我",因此观照之所得遂已被客观对象化了,而无复生生不息的主体心灵本身,更无法显现情感原始状态的意识情绪的自然流转。因此,将情感流转的历程呈现于文字,固然是一"模拟"的问题,却必须出以不自觉的无心的自然流露,否则一旦有意,一旦自觉,在"诗言志"的观念下,马上就显得"假",就是"不诚",也因此必须"不知"而且"不假悟"方能"不假"。由于"诗言志"的理念,汉诗中对于情感状态中的情绪意识流转的"模拟",以及通过一个"模拟"而以情感状态中的"姿"与"质"来感动读者的表现方式,遂无法使用具有"虚假""不诚"意义的"模拟"之观念来表达,同时更无法发展为一种文学上的模拟的理论。所以历来论汉诗,或者强调"凡读汉诗,先真实,后文华""《古诗十九首》,情真、景真、事真、意真,澄至清,发至情"[2],注重它为真情的表现;或者如清费锡璜《汉诗总说》所谓

> 《三百篇》后,汉人创为五言,自是气运结成,非人力所能为。故古人论曰:苏、李天成,曹、刘自得。天成者,如天生花草,岂人翦裁点缀所能仿佛;如铸就钟镛,一丝增减不得。解此方可看汉诗。

强调它的非经人力有心工巧所得,因为若诗是真情实感的流露,必然是出于人生情境的自然反应:

> 汉人诗未有无所为而作者,如《垓下歌》《春歌》《幽歌》

---

1 见樊志厚《人间词乙稿·序》。
2 见元陈绎曾《诗谱》。

《悲愁歌》《白头吟》，皆到发愤处为诗，所以成绝调，亦不论其词之工拙，而自足感人。后人绝命多不工，何也？只为杀身成仁等语误耳。

同时它的语言亦必出以平浅明白率意自然，如明谢榛《四溟诗话》所谓

《古诗十九首》，平平道出，且无用工字面，若秀才对朋友说家常话，略不作意。如"客从远方来，寄我双鲤鱼。呼童烹鲤鱼，中有尺素书"是也。及登甲科，学说官话，便作腔子，昂然非复在家之时。若陈思王"游鱼潜绿水，翔鸟薄天飞。始出严霜结，今来白露晞"是也。此作平仄妥帖，声调铿锵，诵之不免腔子出焉。魏晋诗，家常话与官话相半，迨齐梁，开口俱是官话。官话使力，家常话省力；官话勉然，家常话自然。夫学古不及，则流于浅俗矣。今之工于近体者，惟恐官话不专，腔子不大，此所以泥乎盛唐，卒不能超越魏，进而追两汉也。嗟夫！

并且由于表现的重点是以语言仿真自然流转的心理历程来呈露特殊的情感激荡，因此一些评论者往往强调"汉魏之诗，辞理意兴，无迹可求"[1]，或"汉魏诗只是一气旋转，晋以下始有佳句可摘，此诗运升降之别"[2]。不论是"真"，是"至情"，是"到发愤处为诗"，是"说家常话，略不作意"，是"一气旋转"，是"辞理意兴，无迹可求"，都反映了传统评论者对汉诗的以情感之挣扎或激荡的心理历程为模拟的表现重点的体认；但是因为所模拟的只是独白式的心理历程，一般并不视为是一种模拟，反而视为是"诗言志""情动于中而

---

[1] 见薛雪《一瓢诗话》。
[2] 见沈德潜《说诗晬语》。

形于言"的最佳典范。事实上，汉诗诚如沈德潜《说诗晬语》所言：

> 风骚既息，汉人代兴，五言为标准矣。就五言中，较然两体：苏李赠答、无名氏十九首，古诗体也；庐江小吏妻、羽林郎、陌上桑之类，乐府体也。

以模拟戏剧性（某一显然特殊的人生情境中）的"独白"或"对话"，可以区分为两类：古诗体和乐府体。两类在经由话语模拟人物在特殊人生情境下的情感激荡的心理历程的方式上初无二致，只是乐府体为多人的心声而彼此有纠葛或事件的发展，古诗体不同于乐府体的"重唱"，为单人的"独唱"，虽有个人心意的发展，但事件并无纠葛或发展，这自然已是抒情文学和叙事文学在文类上的分歧。戏剧性独白的方式，毕竟在抒情上和"以景寓情"的比兴的表现方式是有所不同的。前者仍是一种对于心理历程情感状态的"模拟"，后者则已偏重在凭借外界景象来作内心情意的"象征"，而不只是把心意外在化为语言，事实上要更进一步外在化为景象了。由于"模拟"与"象征"的思维方式的根本差异，往往使得唐宋以后的诗人或文人深自感觉与汉诗的写作甚至欣赏皆有一种断层：

> 诗惟汉诗最难学最难读。极顶才人，到汉人辄不能措手，辄不能解只字；有强解者，多属皮里膜外，止堪捧腹。汉诗即赞叹亦难尽，高古雄浑等语，俱赞不着也。[1]

这种现象亦可以由沈德潜所谓"乐府体"的叙事诗在汉魏以后几乎是后继乏人，只有寥寥可数的几位作者，可见一斑。因此，"诗言志"的理念，在后来的发展中，大家并没有注意其"在心为志，发

---

[1] 见费锡璜《汉诗总说》。

言为诗",以语言直接仿真心志的可能意义,只是确定了"诗"在本质上是抒情的,进一步排除了往叙事发展的可能。在陆机《文赋》的"诗缘情而绮靡"的主张里,固然肯定了诗的抒情性质——"缘情",但他的"绮靡"的主张似乎早已接受了犹如王弼《周易略例·明象》的:

> 夫象者,出意者也。言者,明象者也。尽意莫若象,尽象莫若言。言生于象,故可寻言以观象。象生于意,故可寻象以观意。意以象尽,象以言著。

以象表意、言在写象的观念,虽然他强调的重点已是踵事增华的"绮靡"之上了。后来诗人如王昌龄主张必须用心于"搜求于象,心入于境,神会于物"[1],更是明显以"兴象"为诗歌表现的重点。这一点我们将在讨论唐诗时进一步详述,此处所想指陈的只是:由于西洋文学与其理论的参证,我们似乎可以借用他们的含义极广的"仿真"一词,指出汉诗不论古诗体或乐府体,其实表现的方式,皆在直接以语言仿真情感激荡下的心理历程,即使是古诗体最近似于戏剧性独白,但是由于"诗言志"的传统理念,使一般人认定在诗中,说话者即是作者本人,诗中所言,即是作者真实的人格心志的表现,因此情感的"真诚"与情感的"伦理质量",就成为诗中之言,即是诗的了解与评价的标准。由于有此传统上的基本差异,我们宁可用"直感"而不用"模拟"来指陈汉诗的思维方式,我们希望"直感"一词既可以反映人物身处某一特殊情境之先决条件,又可表明一种在此特殊情境之下情感激荡的自然流露、心理历程的直接显现。在传统的术语中,李仲蒙所谓

> 叙物以言情谓之赋,情物尽也。索物以托情谓之比,情附

---

[1] 见胡震亨《唐音癸签》卷二。

物也。触物以起情谓之兴,物动情也。[1]

假如这里的"物",至少在"赋"的部分上,可以解释为所遭遇的特殊情境,那么叙述所面对的情境,并且直接以语言显示在情境中的情感反应与心理状态的"叙物以言情",以及情境与情感的直接一起表现的"情物尽",似乎就是最近于汉诗的内容与思维表现方式了。所以陆时雍《诗镜总论》遂以为:

《十九首》近于赋而远于风,故其情可陈,而其事可举也。虚者实之,纡者直之,则感寤之意微,而陈肆之用广矣。夫微而能通,婉而可讽者,风之为道美也。

陆时雍重视风体的"深婉"与"讽谏",强调:"诗人一叹三咏,感寤具存,庞言繁称,道所不贵。"因此不免要批评:"西京语迫意餍,自不及古人深际。"但是他批评汉诗不"纡"、不"婉",正是因为体认到了汉诗叙述特殊具体情境的"直",批评汉诗不"微"、不"虚",正是因为体认到汉诗的重在呈现情感激荡的心理历程的"感",而不在于"讽谏"的"能通"之"寤"了。因此,当他转换了价值判准之际,他不禁承认:"五言在汉,遂为鼻祖,西京首首俱佳。"而感叹:

苏李赠言,何温而戚也!多唏涕语,而无蹶蹙声,知古人之气厚矣。古人善于言情,转意象于虚圆之中,故觉其味之长而言之美也。后人得此则死做矣。

事实上,汉诗的美感效应正发生在直接"言情"之际,它所显现的心理历程在情意上的深厚与温婉,在心念意识转折变化上的虚圆与

---

[1] 见胡寅《与李叔易书》。

灵活，所以陆时雍不免要补充说：

> 诗之佳拂拂如风，洋洋如水，一往神韵，行乎其间。班固《明堂》诸篇，则质而鬼矣。鬼者，无生气之谓也。

以前引的《与苏武》诗而论，只有情深意挚的人，才会一心一意地感觉彼此相聚的时刻是"良时"，因而劈头就因"离别在须臾"而说："良时不再至。"也正因体认对方在自己心目中的绝对独特的地位与意义，才会强调彼此的交往为"嘉会难再遇"（一本作"嘉会难两遇"，就更凸显了这种独特性），而甚至感觉"三载为千秋"，视彼此聚会的时日为永恒！但就在这近乎永恒不改的无上幸福之感的"三载为千秋"之下，立刻衔接的正是逆转"千秋"为"三载"的分离之醒觉——"临河濯长缨"，以及在这种醒觉之下油然而生的无限的思怀与若有所失的感触——"念子怅悠悠"。而在这种若有所失的凭空眺望中，感受到的正是无限的空虚，以及这无限的空虚中流溢而至的不尽哀伤："远望悲风至"，以致"对酒不能酬"。在诗中戏剧性的独白的第一人称，即使在尚未真正分离，正在最后的"酬酢"的时刻，已经被即将分离所造成的无限的空虚与哀伤所袭击，而感觉无力进行分离时刻的"酬对"。在这种巨大的空虚与忧伤的压迫下，他体会到了"嘉会"已然在精神层次走向了终结："行人怀往路，何以慰我愁？"但也在这种终结的体认中，醒悟了把握最后聚首的珍贵时刻，而忍不住要强调，珍惜"独有盈觞酒，与子结绸缪"了。

由"三载为千秋"而"念子怅悠悠"，由"临河濯长缨"而"远望悲风至"，由"对酒不能酬"而"独有盈觞酒，与子结绸缪"，不仅情深意厚，更是层层转折，在情思意念的变换之中，展现为无尽摇曳横生的丰姿，真是经由心理变化的发展历程，具现了人物善感多情的心灵之美！所以汉诗的美，其实是它所表现的性情质量的美！它的

"惊心动魄，可谓几乎一字千金"[1]，正在其所表现的心灵情感本身的温柔敦厚、丰盈感人，而不在所谓句法的巧妙、景象的美丽等方面。"良时不再至""嘉会难再遇"都是再平常不过的直陈句法；"执手野踟蹰""仰视浮云驰""临河濯长缨""远望悲风至"等景象，也谈不上有何绮靡伟丽，却都深具表现情感的潜能。"临河濯长缨"的身体动作，连缀以"念子怅悠悠"的内心感受；"远望悲风至"的外在知觉，配合上"对酒不能酬"的内在感怀，就在彼此的转折与张力中爆发为无限情意的表白。而"长当从此别"的深切意识与直接表达，亦使紧接其下看似平常的"且复立斯须"横生波澜，具有了无限的缠绵的意致。这固然可以借陆时雍所谓

> 善言情者，吞吐深浅，欲露还藏，便觉此衷无限。

来加以解释，但诚如他接着强调的：

> 此事经不得着做，做则外相胜而天真隐矣，直是不落思议法门。

基本上还是来自情意本身的深挚，性格天机的自然温厚。若非全心全意念兹在兹的人，如何会于"携手上河梁"的此刻，即已念及"游子暮何之"？而于"徘徊蹊路侧"之际，体验的正是"恨恨不得辞"？在"行人难久留"，分别的时刻，却已"各言长相思"了？而这种性情的淳厚或许可以在第三首的结尾：

> 安知非日月，弦望自有时。努力崇明德，皓首以为期。

---

1 见钟嵘《诗品》。

看出一点端倪。这是一种不在命运面前屈服，坚决不放弃希望的精神。所以，第一首结束在"欲因晨风发，送子以贱躯"，第二首结束在"独有盈觞酒，与子结绸缪"，反映的都是在无可奈何中的可奈何，在否定情境中的继续肯定。正如"悲壮"与"滑稽"是在西方文学与美学中所习见的具有伦理性质的美感范畴与类型，这种伦理精神同时也是美感类型，也许我们可以依"温柔敦厚，诗教也"的理解，称之为"温厚"。而正如"悲壮"往往来自勇于承担命运、拥抱绝望而在绝望中奋力行动。以同是离别的题材而言，荆轲易水送别之际的《渡易水歌》：

　　风萧萧兮易水寒，壮士一去兮不复还！

就充分显现了这种悲剧意识，而为"悲壮"美感的绝佳例证。"温厚"却是在近乎绝望的情境，不放弃希望（"安知非日月，弦望自有时"），而表现为另一种意志的坚决（"努力崇明德，皓首以为期"）。假如"悲壮"总是包含着一种勇于死亡的精神，那么"温厚"也许就是敢于生活的意志的表现。汉诗中的这种"温厚"的精神，正一再地以在不可斩绝的缠绵里努力生存、热爱生命的形态出现：在古诗《行行重行行》中，女主人公在"浮云蔽白日，游子不顾反。思君令人老，岁月忽已晚"的深切的意识下，却决意"弃捐勿复道，努力加餐饭"。在《结发为夫妻》中，在征夫即将"行役在战场，相见未有期。握手一长叹，泪为生别滋"的悲苦情境下，却发为"努力爱春华，莫忘欢乐时。生当复来归，死当长相思"的坚执。它们都表现了情意绵绵的无限"温柔"，也在这种"温柔"的不可断绝中，展现了坚持的"敦厚"的力量。所以，在《长歌行》中"常恐秋节至，焜黄华叶衰。百川东到海，何时复西归"的命运意识，并不导致绝望与虚无，反而是"少壮不努力，老大徒伤悲"的惕厉。"温厚"所显现的正是深情热爱中自有的一种不可磨灭、不可转移的力量！

当一个人的心灵浸润在"温厚"的深情厚爱中，自然就会影响到他的心念意识，所以或者会"多唏涕语"，但必定"而无蹶蹙声"，某些不相应、不兼容的心情与意念就成为不可思议，因为这不但牵涉到情感素质的统一，也牵涉到人格质量的统一。关于这一点，沈德潜《说诗晬语》论《庐江小吏妻》，或许是个最好的说明：

> 中别小姑一段，悲怆之中，自足温厚。唐人《弃妇篇》直用其语云："忆我初来时，小姑始扶床。今别小姑去，小姑如我长。"下节云"殷勤养公姥，好自相扶将"，而忽转二语云："回头语小姑，莫嫁如兄夫。"轻薄之言，了无余味，此汉、唐诗品之分。

虽然这里的差异，未必就是"汉、唐诗品之分"，但足以说明汉诗的美感特质正深切地依赖于它所反映呈露的人物的情感素质与伦理质量，因为人格乃是美感表现的焦点。所以，兰芝别小姑的一段前，先有"新妇起严妆"与"上堂拜阿母"，而在"却与小姑别，泪落连珠子"的告别语中，不但有"小姑如我长"的感伤，"勤心养公姥，好自相扶将"的劝勉，更有"初七及下九，嬉戏莫相忘"的缘尽而情义不变的表白。所以说汉诗的表现性近于模拟，美感集中在人物情怀质量之美，展示的往往是可以称之为"温厚"的美感范畴，它直接就是情意的表现，而不只是"缘"于"情"而已，并且为了和后来强调必须"绮靡"以动人的"诗"之美感特质有所区别，我们基于它基本上是以情感质量与心理历程的"本色"感人，因而称其美感性质为"素美"。

当我们将注意由汉代的例诗转到唐代之际，首先我们就会意识到近体与古体的差异。假如说"古诗"除了固定的五言句式和押韵现象，以及句数大抵是双数等可以算是"不自然"的（"乐府诗"连句式与句数的要求都没有），那么近体诗却首先在句数，其次在平仄，接着在对仗的要求上，都使它不再是"自然"的语言，而是一种格律或规则化的人工编织下的产物。言说和文章之间的差异，明显横亘在二者之间。于是诗就有了更明显自觉的作法和作法的讨论。"诗"不再是"情动于中""不知手之舞之，足之蹈之也"的"在心为志，发言为诗"的直接呈现心理历程的"言"。若以芮挺章《国秀集序》开篇即称引：

  昔陆平原之论文曰："诗缘情而绮靡。"是彩色相宣，烟霞交映，风流婉丽之谓也。

为例，唐人心目中的"诗"，大抵已不再是"志之所之"，而是"缘情而绮靡"的产物，因此弃"本色"就"风流"，务以"丽词""丽句"为尚。所以，皎然《诗式》对于"诗"的"缘情"而"绮靡"的理解就是：

  夫诗工创心，以情为地，以兴为经，然后清音韵其风律，丽句增其文彩。如杨林积翠之下，翘楚幽花，时时开发。乃知斯文，味益深矣。

所谓"以情为地，以兴为经"就是"缘情"，而"清音韵其风律，丽句增其文彩"则为"绮靡"。基本上他们视"诗"为"文"之一种，只是"味益深"而已。因为视"诗"为"文"，加上种种体势、格律的限制，自然一方面不再可能模拟心理历程的自然变化与发展，因此也就失去了心理历程发展变化中的自然统一；另一方面由于偏重丽词丽句，就更有如何并凑四句、八句……以为一诗，并凑部分以为整体的问题，就不免要讨论所谓"取境""明势""明作用""明四声"

等问题，而可以归结为"诗有四深"：

> 气象氤氲，由深于体势。意度盘礴，由深于作用。用律不滞，由深于声对。用事不直，由深于义类。[1]

当我们读李白《送友人》或王维《送元二使安西》，首先面对的就是"青山横北郭，白水绕东城""渭城朝雨浥轻尘，客舍青青柳色新"。一映入眼帘的就是"彩色相宣"的"青""白""青青"，以及"烟霞交映"的"山""郭""水""城""朝雨""轻尘""客舍""柳"，加上"横""绕""新"的强调与形容，自然就形成一种丰富复杂的"婉丽"景象。而这些景象只是送别的背景，但或者使用对句，或者驱遣意象，直接强调的却是此一背景本身，在空间上或时间上，在静态上或动态中的感觉性，使它们的景象本身就是一种可作美感观照的对象。即使不与"送别"的题旨相关，亦足以品赏不已、玩味不尽了，完全合于"意新语工""状难写之景，如在目前；含不尽之意，见于言外"[2]的标准。

"背景"不是"本事"，却于此大做文章，正是一种美感焦点的偏离，这不仅是"本色"与"风流"的差异，其实更是"赋"与"兴"的差异，也就是"叙物以言情""情物尽也"，和"触物以起情""物动情也"的差异。由于不直接"言情"，必得采取"触物以起情"的表现方式，"取境"就成为作诗的基本用心：

> 夫诗人之思初发，取境偏高，则一首举体便高；取境偏逸，则一首举体便逸。……

---

[1] 见皎然《诗式》。
[2] 此为梅尧臣的主张，见欧阳修《六一诗话》。

取境之时，须至难至险，始见奇句。成篇之后，观其气貌，有似等闲，不思而得，此高手也。……

　　高手述作，如登衡、巫，觇三湘、鄢、郢山川之盛，萦回盘礴，千变万态：或极天高峙，崒焉不群，气腾势飞，合沓相属；或修江耿耿，万里无波，淡出高深重复之状。古今逸格，皆造其极妙矣。[1]

　　诗思有三。搜求于象，心入于境，神会于物，因心而得，曰取思。久用精思，未契意象，力疲智竭，放安神思，心偶照境，率然而生，曰生思。……[2]

　　欲为山水诗，则张泉石云峰之境，极丽绝秀者，神之于心，处身于境，视境于心，莹然掌中，然后用思，了然境象，故得形似。……

　　夫置意作诗，即须凝心，目击其物，便以心击之，深穿其境。如登高山绝顶，下临万象，如在掌中。以此见象，心中了见，当此即用。如无有不似，仍以律调之定，然后书之于纸。会其题目，山林、日月、风景为真，以歌咏之。犹如水中见日月，文章是景（影），物色是本，照之须了见其象也。

　　诗贵销题目中意尽，然看当所见景物与意惬者相兼道。若一向言意，诗中不妙及无味。景语若多，与意相兼不紧，虽理道亦无味。昏旦景色，四时气象，皆以意排之，令有次序，令兼意说之，为妙。……至于一物，皆成光色，此时乃堪用思。所说景

1　以上三段皆见皎然《诗式》。
2　见胡震亨《唐音癸签》卷二。

物，必须好似四时者，春夏秋冬气色，随时生意。取用之意，用之时，必须安神净虑，目睹其物，即入于心，心通其物，物通即言。言其状，须似其景，语须天海之内，皆入纳于方寸。[1]

在这种"取境"的过程中，由于相信"取境偏高，则一首举体便高"，因此往往"高手述作，如登衡、巫，……或极天高峭，……或修江耿耿……"，必须"如登高山绝顶，下临万象，如在掌中"，"用意于古人之上，则天地之境，洞焉可观"，"凝心天海之外，用思元气之前"，"语须天海之内，皆入纳于方寸"，因此所描述的"背景"，一方面皆必须海涵地负，深孕"具备万物，横绝太空""天地与立，神化攸同"[2]的"雄浑"的美感特质，事实上皆是"天地之境"的生活世界的亲切与生动的感受。另一方面它又必须能够"触物以起情"，"江山满怀，合而生兴"[3]，以便能够在"物动情也"的情形下"随时生意"，而达到"诗贵销题目中意尽"的目的，因此必须"看当所见景物与意惬者相兼道"，不能只是广大的"天地之境"或生活世界的远眺或综观的展现，而必须同时凸显某一具有情意之象征或情绪之触媒的物象的表现，这一物象往往具有"极丽绝秀者""如杨林积翠之下，翘楚幽花，时时开发"的性质，因而在美感范畴上呈现为"秀美"的特色。但是不论是"雄浑"还是"秀美"，往往都呈现为强调形色俱全、动静兼备的"风流婉丽"的深具感觉性的形象美感，因此为了与汉诗的只具情意之反映却缺乏感觉色泽美感的"素美"相区别，我们统称这种风格为"优美"。

在前引几首唐代的例诗中，取境一方面皆具"天地之境"的"雄浑"，如《送友人》中的"青山"与"白水"在横亘平面空间的广阔

---

[1] 以上皆见日僧遍照金刚《文镜秘府论》南卷。
[2] 见司空图《二十四诗品》。
[3] 见王昌龄《诗格》，与前段引文俱见《文镜秘府论》南卷，此处采据罗根泽《隋唐文学批评史》的考证。

与展开，配上"青山""北郭""东城"本身的向上垂直的空间暗示，而终于结合了"浮云""落日"，就成为一个无限开阔且流动不已的世界景象。《临高台送黎拾遗》中我们更是清楚地看到作者如何有意经营一个开阔博大的宇宙：由"临高台"本身的垂直面向的空间暗示，而衔接以"川原杳何极"的近乎夸张性的强调，无限空间就展现在读者面前了，"川"本身的奔流不息的动态，加上"杳何极"的开阔的"原"上，再续以"日暮飞鸟还"的"日"与"鸟"循环性的运行飞翔，就形成了一个生生不息的大化流行的宇宙。然后在这博大流动的宇宙中，一个焦点凸出了，先是"相送"的"临高台"，再来就是"行人"以及他的呼应"天行健"的"去不息"。同样的《送友人》中"青山横北郭，白水绕东城"山横水绕的地理景观，衬托出来的却是"孤蓬"，"浮云""落日"的高远空间，切入的竟是"挥手"，因而全诗结束集中在"萧萧班马鸣"的近景特写。《送元二使安西》则借通彻上下的"朝雨"造成了一种空间的垂直广袤的笼罩性，然后通过"渭城"与"西出阳关"的对照，形成了一种无限广大的水平空间的暗示，但在这广大却又动荡（朝雨）的世界中，凸显出"客舍"、"客舍"的杨"柳"、杨"柳"颜"色"的"青青"，以及"劝君更进"的"一杯酒"。而《送别》一诗，也在"山中""日暮""明年"的广袤的时空的绵延中，凸显出"柴扉"的"掩"、"春草"的"绿"与"王孙"的"归"来。"秀美"的景象，或景象的"秀美"性质或部分，就总是在"雄浑"的背景中凸显出来，而成为前景的焦点或画龙的点睛。在这种融合了"雄浑"背景与"秀美"前景的"优美"景色中，人物的形象与动作也有意无意地被"优美"化了，或者他们以典故"王孙"或比喻"孤蓬"出现，或者只以部分动作的特写（"挥手""掩""尽"），或者在对比中跟着被形象化（"行人去不息"），出现在"日暮飞鸟还"之后，就产生了"飞鸟还""行人去"相提并论、等值化的形象构作的效果。像《赠汪伦》则是人物的行动本身被戏剧情境化了："李白乘舟将欲行，忽闻岸上踏歌声。"诗中不直写汪伦来送行，却写在乘舟欲发时刻，汪伦以"踏歌""声"先于人到来。送行而出以"踏歌"，正是刻意表现人物之"风流"、洒脱自在、无拘无碍。同样，人物的情意也跟着形象化、"优美"化了。"游子意"以"浮云"，"故人情"以"落日"，甚至隐含的离情别绪亦以"萧萧班马鸣"来表达。"汪伦送我情"，也以"桃花潭水深千尺"的"不及"之体认来表达。"桃花"原即"秀美"，而"潭水"一旦"深千尺"则亦由"秀美"而转为"雄浑"。唐诗服膺的显然是"美是形象的直觉与表现"的美学理念。[1]而所以为"美"的"形象"，一方面则是"秀美"或"雄浑"的形象，另一方面则又必须成为情意的触媒或象征。所以殷璠《河岳英灵集·序》以为：

> 理则不足，言常有余，都无比兴，但贵轻艳，虽满箧笥，将何用之？

王昌龄亦强调：

> 自古文章，起于无作，兴于自然，感激而成，都无饰练，发言以当，应物便是。……

> 凡诗，物色兼意兴为好，若有物色，无意兴，虽巧亦无处用之。如"竹声先知秋"，此名兼也。[2]

由于景象（象）必须同时是情意（兴）的触媒或象征，因此一方面要求"娱乐愁怨，皆张于意而处于身，然后驰思，深得其情"，"张

---

1 此为意大利美学家克罗齐的主张，可以参阅朱光潜《文艺心理学》。
2 皆见日僧遍照金刚《文镜秘府论》南卷。

之于意而思之于心，则得其真矣"；另一方面则主张用"天然物色"，用"真象"：

> 诗有天然物色，以五彩比之而不及。由是言之，假物不如真象，假色不如天然。如此之例，皆为高手。如"池塘生春草，园柳变鸣禽"，如此之例，即是也。中手倚傍者，如"余霞散成绮，澄江静如练"，此皆假物色比象，力弱不堪也。[1]

因此描写情景，利用"应物便是"的"真象"来触引"感激"，兼表"意兴"的"兴"的表现方式就成为唐诗的主要手法。因此，在离别主题的诗歌中，"雄浑"的背景，亦不仅是"雄浑"的美感而已，因为在别离时刻，空间景象所喻示的距离与阻隔，时间景象所暗示的分合之久暂、岁月的流逝、生命的短促、美好时光的不再，以及地域景象所具有的熟习与新异等足以唤起情感意兴的要素，都成为别离主题的唐诗，由离情别绪偏离而着力于模山范水，甚至刻画姿态动作之际，强调与表现的重点。唐诗终究是"缘情"的，仍然是"以情为地"，但并不直写其情，"以兴为经"，贯串而成的却是"搜求于象，心入于境，神会于物，因心而得"的"兴象"所成的"意境"。而"境"必有赖于"观"，因此我们以为它们所表现的正是出以"想象"的"境缘之观"。它们所表现的始终是身临其境，又是"观我之时，又自有我在"的"形象"的直觉体验，因此，既是"想象"的表现，又是最直接的美感观照的形态，因而"诗必盛唐"自有它的内在原因。严羽就因为掌握了唐诗的这种特质，因此以"妙悟"来解说"形象的直觉"的美感观照，并且对于这种美感观照的"想象"性质加以强调，所以说：

---

[1] 见日僧遍照金刚《文镜秘府论》南卷。

盛唐诸人惟在兴趣，羚羊挂角，无迹可求。故其妙处，透彻玲珑，不可凑泊，如空中之音，相中之色，水中之月，镜中之象，言有尽而意无穷。[1]

王昌龄说得更直接：

犹如水中见日月，文章是景（影），物色是本，照之须了见其象也。

唐诗的"优美"正在虽出于"兴"，却是深得"物色"之"趣"；而当"物色是本"被"照之""了见其象"之际，"下临万象，如在掌中"，自然能使"具备万物，横绝太空"者"返虚入浑"，举重若轻，而达到"攒天海于方寸"，在寥寥数语中创造"雄浑"，而其"雄浑"亦自能够融会"秀美"而达到互补相成之功。这样的"雄浑"与"秀美"融合为一的"优美"风格，也许在离别的主题中，我们还该以李白《黄鹤楼送孟浩然之广陵》为例：

故人西辞黄鹤楼，烟花三月下扬州。
孤帆远影碧空尽，唯见长江天际流。

当严羽《沧浪诗话》以"盛唐诸公大乘正法眼者"，而主张"大抵禅道惟在妙悟，诗道亦在妙悟"，因而强调"夫诗有别材，非关书也；诗有别趣，非关理也。然非多读书、多穷理，则不能极其至。所谓不涉理路、不落言筌者，上也"，而重申"诗者，吟咏情性也"的旨趣之际，他实在是对"至东坡、山谷始自出己意以为诗，唐人之风

---

[1] 见严羽《沧浪诗话·诗辨》。

变矣"的宋诗深有所感：

> 近代诸公，乃作奇特解会，遂以文字为诗，以才学为诗，以议论为诗。夫岂不工？终非古人之诗也。盖于一唱三叹之音，有所歉焉。且其作多务使事，不问兴致，用字必有来历，押韵必有出处，读之反复终篇，不知着到何处。其末流甚者，叫噪怒张，殊乖忠厚之风，殆以骂詈为诗。诗而至此，可谓一厄也。

我们假如不必一定同意他的出以"截然谓当以盛唐为法"的批评立场，至少仍然可以通过他的批评意识到宋诗与唐诗的差异。当唐诗放弃了"诗言志"的手法，而充分地往"诗缘情而绮靡"的道路上发展时，诗歌的整体结构就放弃了汉诗的模拟情志的心理历程，而有"体势""作用""声对""义类"诸问题，大抵的解决是以"心入于境""处身于境，视境于心""目击其物，……深穿其境"，然后在"江山满怀，合而生兴"的"专任情兴"中，"神会于物""搜求于象"，以至"契意象""了然境象""了见其象"，通过"兴象"与"意境"的统一，而出以"高手作势，一句更别起意，其次两句起意，意如涌烟，从地升天，向后渐高渐高，不可阶上也""皆须百般纵横，变转数出，其头段段皆须令意上道，却后还收初意"来表达。因此写作的过程就成了：

> 夫作文章，但多立意。令左穿右穴，苦心竭智，必须忘身，不可拘束。思若不来，即须放情却宽之，令境生。然后以境照之，思则便来，来即作文。如其境思不来，不可作也。[1]

基本上正是一个"境生""意立"的"境思"的观照与表现。

---

[1] 此段与前段尾引文俱见日僧遍照金刚《文镜秘府论》南卷。

严羽对于宋诗的批评，正在于宋诗放弃了这种以"妙悟"而"令境生"，"然后以境照之，思则便来，来即作文"，从结构上不免是"羚羊挂角，无迹可求"，但以内容论则是"言有尽而意无穷"的"境思"，反而遵循了语言在日常应用上的述说论证结构，采取了"涉理路""落言筌"的述说方式。因此严羽忍不住要批评宋诗是"以文字为诗，以才学为诗，以议论为诗"。虽然他同意这些作品也是深具艺匠或用心的产物："夫岂不工？终非古人之诗也。"这种对于宋诗之具有日常语言之论述结构的认识与批评，亦见于范晞文《对床夜语》所载：

> 刘后村克庄云："唐文人皆能诗，柳尤高，韩尚非本色。迨本朝，则文人多，诗人少，三百年间，虽人各有集，集各有诗，诗各自为体，或尚理致，或负才力，或逞辨博，要皆文之有韵者尔，非古人之诗也。"

不论是"尚理致"或是"逞辨博"，强调的皆是它们充分发挥了语言论述之功能与特质。而"负才力"则正是"以才学为诗""多务使事，不问兴致"的结果，恰与"妙悟"相反的写作方式的表现。当与汉诗比较，唐诗乃以境象为主，并不特别着重在"吟咏情性"，但是由于象以兴生、境与意合，兼以"意是格，声是律，意高则格高，声辨则律清，格律全，然后始有调"[1]，对于声调的讲求，仍无碍严羽视为"一唱三叹之音"。因而，当唐诗与宋诗比较时，"诗者，吟咏情性也"就成为唐诗的优点，而"盖于一唱三叹之音，有所歉焉"就成了宋诗的缺点。所以，杨慎《升庵诗话》亦以为：

> 唐人诗主情，去《三百篇》近；宋人诗主理，去《三百篇》却远矣。

---

1 见王昌龄《诗格》。

刘大勤《师友诗传续录》亦记载王士禛的答话，以为：

> 唐诗主情，故多蕴藉；宋诗主气，故多径露，此其所以不及。

以上的批评固然是一种美感偏好的选择，但在对宋诗有所见的同时，也正是对于宋诗所反映的新发展的美学理念与规范的拒绝接受。这种美学理念或许可以借程颢《偶成》一诗来略作说明：

> 闲来无事不从容，睡觉东窗日已红。万物静观皆自得，四时佳兴与人同。道通天地有形外，思入风云变态中。富贵不淫贫贱乐，男儿到此是豪雄。

首先，宋代或许是另一个对于"形而上者谓之道"具有高度自觉与热情的时代，而这种自觉一方面反映于自"万物静观皆自得，四时佳兴与人同"的体验中察觉"道通为一"[1]，甚至"浑然与天地万物同体"[2]，另一方面则转化为"闲来无事不从容"的心性的操持，与"富贵不淫贫贱乐"的德行的践履，甚至以此为"男儿到此是豪雄"的判准。在这种时代文化理想的影响之下，并非"佳兴"，不是"自得"，未能"从容"，甚至未臻"富贵不淫贫贱乐"的情感反应与表现都成为负面的现象，因而邵雍《伊川击壤集序》强调：

> 近世诗人，穷戚则职于怨憝，荣达则专于淫泆。身之休戚，发于喜怒；时之否泰，出于爱恶。殊不以天下大义而为言者，故

1　见《庄子·齐物论》。
2　见《河南程氏遗书》卷二，"仁者浑然与物同体""仁者以天地万物为一体，莫非己也"等语。

其诗大率溺于情好也。噫！情之溺人也甚于水！

因而主张去掉"情累"的"以道观道，以性观性，以心观心，以身观身，以物观物"，而创作"因闲观时，因静照物，因时起志，因物寓言，因志发咏，因言成诗，因咏成声，因诗成音""曾何累于性情哉"的诗歌。整个写作过程的构想，正跟王昌龄的主张大相径庭：

夫文章兴作，先动气，气生乎心，心发乎言，闻于耳，见于目，录于纸。意须出万人之境，望古人于格下，攒天海于方寸。诗人用心，当于此也。

兴发意生，精神清爽，了了明白，皆须身在意中。若诗中无身，即诗从何有？若不书身心，何以为诗？是故诗者，书身心之行李，序当时之愤气。气来不适，心事不达，或以刺上，或以化下，或以申心，或以序事，皆为中心不决，众不我知。由是言之，方识古人之本也。[1]

由此我们大略可以看出双方在美学预设上的基本差异。唐诗即使不算完全"主情"，至少仍然遵循"缘情"的原则，表现的仍是个人的"中心不决，众不我知"，己身"当时之愤气"的"兴发意生"，因此不免要"露才扬己"，所以不但继承了"绮靡"的原则，更发展为"意须出万人之境，望古人于格下，攒天海于方寸"的"用心"。一方面追求高远"雄浑"之意境，另一方面重视苦思独创，以求超越前人，"用意于古人之上，则天地之境，洞焉可观"：

---

[1] 皆见日僧遍照金刚《文镜秘府论》南卷。

> 凡属文之人，常须作意。凝心天海之外，用思元气之前。巧运言词，精练意魄，所作词句，莫用古语及今烂字旧意。改他旧语，移头换尾，如此之人，终不长进。为无自性，不能专心苦思，致见不成。[1]

所以，对于唐代的诗人而言，物象有"绮靡"或者说"风流婉丽"与否之分，意境有洞观"天地"和"凝心天海"与否之别，言词有"巧运""安稳"与"烂字旧意"之异。不论是物象，是意境，是言词，都是具有一种美感价值差异甚至价值阶层性的判断，因而也就有了一种选择的判准与方向。为了方便，这或许可以称之为第一义的美学，强调美感正有赖于事物的客观属性，因此美感价值也就存在于事物现象自身，美感的观照正以接纳、拣择、运用这些客观性质来达成"妙造自然"，在"精练意魄"中创造一个"咸酸之外"的"醇美"境界。[2]

但在"道通天地有形外""道通为一"的形上观照下，不但"万物静观皆自得"，如苏轼在《超然台记》所谓

> 凡物皆有可观，苟有可观，皆有可乐，非必怪奇玮丽者也。

否定了事物在美感价值上的差异性或阶层性，而且诚如赵湘《本文》所说的：

> 灵乎物者文也，固乎文者本也。本在道而通乎神明，随发以变，万物之情尽矣。《诗》曰"本支百世"，《礼》谓"行有枝叶"，皆固本也。日月星辰之于天，百谷草木之于地，参然纷然，

---

1 见日僧遍照金刚《文镜秘府论》南卷。
2 见司空图《与李生论诗书》。

司蠢植性，变以示来，罔有遁者。呜呼！其亦灵矣，其本亦无邪而存乎道矣。

一切事物的美感性质（"灵""文"），都是"本在道""其本亦无邪而存乎道"。从这种角度，万物的美感性质"万物之情"，亦仅是"道"的"随发以变"，只要能够"无邪"，能够"通乎神明"，则一切"参然纷然，司蠢植性，变以示来，罔有遁者"都呈现了同一道体的作用，因而也就呈具了相同的美感价值，事物客观的差异性消融，而只有"道"的"随发以变""变以示来"的"变态"之差异，并且在"思入风云变态中"之际，真正重要的是要在一切"变态"中，体察到其与"天地有形外"的"道通"，因而在这种"道通"中达到"富贵不淫贫贱乐"的操守与"闲来无事不从容"的心境。因此，苏轼在《超然台记》中可以由"凡物皆有可观"而推出"吾安往而不乐"，因而反过来辨析说：

夫所为求福而辞祸者，以福可喜而祸可悲也。人之所欲无穷，而物之可以足吾欲者有尽。美恶之辨战乎中，而去取之择交乎前，则可乐者常少，而可悲者常多。是谓求祸而辞福。夫求祸而辞福，岂人之情也哉。物有以盖之矣。

因而以"道通天地有形外"的超然心境立说，以为：

彼游于物之内，而不游于物之外。物非有大小也，自其内而观之，未有不高且大者也。彼挟其高大以临我，则我常眩乱反复，如隙中之观斗，又乌知胜负之所在。是以美恶横生，而忧乐出焉。可不大哀乎。

因此就形成了一种或许可以称之为第二义的美学：强调在"闲来无事"的"从容""静观"中，"万物""皆自得"，皆具有相同的美感价值；而美感价值的产生"皆有可乐"，正来自人类的能以"游于物之外"的"超然"心境，从事"诚为能以物观物，而两不相伤者焉。盖其间情累都忘去尔"的美感观照的结果。而这种美感观照的特点正在不"以心观身，以身观物""视身如丘井，颓然寄澹泊"的"静观"。以此"静观"而作诗，则不"牵于一身而为言者"[1]，表现的因此从某种意义言，是"不以物喜，不以己悲"[2]，忘怀"四时"美恶与个人忧乐的美感情绪——"佳兴"；从另一种意义言，既已超越了个人的好恶悲欢，此种"佳兴"就是"人同此心，心同此理"[3]的"与人同"的道心的表现。因此，苏轼在《送参寥师》一诗中就进一步诠释了这种"静观"的作用，以及由此而产生的美感特质：

欲令诗语妙，无厌空且静。静故了群动，空故纳万境。阅世走人间，观身卧云岭。咸酸杂众好，中有至味永。诗法不相妨，此语当更请。

所谓"空且静"自然就是程颢所谓的"静观"或"道通"，而"静"与"群动"或"空"与"万境"的关系，正如赵湘所谓的"日月星辰之于天，百谷草木之于地"，正是"道"本之于"物"文的关系，因而"人间"万事，"云岭"百态，甚至"世"与"身"都成为这以道心观照的"观""阅"的对象，这些对象或者为"咸"为"酸"，但诚似"万物静观皆自得"，在这种"空""静"的"观""阅"之下，即成为虽然"参然纷然""杂众"但皆为"好"，而终究充溢或贯串

---

[1] "诚为能……"以下诸引句，除"视身……"见苏轼《送参寥师》外，俱见邵雍《伊川击壤集序》。
[2] 见范仲淹《岳阳楼记》。
[3] 见《孟子·告子上》。

的却是"空""静"道心的"至味永"。这种"至味永"也就是他在《书黄子思诗集后》中所谓

> 予尝论书,以谓钟、王之迹,萧散简远,妙在笔墨之外。……至于诗亦然。苏、李之天成,曹、刘之自得,陶、谢之超然,盖亦至矣。……李、杜之后,诗人继作,虽间有远韵,而才不逮意。独韦应物、柳宗元发纤秾于简古,寄至味于澹泊,非余子所及也。

"萧散简远,妙在笔墨之外""天成""自得""超然",以至"发纤秾于简古,寄至味于澹泊"的"远韵"。这不但是周紫芝《竹坡诗话》所引申的:

> 作诗到平淡处,要似非力所能。东坡尝有书与其侄云:"大凡为文,当使气象峥嵘,五色绚烂,渐老渐熟,乃造平淡。"余以为不但为文,作诗者尤当取法于此。

并且也是梅尧臣《读邵不疑学士诗卷杜挺之忽来因出示之且伏高致辄书一时之语以奉呈》所主张的:

> 作诗无古今,唯造平淡难。譬身有两目,了然瞻视端。

或者欧阳修一再称誉梅尧臣的:"子言古淡有真味,大羹岂须调以齑。"[1] "圣俞覃思精微,以深远闲淡为意。""梅翁事清切,石齿漱寒濑。……心意虽老大。譬如妖韶女,老自有余态。近诗尤古硬,咀嚼苦难嚼。初如食橄榄,真味久愈在。"[2] 其实都是"譬身有两目,了

---

1 见欧阳修《再和圣俞见答》。
2 见欧阳修《六一诗话》。

然瞻视端"，由观照的景象转移到观照的眼光，正是出于"空""静"的道心的第二义美学的表现与强调。基于这种第二义的美学，宋诗的美感特质正在"阅世""观身"之际的"观点"的转换，以及"咸酸杂众好"的美感范畴的扩大，而使"闲来无事"的所思以及"佳兴与人同"的所感，皆能入诗，使诗的领域扩展到了迥非良辰美景、高情远意之日常生活的覃思精微中。

但是离别经验却是最具情感性，也是最具个人性的，如何以第二义的美学来表现呢？在这里我们可以看到宋诗所以往抽象、滑稽甚至疏淡、衰残等美感范畴发展的缘由。在苏轼《辛丑十一月十九日既与子由别于郑州西门之外马上赋诗一篇寄之》一诗，苏轼首先以"静观"的自我，表现了他与沉溺于离情别绪中的"感情"的自我的疏离，并且以"静观"的自我的角度，将"感情"的自我"滑稽"化了："不饮胡为醉兀兀。""静观"的自我可以接受"感情"的自我的"心"——"此心已逐归鞍发"，但有意拒斥"感情"的自我的"情"。"滑稽""怪诞"甚至"抽象"，正都反映主体心灵对于成为客体的事物对象的拒绝完全的认同，因而强调了对象的某种异常、某种缺陷、某种丑恶或恐怖，或者是有意地忽视了对象的个体的自存，仅将它归纳而消失于普遍的形式或律则中。"不饮胡为醉兀兀"正是"静观"的自我对于"感情"的自我的"情"的不可"理"解。可以"理"解的是外在的、客观性的情况："归人犹自念庭闱，今我何以慰寂寞。"特别强调了写作之际的事实情况：

时东坡赴凤翔，子由送至郑州，复还京师侍父。[1]

因此，在叙述了更为特殊的具体情境的同时，也强调了离别双方的情感状态的差异。这首诗虽然是"马上赋诗一篇寄之"，是写给

---

[1] 见戴君仁先生《宋诗选》注。

苏辙的，一开始却强调、称呼苏子由为"归人"，并且以"庭闱"代称他们的父亲。事实上正是将苏辙的复还京师侍父"普遍"化，利用通称达成了论述的效果，其实正是一种"抽象"的"理"解的表现。因为所有的"理"解，正都来自以普遍的律则或形式，解释特殊个体或现象，而将个体或现象所引起的困扰或迷惑，消融到已知的律则与形式中，因而就消除了个体或现象的怪异性。"归人犹自念庭闱"是正常的，而对比之下，"今我何以慰寂寞"就显得怪异了，他并没有客观指出他到凤翔是赴任判官去的，因此也不妨说："赴任犹自念官衔。"接下来离别之际的瞻望景象，可以是"瞻望弗及，泣涕如雨"[1]，可以是"远望悲风至""念子怅悠悠"，可以是"孤帆远影碧空尽，唯见长江天际流"，亦可以是"平芜尽处是春山，行人更在春山外"（欧阳修，《踏莎行》），这都是足以令人与离情别绪交融的情景，"登高回首坡垅隔，惟见乌帽出复没"却深具喜剧意味。特别要加上"登高"以及"回首"的动作，已经使得瞻望不再是一种完全沉溺于离别的情绪与瞻望所见的景象的深观谛视的状态，反而成了一种追求的行动，而追求的所得竟然强调的是"归人"消解为"乌帽"，并且在"坡垅隔"之际，因为随着马行的颠簸而呈现为"乌帽"的"出复没"，由怀思的对象主体转化为物品的"乌帽"，而这一顶"乌帽"不但取代了人物，并且看到的景象——"惟见"，只是"乌帽"像变戏法般在"坡垅"上"出复没"，在这里"物性"取代了"人性"，而且其形象本身并不具特殊的美感——"乌帽"，尤其出现在"登高回首"的追求之后，都使得此处充满了喜剧性的"滑稽"效果，而冲淡转移了离别的惆怅与忧伤。这正是另一次以"凡物皆有可观，苟有可观，皆有可乐"的"自得"之"静观"的自我，取代了"感情"的自我。

接着又由"乌帽"而联想到"苦寒念尔衣裘薄"，更进一步"幻

---

[1] 见《诗经·邶风·燕燕》。

想""犹自念庭闱"的"归人","独骑瘦马踏残月"。当我们在这里使用"幻想"一语时,正要与"想象"有所区别。[1]在"惟见乌帽出复没"之际的白天,事实上是无法见到"归人""独骑瘦马踏残月"的。尤其我们可以想象的是归人在残月之下独骑瘦马而行,但无法真实地想象按照字面直述意义下的"独骑瘦马踏残月",这都不免已是一种"想入非非"的"索物以托情",一种广义的"情附物也"的"比",但是又将"比"当作实有其事来叙写来反映。正如全诗一开始的"不饮胡为醉兀兀"的"醉兀兀"原来不是实情实景,却一本正经地质问:"不饮胡为醉兀兀。"这正是一种以喻为真的"幻想"。同样的"苦寒念尔衣裘薄"也不是实情实景,否则一开始就会有知觉有表现,事实上它正是由"人"消解为"乌帽",少掉的正是"衣裘",以及其"出复没"所可知而不可见的"骑""马",因而想到了"苦寒",而离合引生出"独骑瘦马踏残月"的"幻想",并且是在文字上夸张了"苦""寒""薄""独""瘦""残"等"清冷""衰飒"美感素质的"幻想"。正如所"踏"未必是"残月",所"骑"未必是"瘦马",而"念庭闱"的"归人"的心情未必是孤"独"。整个"幻想"正是有意将"归时休放烛花红,待踏马蹄清夜月"(李煜,《玉楼春》)的风流豪宕,强调转释为凄惨悲苦。当事实上没有那么凄惨悲苦时夸张了它的凄惨悲苦,正是一种令人产生"滑稽"的喜剧性的慰藉方式。所以接下去才会是"路人行歌居人乐"的欢快的论述。而宋诗的"清冷"甚至"衰飒"美感的追求,虽说是承袭了晚唐流行的贾岛、姚合的清苦诗风而来,但以被东坡讥为"郊寒岛瘦"的孟郊、贾岛而论,他们的"寒"不过是"天色寒青苍,北风叫枯桑"(孟郊,《苦寒吟》),"瘦"亦仅是"秋风生渭水,落叶满长安"(贾岛,《忆江上吴处士》),仍

---

[1] "幻想"和"想象"的区分,首见于〔英〕塞缪尔·泰勒·柯勒律治(Samuel Taylor Coleridge)的《文学传记》,是柯勒律治诗歌理论的重要观念。但是此处应用则较为接近〔英〕托马斯·厄内斯特·休姆(Thomas Ernest Hulme)"Romanticism and Classicism"一文中的用法。

然是"天地之境，洞焉可观""江山满怀，合而生兴"，却未必如"苦寒念尔衣裘薄，独骑瘦马踏残月"的全将注意力集中在人物的描写上，而于十字中整整用了六个"清冷"的字眼，反而不若郊、岛辈在他们的"寒""瘦"中自有"语须天海之内，皆入纳于方寸"的宏壮。所以，不仅是"清冷"，而几乎是近于"衰飒"或"萧瑟"了。

"路人行歌居人乐"一方面是提出来与"独骑瘦马踏残月"平衡的普遍性的论述，因此就有"抽象"的"说理"或"议论"的性质，另一方面在它所反映的"万物静观皆自得"的观点之余，"路人"的"行歌"其实既非实景，也无必然，只是类似"居人"的"乐"的"比喻"式的形容，然后又做了以喻为真的描写，正是通过这种"比"与"幻想"的方式，宋人将"说理"与"议论"转化为形象的语言。因而一首诗中的语言形象就各自钉住原来的语言"论述"，而无法形成一个统一视点的"天地之境"了。所以，"路人行歌居人乐"与"独骑瘦马踏残月"分属两种境界，正如"惟见乌帽出复没"又与"独骑瘦马踏残月"情调有别。即使在"此心已逐归鞍发"，强调的是"归鞍"而非"归骑"，已经令我们产生仿佛"日暮倒载归，酩酊无所知。复能骑骏马，倒着白接䍦"[1]是叙述者乘马醉归的错觉，然后在"归人犹自念庭闱，今我何以慰寂寞"的对比之际，我们才清楚原来"归鞍"是"归人"子由所骑。全诗的结构不在单一视点之下的"意"与"境"的统一，而是以语言的论述辩证，在多种观点的颉颃辩论中发展、推演，以期最终具有结论性的意义的发现与产生。所以在沉溺性的"今我何以慰寂寞""苦寒念尔衣裘薄，独骑瘦马踏残月"之余，又再以"静观"的自我，提出"路人行歌居人乐"的事实，甚至借助旁人的观点（"僮仆怪我苦凄恻"），在相隔仅两句之处，两度出现"苦"字，却由感伤的"苦"，转而化为批评；"何苦"的"苦"，正是强而有力地表现了这种两个自我之间的辩论关系，因而进一步深入

---

[1] 见刘义庆《世说新语·任诞二十三》。

这种辩论："亦知人生要有别，但恐岁月去飘忽。""感情"的自我终于被说服，而自己采用"抽象""说理"的"论证"形式，同意了"亦知人生要有别"，但亦以"论证"的形式，反过来辩护为"但恐岁月去飘忽"，因而将注意与焦点，由两个自我的辩证，转化为前面已经喻示的"我""尔"的关系，并且仍是一种"说服"的形态。因而前面两个自我的辩证亦同时成为"说服"的举证，而以"寒灯相对记畴昔，夜雨何时听萧瑟"的往事作为最强而有力的举证：

> 子瞻自注曰："尝有夜雨对床之言，故云尔。"王注曰："韦苏州《与元常全真二生诗》：那知风雨夜，复此对床眠？次公曰：子由与先生在怀远驿，常读韦诗至此句，恻然感之。乃相约早退，共为闲居之乐。正在京师同侍老泉时近事。故今诗及之。'"[1]

并且在"寒灯""夜雨"的刻意强调时，重复了前面的"苦寒"的"寒"。但是"相对"不过"寒灯"，共"听""夜雨"不过"萧瑟"，所"记"的"畴昔"与所盼的"何时"，终究皆已浸染了"苦寒""寂寞""凄恻"的情绪与情调，相形之下，离合实在并不真正构成所谓悲欢的差异，因而虽然归结为"君知此意不可忘，慎勿苦爱高官职"，整体看来却是种相当寒素的生命体认。所以，配合了"慎勿苦爱高官职"正是"富贵不淫贫贱乐"的平淡超然的情怀，虽然不免有种种偶然泛起的情绪的波澜。难怪苏轼后来在谪居黄州所作的《定风波》词，所能盼望或肯定的亦仅是"回首向来萧瑟处，归去，也无风雨也无晴"了。

相同的"理性"的操持与"清冷""平淡"的表现，亦见于梅尧臣《芜湖口留别弟信臣》与王安石《示长安君》二诗。信臣，尧臣同高祖弟。在《芜湖口留别弟信臣》中，前四句几乎以完全平直的语句，

---

[1] 见高步瀛《唐宋诗举要》注。

叙述了两人的离合："少也远辞亲，俱为异乡客。昨日偶同归，今朝复南适。"虽然在"少也"的"也"字的运用，多少泄露了淡淡的感伤，而在"异乡客"的"俱为"的强调中，暗暗隐含着彼此的同情共感。在"昨日偶同归"的"偶"字里，强调了聚会的无心，而"今朝复南适"在强调了聚散的匆匆之余，以一个"复"字暗示了离别反是常态。所以在近乎客观冷静的叙述中，其实真正反映的并不只是离别的哀伤，更多的是远离故乡、羁旅异乡的流移命运。因此接下去就以"南适畏简书"的"畏"字暗示了对于这种命运的感触。但是"畏简书"其实又是用的《诗经·小雅·出车》的典故：

昔我往矣，黍稷方华。今我来思，雨雪载涂。王事多难，不遑启居。岂不怀归？畏此简书。

因此虽有"怀归"之意，对于流移命运的"畏"亦不能多作联想与引申。而且强调两次的"南适"，"适"在"往"之意义外的多重含义，也使我们不能有太多负面的联想。并且梅尧臣很明白地强调了另一种积极肯定的情绪与事况："叨兹六百石。"因此此诗的前六句，几乎就是散文式的叙述，有客观的情境，有主观态度上的辩证，但是既无形象物色，亦无情景意境。正是"以文字为诗"，以是为诗，"夫岂不工？终非古人之诗也。盖于一唱三叹之音，有所歉焉"[1]，但这种客观理性的叙述，假如以"富贵不淫贫贱乐"的操持来看，未尝不是一种"阅世走人间"的超然的"空且静"，平淡中自有"至味永"。因此信臣的相送，亦只是"重念我当去，送我江之侧"的平静自然的行谊与叙述。尤其不用"江滨""江浦"之类较具意象性的词语，反而用"江之侧"，正是有意地散文化（古文化）、观念化与"抽象"化，而刻意造成一种"简古"或"古淡"的风格。而到了"江之侧"必然

---

[1] 见严羽《沧浪诗话·诗辨》。

会见到的"溪山",梅尧臣却不让它们成为两人身临其中的"境",而纲举目张地陈述为:"溪山远更清,溪水深转碧。"成为客观事理之观察的对象,因而很理智地证明了:"因知惜别情,愈赊应愈剧。"并且总结了两人"惜别"的意义。但是若我们仔细思索了"溪山远更清,溪水深转碧"与"惜别情"的"愈赊应愈剧"的关系,就不免会理解,在"江之侧"或许有"山"有"水",但何来"溪"?"溪山""溪水"都不免是"说理"的"比",以及以喻为真的"幻想",其实是出于"造作"而非眼前景的触物起兴。并且恐怕正是先有"惜别情""愈赊应愈剧"的结论,因而衍生的论证以及景象的构造。而两人的"惜别情"亦只是"应"愈剧,而非"乃"或"是"愈剧,尤其梅尧臣亦只是"因知"而非"实觉"或"深感"。在面对情感性的情境,不表情感却论情感之"理",正是"以心观心,以身观身""曾何累于性情哉?"的超然的"思入风云变态中",自然也就是一种"尚理致""逞辨博"的表现。

　　王安石的《示长安君》,因"长安君,公妹也"[1],所以不至大谈"惜别情"之"理"。但是"少年离别意非轻,老去相逢亦怆情"的出以"普遍"性的直述,实在亦已有了"理致"在其中,尤其其中辨析了"少年离别"与"老去相逢"的两种情绪的比较。而诗中只有"杯盘""灯火""湖海""尘沙""雁南征"等意象,但始终不让它们构组为整体的"情境",相反让它们只成为语句中形容的语词,就仍然有意要保持"以文字为诗"。因而就使"情意"停留在"字面",而无法具有一种"言有尽而意无穷"的深切感人的力量。所以,"意非轻""亦怆情"终于只停留在"字面",而对比间的"理致"就显然胜于连续发生的"传情"了。同时"供笑语"和"草草杯盘","话平生"和"昏昏灯火",在情调上其实构成分歧,"笑语""平生"之际,而转移注意于"杯盘"之"草草","灯火"之"昏昏",即使不算分

---

[1] 见李壁《王荆文公诗笺注》注。

心旁顾,亦正有意以"物"之粗陋黯淡,冲淡"情"之浓郁温馨,反映的正是一种"疏淡""萧瑟""萧散简远"的情怀,而"自怜湖海三年隔,又作尘沙万里行",诚如李壁注,可以视为是由"乐天诗:'云雨三年别,风波万里行'"(白居易,《吉祥寺见钱侍郎题名》)蜕化而出。而"湖海"既成"三年隔"的形容,则仅成"比"义,并不具有海阔天空的"天地之境"。"尘沙万里"本有略显"雄浑"的可能,但作为"行"的修饰语,再加上"又作"的强调,遂又只成"字面"上略加翻新的"用古语及今烂字旧意",只是更为浩荡,更为工切,所谓"意新语工"的"以才学为诗","负才力""逞辨博"的表现而已。"欲问后期何日是,寄书应见雁南征",一方面似乎答非所问,另一方面却是藕断丝连,其实是"君问归期未有期",却出以转折回环的"幻想"的表达:"寄书应见雁南征。"当然由"应见"而言,则此一"幻想"又是"理"的表达了。当然李壁注由"尘沙万里行""寄书应见雁南征"以为:"此诗恐是使北时作。"则"寄书应见雁南征"遂更工切,而不仅是由"刘长卿诗:'离乱要知君到处,寄书须及雁南飞'"[1]蜕化而出了。这首诗虽然明言"自怜",但在结语至少在字面上是正面的"寄书应见雁南征",并不愿多所陷溺,正如"笑语""话平生"之际,要强调"草草杯盘""昏昏灯火","景"皆成为"情"的平衡制约的力量,虽然比较"精微",我们还是可以感觉到"静观"的自我"覃思"的作用。或许《岳阳楼记》中的"满目萧然,感极而悲者"与"把酒临风,其喜洋洋者"的"江山满怀,合而生兴"的"二者之为",与"不以物喜,不以己悲"的操持,不仅是"情景交融"与"情景制衡"的差异。"想象"的实景总是情感的象征,"幻想"的虚景,正是理致的构设。并且它们的差异,也正是唐诗与宋诗在基本美学素质与方向上的差异吧!

---

[1] 见李壁《王荆文公诗笺注》注。

四、以月夜景象的作品为例

虽然经由上述离别主题作品的讨论，我们已经约略可以见到汉诗、唐诗、宋诗美感上的一些性质，但是若能不只是以离别这种人际、内在情意的经验为限，而能同时以自然、外在的景象，在以上三个时期的诗作中的运用与表现来观察，或许我们更能较为周全地探讨它们各自的观物与呈现的重点与方式。在这里我们选择了中国诗中常见的月夜的景象，或者月的意象：

《古诗十九首·明月何皎皎》
明月何皎皎，照我罗床帏。忧愁不能寐，揽衣起徘徊。客行虽云乐，不如早旋归。出户独彷徨，愁思当告谁？引领还入房，泪下沾裳衣。

《古诗十九首·明月皎夜光》
明月皎夜光，促织鸣东壁；玉衡指孟冬，众星何历历？白露沾野草，时节忽复易。秋蝉鸣树间，玄鸟逝安适？昔我同门友，高举振六翮；不念携手好，弃我如遗迹。南箕北有斗，牵牛不负轭。良无磐石固，虚名复何益？

《古诗十九首·孟冬寒气至》
孟冬寒气至，北风何惨慄？愁多知夜长，仰观众星列。三五明月满，四五詹兔缺。客从远方来，遗我一书札。上言长相思，下言久别离。置书怀袖中，三岁字不灭；一心抱区区，惧君不识察。

张九龄，《望月怀远》
海上生明月，天涯共此时。情人怨遥夜，竟夕起相思。灭烛怜光满，披衣觉露滋。不堪盈手赠，还寝梦佳期。

孟浩然，《宿建德江》
移舟泊烟渚，日暮客愁新。野旷天低树，江清月近人。

王维，《山居秋暝》
空山新雨后，天气晚来秋。明月松间照，清泉石上流。竹喧归浣女，莲动下渔舟。随意春芳歇，王孙自可留。

王涯，《闺人赠远》
洞房今夜月，如练复如霜。为照离人恨，亭亭到晓光。

王维，《竹里馆》
独坐幽篁里，弹琴复长啸。深林人不知，明月来相照。

李白，《静夜思》
床前明月光，疑是地上霜。举头望明月，低头思故乡。

李白，《玉阶怨》
玉阶生白露，夜久侵罗袜。却下水晶帘，玲珑望秋月。

李白，《关山月》
明月出天山，苍茫云海间。长风几万里，吹度玉门关。汉下白登道，胡窥青海湾。由来征战地，不见有人还。戍客望边色，思归多苦颜。高楼当此夜，叹息未应闲。

李白,《把酒问月》

青天有月来几时,我今停杯一问之。人攀明月不可得,月行却与人相随。皎如飞镜临丹阙,绿烟灭尽清辉发。但见宵从海上来,宁知晓向云间没。白兔捣药秋复春,嫦娥孤栖与谁邻。今人不见古时月,今月曾经照古人。古人今人若流水,共看明月皆如此。唯愿当歌对酒时,月光长照金樽里。

杜甫,《月夜》

今夜鄜州月,闺中只独看。遥怜小儿女,未解忆长安。香雾云鬟湿,清辉玉臂寒。何时倚虚幌,双照泪痕干。

杜甫,《旅夜书怀》

细草微风岸,危樯独夜舟。星垂平野阔,月涌大江流。名岂文章著,官因老病休。飘飘何所似,天地一沙鸥。

李商隐,《嫦娥》

云母屏风烛影深,长河渐落晓星沉。嫦娥应悔偷灵药,碧海青天夜夜心。

苏舜钦,《中秋夜吴江亭上对月怀前宰张子野及寄君谟蔡大》

独坐对月心悠悠,故人不见使我愁,古今共传惜今夕,况在松江亭上头。可怜节物会人意,十日阴雨此夜收,不惟人间重此月,天亦有意于中秋。长空无瑕露表里,拂拂渐上寒光流,江平万顷正碧色,上下清澈双璧浮。自视直欲见筋脉,无所逃遁鱼龙忧,不疑身世在地上,只恐槎去触斗牛。景清境胜返不足,叹息此际无交游,心魂冷烈晓不寐,勉为笔此传中州。

苏舜钦，《永叔石月屏图》

日月行上天，下照万物根，向之生荣背则死，故为万物生死门。东西两交征，昼夜不暂停，胡为虢山石，留此皎月痕常存。桂树散疏阴，有若图画成，永叔得之不能晓，作歌使我穷其原。或疑月入此石中，分此二曜三处明；或云蟾蜍好溪山，逃遁出月不可关。浮波穴石恣所乐，嫦娥孤坐初不觉，玉杵夜无声，无物来捣药。嫦娥惊推轮，下天自寻捉，绕地掀江蹋山岳，二物惊奔不复见，留此玉轮之迹在，青壁风雨不可剥。此说亦诡异，予知未精确，物有无情自相感，不间幽微与高邈。老蚌吸月月降胎，水犀望星星入角，彤霞烁石变灵砂，白虹贯岩生美璞。此乃西山石，久为月照著，岁久光不灭，遂有团团月。寒辉笼笼出轻雾，坐对不复嗟残缺，虾蟆纵汝恶觜吻，可能食此清光没。玉川子若在，见必喜不彻，此虽隐石中，时有灵光发，土怪山鬼不敢近，照之僵仆肝脑裂。有如君上明，下烛万类无遁形，光艳百世无亏盈。

梅尧臣，《古意》

月缺不改光，剑折不改刚。月缺魄易满，剑折铸复良。势利压山岳，难屈志士肠。男儿自有守，可杀不可苟。

王安石，《葛溪驿》

缺月昏昏漏未央，一灯明灭照秋床。病身最觉风露早，归梦不知山水长。坐感岁时歌慷慨，起看天地色凄凉。鸣蝉更乱行人耳，正抱疏桐叶半黄。

苏轼，《舟中夜起》

微风萧萧吹菰蒲，开门看雨月满湖。舟人水鸟两同梦，大鱼惊窜如奔狐。夜深人物不相管，我独形影相嬉娱。暗潮生渚吊寒蚓，落月挂柳看悬蛛。此生忽忽忧患里，清境过眼能须臾。鸡鸣钟动百鸟散，船头击鼓还相呼。

苏轼，《倦夜》
倦枕厌长夜，小窗终未明。孤村一犬吠，残月几人行。衰鬓久已白，旅怀空自清。荒园有络纬，虚织竟何成。

黄庭坚，《夏日梦伯兄寄江南》
故园相见略雍容，睡起南窗日射红。诗酒一年谈笑隔，江山千里梦魂通。河天月晕鱼分子，槲叶风微鹿养茸。几度白砂青影里，审听嘶马自揩筇。

黄庭坚，《和凉轩》
打荷看急雨，吞月任行云。夜半蚊雷起，西风为解纷。

月的意象，一方面如同《诗经·邶风·日月》所谓"日居月诸，照临下土"，是一种特殊的天体现象，因而与夜晚、超越性的永恒及普遍的存在息息相关；另一方面亦如同《诗经·陈风·月出》的"月出皎兮，佼人僚兮。舒窈纠兮，劳心悄兮"，同时亦与其明亮但柔和的光耀，以及由此衍生的怀慕思念的情绪，回环相映。因此，或者以月意象为引发情绪的触媒或比喻；或者构设为整体的优美景象，成为其画龙点睛或不可或缺的感人部分；或者借此引发种种幻想，让它成为说理的比喻；或者将其形象陌生化、怪诞化，转化为一种怪异的经验：这标志着汉、唐、宋诗在应用处理上的不同。

在《古诗十九首》中，三首使用月意象的作品里，《明月何皎皎》和《明月皎夜光》，皆借此"起兴"，《孟冬寒气至》，虽然出现在诗作的第五、第六句，算是中间前半的部位，却仍是由天候转入人事的关键，发挥的仍是"起兴"的作用。这样的"起兴"，就兴句的性质而言，却是近于"参差荇菜，左右流之"的立即就是情意的象征，反而远于"关关雎鸠，在河之洲"[1]，或"蒹葭苍苍，白露为霜"[2]的可以独自成立的景象描写。

因此，《明月何皎皎》一诗中，在"明月何皎皎"的兴句中，不但对"明月"的"皎皎"全无玩赏的意兴（本来不论是"明"或者"皎皎"，都具美感观览的性质与意义），而且立即化外景为内情，将一个惊叹的"何"字，转换为一种直逼人来的压迫的力量，以及因而产生的强烈感动；加上特别强调了它的"照我罗床帏"针对着"我"个人，直射着理当安眠的"罗床帏"，所要传达的正是一种"如有隐忧"，因而"不寐"的"耿耿"[3]，也就是紧接着表述的"忧愁不能寐"的儆醒不安的状态。因此，吴淇《六朝选诗定论》遂曰：

> 无限徘徊，虽主忧愁，实是明月逼来；若无明月，只是捶床捣枕而已，那得出户入房许多态？

因而遂自"揽衣起徘徊"以下，就全是对于客行不归之"忧愁"的直接抒写，而"皎皎""明月"正是这份情思的触媒，也是这份情感的象征。

在《孟冬寒气至》中，"三五明月满，四五詹兔缺"，不但是"愁多知夜长，仰观众星列"之所见，因而本来就是一种"愁"思观照的投射与显现，并且亦如前论《与苏武》中的"仰视浮云驰，奄忽互相逾"，亦正是在自然景象中发现彼此分合命运之情状的象征，因此，

---

[1] 以上诗句俱见《诗经·周南·关雎》。
[2] 见《诗经·秦风·蒹葭》。
[3] 见《诗经·邶风·柏舟》："耿耿不寐，如有隐忧。"

虽然月还是因为三五的满盈而称为"明月",但在四五之际,已经改为神话性的"蟾兔"了。在这里月本身或月夜景象的美感性质皆未被强调,通常这类强调皆会注意物象的空间与视觉的特质,在此处表现的重点,却是时间的延续与其中物象的变化:"变故"与"不变"才是此诗此句关注的重点,因为要引起与发抒的正是"三岁字不灭。一心抱区区"的坚贞心意。月的"满""缺"既是万物在时间中流转变化的自然象征,也是诗中"长相思""久别离"两人之"合""离",以至"离""悲"的象征,侧重的仍是其象征情境的意义。

在三首诗中,"明月皎夜光",似乎最具独立美感意义的写景性质与表现,但是其中,"夜"之暗与"月"之"明"及其"光"之"皎"所形成的对比表现,却未被充分强调,反而在"皎夜光"的构词中,使"夜"成为"光"的修饰与限定,因而说明性就远远超过了景象性,强调的反而是"夜"的时间的性质,而非其空间视景。尤其在补上了"促织鸣东壁"的下句,整个兴句的示意重点,就更往"时序"变易的方向偏斜,这一点在"白露沾野草,时节忽复易。秋蝉鸣树间,玄鸟逝安适?"数句中更是发挥得淋漓尽致。因此,全诗的构成,就呈现为先以八句强调时节与景物的变易,再以八句转入对"昔我同门友"在"高举"之余,"弃我如遗迹"的人事变易的感叹。因而,一如"秋蝉鸣树间,玄鸟逝安适?"象征的正是春去秋来,或者"促织鸣东壁",不论参照《诗经·豳风·七月》的"七月在野,八月在宇,九月在户,十月蟋蟀入我床下",或《春秋考异邮》所谓的"立秋趣织鸣",显然都具有一种明显的时节意义,此处的"明月皎夜光"显然就更有一种"秋月扬明晖"[1]的时序的意义。因而前八句的景物描写,虽然都具有"时节"的统一或对比的关联,但未形成同一视点的

---

1 见《四时》:"春水满四泽,夏云多奇峰,秋月扬明晖,冬岭秀孤松。"见陶澍集注,《靖节先生集》,汤注、李注皆谓出于顾恺之,刘斯立则谓:"渊明摘出四句,可谓善择。"

连续境象，抒情示意的含义与性质，仍然大于创造一个统整的美感景象的作用。

盛唐诗则显然刻意在构造一个深具美感性质的统整景象，因而使用物象往往不仅在于它们的示意象喻作用，更要强调它们的美感以至感觉性质，以月为例，一方面是它的形状："皎如飞镜临丹阙。"一方面是它的光耀："绿烟灭尽清辉发。"这种光耀，观看时是"如练复如霜"，"疑是地上霜"，"月照花林皆似霰，空里流霜不觉飞"（张若虚，《春江花月夜》）；当沐浴在其中时，更是"灭烛怜光满，披衣觉露滋"，"香雾云鬟湿，清辉玉臂寒"，不但满溢成一团彻上彻下的神秘浪漫的氛围，更具一种湿寒光润、清凉晶莹的感觉性，甚至让人可以产生"怜"爱，想掌握以"盈手赠"的冲动，或盛持饮味的渴望："唯愿当歌对酒时，月光长照金樽里。"

除了感觉与美感性质的刻意强调之外，要形成一个统整的美感景象，就有赖于所谓"取境""明势"等功夫来组合各自的物象，而达到"气象氤氲，由深于体势"的效果。[1] 既谈"取境"，又言"明势"，而终于言"体势"，实在正是深切地明了要在原系时间艺术的诗歌里，创构一个整体的美感空间形象所具有的内在矛盾与困难。因而在时间上前后连续的诗句，虽然必须做种种发展性的描绘与呈现，但是设法以"天地之境，洞焉可观"的单一视点来统整全局，让我们"处身于境"，而"所见景物"，皆为"境"之一部分的"象"，遂有"了然境象，故得形似"的感觉；也就是在次第诗句的进展中，先有整体画面已然存在的错觉，然后个别细部的景物，只是我们由"统观"而"细览"的回环往覆的历程。因此，"昏旦景色，四时气象，皆以意排之，令有次序"，各自的景象虽然有时间的进展与变化，但是诗中所要表现的仍为未曾变异的同一观照的处身之"境"。

因此，要达到同一观照与处身之"境"的完形，除了个别诗句的

---

[1] 此处引词、引句，皆见上一节论述之引文，兹不再一一注出，下文亦同。

景象，原属相关而且兼容，因而可以在其接续中形成更加具体化的相互充实与补足的效果之外，在上述的盛唐诗例中，我们还可以看到它们往往以月意象为统一的核心，或者一再地环绕着它，不断做各种侧面的描述：如张九龄的《望月怀远》一诗，由"海上生明月"起兴，但立即引申为"天涯共此时"，于是由"海上"与"明月"所撑起拉开的广大的"天地之境"，就成为"情人怨遥夜"里"共此时"的具体的"天涯"；而"明月"的光照，就成为充满这一"遥"远"天涯"之广大空间与距离的美感性实质，因而也是"情人"含"怨""竟夕起相思"之情感的具体象征。接着对月光的描写："灭烛怜光满，披衣觉露滋。"不但由"海上生明月，天涯共此时"所感思怀想的雄浑的远景，拉回具体身处的可感可觉的秀美近景，并且强调了其切身贴体的感受。同时经由这种具体的感受，进一步象征了对于此一"相思"之情的"怜"惜与为其所充"满"，以及在"相思"中所格外感受的无依与凄凉。既明写完全沉浸在月光中的种种经验与感受，同时亦暗抒相思之种种情愫与体验，正是"物色兼意兴为好"，而就"意兴"而言，几乎并无片言只语涉及，所以是"羚羊挂角，无迹可求"，也就是"意度盘礴，由深于作用"[1]，因而结束在"不堪盈手赠，还寝梦佳期"的希求与对方有所交接的渴念，以及在无可奈何中，即使是梦中的相会，亦慰情聊胜于无的盼望。"不堪盈手赠"自然直接指陈的是月光，间接喻示的是"相思"的情怀；而"还寝梦佳期"似乎一方面兼用《楚辞·九歌·湘夫人》之"登白薠兮骋望，与佳期兮夕张"的典故，一方面则照应前面的"情人怨遥夜"。因此全诗虽然有时间的发展，但并未脱离同一情境的今夕今夜，全诗遂由"海上生明月"的薄暮起而于"寝梦"的入夜终，中间贯穿充溢的正是"明月"的光照，因此也是"天涯""相思"的"满""盈"。月遂成为反复

---

[1] 皎然的《诗式》对于"作用"，特别在"明作用"一节有如下议论："如壶公瓢中，自有天地日月。时时抛针掷线，似断而复续。"

出现、贯穿全诗的主题景象。

这种对于月的景象不断重复，转而使它成为主题贯穿的景象的情况，亦见于王涯《闺人赠远》、李白《静夜思》《关山月》、杜甫《月夜》等诗作。《闺人赠远》绝句的四句里，句句有月：首句直接言"月"，次句形容月光，三句诠释月"照"，末句强调其"亭亭"竟夜。这种句句不离主题景象的写法，在李白《把酒问月》中因为原诗就具有"咏物"的性质，固然可以不论，但是《闺人赠远》所寄的其实是"不堪盈手赠"的相思之情，而其历程，亦正是由"今夜"而"到晓"，但空间视点则始终是在"洞房"与月照之间，经由这样的"场景"的不变，以及主题景象的关联，全诗就成为一个单一而连续之"情景"的呈现。同样地，李白的《静夜思》所以不可视为《明月何皎皎》的简缩本，不仅因为其不具《明月何皎皎》诗中"明月逼来""忧愁不能寐"的种种"出户入房许多态"，更重要的是"明月"在《明月何皎皎》一诗中，除了作为起兴，就完全不再提起，事实上全诗的表现，正是集中到"虽主忧愁""无限徘徊"的种种心思与情态上，而贯穿《静夜思》一诗的却是明月的景象，甚至不惜在短短四句中，两度出现"明月"一词，而"疑是地上霜"原来指的就是"床前明月光"，"低头思故乡"更是作为"举头望明月"的对比与互补而表现出的。因此，"明月"在诗中就不仅是泛泛的起兴，而是"物色兼意兴"的"了然境象"，正是贯串全诗的主题景象，而整个的"场景"亦全然不脱"床前"见月的此刻。虽然人物的动作，有了戏剧性的"举头"与"低头"的转换，并且在视域上亦有了"床前""地上"之室内景象，和"举头望"之际由"明月"所喻示的无限开阔的天空等的转换，但这种空间视点之重视，以及同时强调近景与远景之系连，也正是唐诗之兼具秀美与雄浑美感，而以"了然境象"为其风格特质的基础；而"明月"的千里普照与光烁在地如霜，虽为一体，但分别显现为或雄浑或秀美的美感素质，这正是它特别适合唐诗的种种表现之处。《春江花月夜》，虽曰音乐创自陈后主，但传诵千古之作，终待张若虚，就时代发展的意义而言，或许并非偶然。

同样地，《关山月》虽然展现的是"明月出天山，苍茫云海间。长风几万里，吹度玉门关"的无限开阔的"天地之境"，甚至因而引申到"汉下白登道，胡窥青海湾。由来征战地，不见有人还"的历史悲剧意识，但该诗在末尾，仍然将焦点收摄到"戍客"望月思乡的"高楼当此夜"，因而以身边近景的方式，强调他们的"多苦颜"与"叹息未应闲"的忧愁情怀。《月夜》一诗，固然以"闺中只独看"的"倚虚幌""照泪痕"，以至"香雾云鬟湿，清辉玉臂寒"的秀美景象，为表现的重心，但由"鄜州月"与"忆长安"的对比，仍然在"今夜"的月色与思念里，撑开了一片辽阔的空间，与兼具过去回忆、现在处境及未来盼望的情意世界。它们刻意具体表现"处身于境"的抒写意图，则都是昭然若揭的。

而这种美感化、抒情化的"处身"之"境"的呈现，在诗作的分句书写的必然形式要求下，正有赖于每句自成的景象，而句与句之间不只在文法体式上相互对应，更重要的是景象与景象之间互补相成、回环呼应，形成一个不可分割的有机整体。这种整体，既有赖于"物色"之间的客观关联，亦建立于其所象喻的"意兴"的内在机转，它们正都由句与句之间的"无字句处"，以"不着一字，尽得风流"的方式呈示。因此，句与句的联系，不仅在于"处身之境"的整体境象的构成，更是"秘响旁通"的在"心入于境，神会于物""视境于心"之际，达成"兴于自然，感激而成"之主体情思意兴的形成与表白。因而月照的意象，亦往往结合于其他种种的景物形象，而或者成为整体景观的一部分；或者更因其超越、孤绝的特质，与传统上赋予的种种怀思的联想与意义，而成为诗歌表现的或宕开或聚情的画龙点睛的焦点。像"明月松间照，清泉石上流""星垂平野阔，月涌大江流"，固然描摹清景已近天成，自足成为千古名句，但前者在《山居秋暝》

里，正是"王孙自可留"的要点所在，松石、泉流是"山居"景物，而"明月"相"照"则是"秋暝"起始，正完全提供了居留其间的安逸，亦反映了其心情的适性"随意"；后者在《旅夜书怀》里，亦是旅夜舟行之际，所面对的"天地"与"飘零"的无穷动荡和孤绝寂寞反应之所寄，虽非"名岂文章著，官因老病休"的感叹和"飘零"似鸥的直抒，但将当时"怀"中感受，以"秘响旁通"的方式，曲达至尽。因而两者都是"物色兼意兴"，足以令人"触物以起情"的"物动情也"的表现。

虽然"野旷天低树，江清月近人"，一如"星垂平野阔，月涌大江流"，都是描写旅夜舟行景观的名句，而《宿建德江》里"月"的"近人"，固然可以视为与"天低树"或者"星垂""月涌"一般，都是舟行"江"中特有的观感，但是若参酌前两句的"移舟泊烟渚，日暮客愁新"，全诗一开始就强调了旅宿的漂泊感与陌生感所形成的"客愁"，因而当"月"来"近人"，就不仅是泛泛写景，而更有见月如见故物或故人，因而视为来相亲近、相安慰的弦外之音。这种利用月的高悬遍照的特质，借以超越地域的隔绝与因而产生的孤独、陌生感的手法，亦见于《竹里馆》（王维）的"深林人不知，明月来相照"。月在这里似乎都具有一种"人攀明月不可得，月行却与人相随"，永远相随相伴之超越性的伴侣甚至是拯救者或安慰者的意味。因而，月在诗的结尾出现，就不只是单纯的写景，或象征怀思的情感，而是"情往似赠，兴来如答"[1]的，转化了整体身处的孤寂情境，进入一种深远的天地有情的宇宙意识。这种宇宙意识，若不嫌穿凿的话，几乎可以视为近于宗教上的孤独地面对上帝或具有上帝之理念而以此反观一己之生命存在与情境的意义。李白《玉阶怨》中的"却下水晶帘，玲珑望秋月"正是以这样一个下帘望月的动作，进入了对一己在奢华表象下其实是空虚寂寞之命运的深观谛视，因而达到了对一己在"玉

---

[1] 见刘勰《文心雕龙·物色》。

阶"上的生活不过仅是一名"怨"妇之真相的明澈醒悟。但是所有的观照与醒悟，若没有高迥超绝的天心"秋月"之对照与仰望，种种尽在不言中的心理机转与象征表达皆成为不可能。因此严羽要强调"唐人尚意兴而理在其中"[1]。因为恍如只在捕捉一片凄清月色的写景里，正自有着对于人类与一己生命的最深刻的观照与反省：以人命之短暂，对照月之超越永恒，因而正可借此反观沉思人类与一己命运之性质，或许在李白《把酒问月》的"今人不见古时月，今月曾经照古人。古人今人若流水，共看明月皆如此"里有着最明晰的表述。但李白仍然使用人见月，月照人，以至共看明月的景象，来加以表现。景象化似乎是唐诗最基本的传情达意的思维模式。

在唐诗对于月之优美雄浑景象，做了多方情景交融意兴的开发之后，宋人似乎只有作意好奇，甚至不惜想入非非，方才得以出"奇"制胜；事实上这也正是宋人对于月意象与其美感之开发所采取的方式。以苏舜钦的《中秋夜吴江亭上对月怀前宰张子野及寄君谟蔡大》为例：首先，他并不经由富含物色的景象之描摹来转入意兴，而是直陈"独坐对月心悠悠，故人不见使我愁"的见／不见的辩证性情境。然后说理："古今共传惜今夕，况在松江亭上头。"然后，由见而及于不见，先不强调景物之形态，却强调其所蕴含的意义（这种含义自然只是出于主观的诠释）："可怜节物会人意，十日阴雨此夜收，不惟人间重此月，天亦有意于中秋。"到了诗之中段的第九句之后方始描绘月景，但是异于唐人综合性的表现法（"海上生明月""明月松间照""月涌大江流"），采取的反而是近乎分析性的表现手法："长空无瑕露表里，拂拂渐上寒光流。""长空无瑕"似既指万里无云，又似指"此月"如璧，圆满"无瑕"，"露表里"则既指满月之形（表）可见，复兼月中阴影（里）之可察，多少正反映了宋人重视客观观察的精神。然后以"拂拂渐上"继续引申"无瑕"之璧玉的隐喻，一如

---

[1] 见严羽《沧浪诗话·诗评》。

《离骚》："折若木以拂日兮。"或韦应物诗："白玉虽尘垢，拂拭还光辉。"（《答令狐侍郎》）以拂拭的动作，喻示月出江上的情景，因而"寒光流"既是月光，亦是水光，清冷一片，流漾不止。然后，不同于"月涌大江流"的含混，他很清晰地强调了"江平万顷正碧色，上下清澈双璧浮"，不但正面凸显出以月为璧的隐喻，并且勾勒出长空碧水，上下清澈，明月与月映之悬浮成"双"的画面。在这种精确而且具体的分析与描写下，月反而失去了它的超越的神秘性或引发怀思之情的象喻性，成为清楚明白的可以客观观察的天上与水中的"物体"。虽然它的光耀明亮如昼（"自视直欲见筋脉，无所逃遁鱼龙忧"），但是在对于月光明亮的强调之际，诗人就不免想入非非，动用怪诞的美感，他不去举头望月，却去"自视"（手脚？）而"直欲见筋脉"，又去幻想水中的"鱼龙"的因"无所逃遁"而竟生"忧"，对现代的读者而言，这种透视力，显然早已远超日光，简直就是X光或红外线；终于进一步幻想，整个为月光所浸淫的世界已然羽化登仙，进入天界："不疑身世在地上，只恐槎去触斗牛。"这里自然是使用了张华《博物志》"天河与海通""人有奇志""乘槎而去"，以至归访严君平，曰"客星犯牵牛宿"的典故，[1]但无须"天河与海通"的预设，只以月光照耀，就一下子由"不疑身世在地上"而转化为"只恐槎去触斗牛"，在其"不疑"与"只恐"的心理之快速转换中，强调了一种如幻似真的非分之想，经营的正是一种幻觉的世界。但这首诗一如许多宋诗，所具有的更是一种多重观点的转换并合的表现，诗人在创造了幻觉之后，并不愿停留在幻觉之中，立即以"景清境胜返不足"，跳出情境之外，而"叹息此际无交游"，反映的正是将月夜与中秋月色当作客体的"景""境"看待，而无法将"物色"同时转化为"意兴"，成为情意的象征，因此即使"清""胜"，仍不免清景自清景，人物自人物，终究情景无法交融，不能打成一片，于是终要

---

[1] 见《博物志》卷三，此处仅就其要点节略引述。

"返"觉"不足",而要渴盼起友朋的交游来,而要"叹息此际"的"无交游"了。而中秋月色所造就的竟然是"心魂冷烈晓不寝",虽然"对月怀前宰张子野及寄君谟蔡大",但"勉为笔此传中州"一句其实并未着墨于任何怀思之情,反是一己"心魂"在月下的"冷烈"之感,以及在"景清境胜"之中的"晓不寝",其所抒写的正是极为理性自制的清冷、疏淡兼或怪诞的美感。

苏轼的《舟中夜起》,其基本的情境,其实近似杜甫的《旅夜书怀》,但是异于唐诗的重视空间的单一视域的写作手法,采取的却是时间性的戏剧呈现。全诗着重表现不断打破岑寂的声音与惊异的效果。"微风萧萧吹菰蒲"原本雷同于"细草微风岸",但杜诗借着动词的省略,以及使前四字皆成名词之"岸"的修饰语词,使它往视觉性的写景发展;苏诗却借着"萧萧"的状声词,"吹"的动词,以及下句的"开门看雨",一再强调听觉上的声响效果,而使"月满湖"成为一种惊异的发现。但在发现之余,并非举头望月,反而是往"独夜舟"的方向强调。杜甫的"危樯独夜舟"仍然是做视景性的表现,但东坡的"舟人水鸟两同梦",虽然采取的是说明性的呈现,其实仍然着眼于描述听觉上的安睡无声、人鸟俱寂。突然又以"大鱼惊窜如奔狐"打破宁静,而终于在"夜深人物不相管"的说明里,点出"我独形影相嬉娱"的"独夜"之事实。夜起舟中,并不宁静赏月,反而在月下"形影相嬉娱",显然并不具"起舞弄清影,何似在人间"的飘逸出尘的姿态,反而有一种近似大人学儿戏的滑稽感。这种滑稽感亦早已在"开门看雨月满湖"与"大鱼惊窜如奔狐"的惊异,甚至"舟人水鸟两同梦"的联想与形容里发生了,因而使得全诗充满了一种童趣与喜感。因而,在杜诗是"星垂平野阔,月涌大江流"的舟中月景,在苏诗中就成了"暗潮生渚吊寒蚓,落月挂柳看悬蛛"。一般山水画中最具美感的水纹,竟然在"暗潮生渚"的月光下被视为一条条牵吊的"寒蜩";而在词人笔下充满旖旎风光的"月上柳梢头"[1]或"杨柳岸,晓风残月"(柳永,《雨霖铃》),更被凝想为蜘"蛛"的"悬"挂,这不但是一种近乎反高潮的恶作剧,却也不得不承认其想入非非之中,自有其确可如此联想的贴切与巧妙。其实以习惯上视为"丑"的事物来形容比拟习惯上视为"美"的事物,不但具有一种"陌生化"的尖新效果,更有一种"怪诞"的美感,也是一种"道通为一"里"厉与西施"的相互等同[2],既是"思入风云变态中",也是"每下愈况"[3]。

但是,这种"怪诞""滑稽"美感的一个重要的心理意义,却是将"景物"只当客观的外在的"物体"观看,因此对于"景物"或许有玩赏,但不会有"先动气,气生乎心,心发乎言,闻于耳,见于目"之"兴于自然,感激而成"的"物色兼意兴"的表现,也就是由于人物并未认同物色,因而物色遂无法同时成为人物的情意之象征,而作出情景交融的呈现。苏东坡一如苏舜钦之超脱"身处之境"而作出"景清境胜返不足"之判断,立即将整个月夜的景象,视为仅是"能须臾"的"清境过眼",将它勾销在一个疑问中——这正好又是一个时间性的疑问——因而将诗作结束在夜去晨兴的一片以听觉为主的喧闹中:"鸡鸣钟动百鸟散,船头击鼓还相呼。"他虽然为了和"清境过境"的"能须臾"对照,而在观念上提出了"此生忽忽忧患里",但其实苏轼在诗中所要避免的,正是一如杜甫经由自觉身处于"星垂平野阔,月涌大江流"的宏伟宇宙,而兴发出对于一己人生与命运的深切反省("名岂文章著,官因老病休"),而终于达到"飘飘何所似,天地一沙鸥"的悲壮观照。与杜诗的深沉雄浑相较,苏诗表现的正是一种举重若轻、出于嬉娱的模拟状物之机巧。

---

1 见欧阳修《生查子》,或传为朱淑真作。
2 见《庄子·齐物论》。
3 见《庄子·知北游》。

相似的以戏剧性的机智来模拟状物，亦见于黄庭坚的《和凉轩》，这首诗的巧妙，并不仅是利用倒装句法，将自然的景象陌生化，甚至怪诞化："打荷看急雨，吞月任行云。"诗人将代表观者之人物的主词省略，并且将代表其动作的动词"看""任"置于类似"朱华冒绿池"（曹植，《公宴》）"时雨静飞尘"（曹植，《侍太子坐》）之句法的动词位置，同时又将"急雨打荷"与"行云吞月"的词序打散颠倒，将"打""吞"等动词置于句首加以强调，就产生了一种拟人的意志性行为之错觉，不但创造了一个动荡不安、恣情肆虐的自然世界，还进一步在"夜半蚊雷起，西风为解纷"的人事化的因果解说中，确定了全诗呈现的是：将自然的种种变化做人性化、意志化诠释的一种特殊的宇宙之观感。这种观感，或许在"明月来相照"中已然出现，但《竹里馆》表现的仍然是一个单一视点的整体景象，"明月"正是它的统整超升的主题意象。《和凉轩》的重要却不在强调人与自然的感应，而是不去刻意形塑一个单一视点的整体景象；假如有此整体景象的话，亦被依时间的先后加以切割，而做各别不相连属的诠释，皆化作种种人事纠纷的模拟："急雨打荷""行云吞月""蚊雷夜起""西风解纷"。一方面，"打""吞""解纷"甚至"起"[1]，其实都有冲突、斗争甚至战斗等一般历史所侧重记载事件的意义；一方面，全诗又刻意地安排了"雨""云""雷""风"为四句中动态的主体（自然第三句只是很巧妙地利用了"聚蚊成雷"的成语，来补足字面上的关联），使它们的关联，除了戏剧性的时间因素，更具一种类型的归纳与整理。相同的切割亦见于"暗潮生渚吊寒蚓，落月挂柳看悬蛛"，由于加上了"吊寒蚓"与"看悬蛛"的模拟，一个可以自然综合的整体景象遂因主体的介入、主词的游移而被切割了，并且由于都使用了同一类型，在中文里皆从虫字旁的丑物"蚓""蛛"，因而它们的关联不是景象的整体，反而是喻依的类型性，刻意强调的正是一种"丑

---

[1] 例如，起兵。

怪"的美感。因此，分析性、戏剧性、诠释性就成为这类诗作之写景或观照自然的基本原则，或许我们未必因此而得到一种深切的情景交融之感动，但或许亦不得不惊叹其巧思的机智与妙想的贴切。

黄庭坚《夏日梦伯兄寄江南》的"河天月晕鱼分子，槲叶风微鹿养茸"，重点在写时间性的"夏日"景象，因而仍是未以构成单一视点的"天地之境"为念，反而多少侧重于"河天月晕""槲叶风微"的天候状况与"鱼分子""鹿养茸"的动物栖息生长的关系。但和我们此处的论旨特别相关的是，它体物入微地写月而及于"月晕"，而且采用先"河"而"天"的观看顺序，然后又写回河里的"鱼"而甚至及于"分子"之微，既似观月而及于月晕，又像描写河中映月，遂有光晕，总之景象充满转折而奇诡的意味。同样，在盛唐诗中，月的形象总以"明月"的形容出现，因此似乎永远是光辉而圆满的状态。而在宋诗中，则以"独骑瘦马踏残月""残月几人行"的"残月"，"月缺不改光""缺月昏昏漏未央"的"缺月"，以及行云掩蔽的"吞月"等种种"变态"出现。并且一如王安石《葛溪驿》，或苏东坡《倦夜》等例，将人的"衰""病"与月的"残""缺"相提并论，而创造出一片"凄凉""倦厌"的情景，同为"旅怀"却有异于《明月何皎皎》以下的汉、唐诗作，而反映得如此困顿、如此荒凉，真是清景不再，而却"衰鬓久已白""病身最觉风露早"了。由"明月何皎皎，照我罗床帏"的豪迈有力，到"缺月昏昏漏未央，一灯明灭照秋床"的阴沉萧条，我们自可感觉到，前者势必以"揽衣起徘徊""出户独傍徨"的充满行动力来做反应，而后者则不免只是困居室内"坐感岁时歌慷慨，起看天地色凄凉"或"倦枕厌长夜""旅怀空自清"一番而已。这正是两者气象迥然之别。

李白的《把酒问月》，虽然在有关月意象所含蓄的各种可能意义上多所发挥，有趣的是对于月的形象却只强调："皎如飞镜临丹阙，绿烟灭尽清辉发。"只对"飞镜"般圆满而又"清辉发"的"明月"

之本体加以描摹，并无意于对"月有阴晴圆缺"（苏轼，《水调歌头》）之变态有所着墨。同时，他的关注，反而指向了"但见宵从海上来，宁知晓向云间没"的月在一夜之间的"生""没"。相同的例子，亦见于张若虚《春江花月夜》，该诗正是始于"春江潮水连海平，海上明月共潮生"，而结束在"斜月沉沉藏海雾"与"落月摇情满江树"。"海上生明月"似乎是向往"天地之境，洞焉可观"的唐代诗人的共识，因而在他们"凝心天海之外，用思元气之前""语须天海之内，皆入纳于方寸"之际，总是不忘以"海"来凸显月的超越性与广大遍在的"月行"。这种常见的强调似乎并未继续成为宋诗表现的重点。

但与此超绝之运行相关的，却是永恒与孤独的主题，因而接着提出的"白兔捣药秋复春，嫦娥孤栖与谁邻"，正是利用嫦娥奔月的早期神话来加以表现。李白除了加强了"白兔"与"不死药"的联系之外，并未刻意去修改此一神话的原始意蕴与内容；自然他也以"与谁邻"的询问，强调了"嫦娥孤栖"的事实。李白正要借此引出："今人不见古时月，今月曾经照古人。古人今人若流水，共看明月皆如此。"让我们从超越的观点、广大的时空，对宇宙人生之恒暂关系加以沉思默省，充分地发挥了神话的提示与指示的功能。李商隐的《嫦娥》诗，一方面是充分利用了天海生没的时空景象."长河渐落晓星沉"与"碧海青天夜夜心"来强调其周而复始的永恒性与时间感；另一方面则正借此永恒的时间感来强调"嫦娥孤栖"的孤独感与寂寞心："嫦娥应悔偷灵药，碧海青天夜夜心。"自然这其实是一种"云母屏风烛影深"里之"夜夜心"的投射与放大。虽然李商隐诗中表现的是对于"孤栖"的命运作出了"应悔"的反省，但掌握的仍是嫦娥神话之永生与孤独的原始意义，并未做想入非非的引申或变造，充分利用的仍是广大时空的景象性与神话传说所具有的人情意义的对比重迭。

对嫦娥、蟾蜍神话加以引申幻想的是苏舜钦，虽然他的重点是在欧阳修所得之"石月屏":"胡为虢山石,留此皎月痕常存。桂树散疏阴,有若图画成"之现象,意图"穷其原"。他先在"或疑月入此石中,分此二曜三处明"中,以直陈的方式提示了题旨,然后却继之以想入非非的幻想:"或云蟾蜍好溪山,逃遁出月不可关。浮波穴石恣所乐,嫦娥孤坐初不觉,玉杵夜无声,无物来捣药。嫦娥惊推轮,下天自寻捉,绕地掀江蹋山岳,二物惊奔不复见,留此玉轮之迹在,青壁风雨不可剥。"他自己立即评论云:"此说亦诡异,予知未精确。"但全诗的趣味,正建立在这种近乎儿戏的瞎掰与富有喜剧意味的滑稽幻想中。它们正好与此诗开头"日月行上天,下照万物根,向之生荣背则死,故为万物生死门。东西两交征,昼夜不暂停"的严肃而冷峻的宇宙图像,以及接着"物有无情自相感,不间幽微与高邈。老蚌吸月月降胎,水犀望星星入角,彤霞烁石变灵砂,白虹贯岩生美璞。此乃西山石,久为月照著,岁久光不灭,遂有团团月"的引经据典的理智解说,形成一种平衡。这里我们一方面看到了宋诗的并合多种观点、多种风格于一诗的特色,一方面也可以看到它的有意避免陷溺于抒情描摹优美景象的倾向。它可以冷峻地说理:"向之生荣背则死,故为万物生死门。""物有无情自相感,不间幽微与高邈。"使用抽象,甚至散文性的语言,唯一的诗意只是"向""背""生""死","幽微""高邈"的对比,以及超越了此一对比的更高综合:"故为万物生死门""物有无情自相感"等辩证性真理与实体的发现与提出,近于美国文评家克林斯·布鲁克斯(Cleanth Brooks)所谓的"矛盾语法"[1]。它也可以为了罕譬而喻,在举例说理之际,作意象化的表现,正如前面已然提出的"生死"之"门",虽然不论日月,或生死之理,皆与"门"了不相关。甚至可以经营出像"老蚌吸月月降胎,水犀望

---

[1] 见[美]克林斯·布鲁克斯 The Well Wrought Urn (New York: A Harvest Book, 1947,1975)。"诗的矛盾语法"为夏济安的翻译,见林以亮编,《美国文学批评选》(香港:今日世界出版社,1962年)。虽然原著所强调的并不就是一种"语法",反而更近于一种思维方式。此处姑从旧译。

星星入角，彤霞烁石变灵砂，白虹贯岩生美璞"之类的充满藻饰的华美对句，但它们也不过是对"物有无情自相感"论点的一些举证。它更可以在"寒辉笼笼出轻雾"清冷、秀美而近于神秘的美感之后，因为"坐对不复嗟残缺"的联想，而立即转向"虾蟆纵汝恶觜吻，可能食此清光没"之丑陋与秀美交织的怪诞美感。假如说这还只是沿袭了玉川子卢仝《月蚀诗》"传闻古老说，蚀月虾蟆精"稍作戏剧化的表现而已，但底下的"此虽隐石中，时有灵光发，土怪山鬼不敢近，照之僵仆肝脑裂。有如君上明，下烛万类无遁形，光艳百世无亏盈"则同时创造了一个非非之想的幻境，它的灵光可以杀死鬼怪，因而充分开发了"土怪山鬼""照之僵仆肝脑裂"的丑陋，与"时有灵光发""光艳百世无亏盈"的美好，以戏剧方式结合而形成一种怪诞诡异的美感，并且以此转化为"有如君上明"的征象，而大谈其"下烛万类无遁形"的不被蒙蔽的君道之理，并陈状物、幻想与说理的表现，兼具清冷、滑稽与怪诞的美感，苏舜钦的这首《永叔石月屏图》可谓将宋诗的特质体现得淋漓尽致了。

诗中"老蚌吸月月降胎"，正如"河天月晕鱼分子"，正是一种不以整体景象的物象与物象关系来描写观看自然，反而是以万物遵循一种"物理"（"物有无情自相感"）的因果性关联来观看自然的物态与物态。月光，因此也可以不必为情思别绪的象征，而可以是阐明万物自有其不可更易之本质的喻例，因而梅尧臣《古意》要强调："月缺不改光，剑折不改刚。月缺魄易满，剑折铸复良。"这里月的圆缺的对比与变化，突然被超越为具综合性质之不变的月光，并且将它与"剑折"而"不改"之"刚"相提并论，最为温柔缠绵的"月""光"，突然"刚"硬甚至强劲锐利了起来，因而竟然成为能够抵抗"势利压山岳"的"难屈志士肠"，成为"可杀不可苟"的"男儿自有守"的象征。同样的刚强锐利亦见于"虢山石"只因"留此皎月痕"，就要幻想其"寒辉""清光"，足以使"土怪山鬼不敢近，照之僵仆肝脑裂"，能够"下烛万类无遁形，光艳百世无亏盈"，在这类想象中，月光几乎由X光、红外线，而进一步成了激光与永不消失的放射性物质了。物我分离，以理智的分析比喻，或以戏剧性的幻想，而非以物我合一的情景交融之感，来观察事物、思索事物，或许正是宋诗所以偏向畸美的缘由。

五、结语

本文在极少的诗例、极为简单的分析中，以挂一漏万的方式，对汉、唐、宋诗的美感特质，多少做了一番描述。由于所涵盖的范围与所实际探讨诗例之极度悬殊，因此论述得是否确当，根本就是一种不必考虑的问题。若有什么值得一提的，反而是我们是否可以从此类的角度来观看中国诗歌及其历史，以及通过这样的角度，我们对于历代的诗歌是否可以更有一种同情的了解，而更能按照其观照的特性与风格的特色，来加以接受与欣赏。这一点，唯有就教于高明，并寄望于后来的开拓了。

从「亭」「台」「楼」「阁」说起
——论一种另类的游观美学与生命省察

一、游观自然的两种取向

　　古者包牺氏之王天下也，仰则观象于天，俯则观法于地，观鸟兽之文，与地之宜，近取诸身，远取诸物，于是始作八卦，以通神明之德，以类万物之情。

《周易·系辞下》的这一段经常被引述的话语，自然是出于一种神话式的想象，但无疑反映了一种特殊的"观物"的态度。面对天地鸟兽万物，人们掌握的却是通过它们的象、法、文、仪，而制作为符号文字，以便通神明之"德"，类万物之"情"。也就是《庄子·知北游》中所谓的：

　　天地有大美而不言，四时有明法而不议，万物有成理而不说。圣人者，原天地之美而达万物之理，是故至人无为，大圣不作，观于天地之谓也。

即使面对了"天地大美"，当这些"圣人者"在"观于天地"之际，却往往更在推"原"其中的"四时明法"与"万物成理"。这虽然未必就是近代科学式的认知考察，但确是一种"开物成务"的阐释与发明。在将"自然"加以"人文化"以至"人性化"的过程中,往往不仅着重于"作结绳而为罔罟,以佃以渔""斫木为耜,揉木为耒"[1]的器用,以至种种文物制度的制作,更往往在自然万物之"情","通"出了人类中心的"神明之德"。最简明扼要的例子是《论语·雍也》中记载的:

> 子曰:"知者乐水,仁者乐山。知者动,仁者静。知者乐,仁者寿。"

孔子在"山""水"的"静""动"之"情"中,看到了与"仁""知"相"类"的"神明之德",甚至尽在不言中地使得"山""水"成了"仁者""知者"的"寿"与"乐"的象征。自此以往,通过孟子的阐释与引申,不但"观水有术",而且"登山有道":

> 徐子曰:"仲尼亟称于水,曰:'水哉!水哉!'何取于水也?"
> 孟子曰:"原泉混混,不舍昼夜,盈科而后进,放乎四海。有本者如是,是之取尔。苟为无本,七八月之间雨集,沟浍皆盈;其涸也,可立而待也。故声闻过情,君子耻之。"[2]
> 孟子曰:"孔子登东山而小鲁,登泰山而小天下。故观于海者难为水,游于圣人之门者难为言。观水有术,必观其澜。日月有明,容光必照焉。流水之为物也,不盈科不行;君子之志于道也,不成章不达。"[3]

---

1 见《周易·系辞下》。
2 见《孟子·离娄下》。
3 见《孟子·尽心上》。

"山"的高耸与"海"的浩瀚，以至"水"的"澜"，都成为圣人之"志"的超升与"道"之广大，以至君子"为言""志道"，而至"成章"与"达"等体验之象喻。《荀子·宥坐》以及刘向《说苑·杂言》中所载的孔子与子贡"君子见大水必观焉"以下的对话，以至董仲舒的《春秋繁露·山川颂》，皆以"君子比德焉"[1]的角度，发挥了"智者乐水，仁者乐山"的丰富内涵与喻旨，显然都是一脉相承、踵事增华的表现了。

但是在这种圣人君子的游观之外，平凡百姓在他们的日用生活之余，自然也有其与此不同的游观形态，或许《诗经·郑风》中的《溱洧》，就是一个现成的例子：

溱与洧，方涣涣兮。士与女，方秉蕳兮。
女曰："观乎？"
士曰："既且，且往观乎？"
洧之外，洵讦且乐。
维士与女，伊其相谑，赠之以勺药。

这里一样有"观"有"乐"，并有对于"溱与洧"的"方涣涣兮"或"浏其清矣""洧之外"的"洵讦"等情状的体会。但终于为"士与女"的"方秉蕳兮""伊其相谑"的情事所掩盖，正是典型的诗歌"起兴"或者"比兴"的表现形态。于是"观"与"乐"就成了"士与女"由"秉蕳"到"相谑"的心路历程的过渡与关键，提供的或许就是欢爱情怀所以滋生的背景与心境。因此，同样是"游"，其意义自然不同。孔子、孟子、董仲舒等儒者，往往只重视"山""水""东山""泰山""海""川"等近乎本质的某种属性，因而引申为某种"道"与"志"的象征，但《溱洧》所掌握的是"方涣涣兮"，诚如郑笺所

---

[1] 见《荀子·法行》："夫玉者，君子比德焉。"

谓的"仲春之时，冰以释，水则涣涣然"的季节性的特质，针对"方秉蕳兮"的"士与女"，就不免具有类似"寄言少年子，努力作春事"（王安石，《少年见青春》）的意义，于是"春游"就转换为"游春"了。这样的"游观"，诸如《周南·汉广》的"汉有游女，不可求思"所描述的，自《诗经》以降，一样充斥在诗歌、小说以及戏曲等的传统中。但是在上述两种"山水"的游观美学的传统之外，加上了亭、台、楼、阁等人文建筑，它们的意义就有了变化。当然像《诗经·大雅·灵台》一类作品中的游乐，诚如孟子所谓的"贤者而后乐此"，则又成为"古之人与民偕乐，故能乐也"[1]的德政的象征，依然反映的是一种"比德"的意义。而从司马相如的《长门赋》中写陈皇后的"登兰台而遥望"以至"下兰台而周览"，或者王昌龄《闺怨》诗里"闺中少妇"的由"春日凝妆上翠楼"而至"忽见陌头杨柳色"，反映的仍然是男女情爱追求的悲欢离合，看到的依然是情感的投射与渴望。

然而，诚如王之涣《登鹳雀楼》诗所谓的"欲穷千里目，更上一层楼"，亭、台、楼、阁确实是改变了我们对于"白日依山尽，黄河入海流"的自然景观的认知与欣赏，对于"锦江春色来天地，玉垒浮云变古今"等山水的观赏，亦只要"花近高楼伤客心，万方多难此登临"（杜甫，《登楼》）的"登楼"即可，未必需要真的登山临水，于是我们遂有了另外一类的游观美学，并且在一些以亭、台、楼、阁为名的作品中，看到这样的游观，进一步发展为某种独特的生命省察。

二、山水美学的形成

虽然我们已经指出了"比德"与"兴情"的两种山水的游观形态，但是我们所习惯视为"山水美学"的游观形态，却是在魏晋之

---

[1] 见《孟子·梁惠王上》。

后产生的。这不但见于"庄老告退,而山水方滋"[1]的文学表现,山水画与画论的兴起,也见于竹林七贤以后的名士生活。

这种"山水美学"的基本要件,首先是"山水"本身的"质有而趣灵"[2],也就是谢灵运诗所谓"山水含清晖。清晖能娱人"(谢灵运,《石壁精舍还湖中作》)的美感素质的发现。其次是"怀新道转迥,寻异景不延"(谢灵运,《登江中孤屿》),对于这种山水美感的追寻。而这种追寻,正如"江南倦历览,江北旷周旋"(谢灵运,《登江中孤屿》)所强调的,既着重在"游"的"周旋",亦侧重在"观"的"历览"。并且发展出类似"是以轩辕、尧、孔、广成、大隗、许由、孤竹之流,必有崆峒、具茨、藐姑、箕首、大蒙之游"的圣贤借此"以神法道"的"游"历的神话。[3]而在这种神话里,其所标示出的"游",其实不仅取其身体行动的意义,如:"子曰:'父母在,不远游,游必有方。'"[4]显然是同时掌握了"游"字所引申而具有的一种特殊的心理状态的意义,一如《学记》所谓"未卜禘不视学,游其志也"或者"游于艺"[5]"以游无穷"[6]等用法。或许像《诗经·小雅·采菽》"乐只君子,福禄膍之。优哉游哉,亦是戾矣"或叔向引诗"优哉游哉,聊以卒岁"[7]中的"优哉游哉"最能反映"游"的这种心理情态了。[8]这正是宗炳在提到这些圣贤的山水游历之际,要首先强调"圣人含道"以及"贤

---

1 见刘勰《文心雕龙·明诗》。
2 见宗炳《画山水序》。
3 此处引句,俱见宗炳《画山水序》。
4 见《论语·里仁》。
5 见《论语·述而》。
6 见《庄子·逍遥游》。
7 见《左传·襄公二十一年》。
8 当然,我们也不可忽略庄子"逍遥游"之义,对于魏晋以降山水美学的影响,宗炳提到尧的藐姑射之游。但宗炳也提到"又称仁智之乐焉""山水以形媚道,而仁者乐",再加以"游"字的广泛的心理意义的用法,我们宁可不局限于庄子的影响。

者澄怀"的原因。[1]

这种山水之游的身体与心情两面，综括而言，就是谢灵运诗"将穷山海迹，永绝赏心悟"（谢灵运，《永初三年七月十六日之郡初发都》）中所谓的"山海迹"与"赏心悟"。而对于"山海"的"赏心悟"，除了以"优哉游哉"的心情去登临行止之外，正有赖于一种"登山则情满于山，观海则意溢于海"[2]，暂时的"遗情舍尘物，贞观丘壑美"（谢灵运，《述祖德诗》），对于山水本身做凝神的美感观照。因此，自谢灵运以降的山水诗，就充满了"抚化心无厌，览物眷弥重"（谢灵运，《于南山往北山经湖中瞻眺》），对于山水的"周览""骋望""遥望""顾望""回顾""瞻眺""游眺""目睹""举目""极目""满目""窥""瞰""睐""视"[3]等描写与表现。但这种观看的过程，不仅是"视觉"的，也是"心理"的。用宗炳的话来说，就是"应目会心"，就是"含道映物"，是"澄怀味象"[4]。而以刘勰《文心雕龙·物色》的说法，则是"山沓水匝，树杂云合。目既往还，心亦吐纳"。谢灵运因此强调"观此遗物虑，一悟得所遣"（谢灵运，《从斤竹涧越岭溪行》），以至"虑澹物自轻，意惬理无违"（谢灵运，《石壁精舍还湖中作》）了。是以山水美感的获得，既有待于"身所盘桓"的"游"，亦有赖于"目所绸缪"的"观"，而最终则为"应会感神，神超理得"，以至"万趣融其神思""余复何为哉？畅神而已"，[5]为其极至。

但是这种"应目会心"的山水情趣，其实并不限于"灭迹入云峰。岩栖寓耳目"（谢灵运，《酬从弟惠连》）的入深山，或"隐汀绝望舟，鹜棹逐惊流"（谢灵运，《登临海峤初发疆中作与从弟惠

---

1 见宗炳《画山水序》。
2 见刘勰《文心雕龙·神思》。此处仅借句意，并非使用刘勰原意。
3 以上词语俱见谢灵运山水诗作。
4 见宗炳《画山水序》。
5 以上引句，俱见宗炳《画山水序》。

连可见羊何共和之》)的赴奔流，方才可得。若据《世说新语·言语》的记载：

> 王子敬云："从山阴道上行，山川自相映发，使人应接不暇。若秋冬之际，尤难为怀。"

> 简文入华林园，顾谓左右曰："会心处不必在远，翳然林水，便自有濠、濮间想也，觉鸟兽禽鱼自来亲人。"

则王子敬所谓的"应接不暇"，固然强调的正是"应目"的活动，而"尤难为怀"则属"会心"的表现；同样地，晋简文帝所谓"翳然林水"固为"应目"所见，而"濠、濮间想"则是"会心"所感。所"游"或许为"山阴道上"，或者只是"华林园"，所"观"的却是典型的山水美感。因此，简文说得好："会心处不必在远。"只要所至之处，"山川自相映发"，或者只是"翳然林水"，亦皆一样可以产生或获致这种"应会感神，神超理得"的"畅神"的山水美感。于是不论是行旅，是园林，只要在"尤难为怀"与"不觉"中，忘我遗虑，虚以应物，任由自然界的山川鸟兽禽鱼自然而然、自在自得地呈自化，就一样可以产生或获致登山临水的"山水美感"，而深深体验到山川的"自相映发"，或鸟兽禽鱼的"自来亲人"，也就是消融了自然与人的对立隔阂，而达到"万趣融其神思"的精神状态。

因而只要能够"会心"，则"应目"的不论是典型的游山玩水所遇的情景，是"山阴道上"，是"华林园"，还是"披图幽对"之际所面对的"峰岫峣嶷，云林森眇"[1]，其山水理趣，作为一种游观的美学，

---

[1] 引句见宗炳《画山水序》，理念上亦据该文引申。

总是若合一契的！这也正是山水画，以至山水诗、山水游记、文书[1]能够成立与存在的理由："夫以应目会心为理者，类之成巧，则目亦同应，心亦俱会。"因为"神本亡端，栖形感类，理入影迹，诚能妙写，亦诚尽矣"，甚至可以达到"虽复虚求幽岩，何以加焉"的境界。[2] 同样地，当我们以亭、台、楼、阁为中心，作为游览的目的地时，一方面我们一样经历行游与登临的过程，另一方面即使我们"身所盘桓"的"游"，或许只是亭畔、台上、楼中、阁内，但是"西北有高楼，上与浮云齐"（《古诗十九首·西北有高楼》），我们的"目所绸缪"，远眺或可及于山川，而"青青河畔草，郁郁园中柳"（《古诗十九首·青青河畔草》），近观亦可及于草木禽鱼。就像"兰泽多芳草"，一个"所思在远道"的人，会因"采之欲遗谁"，而"涉江采芙蓉"（《古诗十九首·涉江采芙蓉》）；而"庭中有奇树，绿叶发华滋"之际，怀思远人的人，亦不妨就近取便，"攀条折其荣，将以遗所思"（《古诗十九首·庭中有奇树》），在感怀思念、传情达意上，仍是"其致一也"[3]。因此，亭、台、楼、阁之游，只要能够保持"醉翁之意不在酒，在乎山水之间"[4]的情怀，往往所获得的亦就可以是一种"山水"的美感。但是事实往往更为复杂：这种"山水"美感，常常会因亭、台、楼、阁的人文素质，或者是其地理位置，或者是其历史记忆，再加上聚会的场合、登临的处境，只成为进一步生命省察的基础。

三、亭、台、楼、阁的建筑特质

不论就《尔雅·释宫》所谓的"四方而高曰台，陕而修曲曰

1　六朝山水游记、小品，往往以书信的形式出现，如鲍照《登大雷岸与妹书》，吴均《与宋元思书》《与顾章书》等。
2　引句俱见宗炳《画山水序》。
3　这里是取王羲之《兰亭集序》"所以兴怀，其致一也"之意。
4　见欧阳修《醉翁亭记》。

楼"，或《玉篇》的"阁，楼也"，以至《淮南子·主术训》的"高台层榭，接屋连阁"，或《说苑·反质》的"宫室台阁，连属增累"等，"台""楼""阁"虽然各有其差异，但其实是具有相当的同构性与关联性的，也就是它们都是一种"高耸"甚或"增累"的建筑。"亭"，相对的，若从《释名》："亭，停也，人所停集也。凡驿亭、邮亭、园亭，并取此义为名。"似乎强调的，并不在其建筑的式样，反而是着重在其作为延伸行程的中间休憩的性质，但也因此有异于三者在建筑上可能的宏伟与华丽，往往只堪遮蔽风雨，聊供憩息而已。在传为李白词作的《菩萨蛮》中：

平林漠漠烟如织，寒山一带伤心碧。暝色入高楼，有人楼上愁。

玉阶空伫立，宿鸟归飞急。何处是归程，长亭更短亭。

"高楼""楼上"可以远"观"，但其实是"静止"的；"长亭""短亭"低矮可见，却反而喻示着"归程"的"行动"。这首词正充分利用了两者之间的对比所形成的张力。

因此，不论是《汉书·高帝纪》的"为泗水亭长"（颜师古注曰："亭，谓停留行旅宿食之馆。"）或《汉书·百官表》"十里一亭"等数据所显示的"亭"和"行旅"的关系，或者如《南史·梁书·昭明太子传》所谓"性爱山水，于玄圃穿筑，更立亭馆，与朝士名素者游其中"，似乎"亭"的设立或建构，往往就是暗示着一种动态的行"游"的意图或先决情况，因此，"亭"的本身未必宏丽，却往往与"行旅"的情景与"山水"的盛况相联系。

当然，诚如《南齐书·顾欢传》中所谓：

贵势之流，货室之族，车服伎乐，争相奢丽，亭池第宅，竞趣高华。至于山泽之人，不敢采饮其水草。贫富相辉，捐源尚末。

六朝之后的"园亭"也日趋高华，因而"亭"字亦往往与"阁""楼""台""院""宇"等字连用，如："亭阁华诡垮西京。"[1]"人幽宜眺听，目极喜亭台。"（高适，《陪窦侍御灵云南亭宴诗得雷字》）"亭台腊月时，松竹见贞姿。"（刘得仁，《冬日骆家亭子》）"亭楼明落照，井邑秀通川。"（孟浩然，《岘山送萧员外之荆州》）"谁知贵公第，亭院有烟霞。"（郭良，《题李将军山亭》）"亭宇丽朝景，帘牖散暄风。"（韦应物，《西亭》）但是基本上，"台""阁""楼"往往如明人张鼐在其《题王甥尹玉梦花楼》中所谓：

室之左，构层楼。仙人好楼居，取远眺而宜下览平地，拓其胸次也。

因而，它们在历来的"游观"文学中，所呈现的美感效应，不免侧重的常是"远眺""下览"的"观"之所见，而"亭"，一般而言，则往往强调其地点非日常所居，而侧重在发现、前往与徜徉其地的"游"之历程。

因此王粲《登楼赋》开篇即言："登兹楼以四望兮。"范仲淹《岳阳楼记》，亦首记："予观夫巴陵胜状，在洞庭一湖：衔远山，吞长江，浩浩汤汤，横无际涯；朝晖夕阴，气象万千。此则岳阳楼之大观也。"皆是以"观""望"为着眼点，甚至还得出了所谓的"大观"的印象。相对的，王羲之《兰亭集序》则首叙"暮春之初，会于会稽山阴之兰亭，修禊事也"，先说明游历的目的，接着"群贤毕至，少长咸集"，交代游历的伴侣，以至"此地有崇山峻岭，茂林修竹，又有清流激湍，映带左右"，描写四周的景观，终而"引以为流觞曲水，列坐其次。

---

[1] 见《新唐书·长宁公主传》。

虽无丝竹管弦之盛，一觞一咏，亦足以畅叙幽情"，叙述徜徉其间的活动与心情，包括的正是完整的"游"的历程。

韩愈的《燕喜亭记》，则始于其地的发现："太原王弘中在连州，与学佛人景常、元慧游。异日，从二人者行于其居之后，丘荒之间，上高而望，得异处焉。"那正是"游"的结果，至于"亭"，则不过为"自是弘中与二人者，晨往而夕忘归焉，乃立屋以避风雨寒暑"的产物，标示的则是经常的"游"止的活动。同样地，苏舜钦的《沧浪亭记》亦先记其发现的经过："一日过郡学，东顾草树郁然，崇阜广水，不类乎城中。并水得微径于杂花修竹之间。东趋数百步，有弃地，纵广合五六十寻，三向皆水也。"但是他的描写，加上了先前"予以罪废，无所归。扁舟南游，旅于吴中，始僦舍以处。时盛夏蒸燠，土居皆褊狭，不能出气，思得高爽虚辟之地，以舒所怀，不可得也"等情况的叙述，已经就是典型的"游"记的写作了。

欧阳修的《丰乐亭记》，亦一方面记"始饮滁水而甘。问诸滁人，得于州南百步之近"的发现过程，另一方面叙"于是疏泉凿石，辟地以为亭，而与滁人往游其间"的情景。而其《醉翁亭记》更是始于"环滁皆山也。其西南诸峰，林壑尤美，……山行六七里，……峰回路转，有亭翼然临于泉上者，醉翁亭也"行游前往的历程；而全篇更是集中在"太守与客来饮于此"，与众人"从太守游而乐"之情状的描绘。

至于他的《岘山亭记》，则提供给我们一个很重要的因为是建筑才必然迟早会具有的历史层面，因而强调的是：

> 山故有亭，世传以为叔子之所游止也。故其屡废而复兴者，由后世慕其名而思其人者多也。

这里的"游止"一词，正凸显了"亭"在"游观美学"上的最主要的特质，它既因四周的景致，提供了前往以及在当地徜徉的"游"的经历，又因本身足以"避风雨寒暑"，而成为可以长期停留憩"止"的地点。这使得它们的"游"就往往不只是或者匆匆而过，或者仅为一趟的经历，而是从容玩味的较长的停留，或经常的观赏。因此，一方面使得像"流觞曲水"之类的觞咏活动成为可能，另一方面则因可以"晨往而夕忘归"[1]，甚至"日与滁人仰而望山，俯而听泉"，玩赏"四时之景"，[2] 而对于当地的景物，有一种历时长久的体会。这种"历时长久"的性质，是贯穿朝夕季节的，甚至可以贯串古今，通过建筑的媒介与坐标，古今的"游"人，可以在想象的四度时空里，携手同"游"。

而正如所有的"游记""游者"原本就是不可或缺的一环，因为记述的本来就是他们的经历与活动，虽然能够记得姓名的，往往只是一些主要人物，因而在这些以"亭"为名的"记""序"中，往往就记叙这些主要人物的"游止"的经历，如"兰亭""燕喜亭""醉翁亭"等；至于"沧浪亭"，在苏舜钦修筑之际，固已提及"钱氏有国，近戚孙承佑之池馆也"，但主要描写的还是他自己"予时榜小舟，幅巾以往，至则洒然忘其归"的游历；到了归有光撰写《沧浪亭记》时，追述的重点，则已是"苏子美始建沧浪亭"了。其情况一如欧阳修的《岘山亭记》。

因此，建筑，或者说，在某一"定点"上的，同一名称的建筑（因为可以"屡废而复兴"）的这种"历时长久"的特质，一方面使人在游历之际，可以掌握"朝暮""四时之景不同，而乐亦无穷也"[3]，一种特殊的近乎"可居可游"而不仅是"可行可望"的山水美感[4]；另一方

1　见韩愈《燕喜亭记》。
2　以上引句俱见欧阳修《丰乐亭记》。
3　见欧阳修《醉翁亭记》。
4　宋郭熙《林泉高致集》谓："世之笃论，谓山水有可行者，有可望者，有可游者，有可居者。画凡至此，皆入妙品。但可行可望，不如可居可游之为得。"

面却也足以使"游"人的注意，由"山水之间"，而转往"宴酣之乐"[1]与"夫人之相与"[2]，对于同游伴侣的情意交感："人知从太守游而乐，而不知太守之乐其乐也。"[3]甚至曾经在此游止的历史人物，"慕其名而思其人"，因而既"游""览"其"左右山川之胜势，与夫草木云烟之杳霭，出没于空旷有无之间"的自然美景，又"袭其遗迹"而"慕叔子之风"，因而其心路历程就转向"怀古"，以至"则其为人与其志之所存者，可知矣"[4]的"自我认同"的表现了。这种情况，自然不只以"亭"为然，或许"台""楼""阁"等建筑，一般而言，由于规模更为宏伟，并且更可能建在通都大邑，或许要更具社会性与历史性，因而它们的"游观"，即使在"应目会心"的面对"山水美景"之际，就要更容易往"自我认同"的生命思索方向发展了。

四、"观"与"观者"的情怀

王粲的《登楼赋》，或许更该视为是一种"远望可以当归"（汉乐府，《悲歌》）的"登高思归"的作品[5]。它的重点可以说，并不在反映一种山水美感的"游观"经验，虽然在《昭明文选》中，它被列为"游览"一目的首篇，但是它所表现的"望""览"经验，却因为包含了多种层次的转折，而可以提供我们作为比较讨论的起点。《登楼赋》一起始即云：

　　登兹楼以四望兮，聊暇日以销忧。

1　见欧阳修《醉翁亭记》。
2　见王羲之《兰亭集序》。
3　见欧阳修《醉翁亭记》。
4　以上引句俱见欧阳修《岘山亭记》。
5　见廖蔚卿先生《论中国古典文学中的两大主题：从〈登楼赋〉与〈芜城赋〉探讨远望当归与登临怀古》，收入《汉魏六朝文学论集》，第56—71页。

览斯宇之所处兮，实显敞而寡仇。

由于尚未进入"思归"之主题，反而充分显现"游览"之际，登高上楼的"观""望"的特质。首先是"登兹楼"，接着是"四望"；但在这"四望"之际，除了眼前的四方景象（"清漳之通浦""曲沮之长洲""坟衍之广陆""皋隰之沃流"），其实同时意识到的，却是"兹楼""斯宇之所处"的这一定点，事实上也就是"四望"之际的"观点"所在。而这一"观点"之所以可以"聊暇日以销忧"，也正因"登楼"这一"登高"活动，可以获得"实显敞而寡仇"，广大的"四望"视野；而在"所处"与"所见"之间，形成一种连续伸展的"视觉空间"；并且也因此而形成以"斯宇"为中心的种种"所见"景象与其"所处"兹楼之间的"挟""倚""背""临"的关系，"北弥陶牧，西接昭丘"的"北""西"的方位，也才有了确切的意义。

因此，任何"更上一层楼"所"穷"的"千里目"，并不都是漫无边际而可以互相代换的。这种"观点"的固定，所导致的"视域"的固定，正是楼阁台榭在观览之际的特殊作用。一方面它打破了"出门即有碍，谁谓天地宽"（孟郊，《赠别崔纯亮》）的位居地面时必然会有的限制，另一方面它所提供的"显敞而寡仇"的"视域"，正是由"斯宇"本身，延伸向"所处"四周，极目"所见"区域的结果。因而这种"视域"，正如"兹楼"，有其特殊不易的"内容"，它是一种向"斯宇"辐辏的视觉景观，反映的正是一种形象化了的该"区域"的自然与人文交织而成的网络。因此当人们面对这些景观"澄怀味象"之际，或许获得的就是"自然"或者"形象"本身的纯粹的"形式"美感。但是由于这些"形象"或"网络"都具有某种"人文"或"历史"的"内容"（"陶牧""昭丘"的历史意义过于明显，姑且不论，"通浦""长洲"或许是自然形象的描写，但"清漳"与"曲沮",在它们的"清"与"曲"的"形式"美感里,只要我们一意识到它是"漳水"与"沮水"之际,我们就同时意识到它们被赋予的"人文"意义,以及附丽于其上的种种历史记忆),于是我们所获得的,就同时是依存于"内容"的更为复杂的美感,并且透过这些景观的"形象",我们的心思,很可能就脱离对其"形象的直觉"[1],而转向针对其"人文""历史"的内容,做出种种"情意"的反应。例如,苏轼在《超然台记》中,虽然叙述其于密州"因城以为台者旧矣,稍葺而新之。时相与登览,放意肆志焉",但他在"观""览"之际的反应却是:

南望马耳、常山,出没隐见,若近若远,庶几有隐君子乎?而其东则卢山,秦人卢敖之所从遁也。西望穆陵,隐然如城郭,师尚父、齐桓公之遗烈,犹有存者。北俯潍水,慨然太息,思淮阴之功,而吊其不终。

虽然东坡提到了"马耳、常山"的"出没隐见,若近若远",或者"穆陵"的"隐然如城郭"等以模糊视线所形成的迷离仿佛的美感效应,但是他"应目"之余,所"会心"的,竟是"庶几有隐君子乎?"或"师尚父、齐桓公之遗烈,犹有存者"等人文、历史的关怀。至于望"卢山"而思卢敖,临"潍水"而叹韩信,则更已是典型的"登临怀古"的反应了。当然,更巧妙的是在文中看似很呆板的南、东、西、北的"四望"的描叙中,[2]其实一直反复着"隐""遁""功""烈",有"遗"、"不终"等对比与辩证,

---

[1] 美感为"形象的直觉",请参阅朱光潜《文艺心理学》,及其所译克罗齐的《美学原理》。美感本为"形式"的,但亦有依存于"内容"者,则为康德之说法,可参阅其《判断力批判》。
[2] 同样表现"四望"的空间关系,《登楼赋》用"挟""倚""背""临"就更具感觉性,而表现得更灵活生动。

反映的却是更复杂甚至矛盾的"慕"其人"之风,而袭其遗迹,则其为人与其志之所存者,可知矣"的"自我认同"的犹疑与彷徨。在这里,我们可以很明显地看到,楼、台之类建筑所获致的景观,不仅往往提供了一种特殊的深具人文、历史内涵的网络关联,甚至还可以因为"观者"的特殊体会,而使这些景观、这种关联引发出特殊的个人反应,呈现出独具的意义来。

在《登楼赋》中,"北弥陶牧,西接昭丘"的远眺,是否类似《超然台记》一般,对陶朱公的功成而隐遁,或楚昭王的未捷而身死,有着"慨然太息""吊其不终"之含意,由于文字的简略,我们不得而知。紧接着的,却是同时涵盖着远望与近观两种体察之描写的"华实蔽野,黍稷盈畴"。因为就"华实"与"黍稷"而言,似乎应该是近观,但若就"盈畴"以至"蔽野"而言,则至少已经是放眼"望"去了。虽然这两句未必即可称为"写景对句",但其实是深具意象性质的表现,自然显露出大地为一片欣欣绿意所覆盖的景象,因而它们确乎具有某种"应目"即是的"形象"与"形式"的美感,虽然未必全是"自然"的美感[1],但"华实蔽野"与"黍稷盈畴"却更进一步,在"内容"上,反映出一种生活供应上的"丰足"与生命感受上的"甜美"等"客观"的意义,所以,王粲得出了"信美"的"美感",甚或是"价值"的判断[2]。正是这种对于"景观"相当接近"应目"所见的"客观"的刻画,以及对"形象"作"直觉"的"会心"观照,所产生的"实""信"的"美感"判断"显敞而寡仇""美",使得《登楼赋》亦具有了"游览"或"游观"文学的成分与意义。

虽然,王粲很快就因意识到它"非吾土"的事实,而转向"曾

---

[1] 因为"盈畴"的"黍稷",已是人类耕作的结果,虽然它们仍然具有草本植物的造型与美感。因此,这种美感,其实更该说是"田园"的;虽然"华实蔽野"亦不妨视为是"自然"的。
[2] "美"之一字,在古代汉语,甚至在当代汉语,都不仅作"美感"判断的形容。

何足以少留"的心思与"漫逾纪以迄今"之"遭纷浊而迁逝"命运的自觉与感怀，一下子将"登楼""四望"的行为，转变为"思归""望乡"之举。这里正反映了在"游观"活动中，即使所"览"所"见"的景观，有其固定的内涵与"客观"的"美感"性质，却完全可以因为"观者"的"主观"情状，而作出不同的"诠释"，产生截然不同的"反应"，因而形成的也就是截然不同的"美感经验"。因而"登临"之际的"无我之境"或许是近似的，但是滋生的"有我之境"却是千差万别的。[1]是以王粲在"暇日销忧""登楼四望"之余，生出"情眷眷而怀归兮，孰忧思之可任"的心情：

> 凭轩槛以遥望兮，向北风而开襟。
> 平原远而极目兮，蔽荆山之高岑。
> 路逶迤而修迥兮，川既漾而济深。
> 悲旧乡之壅隔兮，涕横坠而弗禁。

迥异于"四望"的唯"应目"所见而不拘于任何特殊目的、特殊对象的"游观"，这一次是有方向——"向北"，有目的——"旧乡"，以至有特殊情致姿态——"凭轩槛""向风开襟"的"遥望"。其中最值得注意的是"凭轩槛"与"向风开襟"的描写，它一方面反映了"高台多悲风"（曹植，《杂诗六首》其一），或者"流飙激楹轩"（曹植，《赠

---

[1] "无我之境"与"有我之境"的区分，见王国维《人间词话》："有我之境，以我观物，故物皆著我之色彩。无我之境，以物观物，故不知何者为我，何者为物。"只是此处针对许多"游观"文学的内涵进行观察，一位"观者"尽可以同时兼有两种反应。通常是先有"客观""无我"的"睹物"，然后转变为"主观""有我"的"兴情"。因而二者的关系就近于［美］艾瑞克·唐纳德·赫希（E. D. Hirsch, Jr.）所谓的"meaning"与"significance"的区分与关联了。赫希的划分，见其 Validity in Interpretation 一书。

徐干》)"清风飘飞阁"(曹植,《赠丁仪》)等楼阁台榭所经常具有的建筑特质与物理现象,因此它们往往是"登临""观眺"经验的一部分;但另一方面,这样的深具触感的姿态与行动,却让我们的注意转向"观者"的身体的感受、"观者"的自身存在,而不只专注于眼前的景物,于是"观照"的经验受到干扰,对于"景物"自性的"直觉"默会不再,"景物"就成了"物以情观"[1]的情感的象征。"观望"亦可以意在"看过",也就是"穿越",而非"注视"眼前的景物或对象,因此而形成一种"视而不见"的情状——"平原远而极目",以及诉诸在视觉中最基本的"见/不见"的辩证——"蔽荆山之高岑"。同样地,"路逶迤"与"川既漾"等"形象"中的"形式"的"美感"意义亦被忽略而转移到"现实"与"情意"的"内容"——"修迥""济深",这一切都指向了一个不可跨越的"事实"——"旧乡之壅隔",因而整个的反应,就集中在"望而不见",因此也是"怀而未归"的"悲"哀,而"涕横坠而弗禁"了。

由于"视觉"中本来就包含了"焦点"的现象,因此我们的"注意"与"意向"就在其中扮演了一个决定性的角色。它们重新"诠释"而"整理"了我们的"应目"所见,并且"转移"同时"加深"了我们的"会心"所在。

因而"游目骋怀,足以极视听之娱"[2],或者景象本身的"万趣融其神思"的"畅神而已",就不必然成为观览之际唯一的心理反应。景象或许就被"看过"(穿越),不但不再是"意识"的"焦点",而

---

[1] 见刘勰《文心雕龙·诠赋》,此处只是借其语词,并不必然采其"物以情观,故词必巧丽"的命题。只是他所提到的"原夫登高之旨,盖睹物兴情。情以物兴,故义必明雅;物以情观,故词必巧丽"的讨论,确与"游观美学"相契。
[2] 见王羲之《兰亭集序》。

其"形式"美感往往只成为某些"焦点意识"的"支援意识",[1]例如："路"的"逶迤"之于"修迥","川"的"既漾"之于"济深",或者只是触发或引生久已蕴蓄情意与感动的"助缘",一如嵇康《声无哀乐论》所谓："和声之感人心,亦犹酒醴之发人性也。"而由"蔽荆山之高岑"到"悲旧乡之壅隔"的"见"荆山却"不见"旧乡的"见／不见"的机转,似乎更是一种基本的"观览"形态。以崔颢那首著名的《黄鹤楼》诗为例：

> 昔人已乘黄鹤去,此地空余黄鹤楼。
> 黄鹤一去不复返,白云千载空悠悠。
> 晴川历历汉阳树,芳草萋萋鹦鹉洲。
> 日暮乡关何处是？烟波江上使人愁。

全诗的感兴,都集中在"见"与"不见"的反复辩证上："昔人""不见",却只"见""黄鹤楼"；"黄鹤""不见",却只"见""白云"；"川""树""草""洲",以至"烟波""日暮"放眼可"见",但"乡关"却"不见"。也就是"可见"的景物,不但与"不见"的事物成为对比,而且还是"不见"的事物的"借喻",因而诗中所追寻的"焦点"其实都在"不见"的事物上,而所"见"的一切则仅成为其各项"指标",一种要"看过"（穿越）的"支持"性质的事物。我们还可以在陈子昂《登幽州台歌》中看到这种由"见"而及于"不见"的最极端的表现形态：

---

[1] "焦点意识"（focal awareness）与"支援意识"（subsidiary awareness）,见［英］迈克尔·波兰尼和［美］哈里·普洛施（Michael Polanyi & Harry Prosch）所著 Meaning 一书；"awareness"译成"意识"一词,容易滋生误解,或许译为"知觉"较好,此处姑从该书中译本之用语。见彭淮栋译《意义》（台北：联经出版公司,1984年初版）,第36页。

前不见古人，后不见来者。

念天地之悠悠，独怆然而涕下！

在这首诗中，所有"登""台"所"见"，皆被"穿越""看过"，而只强调了"不见"的"古人"与"来者"，所有"日月迭璧""山川焕绮""云霞雕色""草木贲华"[1]的眼前"景象"全皆消隐，只剩下了"与我并生"的"天地"之基本架构[2]，以及它们的"不可见"之"悠悠"——永恒长存——在"念"中。因而就在一切的"不见"中透显为一种"生命的悲剧意识"[3]："独怆然而涕下！"

这种因"不见"而产生的哀感〔"涕横坠而弗禁""独怆然而涕下""烟波江上使人愁"甚至"长安不见使人愁"（李白，《登金陵凤凰台》）〕，固然来自"观望者"的深切的渴望之无法实现，但在"观望"之际，却呈现为一方面是空间的"距离"——"平原远而极目"，以及可见景物所形成的"阻隔"——"蔽荆山之高岑"，另一方面则由于时间的犹如"黄鹤"恒是"一去不复返"，且又来去无止无尽——"白云千载空悠悠"——所形成的另一种"距离"与"阻隔"，是以"古人""来者"皆尽"不见"。因而不但"斯宇"与"旧乡"之间、"此地"与"乡关"之际，是"壅隔"的，在"昔人"、"古人"、今人与"来者"之间，亦一样有着无法跨越的鸿沟存在。于是在横亘的时间长流中"烟波江上"，"观者"意识到了一己生命存在："人生天地间，忽如远行客。"（《古诗十九首·青青陵上柏》）相对于"天地悠悠"所体现的本质上的渺小短暂与飘

---

1 引句见刘勰《文心雕龙·原道》。
2 见《庄子·齐物论》："天地与我并生。"此处仅借其以与"天地"之"并生"作为思考生命存在的参考架构之义，并不涉及其"万物与我为一"的思想。
3 以永恒的意识与渴望观照不免一死的人生之际，就产生了生命的悲剧意识。见〔西〕米格尔·德·乌纳穆诺（Miguel de Unamuno）*The Tragic Sense of Life in Men and Nations*（N. J.: Princeton University Press, 1972）。

忽孤绝，以及在实际上因远离亲人故里，"旧乡壅隔""乡关何处"，所形成的生命情境上的孤"独"，因而"日暮""愁"生，或"怆然涕下"，甚至"涕坠弗禁"了。因此，这类"游观"的作品，往往反映了一种这样的生命结构：

"登临"→"观望"→"见"→"不见"→"情境的觉知"→"感伤"

当然在"见"与"不见"之间，形成对于一己生命情境的发现与觉知，往往可以有许多回环往复的历程。而这种经验的历程，其实正是由外景的"观望"转向不只是"观者"，更是"观者"的生命情境的知觉，因而也是由此知觉所滋生的内在情怀的呈露的过程。也就是所"观"之"景"与所"观"之"情"的回环引生的过程。

许多短篇"游观"诗歌，或许就停止在这种"情以物兴""物以情观"的"睹物兴情"之中，《登楼赋》却在"悲旧乡之壅隔兮，涕横坠而弗禁"的"感伤"之余，对此种"感伤"加以反省，由尼父、钟仪、庄舄等人的经验，得出"人情同于怀土兮，岂穷达而异心"的结论，对自己的"感伤"做理性的接纳。同时，进一步思索自己"遭纷浊而迁逝"之命运，所究竟伤痛的，正是平生志向全然落空的忧惧："惧匏瓜之徒悬兮，畏井渫之莫食。"因而"步栖迟以徙倚兮"，徘徊楼上，又开始了另外一层的"观望"：

步栖迟以徙倚矣，白日忽其将匿。
风萧瑟而并兴兮，天惨惨而无色。
兽狂顾以求群兮，鸟相鸣而举翼。
原野阒其无人兮，征夫行而未息。

虽然一般的"楼台"都不必广大到需要跋涉其中，但仍具有足够的徘徊流连的空间。因此登临之际，在"定点"的"观望"之余，仍是具有相当的"活动"性质。因为它们往往一方面是"使工凿其前为方池，以其土筑台，高出于屋之危而止"[1]，具有开阔的视野；另一方面则是"台高而安，深而明，夏凉而冬温"[2]，比起山巅水涯，适宜较长时间的盘桓。因此，"步栖迟以徙倚"就自然是其"游观"的一部分，也正是在"定点"中，借着"步"的或"栖"或"徙"，使"观望"具有一种"游览"的性质与意趣，因而活化且生动了"观"的内容与经历，但也同时强调了时间的因素。是以接着叙及"白日忽其将匿"，就显得并非偶然了。

在这里，我们正触及了"游观"美学必然要牵涉到的两个重要的因素：一是时间与季候，它们会改换我们游观的山水之面貌与感受，这也是为什么苏轼在《超然台记》中要强调"雨雪之朝，风月之夕，余未尝不在"，而《登楼赋》要接着描写"风萧瑟而并兴兮"了。二是观赏的景象，必须在照明之下，才能显现。由于《登楼赋》中王粲只记录其特殊的"一日游"，因此只有一日之中的时间转变。虽然如此，若参照王昌龄所谓：

> 昏旦景色，四时气象，皆以意排之，令有次序，令兼意说之，为妙。旦，日出初，河山林嶂崖壁间，宿雾及气霭，皆随日色照著处便开。触物皆发光色者，因雾气湿著处，被日照水光发。至日午，气霭虽尽，阳气正甚，万物蒙蔽，却不堪用。至晚间，气霭未起，阳气稍歇，万物澄净，遥目此乃堪用。至于一物，皆成光色，此时乃堪用思。[3]

---

1 见苏轼《凌虚台记》。
2 见苏轼《超然台记》。
3 见日僧遍照金刚《文镜秘府论》南卷，据罗根泽考证，以为是王昌龄《诗格》中文字。"至晓间"，周维德校点，以为当作"晚"字，但从上下文看，当指午后以至黄昏时分。

王粲掌握的正是午后的景象，因而一方面他用的是"白日"，但接着则描写其"忽其将匿"；另一方面则进一步描写日暮天黑之状："天惨惨而无色。"《文选》李善注："《通俗文》曰：'暗色曰黪。'惨与黪古字通。"不论"惨"是否当作"黪"解，"无色"一定是不符合王昌龄的"物皆成光色"的美感要求的，并且就在这种"美感"的"丧失"上产生了意义与作用。这里我们正看到"天色"在"游观美学"上的重要，诗人皆不忘记提醒我们它们的状况与存在——"白云悠悠""晴川历历""日暮烟波"，以至"三山半落青天外""总为浮云能蔽日"（李白，《登金陵凤凰台》），《兰亭集序》更是明白陈述"是日也，天朗气清，惠风和畅，因为底下的"仰观宇宙之大，俯察品类之盛，所以游目骋怀，足以极视听之娱，信可乐也"的活动与感受，都是以此为必要条件。因为不论是"仰观"，是"俯察"，一切"游目骋怀"的"游观"活动，都有赖于"白日"，或者"明月""灯火"等的照明，这同时又是在空间的"距离""阻隔"之外的另一个"见/不见"的关键，一个反映在大自然运行上，由"时间"影响视觉形成的"距离""阻隔"（这自然不同于在全球同步通信与快捷航空的年代里，我们称之为"时差"的现象）。

　　于是，"日暮"促使的"烟波"迷茫，使人自问："乡关何处？"正如"浮云"之"蔽日"一样引发"长安不见"的思绪，因为光色渐暗形成的视野的迷离——由"见"而逐渐转为"不见"——亦都成了"使人愁"的情感触媒与魄力。所以"天黪黪"的天色，亦不妨正是"天惨惨"的感触与心情。因为正与"阳春布德泽，万物生光辉"（汉乐府，《长歌行》）的欢欣鼓舞相反，"天惨无色"总让人联想到"天地闭，贤人隐"[1]的"黑暗"时期，以及眼前一切"美

1　见《周易·坤卦·文言》。

好"的消失或沦没。所以《登楼赋》结束在"夜参半而不寐兮,怅盘桓以反侧"的"耿耿不寐,如有隐忧"[1],就显然是此处在"天惨惨而无色"中,"步栖迟以徙倚"的回响;同时,"风萧瑟而并兴兮"也就成为前面"向北风而开襟"之渴望的回答。

但是值得探讨与玩味的是,在"天惨无色"中,王粲是如何"看"到底下的"兽狂顾""鸟相鸣""原野无人""征夫行息"的?就我们的视听经验而言,站在楼上或许极可能听闻甚至见到空中飞过的"鸟相鸣而举翼",并且由于距离遥远、视线模糊,不管事实如何,确实可以"观闻"为"原野阒其无人",但"兽狂顾以求群"与"征夫"的"行而未息",恐怕就是"想象"的"心象",而非眼前的"观象"了。这里我们正触及了"游观"美学中与"见/不见"一样重要的"观看/想象"的课题。因为"观看"所"不见"的事物,依然可以通过"想象"而"望见"。于是"心象"与"物象"皆可以"景观"的方式杂然交陈,形成引生互补或者对比辩证的关联,完成或凸显了我们对于"景象"或"情境"的体会与诠释。

《登楼赋》由"步栖迟……",经过中间"物象"与"心象"杂糅的"观望",而终于达到"心凄怆以感发兮,意忉怛而憯恻"的"观—感"历程,我们后来亦可以在曹植的《赠白马王彪》其四中见到回响:

> 踟蹰亦何留?相思无终极。
> 秋风发微凉,寒蝉鸣我侧。
> 原野何萧条,白日忽西匿。
> 归鸟赴乔林,翩翩厉羽翼。
> 孤兽走索群,衔草不遑食。
> 感物伤我怀,抚心长太息。

1　见《诗经·邶风·柏舟》。

全诗除了增添了"寒蝉""相思"等因素之外，由徘徊而日匿，而风寒，而原野寂寥，而鸟兽求索，以至伤怀，其机枢如出一辙。因而掌握的已近乎一种"原型"的经验[1]，未必都出于实际景况的"观—感"，尤其"鸟""兽"两句（在曹诗中是两联），都是"花鸟共忧乐"式的"神入"性质的写法，象征的含义恐怕要大于"感物"的事实，虽然也不妨有部分"感物"的实况，因而形成一种"观看"与"想象"交织相辅的景况。这样的"实景"继之以"虚象"，"心象"糅合于"物象"，正是以人心的共感为基础，扩大了我们的"观——感"经验，及于古人、他人或后人经验之机轴所在，因而也扩大了一切"游观"经验中，局限于"观看"与"望见"的部分，而达到更丰富情感意义的呈露与体验。

《登楼赋》在"游观"文学中的重要启示，可能就在于"登览"的活动，并不只是"放意肆志焉"的"畅神而已"；在我们"登高"之际，我们更可能"睹物兴情"，由所"见"而及于"不见"，自"观看"而引发"想象"，获得的不仅是山水景物的美感经验，更可以切入历史、社会、时局，以至个人的遭遇，成为达到自我生命情境——也就是"命运"——之突然醒觉的阶梯。使"观者"登高所见成为"观者的情怀"的展现，于是整个"登览"就成了"观者"的自我发现，或者更精确地说，是自我与世界之"真实"关联的发现的一种探索与朝圣的历程。王粲也就在"原野阒其无人兮，征夫行而未息"中，认识了一己与时代的"天命"。这种"知命"除非能够转化为"超越的智慧"，否则往往"所得是沾衣"[2]，徒然令心灵为一种深沉的"悲剧觉知"所涨满，所以，王粲"循阶除而下降兮"之际，心理是沉重

---

1 此处仅只引申借用荣格（C. G. Jung）的"archetype"一语，以强调其所具心理形态的含义多于实际情景的描写而已，并不一定要涉及整个理论所牵涉的复杂内涵。
2 见李商隐《落花》："芳心向春尽，所得是沾衣。"

的"气交愤于胸臆",直到"夜参半"仍然无法消解平抑。

五、"观者"情怀的超越与转化

在《登楼赋》中,我们看到了"观览"的心路历程,如何由"以物观物"的"无我之境"偏离,而转化为"以我观物"的"有我之境",于是山水的纯粹美感经验就转化为"情景交融"的情意象征,不但蕴含且勃发了丰沛的情感动能,而且表现为对于人我生命情境之广大深刻的悲剧性觉知,使它成为一篇"感伤乱离,追怀悲愤"[1]的感人至深的"抒情"作品。在"观看"中,注意由眼前的"景象"转向"观者情怀"的展现,虽然是唐诗常见的表现形式,但在范仲淹的《岳阳楼记》中却有一种崭新的发展。

范仲淹首先在《岳阳楼记》中强调了"予观夫巴陵胜状,在洞庭一湖",并且对洞庭湖做了一番描写:

衔远山,吞长江,浩浩汤汤,横无际涯;朝晖夕阴,气象万千。

以为"此则岳阳楼之大观也"。表达的似乎是他个人——"予观"——对于"岳阳楼"上"观"览所得的"美感判断";但紧接着他似乎忘掉了他在句前所强调的"予观",竟然提出:"前人之述备矣。"显然他在有意无意中,相信这是大家感觉一致的共同的美感经验。因为"岳阳楼"面对洞庭湖,其"北通巫峡,南极潇湘"的地理位置是固定的,因而观览所见的内容也是固定的,虽然他也多少意识到,其实具体的情景是会随着昼夜气候的变化,而呈现为种种不同的面貌的:"朝晖夕阴,气象万千。"

---

1 见《后汉书·董祀妻传》,此处既借其辞语,亦多少反映出于相同乱世的感怀。

但是，他一下子又放弃了这种"大观"皆同的立场，由"迁客骚人，多会于此"的交通枢纽情况，而询问起这些众多的"观者"，其各自的"览物之情，得无异乎？"注意一样由观看的景物，转向了观者的情怀，但强调的不是作者自身"观览"的情怀，而是"想象"中的众多的"迁客骚人"的情怀。因此《岳阳楼记》的写作重点，就由"前人之述备矣"的"无我之境"的描绘，转向了这些"迁客骚人"的"登斯楼也"之际的"有我之境"的探析。但是他事实上又不可能一一知晓"迁客骚人"的"我"之性情遭遇，于是他所掌握的反而是"朝晖夕阴，气象万千"的景象，随着晴雨昼夜变化所引生的"览物之情，得无异乎"了：

若夫霪雨霏霏，连月不开；阴风怒号，浊浪排空；日星隐曜，山岳潜形；商旅不行，樯倾楫摧；薄暮冥冥，虎啸猿啼。登斯楼也，则有去国怀乡，忧谗畏讥，满目萧然，感极而悲者矣。

至若春和景明，波澜不惊，上下天光，一碧万顷；沙鸥翔集，锦鳞游泳；岸芷汀兰，郁郁青青。而或长烟一空，皓月千里，浮光跃金，静影沉璧；渔歌互答，此乐何极！登斯楼也，则有心旷神怡，宠辱皆忘，把酒临风，其喜洋洋者矣。

范仲淹事实上只以晴、雨两种气象来概括洞庭湖景的差异，同时将"霪雨霏霏"的雨景，所引起的"满目萧然"，以及"春和景明"与"皓月千里"的晴景，所产生的"心旷神怡"的美感反应，进一步引申到"去国怀乡，忧谗畏讥"，以及"宠辱皆忘，把酒临风"的"观者"的情怀，因而将阴雨与晴明景象的观览经验，转化为"感极而悲"与"其喜洋洋"的情感反应。基本上采取的乃是"情以物兴"的写作策略。其心理转变的机制，虽然似乎近于王粲《登楼赋》的"睹物兴情"，但缺少了类似"虽信美而非吾土兮，曾何足以少留"这样的情感反应与美感判断互相矛盾的内心冲突与激荡；同时亦不具备类似"平原远而极目兮，蔽荆山之高岑"的"物以情观"的观览经验。所以这种"想象"的观者情怀，未免就只是出于常情常理的推断，而只具简单概括的"类型"含义，未必就真的掌握了任何"观者"的具体情怀。因而其引人入胜的，反倒是对于湖景的描写，它所侧重的不仅是晴雨的差异，而同时是具有照明与否所形成的"阴暗／光亮"，"不见／能见"，以至视野的"浅仄／广大"等的对比。

在"霪雨霏霏"之景象下，强调"连月不开"，不但暗示了历时的长久，更是强调了"日星隐曜"所造成的视野的封闭，甚至对于活动的限制："商旅不行，樯倾楫摧。"因此整个景观就失去远方的能见度，所谓的"不开""隐曜"，以至"山岳潜形""薄暮冥冥"，都在强调它们的"不见"的特质。而"所见"的仅为"阴风怒号，浊浪排空"，或者加上"樯倾楫摧"的湖面近景而已。相对的，不论是"春和景明"的日景或者是"长烟一空"的夜景，在表现"天朗气清"之际，刻画的正都是日、月照耀下广大的视野："上下天光，一碧万顷。""皓月千里，浮光跃金，静影沉璧。"以及明晰的能见度：湖上的"沙鸥翔集"，湖面的"波澜不惊"，湖内的"锦鳞游泳"，以至湖边的"岸芷汀兰，郁郁青青"，都在登楼观望里尽收眼底，呈现为一片安详中充满自得自在活动的鱼鸟与欣欣生机向荣的花草所象征的大化流行的自然宇宙，因而范仲淹不禁要在——似乎也参与了此一和谐宇宙的人性活动——"渔歌互答"下，赞叹"此乐何极"了。

虽然此处的"不见"并未指向特别的对象，但是阴暗（"霪雨霏霏""薄暮冥冥"）、阻隔（"连月不开""商旅不行"）以至动荡摧败（"浊浪排空""樯倾楫摧"）的景象，甚至酷烈蛮荒的声响（"阴风怒号""虎啸猿啼"），确实带给人"满目萧然"的感受。至于是否会因此"感极而悲"，恐怕就只有"去国怀乡，忧谗畏讥"的"迁客"将上述景象当作一己命运的象征来观感才会如此。同样地，"上下天光，一碧万顷"或者"长烟一空，皓月千里"的远望，确实令人"心旷"，"沙鸥翔集，锦鳞游泳"或者"浮光跃金，静影沉璧"的近眺，亦诚使人"神怡"，但是否就是"其喜洋洋"，则全凭在良辰美景前能否具"宠辱皆忘"的赏心（这是"骚人"的特质？），而出以"把酒临风"的"乐事"了。

但是范仲淹是以此二者作为"以己悲"与"以物喜"的观览的方式与"观者"的情怀，来与"先天下之忧而忧，后天下之乐而乐"的"古仁人之心"对比。只是范仲淹并没有告诉我们，这种"或异二者之为"的"古仁人"在其"居庙堂之高，则忧其民；处江湖之远，则忧其君"之余，若登岳阳楼时，他们要如何观览洞庭湖景呢？还是他们在忙着"进亦忧，退亦忧"，根本无暇登楼游观？但是《岳阳楼记》作为"游观"文学作品来看，其美感的价值，却完全建立在他自己的既"以物喜"，复"以己悲"的山水刻画上，虽然他意图超越这种"观者"的情怀。

其实"不以物喜，不以己悲"，不仅是"古仁人之心"为然，如《庄子》所谓"以道观之，物无贵贱"[1]，或"安时而处顺，哀乐不能入也"[2]等，都可具有这种襟怀，事实上它亦未尝不可视为"以物观物"的"无我之境"这样的纯粹的美感经验的特征。只要不往"悲""喜"发展，洞庭湖的雨景与晴光，亦皆可以成为美感观照的对象。而范仲淹未往"去国怀乡，忧谗畏讥""宠辱皆忘，把酒临风"延伸前的种种描写，未尝不是这样的纯粹的美感经验。只是他终于采取了"睹物兴情"的发展，扭转了读者对于它们的最后印象而已。

或许真正从"不以物喜，不以己悲"的美感观照出发，来理解、处理"游观"经验的，还是苏轼的《超然台记》。他一开始就说：

1　见《庄子·秋水》。
2　见《庄子·养生主》。

> 凡物皆有可观。苟有可观，皆有可乐，非必怪奇玮丽者也。

在这一段开宗明义的话里，他强调了"观"是达到"乐"的关键，也就是透过了美感观照（观），任何事物皆可成为美感经验的对象与内涵（可观），而能产生美感的愉悦（可乐），不一定要具有"怪奇玮丽"等美感素质。这里苏轼似乎多少意识到"秀美"（丽）"雄伟"（伟）以及"怪诞"（怪奇）等比较明显易觉的美感素质，较容易引发我们的美感观照，而令我们产生美感的愉悦，但是苏东坡此处的论述，正要打破这种限制，而及于一切的事物，尤其是平凡日常的事物。所以他接着说：

> 餔糟啜醨皆可以醉，果蔬草木皆可以饱。

这里，他似乎偏离了"可观"与"可乐"的联结，而采取了日常生活中的"可以醉""可以饱"来做说明。也许不如此，他无法解释平庸凡常的事物，如何可以呈现"可乐"；当然另一个重点，亦可能是他想将"美感观照"扩展到生活的全面，以一种"美感态度"来面对生活、经营生活，所以他要强调："推此类也，吾安往而不乐？"

事实上他是以对"欲望"的超越，来解释这种出于"美感观照"所形成的"美感态度"。但是在此之前，他提出了近乎《老子》所谓"天下皆知美之为美，斯恶已；皆知善之为善，斯不善已"[1]的辩证性论点：

> 夫所为求福而辞祸者，以福可喜而祸可悲也。人之所欲无穷，而物之可以足吾欲者有尽。美恶之辨战乎中，而去取之择交乎前，则可乐者常少，而可悲者常多。是谓求祸而辞福。

---

1 见《老子》第二章。

并且以"物有以盖之矣"与"彼游于物之内，而不游于物之外"，来解释这种"夫求祸而辞福，岂人之情也哉"的颠倒迷惑。但是饶有意味的是，他并不以提倡"见素抱朴，少私寡欲"[1]或者"不见可欲，使心不乱。是以圣人之治，虚其心，实其腹，弱其志，强其骨，常使民无知无欲"[2]来对治所谓的"人之所欲无穷，而物之可以足吾欲者有尽"的困境，相反，他却提出了近乎美感想象"思理为妙，神与物游"[3]之"游于物之外"的观点，来超越"物""欲"的拘束，来保持一己精神之自由与逍遥。

他首先对"物"提出可"观"，接着又强调"物之外"的可"游"，自然是为了照应文末"乐哉游乎"，子由"名其台曰'超然'。以见余之无所往而不乐者，盖游于物之外"的结论；但是在这里，他同时举出"游观"美学，以为可以当作以"美感态度"面对人生之一种象征或范例的意图，则是显而易见的。当然苏轼其实很清楚，"游观"之际，产生"以物喜，以己悲"的情绪反应，也是非常可能的。所以，他一方面声言，从"美感观照"的角度诠释"物非有大小也"；另一方面则进一步诠释这种不能从欲求里超脱，而致"美恶之辨战乎中，而去取之择交乎前"的"游于物之内"，以为：

> 自其内而观之，未有不高且大者也。彼挟其高大以临我，则我常眩乱反复，如隙中之观斗，又乌知胜负之所在。是以美恶横生，而忧乐出焉。可不大哀乎。

---

[1] 见《老子》第十九章。
[2] 见《老子》第三章。
[3] 见刘勰《文心雕龙·神思》，该篇在文中以"独照之匠，窥意象而运斤"为"驭文之首术"，并在赞中，以"神用象通，情变所孕。物以貌求，心以理应"为"神思"作结，这些都可以看出，刘勰强调的已是文艺创作的"美感想象"，而非一般书写的心理活动。

这一段似乎正好解释了《岳阳楼记》中，所谓"忧谗畏讥，感极而悲"与"把酒临风，其喜洋洋"的情感反应的产生。因为拘囚于一己生命情境与心志意愿，所以即使面对的是广阔洞庭湖的湖光水色，仍然不免要"眩乱反复""美恶横生"；所以，"如隙中之观斗"，正因所有的"观览"局限于与一己的欲望与情意的关联，并不能真正欣赏到景色风光的全面与本象："又乌知胜负之所在。"因此，所谓"超然"，正是要超越这种"物有以盖之矣"的心境的局限，而在登高远望之际，真正开阔视野，放宽一己之心胸，而充分实现"游观"的美学真谛！

但是，饶有意味的是，苏轼有此体味的前提，竟是他的"余自钱塘移守胶西"之中所蕴含的生活与美感经验的转换：

释舟楫之安，而服车马之劳，去雕墙之美，而庇采椽之居，背湖山之观，而行桑麻之野。

其中"湖山之观"固然是"观览"美学所要措意的重点，但是"舟楫之安"与"雕墙之美"则预先提供了"游"与"居"的美感条件，因此正是由理想的登临游览的美感情境，走向了平庸凡常的仅具实用价值的生活状况。这种日常生活的具体的内涵，更是无味："始至之日，岁比不登，盗贼满野，狱讼充斥，而斋厨索然，日食杞菊。"不但如苏轼自己所说的"人固疑余之不乐"。事实上，至少在"始至之日"，苏轼一定"感觉"不乐，否则这一大段"谪迁沦落"的感觉，就不但无从下笔而且也没有描写的必要与意义了。

但是曾经拥有的"雕墙之美"与"湖山之观"的"观""游"经验，终于使他领悟到"凡物皆有可观"，以及"游于物之外"的更基本、更普遍的美感观照的原理。这也就是《老子》三十五章所谓：

> 执大象，天下往。往而不害，安平太。乐与饵，过客止。道之出口，淡乎其无味，视之不足见，听之不足闻，用之不足既。

因而能在"桑麻之野""采椽之居""车马之劳"甚至"狱讼充斥，而斋厨索然"之间，假如不全是"为无为，事无事"[1]（所以，苏轼形容他在胶西是："余既乐其风俗之淳，而其吏民亦安予之拙也。"），至少是"味无味"的。其结果则是："处之期年，而貌加丰，发之白者，日以反黑。"得到了以"不足"养"有余"的颐养效果，因而遂进一步"治其园圃，洁其庭宇"，将"园之北，因城以为台者旧矣，稍葺而新之"，重拾"游观"的行径与喜乐，不但"时相与登览，放意肆志焉"，作为一种偶尔为之的消遣，甚至"雨雪之朝，风月之夕，余未尝不在，客未尝不从"，成为一种经常性的共同活动，而且"撷园蔬，取池鱼，酿秫酒，瀹脱粟而食之"，作生活上种种的享用。当苏轼对此下结论曰"乐哉游乎"时，他已经将"游"与"生活"画上了等号，所以接着要强调他自己的"无所往而不乐"。他之所以能将"游""观"经验延伸到整个生活态度以及各种生活层面，正因为"亭""台""楼""阁"往往也可以是我们的日常居憩游息之地。这一点也充分反映在其他的许多作品中。

六、"游"与"游人"的省觉

"观"似乎总是相对短暂的活动，但是自从《庄子·逍遥游》提出了"若夫乘天地之正，而御六气之辩，以游无穷者，彼且恶乎待哉？"的观念之后，"游"似乎就具有象征一种生命形态与生活方式的潜能，因而亦往往可以代表一段较长时日的生活情态，这通常是

---

[1] 见《老子》第六十三章。

见于地近所居，经常往"游"的状况，同时这也往往正是在所"游"之地构亭修台的缘由。于是这种长时的往"游"，也就成为某个阶段的生活，以及其所蕴含之意态与义理的象征，足以反映"游人"对于一己生命的掌握与诠释。在这里，是属于"兴来每独往，胜事空自知"（王维，《终南别业》）之类的独往，还是"少长咸集"或"余未尝不在，客未尝不从"的同游，往往就决定了他们所掌握的意趣是从"自得"，还是从"相与"出发。前者如苏舜钦的《沧浪亭记》，苏辙的《黄州快哉亭记》；后者如王羲之的《兰亭集序》与欧阳修的《醉翁亭记》等。

苏舜钦在《沧浪亭记》中，先叙述了发现并且购得孙承佑池馆遗址的经过，接着描写构亭与游览的盛事：

> 构亭北碕，号"沧浪"焉。前竹后水，水之阳又竹，无穷极。澄川翠干，光影会合于轩户之间，尤与风月为相宜。予时榜小舟，幅巾以往，至则洒然忘其归。觞而浩歌，踞而仰啸，野老不至，鱼鸟共乐。形骸既适则神不烦，观听无邪则道以明；返思向之汩汩荣辱之场，日与锱铢利害相磨戛，隔此真趣，不亦鄙哉！

苏舜钦关于"沧浪亭"的描述其实很简单，不过强调其有竹有水，"澄川翠干，光影会合"，与风月相宜而已。但是正如他的"号'沧浪'焉"，原本就取的"沧浪之水清兮，可以濯吾缨；沧浪之水浊兮，可以濯吾足"所含蓄的"不凝滞于物，而能与世推移"[1]之进退自如的意趣。这里的整个往"游"的描写，不但强调他的兴来独往，而且着重在其"放意肆志焉"于其中的境况："时榜小舟，幅巾以往""洒然忘其归""觞而浩歌，踞而仰啸"，其特点尤在亲近自然而远离人类——"野老不至，鱼鸟共乐"，因而摆脱了"向之汩汩荣辱之场，

1　此句引句俱见《楚辞·渔父》。

日与锱铢利害相磨戛"的荣辱利害的牵挂，而在纯粹的自放于山水中，得到"形骸既适则神不烦，观听无邪则道以明"的"真趣"。虽然苏舜钦用的是"神不烦""道以明"，甚至"观听无邪"等近乎伦理性质的语句，但他强调的正是一种"无利害""无关心"的纯粹的美感经验，并且在这种经验中超然出俗，而以往日沉溺在荣辱利害场中的自己为"鄙"！

这里值得注意的是，作为一种"游"，苏舜钦的活动，不仅是"观览"竹水风月鱼鸟而已，还要"觞而浩歌，踞而仰啸"，因此所产生的就是一种形适神畅的身心状态。

就在这种畅适的"乐"的状态中，他意识到了在往昔生活中，一己心灵的不安与痛苦，既置身于荣辱的汩汩急流之中，复又竟日陷身于"日与锱铢利害相磨戛"的折磨里，正是处于东坡所谓"美恶之辨战乎中，而去取之择交乎前"的"可乐者常少，而可悲者常多"的状态。而这些不安与痛苦其实是来自自身心灵的陷溺，在荣辱利害的追逐中自作自受、自贻伊戚。因而在这种"真趣"之乐与"鄙哉"之苦的身心状态的对比中，他终于因"观听无邪"的美感经验，而"神不烦""道以明"地"省觉"到了：

噫！人固动物耳。情横于内而性伏，必外寓于物而后遣。寓久则溺，以为当然；非胜是而易之，则悲而不开。惟仕宦溺人为至深。古之才哲君子，有一失而至于死者多矣，是未知所以自胜之道。予既废而获斯境，安于冲旷，不与众驱，因之复能乎内外失得之原，沃然有得，笑闵万古。尚未能忘其所寓目，用是以为胜焉！

在这一段"返思"之后的省察里，苏舜钦对于人之为"动物"，不但深有所感，而且其实是以"情动于中"[1]的"动"来加以理解的。所以，他接着说"情横于内而性伏"。至于他所体察到的解决之道，则虽是近乎"形于言"以至嗟叹、咏歌、手舞足蹈等[2]"形于外"的表现过程，却反而是将情感投注于某些外在对象与活动中来加以排遣，"必外寓于物而后遣"。因而肯定了一般人的心灵注重向外追求驰逐的必要性。但指出了"寓久则溺，以为当然"的陷溺的可能，以及"非胜是而易之，则悲而不开"的困境。

在这里，其实就隐隐点出了"神与物游"之际，"游"所具有的"不离不即"的"不凝滞于物"的重要性。那么对于"以为当然"的久寓的所溺，除了借助寓情他物，以"胜是而易之"的方法，确实是难以自拔。即使为了所溺而身陷痛苦之中，亦将"悲而不开"，往而不回，近于范仲淹所谓"去国怀乡，忧谗畏讥"的人士。但是范仲淹始终没有告诉我们"以己悲"的人士，若遇到"春和景明"或"皓月千里"的良辰美景，会不会也因为"以物喜"而进入"心旷神怡，宠辱皆忘"，甚至"其喜洋洋"的境地。在这一点上，苏舜钦则是肯定的：

予既废而获斯境，安于冲旷，不与众驱。

他经由今昔生活的对照省察，体认到所谓"众驱"正是"惟仕宦溺人为至深"，甚至"古之才哲君子，有一失而至于死者多矣"，正因为他们"是未知所以自胜之道"；而他因为体验到逍遥于山水自然中的"真趣"，不但"因之复能乎内外失得之原，沃然有得，笑闵万古"，对于生命的真正价值与意义，也有了一番新的认知与体会，即所有的追求，不过是人作为"动物"的"寓情"而已，未

---

1 见《毛诗序》。
2 见《毛诗序》。

必具有更必然、更客观的价值，并且他因而找到了他的"所以自胜之道"，一方面他承认自己对于"仕宦"的"尚未能忘其所寓目"，另一方面则以沧浪亭的清景幽境，"用是以为胜焉"。这里我们看到了自陶渊明、谢灵运以降，乃至王维、柳宗元等人所发扬光大的，以山水游观活动作为仕宦失意之救济方式的延续，以及身处其境的自觉的反省。

当苏舜钦感叹"噫！人固动物耳"，且将"仕宦"视为只是"情横于内"的"外寓于物"之际，他显然将人的社会生活中的诸多因素与考虑完全忽略了。虽然未必陷于"独我论"（solipsism）的立场，但是回归山水自然而暂忘社会文化，以及将徜徉于自然的"游观"的经验，延伸到了"宦游"一事，则是毋庸置疑的。是以"人固动物耳"的"动"，显然不仅强调"情横于内"的"情动"，也兼指人在自然中的"游观"与社会中的"宦游"所显现的"游／动"的基本情况。他并且以此情况作为人的存在本质，而强调"人固动物耳"；于是正如"游观"的山水会随着我们的行"动"而不断地变化，我们的"仕宦"，亦如"宦游"[1]一词所显示的，亦是随时变"动"不居。因此荣辱得失就一如山水景象，成为只是身属"动物"的人们所遭遇的"外寓"之物了。

这里有意无意之间，苏舜钦正是以"游观"美学的立场，赋予了他"观看"自己或人们的"仕宦"以一种"美感观照"的"距离"[2]，也就是忽略了"荣辱""利害"的一种"无利害""无关心"的体认。因为他所思考的"情"之"外寓于物而后遣"的过程本身，即是一种以"美感观照"转化为"情感经验"的历程。所以，他所据以"笑闵万古"，自以为"能乎内外失得之原，沃然有得"的，其实亦只是将

1　见王勃《送杜少府之任蜀州》："与君离别意，同是宦游人。"
2　自康德以降的西方美学传统，通常以三"D"为"美感经验"（aesthetic experience）的核心。见John W. Bender & H. Gene Blocker: *Contemporary Philosophy of Art* 第367页。

"内"情与"外"境加以区分,而以忘怀"失得"的美感观照,使二者(情与境)得以分离而自由"游动",全部转化为"美感经验"中的种种不同风味而已。这里我们所看到的正是一种"游观美学"化的"生命观照"。

正如苏舜钦可以依据自己"沃然有得"的经验"笑闵万古",苏轼、苏辙兄弟亦可以在张梦得"谪居齐安,即其庐之西南为亭,以览观江流之胜"的基础上,由苏轼名之曰"快哉"于前,苏辙序其意于后。苏辙一方面客观地描绘其中所览见的景观:

盖亭之所见,南北百里,东西一舍,涛澜汹涌,风云开阖。昼则舟楫出没于其前,夜则鱼龙悲啸于其下,变化倏忽,动心骇目,不可久视。今乃得玩之几席之上,举目而足。西望武昌诸山,冈陵起伏,草木行列。烟消日出,渔夫樵父之舍,皆可指数。此其所以为"快哉"者也。至于长洲之滨,故城之墟,曹孟德、孙仲谋之所睥睨,周瑜、陆逊之所骋骛,其流风遗迹,亦足以称快世俗。

所可观览的对象,不是"变化倏忽,动心骇目"的宏伟的自然,就是历史英雄曹、孙、周、陆等崇高的人物[1],也就是苏辙在《上枢密韩太尉书》中寻求的"以知天地之广大"的"天下奇闻壮观",即是一种"宏壮"的美感,因此,他们不用"乐"而用更强烈的"快哉""称快"以至"快"来形容、反映这种美感经验。而"亭"的存在,不仅使人"以览观江流之胜",更是提供了一种安适的美感距离,使"动心骇目,不可久视"的雄伟景象,"今乃得玩之几席之上,举目而足"。

---

[1] 此处的"宏伟"与"崇高",其实皆在强调他/它们所具有的"宏壮"的美感性质。

另一方面，却借楚襄王、宋玉论"快哉雄风"的故事，将对同一"宏壮"经验之能否欣赏（"楚王之所以为乐，与庶人之所以为忧"），视为"人有遇不遇之变"，因而引申为"谪居"中的张梦得的一种人格特质：

> 今张君不以谪为患，窃会计之余功，而自放山水之间，此其中宜有以过人者。将蓬户瓮牖，无所不快，而况乎濯长江之清流，挹西山之白云，穷耳目之胜以自适也哉！不然，连山绝壑，长林古木，振之以清风，照之以明月，此皆骚人思士之所以悲伤憔悴而不能胜者，乌睹其为快也哉？

在这里，我们看到了"去国怀乡，忧谗畏讥，满目萧然，感极而悲"的"以己悲"的可能情况，也呈示了"无所往而不乐""游于物之外"的美感观照所标志的心性修养。苏辙不仅将这种"自放山水之间""穷耳目之胜以自适"的"游观"态度作为张梦得"此其中宜有以过人者"的人格表征，并且进一步阐发为：

> 士生于世，使其中不自得，将何往而非病？使其中坦然，不以物伤性，将何适而非快？

苏辙的这一段话，若参照他在前后文中所描写的"宏壮"的景象，也许他的"何适而非快"的含义，就不仅是东坡所谓"无所往而不乐"，以"游于物之外"的美感距离，作"超然"的美感观照而已。似乎亦有近于面对"动心骇目"的宏伟景象，而以内在的充实"自得"相颉颃，因而能够以"坦然，不以物伤性"之特殊的感受欣赏"宏壮"美感的经验与精神[1]。所以，他一而再、再而三地强调张君与士

---

[1] 关于"宏壮"的美感经验的精神特质，请参阅康德的相关论述。

之心灵的"其中"——在这里,"自得"就成了最重要的精神实质,"自适"则是遭遇外物的基本态度。这里我们似乎可以看到,他在《上枢密韩太尉书》中所强调的"其气充乎其中而溢乎其貌,动乎其言而见乎其文,而不自知也"的"充实之谓美"了。这自然仍是一种"美感态度",是"孟子曰:'吾善养吾浩然之气'"与"太史公行天下,周览四海名山大川""登览以自广""求天下奇闻壮观""以激发其志气""观贤人之光耀""以自壮""尽天下之大观而无憾"[1]"穷耳目之胜,以自适"的美感态度。

这显然既不同于苏轼从"凡物皆有可观"所推得的"游于物外"的"超然",因为它的前提正是对"怪奇玮丽"之殊异的超越;更同于苏舜钦的"尚未能忘其所寓目",借"冲旷"清境与"风月""真趣","用是以为胜焉"。子由与子美的根本差异,正在后者仍然执着于"情横于内而性伏,必外寓于物而后遣",因此必得依赖外物以自胜;而前者则肯定"气"可以"直养而无害",人确实可树立"自得""自适"的人格,而不但不因"情横"而"性伏",而且可以"何适而非快"地达到"使其中坦然,不以物伤性"的境地,在这里"悲伤憔悴而不能胜者"之"情",不过被视为"使其中不自得"的"以物伤性"之"病",所要做的正是"气可以养而致"的"充气""全性"。这里苏辙一样区隔了"内性"与"外物",却更加措意"性"的"自得""自适""坦然不伤"等强旺刚健的属性,这正是使我们情愿"求天下奇闻壮观,以知天地之广大",能够欣赏"宏壮"美感的刚健与崇高之精神实质。因此,三人皆自"游观"的美感经验出发,但是苏轼要"超物",苏舜钦要"遣情",苏辙要"养气",入手的方式虽然不同,但是以某种美感观照的态度,寻求掌握一己主体精神的主动与自由,因而虽生于世,但能游于物而不役于物的立场,则是一致的。因此,"游"(以及其中的"乐""趣""快""适")就成为"道以明"的

---

[1] 以上引句俱见苏辙《上枢密韩太尉书》。

生活方式与生命精神的象征了。

七、"游""乐"的一致与差别

山水清景，基本上不同于个人居室，原就是一个公共的空间，因此依此而建构的"亭""台"之类的建筑，往往也具有"公共"或"半公共"空间的性质——"于是疏泉凿石，辟地以为亭，而与滁人往游其间"[1]，或者"郡守苏轼，时从宾佐僚吏往见山人，饮酒于斯亭而乐之"[2]，诸如此类的同游共赏，也就成为"游观"的另一常态，并且在相当的程度上改变了它的经验重点与内涵。就像在两篇《赤壁赋》（虽然它们不是以建筑为中心）中，不论是"举酒属客"，与客问答，以至"洗盏更酌。肴核既尽"，或者是"仰见明月。顾而乐之，行歌相答"，往往注意的重点，都会由"江上之清风，与山间之明月"，转向"吾与子之所共适"或"盖二客不能从焉"之类的考虑。因此"游人"的"相与"关系，也就成为这类"游观"经验的一种反省描写的重点。

在《兰亭集序》中，由于"会于会稽山阴之兰亭"，原本为的就是"修禊事也"，因此"群贤毕至，少长咸集"的人际交往，很显然就重于"此地有崇山峻岭，茂林修竹"的自然景观，于是：

> 又有清流激湍，映带左右，引以为流觞曲水，列坐其次。虽无丝竹管弦之盛，一觞一咏，亦足以畅叙幽情。

"清流激湍"的自然景观，亦被转化为"流觞曲水"的活动场域，因而"列坐其次"，并不感觉"山水有清音"[3]，反而想到的是"无丝

---

1 见欧阳修《丰乐亭记》。
2 见苏轼《放鹤亭记》。
3 见左思《招隐》："非必丝与竹，山水有清音。何事待啸歌？灌木自悲吟。"

竹管弦之盛",因此整个注意与活动的中心是人际间的"一觞一咏"与"畅叙幽情"。

因此,在《兰亭集序》中所刻意描写的"游观"状况,反而是注目于"是日也,天朗气清,惠风和畅",由于天气晴朗显示为"阳春布德泽,万物生光辉"(汉乐府,《长歌行》),一种近乎"照烛三才,晖丽万有"[1]的照明效果,因而接着就是"仰观宇宙之大,俯察品类之盛"的宇宙意识的兴起。同时,在"暮春之初",近乎一团和气的"惠风和畅"中,亦使"游人"沐浴在最为和煦舒适的春风里。于清景良辰中达到了"所以游目骋怀"的心灵的自在自由,与"足以极听之娱"的充分"观览"的乐趣:"信可乐也。"得出来的还是"游"与"乐"的命题。

但是,这个"游"之"乐"的命题,却是扣紧了"人之相与"以及因以"俯仰一世"(也就是"乐"固然是"人之相与"的交"游"的结果,而人生的"俯仰一世"亦何尝不是一种在"宇宙"中"仰观""俯察"之"游")的角度,来加以引申发挥:

夫人之相与,俯仰一世。或取诸怀抱,晤言一室之内,或因寄所托,放浪形骸之外。虽取舍万殊,静躁不同,当其欣于所遇,暂得于己,快然自足,曾不知老之将至。

所有的"有生之乐"("欣于所遇,暂得于己,快然自足,曾不知老之将至")其实都从"相与"来解释,也都从"游"来解释,不但具有明显活动的"因寄所托,放浪形骸之外",本来就是一种"游";即使重点在"人之相与"的"取诸怀抱,晤言一室之内",也因"相与",而具有"欣于所遇"的"游"之意义。于是"有生之乐"就等同而具现在"游"之"乐"上了。但是,既然是"游",它就包含了

---

[1] 见钟嵘《诗品·序》。

无法固着的变动与渴求新鲜的性质，于是：

> 及其所之既倦，情随事迁，感慨系之矣。向之所欣，俯仰之间，已为陈迹，犹不能不以之兴怀。况修短随化，终期于尽。古人云："死生亦大矣。"岂不痛哉！

基于"渴求新鲜"，"游"就无法长久重复，于是"向之所欣"，可以瞬息之间，转为"陈迹"，无论"所之"的是何种景观地域，何种交游对象，亦皆因此会产生"既倦"，以至"情随事迁"的变化。对于这种"无法固着"的现象，我们除了"感慨系之"以外，全然无可奈何；至于"修短随化，终期于尽"的最大的"死生"变化，我们除了"岂不痛哉"的深沉的悲叹之外，又复何言？这真是由"游"与"乐"来透视人生，所能达到的最吊诡也是最悲剧性的觉知。

但是，这种"欢乐极兮哀情多。少壮几时兮奈老何"（刘彻，《秋风辞》）的感叹，并不就是王羲之的最后结论。当他指出"游""虽取舍万殊，静躁不同"，但是它们所以达到"乐"的情状，基本上皆是在"游"中经历一种"欣于所遇，暂得于己"的状态，并且在这种当下即是的"乐"之情状里，"快然自足"，体验到某种超越时间的"永恒"："不知老之将至"。同样地，对于"游"之"既倦"，因"时间"之流转变化而滋生的"情随事迁"与"终期于尽"等无法避免的命运，以及对此命运的"感慨""兴怀"，王羲之亦看到了人类基本情性的一致性，因而他强调："每览昔人兴感之由，若合一契""虽世殊时异，所以兴怀，其致一也"。因此，也看到了终究不免一死的人们得以超越生死而古今共感的可能。

因而，他强调了文学的感通的效果，一方面是"未尝不临文嗟悼，不能喻之于怀"，人们可挣脱一己的有限性，拥抱一切"游""乐"

与"感怀";另一方面则"后之视今,亦犹今之视昔","游人"的生命,一如其"游""乐"与"感怀",亦皆可以在"后之览者,亦将有感于斯文"中,复活重生。这里不但确定了"游"的可重复性,其实更是确定了"游兴"(不论是"乘兴"的"乐",或是"兴尽"的"感慨")的可重复性,某种意义上正是"游"而要有种种"书写"与"观览"的意义:透过"游观"文学,即使"世殊事异",我们一样成为"游观"的同伴,而不断分享、增益这种古今同游之"乐"与种种的"感""怀"——"亦足以畅叙幽情"。因此,人类的历史与实存,也就成为一场浩大的"相与"携手,"俯仰""宇宙",漫漫"共感"的长久的"游"历。同时也就是在这种"游观"形态的一致性与"游观"经验的可感通性上,一切"游观"文学的"观览",甚至种种"游观"美学的讨论,才有了可能与意义。

自然,王羲之在《兰亭集序》所透视的"游观"经验与书写,其含义原就可以推广到整个的"人生"历程与全部的"文学"创作,但是"游观"终究是核心的经验与全体之象征。这可能是对"游观"经验最深刻、最基本的反省与沉思,因为我们得到的是对于人类生命本质与其命运的觉知与认识。正如《庄子·齐物论》中的南郭子綦的"今者吾丧我",王羲之在兰亭之"游"中的种种沉思与观照,其实都是"无我"的,是针对"人"的一致性、针对人类共同的情性本质与生命情境而发的。就在这种共通的本质情境中,种种的差别,与深具个性的"我",又有了表现发挥的空间。

欧阳修在《醉翁亭记》里的写作策略,基本上就是以"自号曰醉翁也"的"太守",也就是"醉能同其乐,醒能述以文"的作为作者的"我"之发现,当作整个"游观"写作的轴心。因此,这篇文章事实上是以"醉翁亭"的发现为起始,经历其间种种"山水之乐",因而在"乐"的层层差别中,发现身为"醉翁"的"太守"——"太守谓谁?庐陵欧阳修也"。因而整篇作品呈现的就是经历种种层次"山水之乐"的迷宫,而达到"得之心而寓之酒""不在酒,在乎山水之间"的"醉翁之意"的体认与抒发。

在这种近乎迷宫的探索中,"醉翁亭"的发现,固然经历由"环滁皆山",而"琅邪也",而"酿泉也",而"醉翁亭也"的层层转折,历经"西南诸峰,林壑尤美,望之蔚然而深秀""山行六七里,渐闻水声潺潺,而泻出于两峰之间""峰回路转,有亭翼然临于泉上"等景观的变化,描写的正是由滁州前往"醉翁亭"的沿途所见,显示了"游人"们所获的"游观"之乐,并不仅限于"醉翁亭"四周,而是一上路即已应接不暇。但是"醉翁亭"所在的"山间",仍然更有:

> 若夫日出而林霏开,云归而岩穴暝,晦明变化者,山间之朝暮也。野芳发而幽香,佳木秀而繁阴,风霜高洁,水落而石出者,山间之四时也。

等"朝暮""四时"之可赏景观的种种变化存在;于是日、云等照明的变化,林木、岩穴、花发、木秀、树荫、风霜、水石等附丽于山间的景物的转换,都成了"日涉以成趣"[1]的对象。因此,"朝而往,暮而归,四时之景不同,而乐亦无穷也",这里既强调了"醉翁亭"的存在,使得四时长期的"游览"成为可能,亦说明了这种种"晦明变化"的季节景象之差异,使得"山间"成为无法经由一次之"游"即可完全掌握或玩赏殆尽的场域,因而涵具了"无穷"的"游""乐"之可能。这种"无穷"之"乐"的可能性,正是根源于景象在时序早晚等时间变化中,所显现的种种"差别"之上。

但是,不仅"景观"在时间里有差别变化,更重要的是当"太守与客来饮于此","游""宴"的活动中,各人的表现与感受,也有种

---

[1] 见陶渊明《归去来兮辞》。

种之差别：

> 至于负者歌于途，行者休于树，前者呼，后者应，伛偻提携，往来而不绝者，滁人游也。临溪而渔，溪深而鱼肥；酿泉为酒，泉香而酒洌；山肴野蔌，杂然而前陈者，太守宴也。宴酣之乐，非丝非竹；射者中，弈者胜，觥筹交错，起坐而喧哗者，众宾欢也。苍颜白发，颓然乎其间者，太守醉也。

这一段可能是以建筑为中心的记"游"作品里，描写各色人等以及各种活动，最为繁杂缤纷、充满了差异与对比的段落。以大体而言，则"滁人游"有别于"太守宴"，且"滁人游"有负者、行者、前者、后者，以至伛偻、提携、往、来之别，不仅各有姿态，并且在"歌""呼""应"里，显现得热闹非凡，充满声音与情意。至于"太守宴"，亦包含"临溪而渔""酿泉为酒"的准备活动，以及"射者""弈者""觥筹交错，起坐而喧哗者"，沉醉在种种游戏笑闹的"众宾"，以及颓然其间的"白发""太守"。甚至还描写了宴饮的内容："溪深而鱼肥""泉香而酒洌""山肴野蔌，杂然而前陈"，既强调了它们的就地取材的属性，复形容了它们的鲜美丰盛，足以引人垂涎。总之，整个"游"的盛美表述，正因欧阳修充分强调了种种"差别"所形成的种类繁多、多姿多彩。

但是，真正与"游观美学"相关的，反而是归程之后的反省：

> 已而夕阳在山，人影散乱，太守归而宾客从也。树林阴翳，鸣声上下，游人去而禽鸟乐也。然而禽鸟知山林之乐，而不知人之乐；人知从太守游而乐，而不知太守之乐其乐也。醉能同其乐，醒能述以文者，太守也。

这里虽然简短，却描述了"游"的"归程"，这常常是最被忽略的一部分。它固然是"游"的不可或缺的一部分，往往也是饮醉食饱于山水活动之"乐"后，深具画龙点睛之意的句点。虽是曲终人散，却余音不绝、袅袅可玩。欧阳修很确切地指出，以"亭"而论，"夕阳在山，人影散乱"，固然不免于人去楼空的寂寥；以"山"而论，则正是"树林阴翳，鸣声上下，游人去而禽鸟乐也"，自然回复其本来面目之时，也就是万物各得其和、各尽其性的天然的状态。这或许正是山林原本具有，同时亦是人们往游其间所追寻的"山林之乐"。

但是"游"一旦出以"人之相与"的方式，则种种"取诸怀抱""因寄所托"的觞咏戏弄，以至"非丝非竹"的中、胜、呼、应等"畅叙幽情"的"人之乐"就会出现。但是"人之乐"除了"放浪形骸之外"的投入参与之外，尚可以"颓然其间"的方式"乐其乐"，以"观照"领会"行动"，将活动的"快感"转化为观赏的"美感"。而且也正因这种"美感"不即不离的距离，一如绘图者必须既面对画景又身在图画之外，欧阳修强调了自己的"醉能同其乐，醒能述以文"。

他所以能够写作以"游人"之活动为重点的"游观"文学，一方面是因"醉翁之意不在酒，在乎山水之间也。山水之乐，得之心而寓之酒也"，另一方面则是由于"人知从太守游而乐，而不知太守之乐其乐也"的"醉能同其乐"。他很巧妙地以"醉"来象征这种纯属知觉、不具行动，却在知觉里陶醉的"美感观照"，同时也借此充分掌握了"游观"的美感经验的本质。这既是所有"游观"文学的写作基础，事实上也是我们阅读"游观"文学所获得的真正内容。

除了以"醉能同其乐""意不在酒，在乎山水之间""山水之乐，得之心而寓之酒"的方式，我们怎能"得意忘言"地通过语言文字，领会"山水之乐"与前人的"游观"之乐？终究这一切纸上的山水游观之乐，都是我们通过忘我而沉醉于"同其乐"的阅读想象过程得来，而一切"山水之乐"的领会，虽然是通过寓于文字的描写，但终究还是"得之心"，来自我们自己意醉神驰的想象。在这里，欧阳修以其"自号曰醉翁"所具有的特殊的"醉意"，对山水游观的美学本质，做了绝妙的掌握与诠释。

八、结语：《滕王阁序》的结合形态

《醉翁亭记》中所谓"人知从太守游而乐，而不知太守之乐其乐也。醉能同其乐，醒能述以文者，太守也"，自然不仅可作"游观"美学以及"游观"文学之写作角度的解读，其实更通常的理解，应该还是孟子所谓的"古之人与民偕乐，故能乐也"与"贤者而后乐此"的隐喻。

正如范仲淹在《岳阳楼记》中强调"滕子京谪守巴陵郡。越明年，政通人和，百废具兴，乃重修岳楼"，这类建筑物的修筑与游乐，往往正是有意作为"政通人和，百废具兴"的象征。甚至连《超然台记》也不例外，所以一方面要叙起"余既乐其风俗之淳，而其吏民亦安予之拙也"以作为修台之缘起，另一方面则要强调"余未尝不在，客未尝不从"的"相与登览"，以显示"与民偕乐"之意。

这样的主题尤其见于欧阳修的《丰乐亭记》，所以该文中一方面将滁州的"民生不见外事，而安于畎亩衣食，以乐生送死"，归因于"孰知上之功德，休养生息，涵煦百年之深也"，另一方面则直言："夫宣上恩德，以与民共乐，刺史之事也，遂书以名其亭焉。"苏轼的《喜雨亭记》《凌虚台记》，虽然所述各有转折，其所具有的政教含义与思维理络，则都是同乐比德之意。这样在"相与"同游之际，其间所涉及的就不只是单纯的"游观"或个人生命的反省了。这一方面可以见出以建筑为中心的"游观"文学所涉及的题旨之广，一方面也反映了本文在论述重点上的有所局限，并未意图穷尽，反而只是对于"一种另类"的探讨而已。

在我们分别从"游观美学"与"生命省察"的角度考察这类以建物为中心的文学作品之余,或许我们更应该考虑二者在同一作品中的结合形态。王勃的《秋日登洪府滕王阁饯别序》[1]或许就是一个合适的观察对象。这篇序作,诚如文中所云("兰亭已矣,梓泽丘墟"),原来就是于宴游吟咏之雅集场合,为"登高作赋,是所望于群公"而"敢竭鄙怀,恭疏短引"之作。

因此,一方面不仅有"序",还有"一言均赋,四韵俱成"的"诗",另一方面则是起结两段皆照应此次的"宴集"。所以首段以"豫章故郡,洪都新府"等地灵人杰、宾主逢迎之景况的铺陈夸饰起始,而以"童子何知,躬逢胜饯"作结;而末段则以"呜呼!胜地不常,盛筵难再"起始,而以"请洒潘江,各倾陆海云尔"作结,强调的都是此次的"胜饯""盛筵",近于我们前面所讨论过的《醉翁亭记》的"太守宴也"的描写。只是王勃以"童子"的身份,"幸承恩于伟饯"的处境,不免对"宾主尽东南之美"颇多溢美之词,正如文中的"腾蛟起凤,孟学士之词宗;紫电青霜,王将军之武库",虽然应对得体、藻丽工巧,未免华而不实。因此,真正动人的反而是由"时维九月,序属三秋"以至"钟期既遇,奏流水以何惭?"中间的"记"(假如我们可以如此称呼它)的部分。

当我们将《滕王阁诗》,与此处我们称之为"记"的部分加以对照,就可以发现:虽然出于同一作者之手,而且几乎作于同时,但是不论就"游观美学",或者"生命省察",两者的着重点皆截然不同。首先,就诗而论,作者的自我几乎就是隐形的:

滕王高阁临江渚,佩玉鸣鸾罢歌舞。
画栋朝飞南浦云,珠帘暮卷西山雨。

---

[1] 为了行文的简省,本节的标题,以及往后的行文皆从俗称作《滕王阁序》。

闲云潭影日悠悠，物换星移几度秋。

阁中帝子今何在？槛外长江空自流。

这首诗，首先强调了滕王阁的位置——"临江渚"，但也无形中强调了"高阁"与"长江"的人文建筑与自然山水的对比，而它们正是"游观"的主要对象与凭借。但是第二句的"佩玉鸣鸾罢歌舞"却转入了阁内的活动，并且整个转移了"滕王阁"建构与存在的意义——也就是"滕王阁"并非为了登眺阁外的自然山水景观所建，反而是滕王沉酣歌舞的场所。当然，此处一个"罢"字，使得原来近乎急管繁弦的"佩玉鸣鸾"的"歌舞"场景，似乎在一个紧急刹车里顿成海市蜃楼，既似余兴未息而袅袅绕梁，又似烟消云散已无可捉摸。于是在曲终人散之余，我们的注意力转移到滕王阁的建筑本身与装潢陈设——"画栋""珠帘"上，并且它们所在位置的高旷，不但使它们与建物之外的自然——"南浦云""西山雨"，产生了朝朝暮暮的长久联系，而且还以"画栋"的华丽与"珠帘"的精美，和素淡的"云"、透明的"雨"形成近似却踵事增华的对比，真的是极写了滕王阁的比拟而胜过自然的豪华。

但是，这一切的繁华，却在天光云影的映照中（"闲云潭影日悠悠"），在时间无声无息却又无止无尽的流逝里（"物换星移几度秋"），显出终究只是过眼烟云。即使滕王阁并未因"物换"而消失，但是以此名阁的"阁中帝子"早已离阁而去："今何在？"于是所有的富贵荣华、欢欣豪奢尽成虚空，剩下的只是自然与时间的浩浩长流，"槛外长江空自流"。因而我们不得不观照、沉思自然的永恒，而觉知人类个体的短暂渺小，终究只能任时间自流自去，无法追攀，亦无可存留。

这里正是由于"观览"的视点，由阁内的"歌舞"经"画栋""珠帘"，而转往阁外的"南浦云""西山雨"，以及"仰观""俯察"所见的"日""星"的移换,"云""潭"的飘荡——这也原是"游观"山水应见的景象,我们终于体悟:富贵不过等"闲"——虽然我们起先误觉"闲"的只是天上的浮"云";年华往往"空"过——虽然我们或者错认"空"流的乃是槛外的长"江"。这里发挥作用的仍是"见"与"不见"的心理机转,而整首诗的含义就在"见""滕王高阁临江渚","见""画栋""珠帘","见""南浦云""西山雨","见""日""云""潭","见""长江自流",却"不见""佩玉鸣鸾"的"歌舞","不见""阁中帝子"而留给人的无限怅惘中,自然显现。

这首诗使用的仍是"观望"的模式,因此"观者"自身除了进行"观"的动作之外,并未出现其他。在建筑与自然中被意识到的始终只是"滕王",是"阁中帝子",以及与他相关的"佩玉鸣鸾"的"歌舞"。作者虽有感触,但这非关他的个人与遭遇,反而是以"滕王"为某种普遍类型的象征,对人类共同的命运做了沉思观照。所以他的感触,不但是人人可以有的感触,而且极尽含蓄之能事,除了"闲""悠悠""空自"等寥寥数语,几乎只在"今何在"的"不见"与"长江流"的"见"的对比上,作尽在不言中的寄意。

但是《滕王阁序》中,我们可以视之为"记"的部分,采取的是作者自身的"游"的记叙,而且是一个极为完整细腻的记叙。他始终扣紧此次"游"历的单一性质,因而刻意突出的不仅是季节——"时维九月,序属三秋",更是一日中的黄昏日暮。所以他对于景色的描写,始于"潦水尽而寒潭清,烟光凝而暮山紫",而终于:

云销雨霁,彩彻区明。落霞与孤鹜齐飞,秋水共长天一色。渔舟唱晚,响穷彭蠡之滨;雁阵惊寒,声断衡阳之浦。

强调的一方面是雨过天晴、秋光明净,一方面则是黄昏霞光、辉耀绚烂,以至逐渐暗淡,而"日暮飞鸟还"的"孤鹜飞""雁阵惊",就不免要成为"行人去不息"的映衬与隐喻了[1]。因此,前有"舸舰迷津,青雀黄龙之轴",后有"渔舟唱晚,响穷彭蠡之滨"的描写,都是借以作"人""鸟"的对比。在这种对比里,"鸟"固然是"孤",是"惊寒",飞翔在秋寒与日暮之中,"人"亦漂泊在"舸舰"——"渔舟"上,既感天"晚",复觉"迷津",心灵一片迷惘。所以,底下接着就出现了他的瞻望一己之行程与遭遇的:

> 望长安于日下,目吴会于云间。地势极而南溟深,天柱高而北辰远。关山难越,谁悲失路之人;萍水相逢,尽是他乡之客。怀帝阍而不见,奉宣室以何年?

这里我们不但看到了"望"与"不见"的典型题旨,事实上引申的就是他自己身遭斥逐、流离他乡、失路关山的描述,以至于"嗟乎!时运不齐,命途多舛"的一连串慨叹之余,终于正面地以"勃,三尺微命,一介书生"的自叙,既强调了平生的志向——"无路请缨,等终军之弱冠;有怀投笔,慕宗悫之长风",也交代了一己"舍簪笏于百龄,奉晨昏于万里"的行迹,因此既扣紧了"秋日"之景,也喻示了"饯别"之意。这里正凸显了王勃的滕王阁之"游",其实发生在见罪后前往交趾的行旅途中。于是,这次的"游"就具有了一种双重

---

[1] 见王维《临高台送黎拾遗》:"相送临高台,川原杳何极。日暮飞鸟还,行人去不息。"此处之象征心理机制,其实可以回溯到王粲《登楼赋》的"鸟相鸣而举翼""征夫行而未息",或者陶渊明《归去来兮辞》的"云无心以出岫,鸟倦飞而知还"与其《咏贫士》诗中关于云霞与飞鸟的象征。这里引用王维诗,只是取其解说之方便。王维此诗,自然与王勃此文风马牛不相及。

性质，既是谪迁省亲之游，亦是预宴登阁之游[1]。

但在本篇的记叙中，属于"游观"的描写都扣紧了此次的滕王阁之游，可是因此兴发的"生命"感怀，却都是针对着必须南游的命运。因此和诗作大异其趣的是，这里的写作完全以作为"游人"的自我为中心，在"游观"的描写上，很细腻地交代了此一特殊游历的"应目"所见；在"会心"的感怀上，则感慨多端，反复诉说了他处于南游命运下的心灵挣扎。假如我们可以说，在诗中，滕王李元婴是被怀思的主角，那么在序里，尤其我们视之为"记"的部分，叙说的正是王勃自身的悲欣交集的经历。当然他在此次南游里，竟然是走上了"度海溺水，瘁而卒"[2]的命运，更是使得本篇所描写的一切，蒙上了悲剧的色彩。或许是因身处行旅之中，王勃很清楚地在潦尽潭清、烟凝山紫的景象下，描述了前往滕王阁的路途，并且对滕王阁的建筑本身做了相当的点染，这是后来的"楼""台"之类的作品所较少着墨的：

俨骖騑于上路，访风景于崇阿。临帝子之长洲，得天人之旧馆。层峦耸翠，上出重霄；飞阁翔丹，下临无地。鹤汀凫渚，穷岛屿之萦回；桂殿兰宫，即冈峦之体势。

这里他似乎完全摆脱了"童子何知，躬逢胜饯"之预宴的考虑，而完全从"游观"的立场发言，所以他从"俨骖騑于上路"的道途写

---

1 见《新唐书·文艺传》："父福畤，繇雍州司功参军坐勃故左迁交址令。勃往省。……初，道出钟陵，九月九日都督大宴滕王阁，宿命其婿作序以夸客，因出纸笔遍请客，莫敢当，至勃，沉然不辞。"自俞正燮《癸巳存稿》谓"勃随父福畤往交趾，俱过洪州，阁饯之阁上"以降，屡有主随父上任之说，但观"他日趋庭，叨陪鲤对"文意，似于省亲为近，姑仍从本传。但以非本文宗旨所在，故不详考。

2 见《新唐书·文艺传》。

起,但强调的是"访风景于崇阿",不但关切的只是"风景",而且是以山陵的自然美景为主要的关切点,然后在一片山水的美景中凸显了滕王阁。但是他的分开两句的叙述,使我们产生了遭逢女神,被引导进入仙境的错觉[1]。"临帝子之长洲",让我们想起《楚辞·九歌·湘夫人》的:

> 帝子降兮北渚,目眇眇兮愁予。嫋嫋兮秋风,洞庭波兮木叶下。

尤其王勃前面已强调了"序属三秋""潦水尽而寒潭清",于是整个情境都引导我们去想象、认同《湘夫人》中的"予",不但要"白登白蘋兮骋望",更要"朝驰余马兮江皋,夕济兮西澨"地去追索,而终于看到"筑室兮水中""匽芳椒兮成堂"之举行"圣婚"的场所[2],我们于是"得仙人之旧馆",看到了昔日神迹发生的居所。

然后是对于滕王阁的"崇""高"位置——"层峦耸翠,上出重霄",甚至因为它的"临江渚",通过高低对比与倒影返照而深具"超越"与"流动"之意趣与象征——"飞阁翔丹,下临无地",都作了有形有色,甚至是有动作、有姿态的"气韵生动"的呈现。至此,才

---

[1] 遭遇女神,或者仙女,进入神域或仙境,自《九歌》,宋玉《高唐赋》《神女赋》,曹植《洛神赋》以降,一直是中国文学的重要主题,它往往象征着对于遭逢者的一种价值的肯定、精神的救赎,详细的论述,请参阅张淑香,《邂逅神女——解〈老残游记二编〉逸云说法》,《语文、情性、义理——中国文学的多层面探讨国际学术会议论文集》(台北:台湾大学中国文学系编印,1996年4月)。

[2] 以上引句俱见《湘夫人》。《湘夫人》全篇以遭逢女神始,而以"圣婚"的"灵之来兮如云"终;但紧接在旁的《大司命》则形容神降临的姿态为:"灵衣兮被被,玉佩兮陆离。"而《湘君》迎接女神降临的动作为:"捐余玦兮江中,遗余佩兮醴浦。"若从这些联想去阅读,则诗中的"佩玉鸣鸾罢歌舞""画栋朝飞南浦云",以至"阁中帝子今何在?"皆可以一如此处,具有另一层神话性质的意义,而近于"昔人已乘黄鹤去,此地空余黄鹤楼"的意趣了。

结束神话性的幻觉，回到"现实"的情景，由"仙境"的幻象转为对王侯苑园宫殿的比拟与形容："鹤汀凫渚""桂殿兰宫"。其中，"鹤汀凫渚"自可溯源至西汉梁孝王的兔园[1]；"穷岛屿之萦回"正是一个具体而实在的平视或低望的视角。同时，"即冈峦之体势"亦使前面的"超越"性质的描写，得到了"写实"的说明[2]，并且间接地喻示了对滕王阁的由"遥望"而逐渐接近，以至"近观"的过程。所以接下来就是身历其境的登临，以及由阁中俯视与远眺的描写了：

披绣闼，俯雕甍；山原旷其盈视，川泽纡其骇瞩。闾阎扑地，钟鸣鼎食之家；舸舰迷津，青雀黄龙之轴。

这里不但以"绣闼""雕甍"再一次勾勒了滕王阁建筑的华美，也以"披""俯"呈示了登临下眺的过程。"观览"的首先是远方的山水——"山原""川泽"，而视野的广阔——"旷其盈视"，与居高临下的视点——"纡其骇瞩"，都成为表现的重点。接着"观览"的则是人文荟萃的陆上的居室与江上的船舰，无形中正凸显了"楼""阁"之类建筑物上的"眺望"，由于位居都会，终究所见不会仅限于山水自然，也就无法在"观赏"之际，绝圣弃智，忘怀得失。于是接下来虽然面对的是秋暮的澄江明空——"云销雨霁，彩彻区明"，在水天漫布的炫丽而澄澈的景象中，兴起的却隐隐是"日暮客愁新"（孟浩然，《宿建德江》）的可能情绪。通过人鸟的对比映衬，于一片"响穷"的晚唱与"声断"的雁鸣中，蕴藏的是未言之离思悠悠。

这一切情绪虽然只在"迷津""孤""落""唱晚""响穷""惊

---

[1] 见《西京杂记》："梁孝王……筑兔园。园中……又有雁池，池间有鹤洲凫渚。"
[2] 虽然"飞阁"在王勃之前已是现成的词语，但此处与"流丹"或"翔丹"并用，加上"上出重霄""下临无地"的强调，都在经营出一种"仙境"或"仙宫"的错觉。

寒""声断"等遣词用字中间接传出，但毕竟仍是隐含的。因此，王勃仍然只意识到自己的"登览"与"宴游"之"乐"：

> 遥襟甫畅，逸兴遄飞。爽籁发而清风生，纤歌凝而白云遏。睢园绿竹，气凌彭泽之樽；邺水朱华，光照临川之笔。四美具，二难并。穷睇眄于中天，极娱游于暇日。

由"睢园……"以降，到"二难并"的写作手法，不免又回到序文开头的藻丽工巧的风格，其实只在表明举行的乃是"公宴"之类的"诗酒游宴"。

但"遥襟甫畅，逸兴遄飞"到"爽籁发而清风生"，则颇有《登楼赋》的"凭轩槛以遥望兮，向北风而开襟"的意味，只是更加喜悦而爽快。这里的"爽籁""清风"，几乎就是楚襄王的"雄风"[1]；并且"遥襟甫畅"的"畅"，正是宗炳形容山水美学"余复何为哉？畅神而已。神之所畅，孰有先焉"[2]所用的关键词。而"逸兴遄飞"则已不仅是兴高采烈，而且是神采飞扬了；并且加上了"丝竹管弦之盛"的"纤歌凝而白云遏"，尤其用上了"响遏行云"[3]的典故，真的令人有"不知老之将至"的得意忘归之慨。同时，"穷睇眄于中天"似乎亦不仅是"游目骋怀，足以极视听之娱"而已，因为位居"中天"而"穷睇眄"似乎更有一种超凡入圣，"飘飘乎如遗世独立，羽化而登仙"[4]的如梦如幻的效果。因此王勃终于得出了"极

---

1 一个有趣的暗合，王勃以"桂殿兰宫"形容滕王阁，而宋玉《风赋》中"有风飒然而至，王乃披襟而当之，曰：'快哉此风！'"的地点，正是"兰台之宫"。是以"遥襟""逸兴"，亦可与襄王之游有所联想。
2 见宗炳《画山水序》结语。
3 见《列子·汤问》："薛谭学讴于秦青，未穷青之技，自谓尽之，遂辞归。秦青弗止。饯于郊衢，抚节悲歌，声振林木，响遏行云。薛谭乃谢求反，终身不敢言归。"
4 见苏轼《赤壁赋》。

娱游于暇日"的结论。

但是蕴藏在秋暮景象中的离愁别绪，终于在"穷睇眄"之余，唤醒了他意识到所以南游的自身处境，而感悲于身为"失路之人""他乡之客"，终于引发了他"嗟乎！时运不齐，命途多舛"的一连串感叹。他征引了冯唐、李广、贾谊、梁鸿、孟尝、阮籍等贤而不遇的历史人物的命运自比，同时也以"所赖君子见机，达人知命。老当益壮，宁移白首之心；穷且益坚，不坠青云之志"自励，以"道胜宁外物"（王维，《留别山中温古上人兄并示舍弟缙》）的"酌贪泉而觉爽，处涸辙以犹欢"自勉，以"北海虽赊，扶摇可接，东隅已逝，桑榆非晚"自宽。这一连串的慷慨陈词，有多少部分反映了他真正的人格特质，又能产生多少的慰勉作用，是颇值得玩味的。但是可以确定的是，他在自悲"失路"之际，所念兹在兹的是"怀帝阍""奉宣室"，所以他的"不坠青云之志"，确可相信是"穷且益坚"。因此整个感叹，就结束在：

孟尝高洁，空余报国之情；阮籍猖狂，岂效穷途之哭？

"空余报国之情"的心思，又接着在"勃，三尺微命，一介书生"的自叙中，再次以"无路请缨，等终军之弱冠；有怀投笔，慕宗悫之长风"的比拟做了表白，可见正是他所欲表达的中心主旨。但阮籍的痛哭"穷途"，以及"请缨"之"无路"等"失路"的"命途"，才是他在修辞中不由自主扣紧的感觉。他的"游"并没有走向他想前去的方向，反而是南辕北辙，愈行愈远。他引阮籍穷途之哭为喻，却出以"猖狂""岂效"的询问，真是深有疑虑，似是对命运的反诘：是邪？非邪？

但是，真正联结起王勃对滕王阁和在滕王阁上的"游观"以及一己命运的思索的，却是底下的这两句：

天高地迥，觉宇宙之无穷；兴尽悲来，识盈虚之有数。

　　这两句初看，首句似乎近于檃栝了"仰观宇宙之大，俯察品类之盛"的意义，加上天地之高迥的形容以成文；次句亦近于檃栝，由"欣于所遇，暂得于己，快然自足"，到"及其所之既倦，情随事迁，感慨系之"的心情变化，以盈虚有数的观念衍对成句。但是王勃通过滕王阁上的登高远望，以及一己的迁离长安、投奔交趾的命定旅程，对"天高地迥"有了远胜于王羲之的更为真实深切的感觉[1]。所以，他接着就描写："望长安于日下，目吴会于云间。"而同时更要强调："地势极而南溟深，天柱高而北辰远。"反映出唐人特有的无限开阔悠久的时空意识。王勃对于人生存在无穷宇宙中这一事实，体认到人类生命的短暂，以及其命运起伏的必然性质，也终于因此而发觉迁移的非仅自己而已："萍水相逢，尽是他乡之客。"

　　这种共同命运的发现，正如曹植《箜篌引》诗所谓"先民谁不死，知命复何忧"，无疑对于他"谁悲失路之人"的瞻顾自怜，有一种纾解的作用。因而他也在回顾前代名贤的不遇中，得到宽慰与勉励，而终于在参与游宴中觉悟："今晨捧袂，喜托龙门。"而要申言："杨意不逢，抚凌云而自惜；钟期既遇，奏流水以何惭？""抚凌云"正照应了"青云之志"，"奏流水"亦暗接"萍水相逢"，真的是"同是天涯沦落人，相逢何必曾相识"（白居易，《琵琶行》）。

　　但是与本节的题旨最具关联性的，是由"逸兴遄飞"到"兴尽悲来"的承接转换。前者固然是"遥襟甫畅"的结果，后者亦缘于

---

[1] 王羲之虽云"仰观宇宙之大"，但不免是泛指虚写，这里一方面是因为唐世版图与交通之广远，迥非半壁江山的东晋可比；另一方面是因为"亭"与"高阁"在视野上的差异。

"天高地迥"——所以开阔广远的"观览"视野，正同时是"兴飞"与"兴尽"的关键。因为辽阔的山水天地的景象，既可成为纯粹美感观照的对象与内涵，也可以引发"在世存有"[1]的存在自觉。前者或者可以形成各种"观物"或"游览"的"乐"，也就是"逸兴遄飞"的精神状态；但后者终于不免要"乐极生悲"，沉思生命的极限与短暂，以及在生死之间人类生活与命运的种种限制与憾恨。这也就是"兴尽悲来"所产生的"生命的悲剧意识"，也就是"觉宇宙之无穷"与"识盈虚之有数"相对比之下，所油然而生的"生命的悲剧意识"。

这种"生命的悲剧意识"，用洪自诚《菜根谭》的话来说就是：

> 天地有万古，此身不再得；人生只百年，此日最易过。幸生其间者，不可不知有生之乐，亦不可不怀虚生之忧。

于是所有的生命省察，正都是在"有生之乐"与"虚生之忧"之间所做的辨识与决断。我们是否能够"酌贪泉而觉爽，处涸辙以犹欢"？我们是否能够"君子见机，达人知命"？是否必得"冀王道之一平兮，假高衢而骋力"才算不虚此生？是否必须肩负"惧匏瓜之徒悬兮，畏井渫之莫食"的虚生之忧，以致"心凄怆以感发兮，意切怛而憯恻"？我们是否能够时时"欣于所遇，暂得于己，快然自足"，因此"乐以忘忧，不知老之将至"？我们能否"不以物喜，不以己悲"，甚至"先天下之忧而忧，后天下之乐而乐"？我们能否"鱼鸟共乐""用是以为胜焉"；或者"游于物外""无所往而不乐"；或者"其中坦然，不以物伤性""将何适而非快"；或者"与民共乐"，而将"山水之乐，得之心而寓之酒"？

这一切都是在感叹人生"终期于尽"，或迁移、谪居之际，登览、

---

[1] 此处姑借海德格尔之术语，以省辞费。

游观山水人文之胜景，所得的种种反省与决断。山水人文胜景，不但提供了当下即是的美感之乐，而且提供了思索生命的环境。毕竟没有"有生之乐"，哪来"虚生之忧"？是以"游观"之义深远哉，即使这只是一些另类的"游观"。

从韩柳文论唐代古文运动的美学意义

唐代的古文运动，基本上是一种文化重整的运动，而不仅是一种纯粹的文学运动。因此陈寅恪先生《论韩愈》，就以为韩愈在唐代文化史上的贡献为：一、建立道统，证明传授之渊源；二、直指人伦，扫除章句之烦琐；三、排斥佛老，匡救政俗之弊害；四、呵诋释迦，申明夷夏之大防；五、改进文体，广收宣传之效用；六、奖掖后进，期望学说之流传。[1]陈先生所强调的六门观察，其实可以归结为：一、在思想上重建儒学的正统地位；二、在文体上改革从六朝以降的骈俪之风；三、在实践上组织集团，推行改革运动。因此在文化学术上，"结束南北朝相承之旧局面"，"开启赵宋以降之新局面"[2]。而在上述的三点中，第三点属于策略与方法，姑置不论。这一文化运动的基本主张，就在第一、二点的配合，即以先秦两汉的"古文"文体，来弘扬重视人伦日用的儒道。也就是《原道》所谓的：

> 夫所谓先王之教者，何也？博爱之谓仁，行而宜之之谓义，由是而之焉之谓道，足乎己无待于外之谓德。其文，《诗》《书》《易》《春秋》；其法，礼、乐、刑、政；其民，士、农、工、贾；其位，君臣、父子、师友、宾主、昆弟、夫妇；其服，麻、丝；其居，

---

[1] 见陈寅恪《陈寅恪先生论文集》（下）（台北：九思出版社，1977年）。
[2] 见陈寅恪《陈寅恪先生论文集》（下）（台北：九思出版社，1977年）。

宫、室；其食，粟米、果蔬、鱼肉。其为道易明，而其为教易行也。是故以之为己，则顺而祥；以之为人，则爱而公；以之为心，则和而平；以之为天下国家，无所处而不当。是故生则得其情，死则尽其常。郊焉而天神假，庙焉而人鬼飨。

韩愈这种对儒道的肯定，因而也就是对佛老的驳斥，其基本精神除了一种"戎狄是膺，荆舒是惩"[1]的本位文化的立场，其实类似于《荀子·天论》所谓"物之已至者，人祅则可畏也"，因而强调：

无用之辩，不急之察，弃而不治。若夫君臣之义，父子之亲，夫妇之别，则日切瑳而不舍也。

所以韩愈论佛老之弊则谓："奈之何民不穷且盗也！"论儒道之功则谓："如古之无圣人，人之类灭久矣。"因此他诠释佛老则着眼于"今其法曰：'必弃而君臣，去而父子，禁而相生相养之道。'以求其所谓'清净''寂灭'者"，同时在强调"有圣人者立，然后教之以相生相养之道"之余，特别归结到"君臣之义"：

是故君者，出令者也；臣者，行君之令而致之民者也；民者，出粟米麻丝、作器皿、通货财以事其上者也。君不出令，则失其所以为君；臣不行君之令而致之民，则失其所以为臣；民不出粟米麻丝、作器皿、通货财以事其上，则诛。

韩愈的主张有异于荀子：一方面是荀子的"人祅"，其实侧重在"政险失民""政令不明，举措不时""礼义不修""上下乖离"，是对于君主的责求，而韩愈则偏重在君权的维护，这在藩镇割据的历史

---

[1] 此句原出《诗经·鲁颂·閟宫》，为韩愈《原道》本文所引。

情势中或许有其必要[1];另一方面,则在"相生相养之道"的强调:

> 有圣人者立,然后教之以相生相养之道,为之君,为之师。驱其虫蛇禽兽,而处之中土。寒然后为之衣,饥然后为之食。木处而颠,土处而病也,然后为之宫室。为之工以赡其器用,为之贾以通其有无,为之医药以济其夭死,为之葬埋、祭祀以长其恩爱,为之礼以次其先后,为之乐以宣其湮郁,为之政以率其怠倦,为之刑以锄其强梗。相欺也,为之符玺、斗斛、权衡以信之;相夺也,为之城郭、甲兵以守之。害至而为之备,患生而为之防。

由于韩愈心目中的"道",既包括"欲治其心"的"仁、义、道、德",亦包括"君臣、父子"的"天常",更遍及驱禽兽,治衣食,设宫室、工贾、医药、葬祀、礼乐、政刑、符信、武备等一切"相生相养之道",所以他所注意的并不仅是心性与伦常的问题,更要广泛地涉及一切百姓日用的生活问题。这种将百姓日用的、生活的"相生相养之道",与仁义君臣的道德伦常问题系连在一起,而欲以"文"贯"道"的结果,就产生了唐代古文的基本的美学风格——以百姓日用的经验来阐发人伦心性的旨趣。

同样地,当柳宗元"及长,乃知文者以明道",因而力求"凡吾所陈,皆自谓近道",[2]他心目中的"道",自然仍是"圣人意",而所谓"圣人"自然仍推"古圣王尧、舜、禹、汤、文、武"[3],与韩愈《原道》的"吾所谓道""尧以是传之舜,舜以是传之禹,禹以是传之汤,汤以是传之文、武、周公"初无二致。而且一如韩愈充分意识到"人之类",因为"无羽毛鳞介以居寒热也,无爪牙以争食也""古之时,

---

1 除了韩愈受命撰写的《平淮西碑》,在《送董邵南序》亦可看出韩愈的尊王攘夷的立场。
2 此句引句俱见柳宗元《答韦中立论师道书》。
3 见柳宗元《封建论》。

人之害多矣",所以"有圣人者立,然后教之以相生相养之道"。柳宗元亦以为"生人之初":

> 彼其初与万物皆生,草木榛榛,鹿豕狉狉,人不能搏噬,而且无毛羽,莫克自奉自卫。荀卿有言:必将假物以为用者也。夫假物者必争,争而不已,必就其能断曲直者而听命焉。其智而明者,所伏必众;告之以直而不改,必痛之而后畏,由是君长刑政生焉。故近者聚而为群。群之分,其争必大,大而后有兵有德。[1]

用"相生相养之道"来解释"君长刑政",以至"兵""德"之产生。虽然他更进一步以为"圣人之意"乃在"公之大者",即"夫天下之道,理安,斯得人者也。使贤者居上,不肖者居下,而后可以理安"[2],但是他心目中的"道",不仅是关乎仁义道德,更是及于"生人之理",则是无可置疑。所以他亦强调:"道之及,及乎物而已耳。"[3]

由于韩、柳心目中的"道",皆不仅限于柳冕所谓"盖言教化发乎性情、系乎国风者,谓之道",并不仅止于"君子之道与君子之心"的表现,[4]而能遍及一切生活日用的"物",以及"相生相养之道""生人之理"。所以"文以贯道"或"文以明道"的结果,就走向一种即物穷理、寓言写物的修辞策略,因而导致一种新起的美学风格的确立,使古文运动终于达到了文学上的成功。

这种凭借外物,经由百姓日用的经验,来阐发修齐治平、贤与不肖等的仁义道德之理,所形成的新起的美学风格,虽然并未见于韩、柳论文的主张,却在韩、柳文章的创作中充分实践,而且取得了极大的成功。

---

1 见柳宗元《封建论》。
2 见柳宗元《封建论》。
3 见柳宗元《报崔黯秀才论为文书》。
4 此句引句俱见柳冕《答衢州郑使君论文书》。

由所谓驱虫蛇禽兽，韩愈有《祭鳄鱼文》，强调天子的慈武与刺史守土治民的决心；柳宗元有《罴说》，申论不善内而恃外之险。进一步以禽兽申论伦理道义，韩愈有《获麟解》，申论"以德不以形"的"祥"与"不祥"；有《猫相乳说》，申论仁义的感应；《杂说一》以龙喻君道；《杂说四》以马喻臣德。柳宗元有《鹘说》，借鹘说仁义；有《牛赋》，借牛说命运；以《捕蛇者说》喻赋敛之毒；以《谪龙说》喻谪不可狎；《三戒》以"临江之麋""黔之驴""永某氏之鼠"，喻不知推己之本之祸；《蝜蝂传》以蝜蝂喻贪取之危。

由为宫室，韩愈有《圬者王承福传》喻贵富难守；柳宗元有《梓人传》喻为相之道。由为医药，韩愈《杂说二》以善医察脉喻善计天下察纪纲；柳宗元《宋清传》以卖药论市交。由为贾，柳宗元有《鞭贾》喻求用于朝。由种树，柳宗元《种树郭橐驼传》以养树喻居官养人。由器用，韩愈有《瘗砚铭》强调其"埋而识，之仁之义"；有《毛颖传》谓其"简牍是资，天下其同书"，皆以好义而推爱及物，悯砚"全斯用，毁不忍弃"，论毛颖"赏不酬劳，以老见疏"为如秦之少恩；有《三器论》，以明堂、传国玺、九鼎，喻归天人之心，兴太平之基，不在盛饰于外而在修诚于内。凡此种种，皆可以显示这一新起的美学风格的特质。

但是这种美学风格的意义，其实不仅限于写物叙事以贯道、明道而已，或许同时包含了韩、柳二人意见的《天说》一文，最能显示这种美学风格的另一层面。在这一篇文章中，柳宗元首先叙述韩愈对他说："若知天之说乎？吾为子言天之说。"但是韩愈言天之说的基本立场，其实是针对人穷而呼天的情境，并不是基于客观的求知：

今夫人有疾痛、倦辱、饥寒甚者，因仰而呼天曰："残民者昌，佑民者殃！"又仰而呼天曰："何为使至此极戾也？"若是者，举不能知天。

因此韩愈的天之说，表面上似乎在说理，并且有意地以他所说的理来驳斥这种穷而呼天的反应："今夫人举不能知天，故为是呼且怨也。"但是由他推理的结论"吾意有能残斯人使日薄岁削，祸元气阴阳者滋少，是则有功于天地者也；繁而息之者，天地之仇也"，因而进一步强调"吾意天闻其呼且怨，则有功者受赏必大矣，其祸焉者受罚亦大矣"，虽然解释了天的"何为使至此极戾也"，但所陈述的正是一种"残民者昌，佑民者殃"的道理，正是使呼天且怨的情绪更加深化而确定的表现。诚如刘鹗《老残游记·自叙》所谓"以哭泣为哭泣者，其力尚弱；不以哭泣为哭泣者，其力甚劲，其行乃弥远也"，正是一种"不以哭泣为哭泣"的表现，貌为说理实为抒情。这种不能忘情于"今夫人有疾痛、倦辱、饥寒甚者"而作的贯道文章，正是"仁义之人，其言蔼如也"[1]。不仅是说理明道，也是"取于心而注于手"[2]的抒情言志。所以柳宗元的反应就是"子诚有激而为是耶？"，并且劝他"子而信子之仁义以游其内，生而死尔"。这种以叙事写物为贯道明道的美学风格，其实是深一层的抒情言志的表现。故而在其写物叙事以明贯普遍的道理之际，其实更有个人情志的寄托在。因此他们的明道贯道，就不是学问家（不论是汉儒的章句训诂、玄学的校练名理或宋儒的阐说性理）的明道贯道，而是文学家出于一己情性，透过具体经验之描摹的体物言志的明道贯道。因此文以明道、贯道的结果，只是使得他们的文更具有一种思想情感，以至人格表现的深度，并未使道学代替了文章。

但是更值得注意的是，《天说》中所载的韩愈论天人关系的修辞策略：

---

1 见韩愈《答李翊书》。
2 见韩愈《答李翊书》。

夫果蓏，饮食既坏，虫生之；人之血气败逆壅底，为痈疡、疣赘、瘘痔，虫生之；木朽而蝎中，草腐而萤飞，是岂不以坏而后出耶？物坏，虫由之生；元气阴阳之坏，人由之生。虫之生而物益坏，食啮之，攻穴之，虫之祸物也滋甚。其有能去之者，有功于物者也；繁而息之者，物之仇也。人之坏元气阴阳也亦滋甚：垦原田，伐山林，凿泉以井饮，窾墓以送死，而又穴为偃溲，筑为墙垣、城郭、台榭、观游，疏为川渎、沟洫、陂池，燧木以燔，革金以镕，陶甄琢磨，悴然使天地万物不得其情。幸幸冲冲，攻残败挠而未尝息。其为祸元气阴阳也，不甚于虫之所为乎？

韩愈的这段议论，在基本观念上近于《庄子·应帝王》所谓"日凿一窍，七日而浑沌死"，但在修辞策略上采取的是近于《庄子·知北游》中所谓的"在蝼蚁""在稊稗""在瓦甓""在屎溺"的"每下愈况"的表现方式，背后所据的正是一种近于"是其所美者为神奇，其所恶者为臭腐；臭腐复化为神奇，神奇复化为臭腐。故曰：'通天下一气耳。'"的美学意识。所以文中大谈一切臭腐的"果蓏，饮食既坏""血气败逆壅底""痈疡、疣赘、瘘痔""木朽""草腐""蝎""萤"，以至"窾墓""穴为偃溲"等卑俗低下甚至丑陋可憎的事物，不但以"果蓏、痈痔、草木"比天，更以虫拟人。而一切先王之教、仁义之施，也就是他在《原道》中所谓的"圣人者立"、所教的"相生相养之道"，都被喻为"食啮之，攻穴之，虫之祸物"，强调为"幸幸冲冲，攻残败挠"，都是很明显地以卑下之物喻崇高之道，以臭腐之事言神奇之理。所以柳宗元很正确地反应说："子而信子之仁义以游其内，生而死尔，乌置存亡得丧于果蓏、痈痔、草木耶？"

当韩、柳借物事贯道言志之际，虽然未必皆如《天说》那么"有激而为"而具有戏剧性，但大体上总是运用卑俗的事物与经验，来发挥雅正高远之理。所以,以低于人的禽兽,或下层阶级的人物,如圬者、梓人、卖药人、鞭贾、种树者、捕蛇者的行谊与经验,来阐明士大夫所关切的仁义政刑之道,就是韩、柳古文的典型修辞策略与美学风格。因为诚如柳宗元对于韩愈以臭腐之物说天人之理的"天之说",他的批评竟然是:"信辩且美矣!"这里反映的正是一种新起的美感知觉。美,不再被视为是使用本身为美丽之事物作为比喻的喻依,这也就是我们平常所谓辞藻或丽藻,反而是侧重在比喻之际,喻依和喻旨之间的密切配合,因而达到令人耳目一新的说服效果的"辩"上。由重视辞藻的美丽,就产生了李谔所谓的"连篇累牍,不出月露之形;积案盈箱,唯是风云之状"[1]的陈言充斥的弊病。例如王勃《滕王阁序》"腾蛟起凤,孟学士之词宗;紫电青霜,王将军之武库"一联中,"腾蛟起凤""紫电青霜"属对虽工,亦有故实,但是在辞藻的美丽之外,实乏深意。这也正是韩愈所谓"戛戛乎其难哉"所"务去"的"陈言"[2]。

"惟陈言之务去"的结果,就是寻找新的经验、新的物象来"辩""圣人之志",来"羽翼夫道"。在这一点上,韩、柳其实相当理解老子所谓"天下皆知美之为美,斯恶已"的道理,因此一方面绝不放弃在凭借事物明道言志之际,刻意地描写物态、摹拟人情,保持经验的生动新鲜的可感性,例如韩愈《送孟东野序》,论"大凡物不得其平则鸣"就着力于:

> 草木之无声,风挠之鸣;水之无声,风荡之鸣;其跃也或激之,其趋也或梗之,其沸也或炙之;金石之无声,或击之鸣。

所举例之物的物态的表现,"挠""荡""跃""激""趋""梗""沸""炙""击

---

1 见《隋书·李谔传》。
2 见韩愈《答李翊书》:"惟陈言之务去,戛戛乎其难哉。"

的刻意叙写，其实皆无关于"物不得其平则鸣"的宏旨，却经营出一个具体生动的感觉世界，一个由无声而众声喧哗的经验历程。而这些"物之善鸣者"所要导引譬喻的，正是自古以来人文化成的文辞的制作。同样地，在《柳子厚墓志铭》中，韩愈为了强调柳宗元愿以柳州易刘禹锡播州的道义之交，就描述出下列虚构的世态人情：

> 呜呼！士穷乃见节义。今夫平居里巷相慕悦。酒食游戏相征逐，诩诩强笑语以相取下，握手出肺肝相示，指天日涕泣，誓生死不相背负，真若可信；一旦临小利害，仅如毛发比，反眼若不相识；落陷阱，不一引手救，反挤之又下石焉者，皆是也。此宜禽兽夷狄所不忍为，而其人自视以为得计，闻子厚之风，亦可以少愧矣！

这一段极为形象化（"诩诩强笑语""仅如毛发比""落陷阱"），充满了夸张的动作（"握手出肺肝相示，指天日涕泣，誓生死不相背负""反眼若不相识""不一引手救，反挤之又下石焉"），同时采用了前后强烈转变对比的叙事，与柳宗元的行谊其实了不相涉，但充分夸张地演出了一场世态炎凉的谐剧，既是韩愈的感慨之所在，也是该文的美感形象之所寄。但是这些物态人情的形象表现，只是感觉性的端绪。韩、柳并非仅仅描摹这些卑下景象，总要经由与此相关的对比譬喻，引申出更深一层的雅正深远的含意与主题。所以他们的修辞策略，其实可以区分为经验的再现模拟与经验的引申判断两层，也就是经验不妨卑下，思维却是高雅。卑下俚俗的物事与经历，在"骈四俪六，锦心绣口，宫沉羽振，笙簧触手"[1]盛行的年代，自然是一种崭新的美感经验，足以令人目骇心折，产

---

[1] 见柳宗元《乞巧文》。

生强烈的感受。韩愈《与冯宿论文书》所谓"仆为文久，每自则意中以为好，则人必以为恶矣。小称意，人亦小怪之；大称意，即人必大怪之也"，虽然出以负面的形容，但是确已指出这种修辞策略的效果，亦即它令读者不能不动容或无法无动于衷。所谓"其观于人，不知其非笑之为非笑"[1]，正因这些卑下经验只是唤起注意、引人思虑的感觉表象，作品的真正的主题思维却总是归于仁义政刑、贤与不肖的辨别，在"抽黄对白，噞喁飞走"徒然"眩耀为文，琐碎排偶"的年代[2]，自然就更有"蕲至于古之立言"[3]或"扶树教道，有所明白"[4]的意义。所以韩、柳的古文，不但具有美感性质其实相异的"语言的结构"（意象与节奏的安排）与"主题的结构"（意义阶层的安排）[5]，即以卑下怪异的"肌"，表现高远典正的"理"。这一点韩愈显然是自觉的，所以他在《上宰相书》中说自己"时有感激怨怼奇怪之辞，以求知于天下，亦不悖于教化，妖淫谀佞诪张之说，无所出于其中"。同时，不论是"语言的结构"或"主题的结构"，韩、柳的古文，都有意地追寻与当时流行的骈文相反的美学典范。所以柳宗元在《读韩愈所著〈毛颖传〉后题》就比较二者，以为：

> 时言韩愈为《毛颖传》，不能举其辞，而独大笑以为怪，……索而读之，若捕龙蛇，搏虎豹，急与之角而力不敢暇，信韩子之怪于文也。世之模拟窜窃，取青媲白，肥皮厚肉，柔筋脆骨，而以为辞者之读之也，其大笑固宜。

---

1 见韩愈《答李翊书》。
2 见柳宗元《乞巧文》。
3 见韩愈《答李翊书》。
4 见韩愈《上兵部李侍郎书》。
5 "语言的结构"与"主题的结构"之区分，见叶维廉，《现代中国小说的结构》，《中国现代小说的风貌》（台北：晨钟出版社，1970年初版），第4页。

柳宗元很清楚地指出当时骈文末流的弊病所在，虽然有华靡的"语言的结构"，所谓"肥皮厚肉"，但是在"主题的结构"上相对贫乏，缺少"有益于世"的思想寄托，所谓"柔筋脆骨"。《毛颖传》却相反，一方面它似乎有一种"戏谑""滑稽"的"语言的结构"："且世人笑之也，不以其俳乎？"另一方面其"主题的结构"却是"取乎有益于世者也"：

且凡古今是非六艺百家，大细穿穴用而不遗者，毛颖之功也。韩子穷古书，好斯文，嘉颖之能尽其意，故奋而为之传，以发其郁积，而学者得以励，其有益于世欤！

柳宗元正确地指出《毛颖传》作为一个寓言，它的"语言的结构"和"主题的结构"有相异的美感性质，以及由于相反相成的两种结构的配合，形成了"生龙活虎"的强烈表现"力"，要求读者用更大的注意力与努力，才能完全掌握住它丰富的意义与寄寓的主题。柳宗元并且为韩文这种"怪"解说，以为：

大羹玄酒，体节之荐，味之至者。而又设以奇异小虫、水草、楂梨、橘柚，苦咸酸辛，虽蜇吻裂鼻，缩舌涩齿，而咸有笃好之者。文王之昌蒲菹，屈到之芰，曾皙之羊枣，然后尽天下之奇味以足于口。独文异乎？

但是这段话，其实可以解说的不只是《毛颖传》的奇特想象与寓托，它的意旨正可以涵盖韩、柳所以使用卑下低俗以至臭腐之经验意象，作为"语言的结构"或表层形象的美学意义，因为虫、草、梨、柚的苦咸酸辛，也是一种"味"，因此也可以成为我们美感经验的一部分。所以韩、柳古文所欲打破的，正是骈文的仅限于华靡"甜腻"一味的美学禁忌，他们所要求的，正是要"尽天下之奇味以足于口"。所以，韩愈《答刘正夫书》一方面对"文宜易宜难"的问题，强调"'无难易，惟其是尔。'如是而已，非固开其为此，而禁其为彼也"；另一方面却不免要主张："夫百物朝夕所见者，人皆不注视也；及睹其异者，则共观而言之。夫文岂异于是乎？""若皆与世沉浮，不自树立，虽不为当时所怪，亦必无后世之传也。足下家中百物皆赖而用也，然其所珍爱者，必非常物。夫君子之于文，岂异于是乎？"因此不免为了要"求知于天下"，而有"奇怪之辞"。而卑下俚俗甚至臭腐的经验意象，针对已然发掘既尽的骈文的华靡美感范畴，不但是一个尚待开发的经验领域与美感范畴，而且取用为"语言的结构"与美感的形象，正是一种"奇怪之辞"，足以引人"睹其异"，而"共观而言之"。韩愈为《毛颖传》而连"来南者"，亦"时言""大笑以为怪"，正因这种修辞效果充分达成了其原始目的。于是不仅韩愈有充分利用这种怪异效果以及使用卑俗甚至臭腐意象的《毛颖传》《送穷文》等作品，柳宗元更有采用同样修辞策略的《东海若》《乞巧文》《骂尸虫文》《斩曲几文》《宥蝮蛇文》《憎王孙文》等作品，甚至变本加厉到对于变态心理本身的刻画与描写，如《李赤传》写的是恋厕狂，《河间传》写的是色情狂。

这种以卑俗、臭腐甚至变态的经验意象，来作为作品的感觉层面，却又由此而引申出雅正的教化，以期有益于世，固然难免有时会遭受"劝百讽一"之讥——理学家们始终以文章家看待韩愈，未肯视其为同道，未始不是由于这种修辞策略；但是从美学的立场看，这种修辞策略一方面反映了韩、柳对于"美是形象的直觉"的体认，因此大半为文的用心，正在物态人情的形象上的刻画与描摹。他们的文章，即使是论说而仍然是"美文"，正因他们致力于感觉经验层面的苦心经营，并且以感觉经验的强烈印象之"美"而"辩"其所欲论说的主题，同时由于文章中感觉层次的卑下与主题层次的高远，在美感范畴上的距离与背反，就产生了俄国形式主义者维克多·什克洛夫斯基（Viktor Shklovsky）所谓的"陌生化"的美学效应[1]，使我们以高远雅正的眼光来观看卑下俚俗的事物经验，因而"陌生化"了卑下俚俗的事物经验，使它们摆脱了纯然卑俗的实际意义，而只成为特具新异之感觉内容的美感形象。而高远雅正的主题乃是引生自卑下俚俗的事物经验，因此也"陌生化"了高远雅正的思维，不但使它们成为一种新鲜的思辨，而且因为它在事实上超越了习见适用的范围，不但具有了更大的涵盖性，甚至显现出一种化腐朽为神奇的威力。是以这种美感范畴的背叛，不但形成的正是一种更为宽广的美感距离，以及更为开阔的美感品味的心灵空间，无形中亦提升了我们观照人生一切经验事物的心灵的自由与高度，同时也提供了更广大与丰富的经验内容，使我们充分体验到心灵知觉之扩大与充实的满足。这不能不说是这种修辞策略在美学上的成功。

但是这种策略的形式，正如柳宗元在《天说》一文针对韩愈的"天之说"所说的"子诚有激而为是耶？"，其实是一种"不平之鸣"。诚如韩愈在《送高闲上人序》以张旭为例所形容的：

> 往时张旭善草书，不治他伎，喜怒窘穷，忧悲愉佚，怨恨思慕，酣醉无聊不平，有动于心，必于草书焉发之。观于物，见山水崖谷，鸟兽虫鱼，草木之花实，日月列星，风雨水火，雷霆霹雳，歌舞战斗，天地事物之变，可喜可愕，一寓于书。故旭之书，变动犹鬼神，不可端倪。以此终其身，而名后世。
>
> ……为旭有道：利害必明，无遗锱铢，情炎于中，利欲斗进，

---

[1] 参阅［俄］维克多·什克洛夫斯基"Art as Technique"一文，见 Lee T. Lemon 及 Marion J. Reis 所译介 *Russian Formalist Criticism: Four Essays*（Lincoln and London: University of Nebraska Press, 1965）。

有得有丧，勃然不释，然后一决于书，而后旭可几也。

因此一方面是一种"情炎于中，利欲斗进，有得有丧，勃然不释"的激愤感慨的情感反应，另一方面也是一种"寓其巧智，使机应于心，不挫于气，则神完而守固，虽外物至，不胶于心"[1]，将情感经验转化为美感经验的超越过程。所以柳宗元接着说："则信辩且美矣。"由于韩、柳其实皆不能算"天将和其声，而使鸣国家之盛"，基本上可以说就是"将穷饿其身，思愁其心肠，而使自鸣其不幸"的生平遭遇[2]。所谓"公不见信于人，私不见助于友，跋前踬后，动辄得咎。暂为御史，遂窜南夷；三年博士，冗不见治"。[3]或者"坐废退；既退，又无相知有气力得位者推挽，故卒死于穷裔，材不为世用，道不行于时也"。[4]因此他们的"有激而为"，其实就不免于愤世嫉俗，甚至怨天尤人，这正足以使他们以"俳"而"戏谑""滑稽"，刻意地去描摹卑下低俗甚至怪异臭腐的经验意象。所以，韩愈亦不妨将经典圣贤之作等同于"草木""金石""鸟""雷""虫""风"之"鸣"[5]；柳宗元则明言"度今天下不吠者几人"，直以"邑犬"喻天下士[6]。但他们又都是"信道笃而自知明""特立独行，适于义而已，不顾人之是非"的"豪杰"性格[7]，因此既敢于驱遣卑下低俗的经验意象为文，亦终要信道适义，"寓其巧智，使机应于心""神完而守固，虽外物至，不胶于心"，表现雅正道义的主题知见，于是就形成了这种糅合高雅与卑俗于一炉，既非纯然高雅亦非纯然卑俗，而是介于二者之间的"中间"文体。

1　见韩愈《送高闲上人序》。
2　见韩愈《送孟东野序》。
3　见韩愈《进学解》。
4　见韩愈《柳子厚墓志铭》。
5　见韩愈《送孟东野序》。
6　见柳宗元《答韦中立论师道书》。
7　见韩愈《伯夷颂》。

同时由于这种文章，其实是"情炎于中，利欲斗进，有得有丧，勃然不释"，然后一决于文的有激为作，因此不但"不挫于气"是必要的，甚至视"文者气之所形"[1]，而要主张：

> 气，水也；言，浮物也。水大而物之浮者，大小毕浮。气之与言犹是也，气盛则言之短长与声之高下者皆宜。

因而在节奏韵律上就再也无法满足于刻板的骈四俪六，而要寻求更大的自由、更大的变化，务求能够反映胸中情炎有激的"盛气"。因此，韩、柳的古文就不是简单地以散文来代替骈文而已，而是以能够反映"盛气"的自然流动的韵律节奏，来取代四六文的刻板韵律，亦即以语调的抒情性美感来取代形式的规律性美感。钱穆先生《杂论唐代古文运动》一文，一方面强调：

> 然太白所为诸序，寻其气体所归，仍不脱辞赋之类，其事必至韩公，乃始纯以散文笔法为之。

另一方面仍得在苏东坡所谓"唐无文章，惟韩退之《送李愿归盘谷序》而已"的引文之后承认：

> 今按：韩公《送李愿归盘谷序》，竟体用偶俪之辞，其实尚是取径于辞赋，东坡以之拟陶渊明《归去来辞》是也。文中遇筋节脉络处，则全用散文笔法起落转接，此为韩公有意运用散文气体改换古人辞赋旧格之证。[2]

---

[1] 见苏辙《上枢密韩太尉书》。
[2] 见《新亚学报》3卷1期，1957年。

事实上，韩、柳古文仍然充分利用辞赋的排比、对偶的形式美感，只是将通篇四六转化为多种字数句式的对偶与排比，并且中间穿插"散文笔法起落转接"，因而充分显现一种"气盛"的灵转流动；本篇中从《原道》开始的韩、柳引文，皆处处可见这种特质。同时，亦将骈文运用典故的习惯，转化为列举历史事实，不论是《封建论》《送孟东野序》或《进学解》的：

> 周诰殷盘，佶屈聱牙；《春秋》谨严，《左氏》浮夸，《易》奇而法，《诗》正而葩；下逮《庄》《骚》，太史所录，子云相如，同工异曲：先生之于文，可谓闳其中而肆其外矣。

或是《答韦中立论师道书》的：

> 本之《书》以求其质，本之《诗》以求其恒，本之《礼》以求其宜，本之《春秋》以求其断，本之《易》以求其动，此吾所以取道之原也。参之《榖梁氏》以厉其气，参之《孟》《荀》以畅其支，参之《庄》《老》以肆其端，参之《国语》以博其趣，参之《离骚》以致其幽，参之太史公以著其洁，此吾所以旁推交通而以为之文也。

它们的美感特质，在形式上仍是近于辞赋的排比对偶，只是句法或者刻意变化，或者略加参差，因而显得辞气灵活而不呆板。但是这种历史性事物的排举例述，毕竟和骈文典故的运用不同，因为它并没有以历史经验代替现实经验，相反，历史事实却成了现实经验的一部分。韩、柳的两段引文强调的正是自己对于历史典籍的判断，以及这些典籍和自己的学习与创作的关系，所以基本上正是作为个人经验的一部分来加以呈现。而《封建论》和《送孟东野序》的历史叙述，不但是作为论证的主体，事实上反映的正是作者对于历史传统的重估，基本上仍是一种言志的表现。

但是重复的排比性的叙述，仍是韩、柳论说文在形式上的特色。韩愈的许多碑文，即使是著名的《平淮西碑》，亦完全建立在这种排比铺陈的形式美感上。他的革新并不在字句的由骈化散，而是不使用典故作间接的引述，却实际去呈现事件的经验，以身历其境的言语与情状，和盘托出于读者眼前。所以虽然不是完全的散文，却已有了直接呈示经验的模拟叙事的效果。韩、柳古文的这种兼具排比对偶的形式美感以及直接呈示经验事件的模拟美感的"中间"文体，所具有的真正的美学意义，其实只是骈俪文体的一种解放，并不就是骈俪美感的弃绝。而最重要的则是对于个人直接经验的肯定，深信它们具有足够的美学意义或伦理意义，而值得读者再去体验与分享。因而个人的实际遭遇，以及出于性情志意的思维与感受，也就成为文学表现的内涵，古文的美学就不免是一种自传性表现的美学了。

韩愈在《新修滕王阁记》中再三记述的，只是自己的"益欲往一观"而始终"愿莫之遂"；在《殿中少监马君墓志铭》中所述则为与北平王祖子孙三世交游；在《李元宾墓铭》则但抒一己之感慨；在《贞曜先生墓志铭》中则直写"愈走位哭，且召张籍会哭"等情状；在《女挐圹铭》中记谏迎佛骨被贬；甚至在《唐河中府法曹张君墓碣铭》中叙述：

有女奴抱婴儿来，致其主夫人之语，曰："妾，张圆之妻刘氏也。妾夫常语妾云：'吾常获私于夫子。'且曰：'夫子天下之名能文辞者，凡所言必传世行后。'今妾不幸，夫逢盗死途中，将以日月葬。妾重哀其生志不就，恐死遂沉泯，敢以其稚子汴见先生，将赐之铭，是其死不为辱，而名永长存，所以盖覆其遗胤子若孙。且死万一能有知，将不悼其不幸于土中矣！"又曰："妾夫在岭南时，尝疾病，泣语曰：'吾志非不如古人，吾才岂不如今人，而至于是，而死于是邪！若尔吾哀，必求夫子铭，是尔与吾不朽也。'"愈既哭吊辞，遂叙次其族世名字事始终而铭曰：
…………

遗族来求铭的经过成为墓铭最重要也最感人的内容。寻常人物的寻常心情与寻常经验成为表现的主体，而作者自己或是亲眼看见、亲身经历的观点人物的叙事者，就使这类原具客观性质的应用文，成为抒情写志的叙事作品。柳宗元的《故襄阳丞赵君墓志》也是这种叙事化的好例子，只是所叙的正是寻墓改葬的历程。这种写法，从某种意义而言，似乎正是叙事主体的偏离，正如后设小说，使写小说的历程成为小说自身的内容。但是这种现象所显示的，其实只是注重被叙述的对象与叙述者的经验关联甚于被叙述者的自身性质，因而将叙述的主体转移到叙事者自身之体验的结果。

这种转移也特别见于柳宗元的山水游记，如《始得西山宴游记》首段的：

自余为僇人，居是州，恒惴慄。其隙也，则施施而行，漫漫而游。日与其徒上高山，入深林，穷回溪，幽泉怪石，无远不到。到则披草而坐，倾壶而醉。醉则更相枕以卧，卧而梦。意有所极，梦亦同趣。觉而起，起而归。

描写的重点固然已经转移到人身上，至于"余以愚触罪，谪潇水上，爱是溪"而竟"更之为愚溪"，以至"丘""泉""沟""池""堂""亭""岛"，"皆山水之奇者，以余故，咸以愚辱焉"，则更强要一己的主观憾恨的情志投射为山水的性质。即使没有这么戏剧化，像《小石城山记》视"嘉树美箭"为"类智者所施设也"，而"疑造物者之有无"，且"怪其不为之中州，而列是夷狄，更千百年不得一售其伎，是故劳而无用"；像《钴䥝潭西小丘记》叹"以兹丘之胜，致之沣、镐、鄠、杜，则贵游之士争买者，日增千金而愈不可得。今弃是州也，农夫渔父过而陋之，贾四百，连岁不能售"，都已经以人情冷暖、富贵贫贱的思维寄寓其上了。像《钴䥝潭记》亦明言："孰使予乐居夷而忘故土者，非兹潭也欤？"即使是对于景物的描写：

> 黄溪距州治七十里，由东屯南行六百步，至黄神祠。祠之上，两山墙立，如丹碧之华叶骈植，与山升降。其缺者为崖峭岩窟，水之中，皆小石平布。黄神之上，揭水八十步，至初潭，最奇丽，殆不可状。其略若剖大瓮，侧立千尺，溪水积焉。黛蓄膏渟，来若白虹，沉沉无声，有鱼数百尾，方来会石下。南去又行百步，至第二潭。石皆巍然，临峻流，若颏颔龂腭。其下大石杂列，可坐饮食。有鸟赤首乌翼，大如鹄，方东向立。自是又南数里，地皆一状，树益壮，石益瘦，水鸣皆锵然。又南一里，至大冥之川，山舒水缓，有土田。始黄神为人时，居其地。[1]

亦已经完全转化为对于游程的详细记录——"南行六百步""揭水八十步""南去又行百步""又南数里""又南一里"，真的已是足"以启后之好游者"的观光指南了；所写的景观亦多暂时性的景象——"有鱼数百尾，方来会石下""有鸟赤首乌翼，大如鹄，方东向立"，考虑的亦是游人的实际问题——"大石杂列，可坐饮食"。对于自然景象不用骈语叙述，却用人事为比喻："两山墙立""若剖大瓮""若颏颔龂腭"；而游途的起点是人居的"州治""东屯"，终点则是"有土田。始黄神为人时，居其地"，还是人居。这与六朝山水小品主要依赖骈语来构造全景：

1　见柳宗元《游黄溪记》。

> 梅溪之西,有石门山者,森壁争霞,孤峰限日,幽岫含云,深溪蓄翠。蝉吟鹤唳,水响猿啼。英英相杂,绵绵成韵。既素重幽居,遂葺宇其上。幸富菊华,偏饶竹实。山谷所资,于斯已办。仁智所乐,岂徒语哉![1]

固是迥然不同,即使与盛唐依旧判然有别。如王维的《山中与裴秀才迪书》,虽然已是动态的历程,却仍是整片远景以及表现情韵的选择性描写:

> 北涉玄灞,清月映郭;夜登华子冈,辋水沦涟,与月上下。寒山远火,明灭林外;深巷寒犬,吠声如豹;村墟夜舂,复与疏钟相间。

基本的差异,正在柳宗元的游记已经不复想塑造出一片整体的富有情韵的山水景象,而是将注意转移到游历的经验过程,人与风景的交涉过程与经历才是这一新的山水游记与描写的重点。主体的介入与凸显,才是这种新的经验表现的美学特质。这种作者个人主体的介入与凸显,也正是韩、柳文可以驱遣卑下低俗经验形象而表现高远雅正的主题意识的基本原理。

韩、柳文确实创造出了一种能够表现作者个人的情志与具体经验,而又包含了更丰富的经验对象内容——这往往是寻常人物、寻常人情,甚至不妨是卑下低俗的事物,却以其栩栩如生的模拟呈现而依然动人——的新的美学典范,正预示了一个作者现身说法而又拥抱纷纭世界的新的文学时代的来临。真正将此新的美学典范发扬光大的,其实不是李汉、李翱、皇甫湜辈,而是宋代的古文家、归有光与桐城派!

---

[1] 见吴均《与顾章书》。

附录四
《传记与小说——唐代文学比较论集》序

从事中国文史研究的人，稍加留心都会注意到，除了个人差异之外，海峡两岸学者的论著往往也会同时反映出各自所属的社会特质与学术风貌。这不但见于因为社会情况差异所影响到的学术典范的分歧，同时也由于彼此长期的隔绝，致使学者们在他们参考与论辩的相关论述上，不可避免地囿限于自身所处的学术圈内。两岸交流以来，这种文化学术视域的融汇与扩大，正如春雪涣流般时见波澜，日益壮阔；另一个可喜的现象是，两岸皆逐渐清晰地意识到日本海或太平洋的彼岸，亦是一个有待接触合流的学术天地，而逐渐有了对于这或许可以算是"第三岸"的汉学著作的译述。倪豪士（William H. Nienhauser, Jr.）教授的这本《传记与小说——唐代文学比较论集》的出版，或许正是跨越重洋、首批上岸的珍贵信使！

北美洲由于幅员广大、学术发达，大学以及各种研究机构林立，虽然中国文史研究往往寄身于东亚系或远东系甚至其他学科，居于各校的规模亦不算太大，整体而言，却是一个蓬勃而丰沛的学术世界。许多学者往往根据当地的论著译述，即足以进入中国学术的殿堂，而迥非孤陋寡闻或一偏之见所能形容。同时北美洲的学术训练，亦往往使得当地的学者可以跨越多重语言的障碍（除了中文以外，他们往往能够并且也习以为常地参考日本、西欧甚至东欧、俄国等地的汉学著述），而以一种国际性的视野来看待中国的文史问题。先师屈翼鹏先生在20世纪60年代即已谆谆告诫台大的同学："汉学已经是一种国际性的学问！"可惜我们受限于养成与训练的方式，大部分人到了90年代依然只能"立足台湾，胸怀大陆"，往往未能轻松自在地"放眼世界"。所以，国外汉学著作的中译仍然需要。本书中的多篇论文，例如第一篇《中国小说的起源》等，正是以国际视野来思考问题的范例。

但是正如海峡两岸，西欧、北美亦各有其学术背景，而当地的汉学研究亦不能自外于其特殊的文化传统与当令的时代思潮。本书中的《〈文苑英华〉中"传"的结构研究》采取了结构主义的文类分析；《唐人载籍中之女性性事及性别双重标准初探》显然受到了方兴未艾的女性主义批评的影响；而《中国诗、美国诗及其读者》则明显地筑基于阅读现象学、诠释学、读者反应理论、接受美学以至后结构主义诸流派论述的理解之上。因而一方面自然而然地反映了西欧、北美人文社会学界的特殊兴味，另一方面也将这类新起的思维角度与探讨的方法带进了中国文史研究的领域。这些观察与分析，不论是否可以成为我们从事研究时的主要关怀，至少是丰富且提示了我们对于中国文史现象可能的更多面的思考。

至于《柳宗元的〈逐毕方文〉与西方类似物的比较研究》一篇，自然是一篇比较文学的论述，其精神却近于语言哲学的实在论者。这批实在论者一再辩议以为：无论历史、地域、文化、社会的语言用法与想象理解有何明显的差距，其所指的"黄金"之为物，其实同一，其事实属性、其构造成分终究并无二致。该文强调的则是《山海经》神话与柳宗元认定的"毕方"，事实是"鬼火"，即是"ignis fatuus"，而在西方，相同的事物亦衍生出 Will-o'-the-wisp 等传说与想象来。

　　实在论的语言哲学能不能在后结构主义的诠释思潮中，提供一种东西、古今互通的理论基础，或许是一个饶有兴味的基本问题。但是本书的基本关怀，其实却在设法厘清在中国文化的传统中，尤其是唐宋之际，"传""记""碑志""哀辞"与"小说""传奇"等文体的千丝万缕的纠缠与关联。本书多篇论文的重点是，一方面经由归纳整理，分析探讨"传记"与"小说"的"文类"规范与写作形态（《〈文苑英华〉中"传"的结构研究》《中国小说的起源》）；另一方面经由互文比对，指出"小说"不但在用字遣词、谋篇形制甚至情节的构成单位与安排经营上往往前有所承，而且大抵本于史传或经籍（《〈南柯太守传〉的语言、用典和外延意义》），并且在其衍变改写之际，不但反映了作者个人的用心与情怀，更是对于当代现实的一种迂曲的反映（《略论九世纪末中国古典小说与社会》）。同样地，由于文体的不同规范，各类"传记"性的作品，亦往往对所谓历史"事实"有所选择取舍，然后再行构组，结果产生的就是角度、主题甚至内容各异的"诠释"（《略论碑志文、史传文和杂史传记：以欧阳詹的传记为例》）；甚至亦不妨借传主生平事迹之酒杯，浇作传者自己胸中的块垒（《读范仲淹〈唐狄梁公碑〉》），于是"传记"的自抒作者胸怀的功能，亦颇类于"小说"作品之于其作者。

　　在《唐人载籍中之女性性事及性别双重标准初探》中，倪教授更是以具体实例论证了：不论其文体性质为"古文"、为"寓言"、为"传奇"、为"史传"，在性爱态度上采取的皆是"性别双重标准"的观点，甚至在描写表现的基本方式上，皆若合一契地反映了文化价值与偏向的一致性。如是则历史"传记"与传奇"小说"以至道德寓言与训诲等各类不同体式的作品，在诸多时代、文化现象的反映上，就未必那么判然有别、截然可分了。真可谓是"六经皆史"的另一种现代理解了。倪教授甚至在《〈南柯太守传〉〈永州八记〉与唐传奇及古文运动的关系》一文中指出，"传奇"的《南柯太守传》与"古文"之《永州八记》，虽然文类性质迥异，但在许多描写与文字上却有显然的雷同之处，因而探询两作的因袭承继的问题，并且重新质疑"古文"与"传奇"二者关联的传统说法。但不论旧说或新说，显示的都是二者的盘根错节、密不可分，也都是中国叙事传统影响下的同流分派。

上述种种发现与论述，虽然篇章各别，重点互见，其实都是倪豪士教授浸淫泛滥于中国叙事传统（尤其是唐代的传记、传奇与古文作品）多年的阅历有得之言。虽然本书保留了发表过程的轨迹，以"论文集"，而非以"专书"的形式出现，但整体而言，书中各篇息息相关，环环相扣，其实自有一贯的理络，衍续的血脉，隐然辉映。逐篇读来，但见其对核心问题层层逼近却又峰回路转时有柳暗花明的意态，其引人入胜之处，实不逊于阅览"小说"。同时，其论述善用比较而分析细密，能在文献字里行间的参详比对中，推测史传之"事实"与作者之"用心"，钩沉显晦，既是"传记"的重构诠释，亦富"小说"的制作兴味。名其书为《传记与小说》，其谁曰不宜？

倪豪士教授任教于美国威斯康星大学，行踪遍天下，却独对台北情有所钟，几度来台任教与研究，留台期间甚至号召同好，组织论学谈文的定期聚会。庆明有幸蒙其邀约，乐与数晨夕，颇享疑义相析、奇文共赏之欢趣。此番论著中译付梓，又得先睹为快之便，敢赘述语于前，亦略表"有朋自远方来，不亦乐乎"的欣喜爱好之情。

附录五
《北宋的古文运动》序

　　文学运动显然是一种远比文学创作复杂的现象。但是文学创作原来就是一种社会性的活动，它的促发、产生、传播与接受，其实无法不受流行的社会成规的影响，也必须通过种种社会机制方才得以发生作用。因此，创作虽曰"创"作，其实泰半仍须是合于某种"典范"或"法式"之下的"创"作。只有少数的豪杰之士，不但超越了既有的成规，而且使一己的写作，成为取而代之的新的"法式"，因而自居于"典范"的地位，这样就形成了所谓的"文学运动"。

　　每个时代的主盟文坛的人物，都在参与或大或小的"文学运动"。文学史的重要工作之一，正是叙述、探究这些大大小小的"文学运动"；所有的分期、分体以至各种风格的讨论，寻绎的其实都是这些或显或隐的运动与其成果。但是明显自觉的文学运动，所提示给我们的，就不只是一般文学史中所常见的作品与风格而已，同时更是运动的过程、影响的因素与发展的规律。这样的明显自觉的文学运动，在中国文学史中屡见不鲜，但是就以影响之深远长久而论，除了近代的"文学革命"外，当数唐宋的古文运动最为重要。

古文运动与白话文运动之所以重要，之所以影响广大，是因为它们都不仅是文学的革命，也是书写语言的革命，更是一种文化的革命。然而它们的成功，却不是因为打、砸、抢、烧的激愤的破坏，或者政治权力的三令五申、威迫利诱，而是因为其主张合于社会转变之时代需要，以及领导人物经由成功的创作所形成的"典范"作用，与其经由批评自觉所阐明的"法式"之确立，足以为时人及后人仿效与遵循。托马斯·卡莱尔（Thomas Carlyle）《论英雄、英雄崇拜和历史上的英雄业绩》（On Heroes Hero-Worship, and the Heroic in History）所谓的"英雄"创造世界新秩序，正是此义。

何寄澎先生的这本《北宋的古文运动》，虽然未在书名上强调，追索的却正是这样的两个文化"英雄"——欧阳修与苏轼，他们两人所前倡后继的最重要的文化事业（欧、苏二人的文学事业，其实更包括了宋诗风格的确立与宋词意境的开拓，但影响到整个书写与文化变革的却是古文运动）。由于他们的提倡与作为"典范"，终于使得"古文"成为一种平易自然，既贴近于人们思感的心理历程，又富于表现、沟通能力，足以适应多种体类之目的的书写媒介，因而开辟了"文""道"融合，"文统"与"道统"合一的新的文化方向。从此，"文章"具有了"思想"的灵魂，"思想"也具有了艺术表现的体貌。正是另一次"文质彬彬"人文化成理想的体现。即使在"文学革命"七十年后的今天，当我们回顾古典文化，亦不能不为之崇仰赞叹，低回不已。因此何先生在本书中对于他们承先启后之事业的细按深究，就格外意义重大，充满启示。

"英雄"虽然创造时代，时代也同时造就"英雄"。因为每一位文化"英雄"都有他们的先驱者，先行摸索了未来发展的方向。"英雄"们承继了他们的成功与失败的经验，因而终于找到了真正可行的康庄大道。但是"英雄"之所以为"英雄"，也正因他们不只是真理之坦途上的踽踽独行的人物。陶渊明或许在诗文上走的正是文化理想最后会到达的真理之路，但是其意义却要到了苏东坡之后方才被体认，方才有重大的影响。因而陶渊明只是"先知"，而不是"英雄"，因为他只是"颇示己志。忘怀得失，以此自终"[1]地完成自己，却未尝努力去发起任何文学运动。"英雄"之事业，正因为他们不仅独善其身，自我完成，而且更是能够栖栖惶惶地接引同志，奖掖后进，甚至号召群众。因此他们不只影响久远，成为文化传统中永不熄灭的火炬，而且更是开创了风云际会的时代潮流的吹鼓手。虽然任何运动，不论一时如何盛况空前，往往在它成功地被纳入正典，成为传统的一部分之后，终要逐渐地由社会的前景消退，而融入永恒的历史背景。但是若无这种盛极一时的流行，就谈不上所谓的明显自觉的"运动"了，不论是文学的，或是文化的。

何先生很真切地掌握"文学运动"既有前驱，复有同志，更有后继与群众的特质，因此本书的注视的探照灯，一方面集中在前后两位"英雄"的枢纽作用上，另一方面亦不忘照射到北宋古文运动的前驱者——柳开、王禹偁、穆修、石介、尹洙、苏舜钦，以及欧阳修所提携的曾巩、王安石、三苏，以至苏门的秦观、晁补之、李廌、张耒，甚至私淑苏文的唐庚、鲍由、李朴等——身上。

何先生在时代背景上通观丛列了北宋所有重要文化人物的言论，以证明"通经致用"正是时代心灵的共同倾向，并且以相同的方式证明了当时一般对于"文""道"观念的理解，以及"文""道"合一的要求。因而归结到欧阳修能够"富有文采"地塑造出一种"简雅平淡的风格"，反映了这种时代的需求，而且一方面具有了"文章为士子所效习"的"典范"作用，更兼"指示了众人可习的门径"的"法式"功能。因而在"掌握有力的工具——知贡举"的便利下，凭恃其"善处人事""胸襟宽阔"的特殊性情，在"提携后进不遗余力"的精神感召中，促进了古文运动的成功。

---

[1] 见陶渊明《五柳先生传》。

接着历述苏轼的代兴继起、踵事增华,达到了"古文最高艺术层次",但也埋下了盛极而衰的根由,因而在历经党争、洛学的攻击后,终于内外交困,再难振作,古文运动遂及北宋而止,南宋再无大家继起。总体分析,遂具有从惊天动地到寂天寞地的悲剧情调,在低回掩抑的终曲声中,我们只听见《余论》里何先生的谆谆致意于党争之害:"古文之被提倡,本有政治上的目的,但此一政治性系限于冀求实现儒家的政治理想,并不同于党同伐异的斗争工具""古文沦为政争的工具""古文被大量用于批评时政,讥刺人身,古文遂为政治所污染,丧失了它的纯净""古文一旦用为政治斗争,终必受到政治力量的伤害"……余音袅袅,发人深省。

江西诗派到了南宋犹能开启四大诗家,终南宋一世而古文竟无大家。或许"古文运动"的"文道合一"原即出于经世致用的要求,所以"道"取"外王"之义,颇具进取精神。而偏安半壁的南宋,正如晚唐的疲于外患与党争,在苟且萎靡的世风下,或许"内圣"之思与清苦之音更近于时代心理,古文的复兴遂有待于明、清的有心用世之士。但是古文终究于北宋之后成为文体的正统,欧、苏的努力亦可算功不唐捐了。

何先生虽然对于苏轼"重诗赋,文章亦求华美"、"苏文纵横徜恍,难以学习"、"苏文颇轶儒家之道"、东坡未为粹然纯儒而导致古文运动的盛极而衰略有微词,遗憾之意溢于言表,但这其实也是书中重点之一的"道统"与"文统"能否融合为一的关键。早期的古文家之所以只好走怪奇艰涩之路,就是因为他们只能"宗经"而无法"变骚",不能融摄战国以下纵横、屈宋、班马等在文风上的发展,因此只能在一种极端有限的文体中艰苦挣扎。欧阳修变怪奇为雅正,化艰难为平易,自是为古文开出一条可行的新路,但是平淡若无真味为内里,终究有失为文的本义。并且若一味强调平易,亦未尝不是另一种有限而拘束的风格。书中所探讨的二苏的"文意"与"文气"的主张，正是想借"有德者必有言"的理念，突破文主一格的局限，想以人心思感的自然流动——"意"之流变多姿，以及性情阅历的宽厚丰富——"气"之宏博疏荡，来充溢平淡自然的文字，而达到有文有质的风格。事实上这正是古文文体的再次解放，而终于找到了真正足以反映性情、自由表现的美学基点，也就是古文的足堪担当宋代之后文体之范式的活水源头。所以，何先生亦一再强调苏轼"造就古文最高艺术层次"，"在艺术成就上，苏轼的确推古文及于巅峰"——虽然何先生站在为古文运动设想的立场，对于"波澜壮阔、变化万千之文取代了清新平易之文"，评价上略有保留。

何先生另辟的一章《与唐代古文运动的比较》以及《北宋古文家与释子之交涉》《古文家与理学家之交涉》两篇附论，无疑使得本书的脉络更加清晰完整。尤其唐代古文运动虽然出以比较，叙述却是详备完整。通观丛列，不但是本书的基本写作方式，在第一章注十一检讨郭绍虞论北宋文论之不当的这段：

> 郭氏的偏失可能肇因于立论之时仅就个人论文篇章着眼，而未从史传、文集综合观察他们的思想、言论，甚至行为；尤其未能将文学现象置于全文化、全社会现象检视，这很值得我们警惕。

更是充分地反映了本书的写作态度。是以本书在材料掌握上的周备精密，分析探讨上的深入细腻，其足资学者参考应用，自不待言。而透过"排佛"，何先生强调了古文运动的本位文化意识；谈到"理学家"对于"古文家"的抨击，则强调了儒门的同室操戈的不无遗憾。但释契嵩在本书中似乎是理所当然的反派角色，而批评苏轼的朱熹则位同"圣人作而万物睹"的儒道"圣贤"，虽有指瑕而大体服膺，似乎完全反映了何先生的深深涵泳于性理、文章两全其美的儒学大传统，以及倾向德言兼顾的中庸天性所形成的特殊襟抱，因此发为论断，有所取而有所不取，俱见性情。

何寄澎先生自台大求学之日起，即为笔者经常谈文论学的好友。多年前本书初稿完成时，依稀记得彼此曾有热烈讨论，当时唯愿见其早日刊行，现在终于正式成书出版，真是可喜可贺！付梓之前有幸重阅，依旧兴味盎然，可见学问的累积，虽因岁月而异，但流露真生命、真性情的文章，自然永远动人！

爱情与时代的辩证
——《牡丹亭》中的忧患意识

一、前言

　　天下女子有情宁有如杜丽娘者乎！梦其人即病，病即弥连，至手画形容传于世而后死。死三年矣，复能溟莫中求得其所梦者而生，如丽娘者，乃可谓之有情人耳。

　　情不知所起，一往而深，生者可以死，死可以生。生而不可与死，死而不可复生者，皆非情之至也。梦中之情，何必非真，天下岂少梦中之人耶？必因荐枕而成亲，待挂冠而为密者，皆形骸之论也。

　　……

　　嗟夫！人世之事，非人世所可尽。自非通人，恒以理相格耳。第云理之所必无，安知情之所必有邪！

任何翻阅《牡丹亭还魂记》的人，都无法回避上引汤显祖以清远道人署名的题词，以及本剧以《还魂记》为名的事实。是以，"生者可以死，死可以生"的"有情"，乃至"情之至"的"还魂"，正是作者所欲宣扬的主题，殆无疑义。

但上述情节只见于第十《惊梦》、第十二《寻梦》、第十四《写真》、第二十《闹殇》、第二十四《拾画》、第二十六《玩真》、第二十八《幽媾》、第三十二《冥誓》、第三十五《回生》等出而已，事实上，这不但是话本《杜丽娘慕色还魂》的主要内容，也正是搬演最多的折子戏的段落。但就全剧五十五出的《牡丹亭》而言，不过占其五分之一不到；尤其自《回生》到剧末的第五十五出《圆驾》还有整整二十出，其中仅第三十六《婚走》、第三十九《如杭》、第四十四《急难》、第四十八《遇母》、第五十四《闻喜》、第五十五《圆驾》六出中有旦角（杜丽娘）的戏。题词又云：

> 传杜太守事者，仿佛晋武都守李仲文、广州守冯孝将儿女事，予稍为更而演之。至于杜守收拷柳生，亦如汉睢阳王收拷谈生也。

"收拷"一事，见于第五十《闹宴》、第五十三《硬拷》两出。而提及李仲文、冯孝将儿女事，正指出《杜丽娘慕色还魂》的本事，与《搜神后记》中的《李仲文女》及《徐玄方女》故事雷同，皆为前任太守亡女和后任太守之子鬼人相恋，以相与寝息而为更生还魂的过程[1]，但汤显祖却将他们的身份改易了，柳梦梅不再是后任太守柳思恩之子，在现实的身份上只是一介秀才或孤单的寒儒，却以身属柳宗元的后代来配杜宝或杜丽娘的身为杜甫之后代，强调的反而是文学大家的血脉身份。似是有意要将志怪的鬼神事迹，转化为文坛的传奇佳话——是否就是一种具文学才华的未遇者对诗文大家的瓣香认同？——因而更创造出了平章宰相拷打新科状元的闹剧。

汤显祖所谓"予稍为更而演之"的部分，正是第一出《标目》中，"果尔回生定配"之后，所谓的"赴临安取试，寇起淮扬。正把杜公围困，小姐惊惶。教柳郎行探，反遭疑激恼平章。风流况，施行正苦，

---

[1] 两篇俱见《搜神后记》卷四，《徐玄方女》中以候至本命生日，还魂成功；《李仲文女》以"我比得生，今为所发"，"遂死"。《汉谈生》，亦属同类故事，更育有一子，以违背三年不以火照之言而功败垂成。见《搜神记》卷十六。

报中状元郎"。添出的正是"无哗战士"[1]的"取试"与"寇起淮扬"的"镇守"等当时男士所必须面对的个人与集体的战斗。"赴临安取试"是《杜丽娘慕色还魂》已有的情节，因而男主角喜中进士，兼得授官，且女主角"生二子，俱为显宦"，遂以"夫荣妻贵，享天年而终"作结。似乎非得如此结局，不足以充分表现"还魂""更生"的欢庆[2]。因而汤显祖所真正添加的，正是"寇起淮扬"的战乱，以及《耽试》中的"因金兵摇动，临轩策士，问和战守三者孰便？"的策问。这里自然就加重了时局动荡的历史分量。

但是"战乱"在以"爱情"为主题的作品中，未必真的就是作者所想表现的主题所寄。在《诗经·邶风·击鼓》中虽然有着最深情真切的爱情表白（"死生契阔，与子成说。执子之手，与子偕老"），但那首诗表现的还是"击鼓其镗，踊跃用兵。土国城漕，我独南行"，由"从孙子仲，平陈与宋""爱居爱处，爱丧其马。于以求之，于林之下"，以至"于嗟阔兮，不我活兮"的战争处境。但是张爱玲《倾城之恋》援引了该诗，也描写日军围攻香港的战事，却是以战事作为导致男女主角结合的催化剂之用而已。

对汤显祖而言，他写作《牡丹亭》的爱情戏曲，眼前所可取法且要挑战的范本，正是《西厢记》。所以，第十出《惊梦》中杜丽娘感叹"吾今年已二八，未逢折桂之夫；忽慕春情，怎得蟾宫之客？"之际，羡慕的正是《西厢记》中的"张生偶逢崔氏"等，"此佳人才子，前以密约偷期，后皆得成秦晋"[3]。而《西厢记》中男女主角在梦中

1　欧阳修《礼部贡院阅进士就试》，以"无哗战士衔枚勇，下笔春蚕食叶声"来形容就试情景。
2　《徐玄方女》亦以"生二儿一女：长男字元庆，永嘉为秘书郎中；小男字敬度，作太傅掾；女适济南刘子彦，征士延世之孙云"作结。六朝取士重门第，尚未行科举，故无"取试"情节，但基本意义则近似。
3　这段话原出话本《杜丽娘慕色还魂》，但汤显祖自无不知《西厢记》一书的道理，且杜柳之事，去掉梦合、幽媾等烟幕，精神上本就等同于崔张之事。

相会，又被惊散(《惊梦》)，男主角中状元，奉圣旨，"今日衣锦还乡，小姐的金冠霞帔都将着"，虽经波折而终得完婚(《团圆》)等[1]情节，为《牡丹亭》所承袭，而且亦有"寇起河桥"孙飞虎的围困普救寺，终因杜确将军"急难"驰援而终得"围释"等战乱情事，所以历来往往以两剧相提并论[2]，沈德符《顾曲杂言》甚至说："汤义仍《牡丹亭梦》一出，家传户诵，几令《西厢》减价。"因此"寇起淮扬"亦可只是增添戏剧效果的设计。

纯粹从戏剧性而论，战乱，不管是全面的，或者只是潜在的威胁，总是可以增添恋爱中的男女主角在生离死别之际的性情表现，而让他们的爱情质量在此试炼中得到揭现，不论是《梧桐雨》《汉宫秋》，或者是《罗密欧与朱丽叶》和《安东尼与克莉奥佩特拉》。但这些剧作中，战乱或其可能皆直接影响到男女主角与其爱情的变化，皆可算是其有机结构不可或缺的部分，《牡丹亭》中的战乱是自成一条线索，只和女主角的父亲杜宝、塾师陈最良有直接的关联，男女主角不过是"杜公围困，小姐惊惶。教柳郎行探"，除了前去"激恼平章"平白被"硬拷"一番，与战乱的解决全无关系。

另一条反复出现的主题，则是男主角一再遭遇落魄、受人诬蔑甚至还被拷打的厄运，除了"硬拷"一事外，这条线索亦与男女主角的爱情并无直接的关联，它的结局反而主要来自他的"报中状元郎"。因此本章拟从女主角的生死历程、男主角的由穷而达之命运转变以及父辈的御寇围释过程，这些深具时代特征的现象，来和男女主角的爱情相互对照，探讨其正反相生的辩证关系。

1　这里借用金圣叹批点本的回目，以资比较。
2　如王应奎《柳南随笔》云："王实甫《西厢记》，汤若士《还魂记》，词曲之最工者也。"《吴吴山三妇合评牡丹亭还魂记》亦一再以两剧相提并论。

二、闺女还魂之底蕴

（一）从《白雪公主》说起

杜丽娘"还魂"的故事，并非一般的"复活"或"再生"，其重点在于她以"养在深闺人未识"的"闺女"而"慕色"，所形成的实际困境与矛盾心理。她的故事其实和德国《格林童话》中的《白雪公主》在心理机制上如出一辙：白雪公主进入了青春期，但母亲（故事中故意将她改变为继母，以使她的嫉妒与威吓得到合理化的解释）在有意无意中不接受她已长大而成为"美丽"（也就是"性感"）的"女人"之事。所以要杀死白雪公主之"美丽"的女性素质，甚至要吃掉她的"春心"（在童话中继母将猎人带回的假"心"，加盐煮熟吃掉了）。白雪公主只好躲到七矮人（也就是埋身地底淘金度日的工作狂，或者象征尽日嬉戏的孩童，但不论为何者，都显然是不具"性感"或"性意识"之存在的生命形态）之中，成为尽日忙碌、清洁煮食的家事女佣般的存在。

但是白雪公主仍然日渐发育（有趣的是童话反复提及她的白肤、红唇、黑发，却全然不提她的体态），她在自我压抑中，也仍然渴望一切可以衬托、凸显她的"美丽"（性感）的事物，如各色的丝带、梳子，因而每一次在受诱（其实正是继母的假装测试），浅尝即死（以中毒来象征受到严惩或惊吓的结果），直到又如同小矮人般完全放弃，清除了这种尝试（这是七矮人解救白雪公主的标准程序），才得"复活"，重过与小矮人一般的生活。但是面对象征"性爱"的苹果，母亲作为已婚妇人自然没有影响，可吃它"无毒"的白色的一半；而鲜红的一半，对于处女的白雪公主，自然仍是"致命"的禁忌。小矮人们这一次不能像前两次找到外因，因为它不仅是可以解除的外饰而已。

直到她"虽死犹生"地被王子看上，经过提议赠金且示爱（议婚？）之后，王子命人将白雪公主抬举（玻璃棺等于花轿？）回家之时,作为禁忌的红苹果才自口中掉出(落红?),她的"情欲自我"因而才能真正地重生,而母亲所加的禁咒也就在婚礼的舞会中消失了(童话中以继母跳舞至死来象征,跳舞至死是否也暗示了母亲的渴望保有青春,不愿意在女儿成长过程中自觉老去的心理,因而同时解释了她的行为动机?)[1]。

(二)杜丽娘的困境

在没有适龄未婚男女公开社交与社交舞会的宋明时代的中国,做母亲的并不需采取任何行动来禁制女儿,对官宦家的处子而言,其生活活动的空间、闺阃之间的礼教规范,即足以形成严格的禁制。所以在《肃苑》一出中,更要塾师陈最良教训道:"论娘行,出入人观望,步起须屏障。"相形之下,当时的闺女"慕色"所承受的精神压力,显然要比《诗经·郑风·将仲子》中所谓:

> 将仲子兮,无逾我里,无折我树杞。岂敢爱之,畏我父母。仲可怀也,父母之言,亦可畏也。
>
> 将仲子兮,无逾我墙,无折我树桑。岂敢爱之,畏我诸兄。仲可怀也,诸兄之言,亦可畏也。
>
> 将仲子兮,无逾我园,无折我树檀。岂敢爱之,畏人之多言。仲可怀也,人之多言,亦可畏也。

"畏我父母""畏我诸兄""畏人之多言"有过之而无不及。至于《杜丽娘慕色还魂》中所谓"忽见一书生年方弱冠,丰姿俊秀,于园内折杨柳一枝,笑谓小姐曰:'姐姐既能通书史,可作诗以赏之乎?'",

---

[1] 这里的分析,主要是依据[美]乔安娜·柯尔(Joanna Cole)"Snow-White", *Best-Loved Folktales of the World* (New York: Doubleday Anchor Books, 1982)第53—62页。

正是《将仲子》的"逾园""折檀"等之"折树"或"伐柯"之意。要求"作诗赏之",是要杜丽娘强调"无折""可畏"?还是反映"可怀""岂敢爱之"的心意?或者竟是等同于"红叶题诗"的自怜与冀望?所以《惊梦》中"生"一上场就吟:"一径落花随水入,今朝阮肇到天台。"而唱:"则为你如花美眷,似水流年,是答儿闲寻遍。在幽闺自怜。"

但是小姐与书生"共成云雨之欢。两情和合,……忽值母亲来到,唤醒将来。我一身冷汗,乃是南柯一梦"之余,却立即得到母亲"我儿,何不做些针指,或观玩书史,舒展情怀?因何昼寝于此?"以及"孩儿,这后花园中冷静,少去闲行"的教训。在母亲心目中,女儿只当做个麻木无感、努力工作、认真读书的小矮人。杜丽娘须得一再以"不觉困倦少息。有失迎接,望母亲恕儿之罪"及"领母亲严命"答复,就可知其所受家教之严。汤显祖却变本加厉地在老旦上场时,要她吟出:"夫婿坐黄堂,娇娃立绣窗。怪他裙衩上,花鸟绣双双。"这已不逊于白雪公主的佩戴毒丝带了。接着以一出《慈戒》,让甄夫人强调:"女孩儿只合香闺坐,拈花剪朵。问绣窗针指如何?逗工夫一线多。更昼长闲不过,琴书外自有好腾那。去花园怎么?"

杜丽娘的困境,在汤显祖笔下,主要还不在母亲,而是父亲杜宝虽为"西蜀名儒,南安太守",却是膝下无儿,不免要在"伯道官贫更少儿"之余,想如"中郎学富单传女",因此不但指责妻子:"你才说'长向花阴课女工',却纵容女孩儿闲眠,是何家教?"并且亲自责备女儿:"白日睡眠,是何道理?"要她"刺绣余闲",寓目图书,"他日到人家,知书知礼,父母光辉"。夫妻两人对女儿"未议婚配"之事不放在心上,却期盼她成为"谢女班姬女校书"。所以才令杜丽娘深感"锦屏人忒看的这韶光贱",辜负了她"可知我常一生儿爱好是天然"的本性,其沉鱼落雁、羞花闭月的美貌,"恰三春好处无人见",正如园中春色:

原来姹紫嫣红开遍，似这般都付与断井颓垣。

这种芳华虚度、生命与爱情全然落空的怅惘心情，也正是《西厢记》中崔莺莺一上场的心灵基调：

可正是人值残春蒲郡东，门掩重关萧寺中，花落水流红。闲愁万种，无语怨东风。

结果是两人皆在这寂寥的"萧寺"或迹近荒废、只余"断井颓垣"的花园（后来又成了祭祀她自己的道观）中，展开了一场热情澎湃、轰轰烈烈的千古不朽的恋爱。有趣的是，不论是"西厢"或者是"牡丹亭"，正都是她们初试云雨，吃下白雪公主的红苹果的处所，以借喻的方式，而成为点出主题的剧名，实在令人莞尔。两剧此场的曲文（《西厢记》是第四本第一折，金批作《酬简》，《牡丹亭》则是《惊梦》及《寻梦》），皆极优美，虽是巧用意象、诗意盎然，却又使人心领神会之际，顿见此一沉酣过程的描写，历历如绘，栩栩如生。当它们在舞台上搬演之时，是否就是一种赞颂花月神祇的"圣婚"仪式？

（三）赞颂花月的"圣婚"

《西厢记》在此折，先是强调"月明如水浸楼台"，接着"月移花影，疑是玉人来"，然后以"春至人间花弄色""露滴牡丹开"为高潮，终于"乘着月色，娇滴滴越显得红白"归返。《牡丹亭》则分为两路，在《惊梦》直接出以花神的保护，"他梦酣春透了怎留连？拈花闪碎的红如片"，因而《寻梦》亦强调："忒一片撒花心的红影儿吊将来半天。敢是咱梦魂儿厮缠？"

在《幽媾》中则始于生赏春容："瞥下天仙何处也？影空濛似月

笼沙""他飞来似月华""幽佳，婵娟隐映的光辉杀"。由观画而直叹："小生客居，怎勾姐姐风月中片时相会也？"企盼"怎能勾他威光水月生临榻？"而魂旦则"魂随月下丹青引"，"又到的高唐馆玩月华"。相见之际旦对生唱："俺不为度仙香空散花……秀才呵，你也曾随蝶梦迷花下。"生想介答："是当初曾梦来。"旦自称："奴年二八，没包弹风藏叶里花。为春归惹动嗟呀。"生惊叹："夜半无故而遇明月之珠。"因而顿觉："月明如乍，问今夕何年星汉槎？""玉天仙人间下榻。"恍如梦中。旦却提起"你为俺催花连夜发""牡丹亭，娇恰恰；湖山畔，羞答答"的往事，而强调"清风明月知无价"。生则唱："俺惊魂化，睡醒时凉月些些。陡地荣华，敢则是梦中巫峡？亏杀你走花阴不害些儿怕。"赞叹之余，敦促道："你看斗儿斜，花儿亚，如此夜深花睡罢。笑咖咖，吟哈哈，风月无加。"临别旦自云："花有根元玉有芽。""秀才，且和俺点勘春风这第一花。"这一整出不论是借喻或隐喻，全然不惮重复以月、花为言，并且逐步由月的借喻转向花的隐喻。

（四）杜丽娘的"仙"格

事实上，《牡丹亭》写作的初始，接近《杜丽娘慕色还魂》中柳梦梅题画的和诗："貌若嫦娥出自然，不是天仙是地仙。若得降临同一宿，海誓山盟在枕边。"以嫦娥比喻女主角，亦见《西厢记》第一本第三折张生高吟的绝句："月色溶溶夜，花阴寂寂春；如何临皓魄，不见月中人？"以月中人相比，自是以"天仙"相况。而改称"地仙"，则刘晨、阮肇之类的奇遇，就因志怪传奇的传统而成为明显可期的佳话。话本《杜丽娘慕色还魂》此一和诗作得甚近俚俗，远不如杜丽娘的原诗。原诗虽属平常，但在远观近睹的对照中还能强调出杜丽娘性格中的两面性：受社会化压抑的表面"俨然"，但真正的精神却是"自在若飞仙"，是渴望自由而追求自我实现的灵魂。至于后两句原为命运的"预言",自可不必深究。[1]当然,"蟾宫客"亦又以"月中折桂"的获取功名,来隐隐与"园中折柳"获得芳心遥相比对。因而汤显祖保留了原诗,而将和诗改为:

丹青妙处却天然,不是天仙即地仙。
欲傍蟾宫人近远,恰些春在柳梅边。

首先强调了丹青的妙处,能够反映画中女性"一生儿爱好是天然"的内在本性。"不是天仙即地仙",强调的正是她与天地并立的"仙"的本性,美丽之外,更传达出她"自在若飞仙"的超越现实、向往自由、勇敢追求的精神,并且将她的降临("玉天仙人间下榻"),依傍引喻为将"春"带至"柳梅边",因而作为"仙",她竟成为"春"的象征,颇有"春至人间花弄色"之意味了。

若从"仙"的象征而言,杜丽娘的"还魂""更生"就不仅是性爱渴望的压抑与解除了,而同时更具有与"圣婚"崇拜相关,自然神祇在季节变化中的"死亡"与"再生"的意蕴了。所以,《忆女》中春香说她"仙果难成,名花易陨";同时,《杜丽娘慕色还魂》中已明白交代杜丽娘之死,"时八月十五也",而"杜丽娘葬于后园梅树之下,今已一年矣"。汤显祖虽将一年改为三年(可能受杜府尹"不觉三年任满,使官新府尹已到"的影响),却将杜丽娘的回生,改为春回花开之日。

(五)"春"与"梅"的象征

柳梦梅《拾画》,一开始就唱:"惊春谁似我?"定场诗头一句亦是"脉脉梨花春院香"。《玩真》的定场诗,亦强调"画意无明偏

---

[1] 原诗作:"近睹分明似俨然,远观自在若飞仙。他年得傍蟾宫客,不在梅边在柳边。"

着眼，春光有路暗抬头"，对画中人则赞为："问丹青何处娇娥，片月影，光生毫末？似恁般一个人儿，早见了百花低躲。总天然意态难模，谁近得把春云淡破？"并且进一步强调她是"动春蕉，散绮罗。春心只在眉间锁，春山翠拖，春烟淡和"，"他青梅在手诗细哦，逗春心一点蹉跎"。《魂游》一开场即是石道姑唱："台殿重重春色上。"杜丽娘魂归人世，亦惊唱："原来是赚花阴，小犬吠春星。冷冥冥，梨花春影。"直到《幽媾》，柳梦梅对画仍要祈求："他春心迸出湖山罅，飞上烟绡萼绿华。"所以，杜丽娘地狱归来正与大地春回同时。《回生》之前，生拜当山土地，说："土地公公，今日开山，专为请起杜丽娘。不要你死的，要个活的。"所唱的结句，就是："呀，春在小梅株。"梅，在节候上或文学传统的应用上，正是"春风第一花"！

杜丽娘作为与"春"有关，能够"回生"重临的"仙"（剧中亦一再以女仙"萼绿华""杜兰香"之名来指称她），显然从她对"梅"的认同起始。在后来习惯称为《游园》的段落中，旦上即唱："梦回莺啭，乱煞年光遍。人立小庭深院。"强调的正是"梦"在莺声中，随"春"而"回"，贴亦强调了这种"年光"的流转："炷尽沉烟，抛残绣线，恁今春关情似去年？"接着旦的道白正是："晓来望断梅关。"与此相对的则是："春香呵，牡丹虽好，他春归怎占的先！"由于最早开花，"梅"不仅象征早春［"寒梅著花未"（王维，《杂诗三首》）］，甚至可视为春回的象征。而"梅"的结实与摘取，自《诗经·召南·摽有梅》以降，更是象征处子的婚嫁与期待婚嫁的心情：

摽有梅，其实七兮。求我庶士，迨其吉兮。
摽有梅，其实三兮。求我庶士，迨其今兮。
摽有梅，顷筐墍之。求我庶士，迨其谓之。

屈万里先生诠释这首诗，以为反映"女子迟婚"的心情。[1]而《惊梦》中杜丽娘游园归来，不但道白全袭《杜丽娘慕色还魂》（"吾生于宦族，长在名门。年已及笄，不得早成佳配，诚为虚度青春，光阴如过隙耳"），入梦之前的一曲《山坡羊》更将这种心情写得淋漓尽致：

没乱里春情难遣，蓦地里怀人幽怨。则为俺生小婵娟，拣名门一例一例里神仙眷。甚良缘，把青春抛的远。俺的睡情谁见？则索因循腼腆。想幽梦谁边，和春光暗流转？迁延，这衷怀那处言？淹煎，泼残生除问天！

这里的"春情难遣"，正因虽有父母而"衷怀"却无处可言。昼眠尚且不准，遑论"睡情"以及"幽梦"？生于"名门"反致"幽怨"，挑三拣四的结果，并没有成就任何"良缘"，徒然在"春光暗流转"中"把青春抛的远"，眼看婚龄将过，再"迁延"就全无指望了。在"女子有行，远父母兄弟"[2]的年代里，女性若是婚姻无着落，等于生命整个落空："伤彼蕙兰花，含英扬光辉。过时而不采，将随秋草萎。"（《古诗十九首·冉冉孤生竹》）此处的焦虑必须放到这种文化社会之处境才能深切体会（因而《牡丹亭》甫出即引起许多女性读者的共鸣，更有感伤至死者）[3]。所以，最后顿然陷入绝望的谷底："淹煎，泼残生除问天！"

在这种绝望的心情下，"因杜知府小姐丽娘，与柳梦梅秀才，后日有姻缘之分。杜小姐游春感伤，致使柳秀才入梦"[4]，事实上正是

1　见屈万里《诗经选注》（台北：正中书局，1976年），第17页。
2　见《诗经》之《邶风·泉水》《墉风·蝃蝀》《卫风·竹竿》等篇，可见其为当时普遍接受的成语，至近代以前，女性的处境都还如是。
3　见诸记载即有俞二娘、金凤钿、冯小青、商小玲等。
4　这是《惊梦》中花神的解释。

她足以预知未来的潜意识,甚至是她内在的"animus"[1],前来拯救她、补偿她,向她保证将来有"良缘"与神仙眷属,而不是徒然在"似水流年"里"淹煎"!

但是"梦"里的"预先"经历,并未构成真正的保证。母亲将她"惊"醒,却又对游园一事加以禁止,再次使她跌入了令人绝望的现实。当她再度前来《寻梦》,发现"明放着白日青天,猛教人抓不到魂梦前","昨日今朝,眼下心前,阳台一座登时变",更显得梦境虚无缥缈。就在此时她注意到了:"呀,无人之处,忽然大梅树一株,梅子磊磊可爱。"她终于看到了自己类似《摽有梅》的命运:

偏则他暗香清远,伞儿般盖的周全。他趁这,他趁这春三月红绽雨肥天,叶儿青,偏迸着苦仁儿里撒圆。爱杀这昼阴便,再得到罗浮梦边。

由梅花的"暗香清远"到梅子的"红绽雨肥天",时序不止,人的青春亦一样流逝,无花可折枝,但亦不妨"爱杀这昼阴便"。杜丽娘对梅花的赏爱,遂由"灼灼其华""有蕡其实"转到了"其叶蓁蓁"[2]的"昼阴便"。"华""实"若以《桃夭》诗例来看,皆与男女结合的"室家""家室"相关,仅只"叶"与"家人"相关。似乎在此,她已放弃成婚的希望,只好在面对丫角终老的命运前,由向往"梅子磊磊可爱"而转向认同于自己家人般注视梅叶青青,"伞儿般盖的周全",甚至以"这梅树依依可人"为其最终的归宿与认同:"罢了,这梅树依依可人,我杜丽娘若死后,得葬于此,幸矣。"

当杜丽娘提到"再得到罗浮梦边"时,她不只将她的梦境与柳

---

[1] 此处用的是荣格的观念,指女性自我中所蕴含的男性人格,目前尚无固定中译,故用西文。
[2] 此处借用《诗经·周南·桃夭》的诗句。

宗元《龙城录·赵师雄醉憩梅花下》的经历相比，其实正以幻为美人的梅树香魂自比，并且其实企望的正是这一场类似当年发生于罗浮山的"幽梦"能够"再得到"：

> 偶然间心似缱，梅树边。这般花花草草由人恋，生生死死随人愿，便酸酸楚楚无人怨。待打并香魂一片，阴雨梅天，守的个梅根相见。

"梅树"因此不仅是春日的象征、自我的模拟，"梅树边"更是一场幽梦的场景与追怀心情之无法忘怀与割舍（"心似缱"）的寄托。她在此对生命所表达的渴望，正是"春日"或"青春"的美好："花花草草"能够尽情去爱恋，而人的"生生死死"能够自主、自我掌控（"随人愿"），如是则无怨无悔（"便酸酸楚楚无人怨"）。

在这里，特别值得注意的是：首先，春日的"花花草草"能够"自由"地"由人"不仅是"观赏"，而且是"恋"，这简直是反对礼教桎梏人心，公然主张"自由恋爱"的宣言（相同的意思，首见于《西厢记》的"愿普天下有情的都成了眷属"）；其次，"生生死死"迭句的背后正是"生死轮回"的宗教信仰，与四季循环的自然现象迭合而成宇宙观感，在此却强调"随人愿"，遂有类似"愿世世为夫妇"[1]之类超越死生恢宏的愿力。在此祈愿下，即使历经生生死死的酸楚亦是无怨无悔。总体而言，是认同于虽有花开花落、草长草枯的季节与生命的循环，但是若能掌握春光，充分实现青春的生命（或者说生命的青春），即使所结的果实，如梅子般"酸酸楚楚"，甚至"偏迸着苦仁儿里撒圆"，得以苦涩为核心而自求圆满，遭逢的必然都是"阴雨梅天"风雨不断、动荡不安的环境，虽艰辛备尝，却是无人怨悔的以爱情为核心关怀的人生信念。

1　见陈鸿《长恨歌传》。此为传中唐玄宗与杨贵妃七夕时的密誓。

在这种信念下，可怕的并不是恋爱所导致的种种痛苦，而是未曾有过任何恋爱的生命的落空。即使只是"睡情"，是"幽梦"一场，只要有了"所谓伊人"，不论是生生死死的哪种"在水一方"，[1] 终究有永远的期盼、恒久的等待。于是此处的"爱情"，就有如牛郎织女般进入了神话的形态。只是这不是仲夏夜梦的"天仙"的形态，而是随着春光流转，初春开花、暮春结果，可以借"梅"之开落循环来象征的"地仙"的形态。因此，"待打并香魂一片，阴雨梅天，守的个梅根相见"，只要"根"在，终是"天上人间会相见"（白居易，《长恨歌》）。

《杜丽娘慕色还魂》中，柳梦梅"因母梦见食梅而有孕，故此为名"，是暗喻柳衙内为"梅"子，显然会破坏全剧以杜丽娘为"梅"的象征。因此，汤显祖将他取名的来源，扣紧杜丽娘的同一梦境：

> 忽然半月之前，做下一梦。梦到一园，梅花树下，立着个美人，不长不短，如送如迎。说道："柳生，柳生，遇俺方有姻缘之分，发迹之期。"因此改名梦梅，春卿为字。正是："梦短梦长俱是梦，年来年去是何年！"

这一段自然牵涉到下一节要讨论到的书生穷达命运之转变的主题，但就此处论述的重点而言，梅花树正是美人的借喻，梦"梅"不仅梦的是杜丽娘，梦的更是逢"春"花发所象征的"发迹"。因而以"梦梅"为名，"春卿"为字，正是呼应"圣婚"仪式之"神仙春"的表征。

"年来年去是何年！"似更有一种"春"之永恒循环来去的弦外之音。因而"春"的消逝、岁月的流变（甚至人的死去），都可视为只是循环来去的一端。从人间万事俱是"春梦"一场，"梦短梦长俱是

---

[1] 两句见《诗经·秦风·蒹葭》。

梦"，就更有一种深沉的对于"真幻"的辨别，即《题词》所谓："梦中之情，何必非真，天下岂少梦中之人耶？"这里汤显祖反映的是近于对荣格所谓的"anima/animus"之直觉的了悟？还是了解"爱情"远远超乎肉体的吸引与接触——"必因荐枕而成亲，待挂冠而为密者，皆形骸之论也"，是一种"所过者化，所存者神"，彼此对"神"的认同与契合？

"情"所以能教人死生相许，正因"情"可以超越死生，比如梦如幻的人生更为"真实"而不会随梦而逝，达到一种近于神圣的"实在"。对于此一"实在"之掌握，有时反而必须通过揭现于"睡情""幽梦"中的内在心灵之眼目。杜丽娘感叹：

听，听这不如归春暮天，难道我再，难道我再到这亭园，则挣的个长眠和短眠？

"挣的个长眠和短眠"的自觉，其实正与"梦短梦长俱是梦"遥相呼应，正都流露出一种永劫循环之宇宙透视。在此"生者可以死，死可以生"的生死轮回中，"不知所起，一往而深"的"情"反而成了《老残游记续集·自序》所谓"固历劫而不可以忘者也"[1]的永恒的"天然"本性了。

这种"情"正是和"青春"生命不可分割的"春情"，也正是可以借"梅"为喻的"天然"本性。这种以"梅"为喻的刻意安排，更见于《写真》特地添加了《杜丽娘慕色还魂》所全然未曾提及的"一种人才，小小行乐，撚青梅闲厮调"，以手撚青梅作为"春容"的主要提示；在《诊祟》中杜丽娘更直陈："咳，咱弄梅心事，那折柳情人，

[1] 其上下文为："而其五十年间可惊、可喜、可歌、可泣之事业，固历劫而不可以忘者也。夫此如梦五十年间可惊、可喜、可歌、可泣之事，既不能忘，而此五十年间之梦，亦未尝不有可惊、可喜、可歌、可泣之事，亦同此而不忘也。"可作参考。

梦淹渐暗老残春。"《玩真》更让柳梦梅看画惊叹："却怎半枝青梅在手，活似提掇小生一般？"而唱出："他青梅在手诗细哦，逗春心一点蹉跎。小生待画饼充饥，小姐似望梅止渴。"由杜丽娘题诗："他年得傍蟾宫客，不在梅边在柳边。"自然"柳"，包括所谓"那折柳情人"，是指柳梦梅；但"梅"正指杜丽娘，尤其是她"一生儿爱好是天然"之充满"渴""望"而未得满足的"春心"，也就是她生命的最终本质。

"撚青梅"或"弄梅"自然用的是李白《长干行》"妾发初覆额，折花门前剧。郎骑竹马来，绕床弄青梅"的典故。但是一"折柳"一"弄梅"，就更有《诗经·郑风·溱洧》"士与女，方秉蕳兮""维士与女，伊其相谑，赠之以勺药"中春日的崇拜、嬉戏与交相传情之意味。杜丽娘"情知画到中间好，再有似生成别样娇"之纸上静止的"写真"，其实充满了挑逗意味（所谓"逗春心""提掇小生"），但基本作用却是与白雪公主被装在玻璃棺中异曲同工——虽然进入了行动中止的"死亡"或等于"死亡"状态，却是一种等待被发现、被追求，因而得以复活以至获得真正的结合，所故意留下、诱人按图索骥的线索标识。

这几乎是一种压缩了热情与美丽的青春生命之藏宝图录（在《白雪公主》中是展示柜），这不但是一种欲隐还显的捉迷藏的过程，更重要的还是一种选择与考验。只有一方面通过静止表象之观览，即可掌握其所喻示隐藏于内在的跃动生命与审美精神（"撚青梅"暗用佛陀拈花、迦叶微笑的妙悟会心之典？），另一方面又肯甘冒大不韪前来追求的勇士，才真正能够解救她们于被禁锢因此形同"死亡"状态的虽生犹死甚至生不如死的命运。[歌剧《魔笛》中的塔米诺（Tamino）王子只看了夜之后女儿帕米娜（Pamina）的画像就爱上了她，而决心冒险去拯救她。他因此面对了种种试炼，后来却发现皆出自她父亲萨拉斯特罗（Sarastro）的安排。]

（六）"更生"的条件

以《题词》所提及的《李仲文女》《徐玄方女》的故事看来，虽然"更生"之事，后者成功，前者功败垂成，但两位女主角皆在梦中明告两位男主角她们为"死者"（"前府君女，不幸早亡。""我是前太守北海徐玄方女，不幸早亡。亡来今已四年。"），同时表达爱意与更生之事，而不论是张子长或冯马子皆能不以对方"早亡"为嫌，皆"遂为夫妻，寝息"，"与……寝息"。

但二者成败之别，似乎一方面是李仲文女，虽"会今当更生"，但仅只"心相爱乐，故来相就"，并不如徐玄方女具有"为鬼所枉杀。案生录，当八十余"的寿数、"又应为君妻"的宿缘，同时"要当有依马子乃得生活"，有必要的救活过程，与冯马子之承诺与执行；一方面是徐玄方女的更生是充分等待到"出当得本命生日"，而且经由以"丹雄鸡""黍饭""清酒"祭讫、掘棺、开视等程序。

但李仲文女，文中虽强调"寝息，衣皆有污，如处女焉"，却因"此女一只履在子长床下"，为仲文遣婢所见，导致双方的父亲"发冢"，女遂"比得生，今为所发。自尔之后遂死，肉烂不得复生矣"，显然虽"女体已生肉，姿颜如故"，却是过早地发掘（发觉？）。将两者加以对照，"更生"成败的基本关键显然一是程序，一是时间。

徐玄方女所谓："能从所委见救活不？"若从前此"应为君妻""要当有依马子乃得生活"的话语看来，虽是女方主动提出，但其实正是一种"出嫁从夫"的议婚；马子的应允，显然已具"婚约"的意义。而其出现由发、额、头面、肩项形体顿出，显然是一种"掀起盖头"开封经验的神秘化，这种经验延续至"掘棺出，开视，女身体貌全如故。徐徐抱出，著毡帐中"皆可与新婚初夜的情景模拟。同时，"酹其丧前，去厕十余步。祭讫，掘棺出"等历程，其实亦颇类同于祭别迎娶的过程。后来更有"乃遣报徐氏，上下尽来。选吉日下礼，聘为夫妇"，总而言之，虽为"自媒"，仍是合于

"善良风俗"的"成婚"。

而李仲文女仅只热情的"心相爱乐，故来相就"，文中强调的是"颜色不常""衣服薰香殊绝"的美艳引人，更及"遂为夫妻，寝息，衣皆有污，如处女焉"之由少女而成为妇人之经历，其实只算是幽会偷情，一如《会真诗》[1]所描写的内容；况又事机不密，留下证据为人发觉。终至只有"万恨之心，当复何言！"的"涕泣而别"，不仅其际遇判然有别，且以留鞋在床下象征"淫奔"，亦与"成婚"有根本不同。

《牡丹亭》中《幽媾》近于《李仲文女》，因而遂有《旁疑》《欢挠》等情节的衍生；《冥誓》以下，则近于《徐玄方女》。社会的压力，尤其杜宝所代表的父权的惩处却是更加严峻，遂有"杜守收拷柳生，亦如汉睢阳王收拷谈生也"等情节。

徐玄方女"出当得本命生日"，《汉谈生》中睢阳王女虽"来就生，为夫妇"，却言"我与人不同，勿以火照我也。三年之后，方可照耳"，似乎都是一种"俟时""更生"或"垂生"的母题，这或许是出于将"更生"与一般婴孩孕育成熟而后可以没有危险"出生"模拟而成的思维。因而徐女须当"本命生日"，而王女则竟"生一儿，已二岁"，无疑都在提示"出生"一事。至于"三年之后，方可照耳"，不知可是取的"守丧"三年之意[2]。

但《牡丹亭》中的杜丽娘则是"凑的十地阎君奉旨裁革，无人发遣，女监三年"。在《圆驾》中，杜宝问丽娘："人间私奔，自有条法，阴司可有？"还魂的丽娘回答："有的是。柳梦梅七十条，爹爹发落过了，女儿阴司收赎。"因而杜丽娘的病死三年，就成了其"风流罪过"的刑罚。当然，汤显祖也用了刘玄石饮中山千日酒的典故[3]，让

1　见元稹《莺莺传》。传中男女主角亦以男女各自婚嫁，"自是绝不复知矣"结束。

2　《秘议》中，石道姑即调侃柳梦梅："秀才，既是你妻，鼓盆歌、庐墓三年礼。"

3　见晋张华《博物志》卷五《千日酒》。

杜丽娘在回生成亲"婚走"之际悲叹："伤春便埋，似中山醉梦三年在。"终究强调的还是"伤春"与"醉梦"，也就是春日之时序与个人之青春的虚掷！

（七）回春的过程

"回生"的时间意义，诚如所谓"出当得本命生日"，它必须正与本人的天性相合，而在剧中与"圣婚"相关的乃是个人的也是时序上的"回春"。丽娘回生之际，生作觑介喊道："好了，好了！喜春生颜面肌肤。"众曰："亏了小姐整整睡这三年。"旦的回答则是："流年度，怕春色三分，一分尘土。"当生唱"死工夫救了你活地狱"，而要扶她去"梅花观内"，旦却回答"可知道洗棺尘，都是这高唐观中雨"。

这里正牵涉到"回生"与"圣婚"必须一提的两项基本要件：不论是"更生"成功的《徐玄方女》，或者功败垂成的《李仲文女》《汉谈生》，除了"时机"必须合适，未被过早发觉，而且必须出以适当"程序"之外，"遂与马子寝息""遂为夫妻，寝息""来就生为夫妇"似乎是一最根本的必要条件。即使"更生""得生"不成，似乎也因经此接触，方能使睢阳王女"其腰以上，生肉如人；腰以下，但有枯骨"；李仲文女"体已生肉，姿颜如故"，一旦"今为所发。自尔之后遂死，肉烂不得复生矣"。也就是只有在性爱的雨露浇灌下，一如枯木"逢春"的滋生新芽新叶，还魂者的"枯骨"才能"生肉"而至"姿颜如故"。

由《徐玄方女》回生之后，仔细描写其复原的过程："唯心下微暖，口有气息。令婢四人守养护之，常以青羊乳汁沥其两眼，渐渐能开，口能咽粥，既而能语。二百日中，持杖起行。一期之后，颜色肌肤气力悉复如常。"我们几乎可以视为就是一种大病初愈的调养历程。自然《牡丹亭》在《诇药》中强调："海上有仙方，这伟男儿深裤裆。""不寻常，安魂定魄，赛过反精香。"正是以借喻的方式，表达"性爱"的疗效。因而在《回生》时，亦在"俺为你款款偎将睡脸扶，休损了口中珠"之余，扶旦："且在这牡丹亭内进还魂丹，秀才剪裆。"并且在"尾声"中作结语道："死工夫救了你活地狱，七香汤莹了美食相扶"云云。基本上这正是中国文学传统中所谓"相思病"的治疗方式。

《西厢记》中张君瑞害相思，强调："愿言配德兮，携手相将！不得于飞兮，使我沦亡。"他的证候依红娘的观察是："张生近间、面颜，瘦得来实难看。不思量茶饭，怕待动弹；晓夜将佳期盼，废寝忘餐。黄昏清旦，望东墙淹泪眼。"而其治疗："他证候吃药不济。病患、要安，则除是出几点风流汗。"因而红娘居间传讯："因今宵传言送语，看明日携云握雨。"终因莺莺"姐姐玉精神，花模样"，"出画阁，向书房；离楚岫，赴高唐"，张生豁然痊愈。

杜丽娘的病征，依春香的叙述："他茶饭何曾，所事儿休提、叫懒应。看他娇啼隐忍，笑谵迷厮，睡眼憎憕。"正与张生类似，终至"他一搦身形，瘦的庞儿没了四星"，"一病伤春死了"。但回生还阳的过程，若省却《冥判》一段，其实与相思病的痊愈无异。

但是汤显祖对于杜丽娘的"生者可以死，死可以生"的历程，始终不忘扣紧"春"之来去，"月"之落生。当她病重，贴形容："看他春归何处归，春睡何曾睡？气丝儿怎度的长天日？把心儿捧凑眉，病西施。"陈最良诊病说："春香呵，似他这伤春怯夏肌，好扶持。病烦人容易伤秋意。"临终前贴唱："甚春归无端厮和哄，雾和烟两不玲珑。算来人命关天重，会消详、直恁匆匆！"她辞别母亲："娘呵，此乃天之数也。当今生花开一红，愿来生把萱椿再奉。"众泣介合："恨西风，一霎无端碎绿摧红。"而在此出她先已望月："海天悠、问冰蟾何处涌？玉杵秋空，凭谁窃药把嫦娥奉？甚西风吹梦无踪！"交代后事时更说："做不的病婵娟桂窟里长生，则分的粉骷髅向梅花古洞。"此际一再出现的合唱,皆是:"恨苍穹,妒花风雨,偏在月明中。""恨匆匆,萍踪浪影,风剪了玉芙蓉。"最后杜丽娘在"怎能勾月落重生灯再红!"的叹息下香消玉殒。杜宝升安抚使镇守淮阳前,更安排了:"因小女遗言,就葬后园梅树之下。""割取后园,起座梅花庵观,安置小女神位。就着这石道姑焚修看守。"

在上述的征引中,象征"春"的"花"和同具浪漫意义的"月",虽然往往并提而显然有别,最主要的是"月"并不是季节,虽然它亦有每夜的生落与每月的圆缺等循环现象,却位于"海天"之上,是秋日的"西风"所无法伤害的对象,因而在中国传统文学中一向成为永恒(或永恒生命)的象征,例如苏轼《赤壁赋》所谓:"哀吾生之须臾,羡长江之无穷。挟飞仙以遨游,抱明月而长终。"尤其在神话里,它同时是不死与不断再生之象征的嫦娥、冰蟾、玉兔与桂树之所在。因此,"窃药""桂窟里长生",遂成为可望而不可即的"梦"。非常清楚,在此段特别以"向梅花古洞"来与其相对照。

同时,以"春归"与"春睡""花开一红"来象征杜丽娘的生命情境,以"花""玉芙蓉""梅花"以至"红""绿、红"来象征杜丽娘的生命,而"西风""风雨""风"则是摧残其生命的力量,但这种力量又是自然季节转化的动态形式而已。因而以"算来人命关天重""此乃天之数也",甚至"当今生花开一红"来形容杜丽娘的夭折时,就有了一语双关的象征意义,因为杜丽娘就是"春花"——当随春去而殒,随春回而生、而"再红"。(我个人一直怀疑,"怎能勾月落重生"底下当作"花再红",现作"灯再红"乃是沿前老旦唱"冷雨幽窗灯不红"或涉后"再不叫咱把剔花灯红泪缴"而致误植。盖"灯不红""红泪缴"两处都无"死灭"之意,则"灯再红"遂皆无回生之义,当作可与"花开一红"相对之"花再红"为是,至少其意较佳。)这种杜丽娘的"人命关天",亦见于《回生》时,当"旦开眼叹介"之际,净道:"小姐开眼哩!"生却喊出:"天开眼了,小姐呵！"

  杜丽娘葬于"梅树之下"，杜宝又为她修起一座"梅花庵观"，安置她的神位。而她在自写"春容"的题诗上强调"远观自在若飞仙"，同时《写真》的尾声中，旦唱："尽香闺赏玩无人到。"贴唱："这形模则合挂巫山庙。"合唱："又怕为雨为云飞去了。"一方面充分利用了道教的飞仙或游仙以至遇仙等神话的寓意，一方面不论是"高唐观中雨"，或"合挂巫山庙""为雨为云飞去了"，都一再指涉"未行而卒"之巫山神女，其"旦为朝云，暮为行雨。朝朝暮暮，阳台之下"，而与楚怀王"荐枕席"的故事[1]。只是神女号为"朝云"，虽"神""仙"有别，但终属"天仙"系统，故楚王只能为之立庙；杜丽娘以"梅花"为"观"则近"地仙"，其实在神话系谱中属于所谓"树神崇拜"，因此，遂有借"圣婚"而"回春""还魂"之事，也因此需有《魂游》中的祭祀、祈祷："钻新火，点妙香。虔诚为因杜丽娘""残梅半枝红蜡装""安在净瓶供养""小姐，你受此供呵，教你肌骨凉，魂魄香。肯回阳，再住这梅花帐"。杜丽娘的游魂亦受感动："则为这断鼓零钟金字经，叩动俺黄粱境。俺向这地坏里梅根进几程，透出些儿影。"而以"抵甚么一点香销万点情"显灵，"将梅花，散在经台之上"。然后在生的对画叫唤（招魂？）下，逐步地走向幽媾、还魂之路。

  上段的引述中，除了一再加强刻意描绘了杜丽娘与"梅"，尤其是"梅花"与"红"的关系外，特别值得注意的是"钻新火"，这显然用的是"钻燧改火"的故实，这一方面正是"寒食"（同时也包括了"清明"）的庆典仪式，另一方面也象征着年岁交替的新生复活情境。"圣婚"作为再生、繁殖的祝仪，其实正与借世代交替而求生生不息之季节循环的感应与信仰相关。

---

[1] 见《昭明文选·高唐赋序》。

(八) 寒食的庆典

《西厢记》始于崔莺莺父亲的死亡（她失去了"在家从父"的保护者），因而遂有崔莺莺夜烧香的祈愿，而开始了她与张生的"月下联吟"。张君瑞的追求行动，进一步表现在追荐崔父亡灵祭仪中的"闹道场"。接着在孙飞虎抢亲事件中，张生以"破贼计"成为崔莺莺事实上的保护者，并期盼获致其"出嫁从夫"的保护者身份。结果受挫，以"害相思"模拟（其父的）"死亡"，终于在象征着"愿普天下有情的都成了眷属"之神圣殿堂"普救寺"完成了"圣婚"，而使其"重生"。最后再经离别、科考，终于在功名成就"敕赐为夫妇"下完成了"俗婚"。因为"相国"之女必须匹配"状元"之夫，因而"夫"又再一次模拟其"父"，终至可以达成完全的代替。因而，死亡、寺庙、祭祀、圣婚、再生、分离、俗婚，所隐含的正是一种大地春回的"神话"结构，由"从父"而转向"从夫"，亦正反映了以寒食（清明）为中心，以"钻燧改火"为象征的岁月循环、世代交替的恒常的春之祭典。

《牡丹亭》的爱情经历，一样包括了死亡、寺庙、祭祀、圣婚、再生、分离、俗婚等过程，但反应的不是"父""夫"的世代交替，反而近于两者的拉锯，杜宝甚至要求杜丽娘"离异了柳梦梅，回去认你"。因而，自其"伤春"，终至"死亡"，然后直到"再生"都是象征春花的杜丽娘，其经历"圣婚"所在的寺庙，正是供其神位的"梅花观"，强调的反而是她自身的"回春"能力，所以全剧的最后一句曲词，是杜丽娘唱的："则普天下做鬼的有情谁似咱！"

但饶有意味的却是梅花观中杜丽娘的牌位，竟作"杜小姐神王"，致使柳梦梅询问："是那位女王？"石道姑才解释："你说这红梅院，因何置？是杜参知前所为。丽娘原是他香闺女，十八而亡，就此攒瘗。他爷呵，升任急，失题主，空牌位。""偏他没头主儿，年年寒食。"正一语双关，由"神王"点出：杜丽娘在此庙中是"神"而不是"鬼"，而且是与"年年寒食"有关的"女神"。

因而不仅其祭祀,"圣婚"与"寒食"的季节意义,也见《圆驾》中杜丽娘对杜宝"指生介"所唱的:"他、他、他,点黄钱聘了咱。俺、俺、俺,逗寒食吃了他茶。"强调的正是在《回生》中,以"开山纸草面上铺。烟罩山前红地炉",向土地公公祈求"今日开山,专为请起杜丽娘。不要你死的,要个活的",以及回生之际,正是"寒食"期间。至于"圣婚"导致回生的过程,则可见《硬拷》中的《雁儿落》的曲词:

我为他礼春容、叫的凶,我为他展幽期、耽怕恐,我为他点神香、开墓封,我为他唾灵丹、活心孔,我为他偎熨的体酥融,我为他洗发的神清莹,我为他度情肠、款款通,我为他启玉胠、轻轻送,我为他软温香、把阳气攻,我为他抢性命、把阴程逬。神通,医的他女孩儿能活动。通也么通,到如今风月两无功。

这一段句句语带双关,既是医疗的过程,也是性爱的描绘,最后以"风月"肯定了这种"圣婚"的两面性。因而《婚走》中,生:"姐姐,俺地窟里扶卿做玉真。"旦:"重生胜过父娘亲。"对杜丽娘而言,柳梦梅就取代了杜宝夫妻成为她的"至亲"。在《圆驾》中,她更明白对父亲表示:"则你个杜杜陵惯把女孩儿吓,那柳柳州他可也门户风华。""叫俺回杜家,赸了柳衙。便作你杜鹃花,也叫不转子规红泪洒。"这里充分反映了杜丽娘由"在家从父"转向了"出嫁从夫"的"钻燧改火"的历程,并且暗用了"望帝春心托杜鹃"(李商隐,《锦瑟》)之当季典故,坚决往"新生"的方向前进。

柳梦梅《雁儿落》曲的告白,虽然被杜宝认定是"着鬼了",却是"圣婚"奥义之所在。同时杜丽娘的"慕色""有情",正是热爱生命、大地回春的真谛,因为:色即是生,生即是色。汤显祖在《标目》中说得好:"世间只有情难诉。"

三、书生穷达之感怀

(一) 寒儒的梦想

虽然《牡丹亭还魂记》,沿袭《杜丽娘慕色还魂》,仍以杜丽娘的"还魂"为剧名,但不再强调"杜丽娘"的人名,尤其加上"牡丹亭"这个"圣婚"处所的位置名,就使"还魂"这一事件具有更广大的象征意义。值得注意的是,在剧中首先上场的是柳梦梅,杜丽娘先在他的"梦"中以梅下美人的姿态出现,然后才在《训女》中随杜宝夫妇上场。因而我们也可以说,整个杜丽娘还魂情事,基本上就是柳梦梅"漫说书中能富贵,颜如玉,和黄金那里"之"春梦"的一部分,尤其梦中梅下美人预告了:"柳生,柳生,遇俺方有姻缘之分,发迹之期。"因而必须杜丽娘还魂,柳梦梅方能"发迹",考取状元。

正如杜丽娘(兼及柳梦梅)的命运,以"名者命也"的方式,注于地府的"断肠簿""婚姻簿"上;同样柳梦梅的状元身份,亦必须以"登科录"上的名字为凭。不论是《榜下》中的圣旨或黄门唱榜,乃至《索元》《硬拷》《闻喜》,亦都是一种循"名"得"实"的过程。因而柳生因梦"改名梦梅",就决定了他终能获取荣华的命运。因而虽已获得注定富贵的名字,它的实现却仍需漫长的煎熬与等待:

虽则俺改名换字,俏魂儿未卜先知?定佳期盼煞蟾宫桂,柳梦梅不卖查梨。还则怕嫦娥妒色花颓气,等的俺梅子酸心柳皱眉,浑如醉。

这一段很巧妙地以考取功名的"蟾宫折桂",与后来将要发生的"花园折柳"比并,因为两者都是"佳期",但也借"还则怕嫦娥妒色

花颓气"来表达两者间可能的矛盾,因而预示了对于"春回"(既是"圣婚"也是"回生")的期待:

> 无萤凿遍了邻家壁,甚东墙不许人窥!有一日春光暗度黄金柳,雪意冲开了白玉梅。那时节走马在、章台内,丝儿翠、笼定个、百花魁。

这里"凿壁偷光"的苦读就与"逾东家墙而搂其处子"[1]的欲望迭合为一,渴盼的就是"春光暗度","玉梅""金柳"争放,既是"走马章台"的得意,又是"独占花魁"的喜乐。这并不只是柳梦梅一个人特有的期盼,在经由科举方得出身的年代,如《榜下》所谓"今当榜期,这些寒儒,却也候久",正是仍为冬雪所覆盖的天下"寒儒"的共同梦想。因而柳梦梅的奇遇,只是天下众"寒儒"常年想入非非之梦想的实现,纵使是绝对荒诞不经,也仍是他们在"贫薄把人灰"的生活处境中,能够"且养就这浩然之气"的一线希望。

(二)科第下的人生处境

《牡丹亭》中相对于已是"紫袍金带,功业未全无",拥有"西蜀名儒,南安太守"身份的杜宝,在柳梦梅外,更创造了传为韩愈旁支的韩子才,与姓名上即暗喻孔子"在陈绝粮"的陈最良等几个寒儒,他们其实正象征科第之下儒生命运常见的几个形态。以一个配角而言,紧接在柳梦梅《言怀》、杜宝《训女》之后,就是陈最良的《腐叹》,他其实是普天下没有柳梦梅那种奇遇的芸芸众生之标准写照:"灯窗苦吟,寒酸撒吞。科场苦禁,蹉跎直恁!可怜辜负看书心。吼儿病年来进侵。"观场十五次无成,一旦停廪,只好授馆;若再失馆,只有"儒变医,菜变齑",开药店度日。府学门子所谓"天下秀才穷

---

[1] 见《孟子·告子下》。

到底"，自是当时社会的一般观感。即使在接下来的《延师》中，陈最良仍以杜甫"百年粗粝腐儒餐"（《有客》）为其下场诗。这类穷秀才攀附官员自有许多丑态，陈最良在道白中即叙述了"七事"。在《闹殇》中，杜宝高升之际，陈最良争香火田，甚至说出："秀才口吃十一方。"更提及："便是老公相高升，旧规有诸生遗爱记、生祠碑文，到京伴礼送人为妙。"可见当时士风之一斑。

紧接着《延师》，汤显祖又以一出《怅眺》，借已沦为昌黎祠香火秀才的韩愈后人韩子才，与具柳宗元后人身份却仍只"寄食园公"的柳梦梅，抒发感叹："时乎？运乎？命乎？"终于得出"假如俺和你论如常，难道便应这等寒落""算来都则为时运二字所亏"的结论。也就是：柳梦梅虽有发迹之"命"，却仍得等待由杜丽娘所象征的"春回"之时运方得实现。但此出中真正的牢骚更在借"越王自指高台笑，刘项原来不读书"，指陈"到是不读书的人受用"，"似吾侪读尽万卷书，可有半块土么？"但终归以陆贾能以语言折服汉高祖、南越王赵陀，奏《新语》而致封侯为其典范，因而柳梦梅走向他干谒以图前进的道路。

"干谒"，如剧中生自云："混名打秋风哩。"自然这又是当时的士习，《儒林外史》刻画甚详。在此出的下场诗中，特又以杜甫诗"此身飘泊苦西东"（《清明二首》）来形容这种"秋风客"的生涯，而以王建诗"秋风还不及春风"（《未央风》）来扣紧他的渴望"春风"的来临。《谒遇》中柳梦梅向钦差苗舜宾自称"小生到是个真正献世宝"，自认"我若载宝而朝，世上应无价"，并强调"但献宝龙宫笑杀他，便斗宝临潼也赛得他"，自信可与当今的卿相士大夫一争长短。因而终于得到苗钦差"将衙门常例银两"取作"书仪"资助，以"骤金鞭及早把荷衣挂，望归来锦上花"的祈愿，步上"向长安有路荣华"的赴京取试之途。这里我们当然可以看到官员们坐拥"衙门常例银两"，以及对打抽丰的"秋风客"，惯以"书仪"资助路费的时代风习。

但更值得注意的是，不断地以"花"（"荣""华"原意亦皆指"花"）来象征取得功名，因而对于"寒儒"们而言，考取功名确是天地逢"春"之事。

（三）从"圣婚"到"俗婚"的辩证

接着《旅寄》，柳梦梅终于在"离船过岭，早是暮冬"来到了南安，却"搅天风雪梦牢骚。这几日精神寒冻倒"，而由陈最良搭救，以"暂将息梅花观好"，在"看一树雪垂垂如笑，墙直上绣幡飘"的指引下来到了"梅花观"（剧中在不同的场合，亦强调称呼为"红梅观""红梅院"），开启了柳杜二人交感相恋以至杜丽娘回生的契机。在寺庙所象征的神圣世界，以彼此的真情交感，而举行"圣婚"还魂，却又因害怕被腐儒陈最良发觉而"婚走"。

陈最良是个"靠天也六十来岁，从不晓得伤个春，从不曾游个花园"，主张"圣人千言万语，则要人'收其放心'"的道学夫子，对他而言大地春回全无意义："但如常，着甚春伤？要甚春游？你放春归，怎把心儿放？"所以汤显祖借春香之口批评他："正是：'年光到处皆堪赏，说与痴翁总不知。'"同时汤显祖更借春香之口指出杜丽娘：

> 读到《毛诗》第一章："窈窕淑女，君子好逑。"悄然废书而叹曰："圣人之情，尽见于此矣。今古同怀，岂不然乎？"

此处杜丽娘的叹息，正是为其往后的"圣婚"（合于"圣"人之情、之意的男欢女爱），做了绝佳的诠释，其实也就是汤显祖以情、理之辨，对儒道所做的不同于理学家"存天理，去人欲"之诠释。也就是在《题词》中"嗟夫！人世之事，非人世所可尽。自非通人，恒以理相格耳。第云理之所必无，安知情之所必有邪"所做的批判。

当理学家们从格物致知下手，在即物穷理（而又非做科技之探索，反而走向自我甚至人我性理的宰制）之际，不免就否定了人类的主观能动性，忽略了人作为目的因与动力因的主体性质，因而在"存天理"的压抑下成为一种枯萎残缺的生命。这种经过"理学"武装或自我制约的残缺生命自是全然无法接受出于真"情"交感的"圣婚"。

对于他们，男女之情假如不是不存在的，就只是认作"罪恶"，因而乃是必须"去"除的"人欲"。因为他们所肯定而要坚"存"的"天理"，不过等同于《圆驾》中所谓"不待父母之命，媒妁之言，则国人父母皆贱之"这种忽略男女二人之天性相契、真情相感，纯任"不识不知"的媒妁之言做中介，由两家父母以利害做考虑，从而形成的必须"顺帝之则"的绝对权威[1]。从不考虑判断稍有差池，即断送子女一生的幸福甚至性命，却要坚持其必须执行以宰制子女命运之权威，其实就是"俗婚"的本质，也是必须通过"圣婚"来拯救的整体社会的堕落。因为整个社会中人的自我真性，以及在真情交感所产生的相互提升、激昂更新的生命力，就在这种自以为是的"天不变，道亦不变"[2]之错误解释中，消失殆尽了。

杜宝"为官清正""春深劝农"，自然算是好的地方"父母官"，但硬要强调"龙涎不及粪渣香"，非要"能骑大马"的牧童"骑牛得自由"，就未免只知其一不知其二，近于埋首淘金的七矮人了。陈最良和石道姑在某种意义上皆是残缺的生命，但石道姑只是生理上残缺，因而仍能参与"圣婚"，甚至"女冠子真当梅香"，成为扶持的伙伴；陈最良的残缺却是心性上的，又为其所信之"义理"桎梏，终于成为骇变之余，一再谬传讹信的麻烦制造者。

1　"不识不知，顺帝之则。"见《诗经·大雅·皇矣》，经书中多次引用，此处为望文生义的借用。
2　见董仲舒《元光元年举贤良对策》，见其《汉书》本传。

因而《牡丹亭》中，由汤显祖亲自主持的科考中，陈最良十五次不第。柳梦梅则因能够实现"圣婚"，成为能使大地回春之真情交感仪式的执行者而一举中了状元。《急难》中杜丽娘的上场诗说得好："鬼魂求出世，贫落望登科。"对于天下寒儒而言，"登科"正等同于"还魂"，但他们"登科"之后，是否能够致使天下一体"重生""还魂"？还是只图个"夫荣妻贵显""高车昼锦"而已？这可是汤显祖的言外之意或者竟是微言大义？

四、内忧外患之时局

（一）入死出生的借喻

《牡丹亭》作为一部关于爱情的戏剧，并非如《梧桐雨》《汉宫秋》一般以帝王、后妃为主角，却很特殊地牵扯到了内忧外患、国家命脉延续的问题。在第十二出杜丽娘《寻梦》、第十三出柳梦梅《诀谒》、第十四出杜丽娘《写真》，男女主角分别开始走他们各自的追寻之路时，接着第十五出写的竟是《虏谍》，净扮番王引众上，以大金皇帝完颜亮的身份出场，一开口即唱道："天心起灭了辽，世界平分了赵。"接着道白追述当时的国际情势："俺祖公阿骨都，抢了南朝天下，赵康王走去杭州，今又三十余年矣。听得他妆点杭州，胜似汴梁风景。一座西湖，朝欢暮乐。"因此，"便待起兵百万，吞取何难？"结果却以兵法而决定用南人李全，骚扰淮阳，以开征进之路。

此处李全之事自属虚构，但完颜亮以"立马吴山第一峰"之志，举金兵南寇，宋江淮军败，中外震骇，如姜夔《扬州慢》在十余年之后所述："过春风十里，尽荠麦青青。自胡马窥江去后，废池乔木，犹厌言兵。渐黄昏，清角吹寒，都在空城。"自是长久的历史记忆。加上了这种时代背景，自然柳、杜的爱情势必无法像在太平盛世，只完全沉浸于两人的幽欢佳会，以至求取科考功名成为必然。

接着以杜丽娘的病情加重为主的《诘病》，以及显然无效的治疗《道觋》《诊祟》之后，李全夫妇在《牝贼》现身，除了引司空图《河湟有感》诗句，蜕化为："汉儿学得胡儿语，又替胡儿骂汉人。"在上场诗为缺少民族意识的李全定性。"南朝不用，去而为盗。""大金皇帝遥封俺为溜金王。""央我骚扰淮扬，看机进取"这里通过李全的叙述对李全者流所以为异族所用的缘由作了诠释。

同时杜丽娘的得病与完颜亮的立意侵宋以及其逐步加剧的过程呈平行发展，到了《闹殇》杜丽娘终于病故，杜宝则接到"金寇南窥""升安抚使，镇守淮扬"的圣旨。杜、柳两人在南安《幽媾》《欢挠》之后，则是杜宝《缮备》，在"维扬新筑两城墙"，"敌楼高窥临女墙，临风酾酒旌旆扬"；杜丽娘《回生》、两人《婚走》之后则是《淮警》；柳梦梅《耽试》之余，则是杜宝《移镇》淮安，《御淮》锁入围城。直到"陈最良为报杜小姐之事，扬州见杜安抚大人。谁知他淮安被围"，结果被俘，却在《寇间》与《折寇》两出中，意外成为双方谈和所需的传话人，而终于借和谈而导致《围释》。因而，陈最良的及时出现，亦可算是杜丽娘"回生"的一种歪打正着的效应。

同时，若据《移镇》中杜宝的自白："自到扬州三载，虽则李全骚扰，喜得大势平安。昨日打听边兵要来，下官十分忧虑。可奈夫人不解事，偏将亡女絮伤心。"则杜丽娘埋身梅树三年，亦正是杜宝在扬州筑城守备的三年。杜丽娘"回生""婚走"之际，亦是杜宝必须"刻日渡淮"，驰救淮城，因而面临战争的时刻，所以夫人和他分别时说："老爷也，珍重你这满眼兵戈一腐儒。"结果冲杀入淮安，被锁城中，终以和谈释围。

因而杜丽娘的"死"而复"生"，正与杜宝对金兵（李全）的"守"而复"战"平行并列；而所谓"和"，其实正如柳梦梅所讥讽的："你则哄的个杨妈妈退兵，怎哄的全！"基本上正由"牝贼"下功夫，以"保奏大宋，敕封夫人为讨金娘娘"，以币赂而换得降表；他们的"和"

解正又与全剧大结局的父女和解遥相对应。有趣的是,杨娘娘在接受招安写下降书后,却选择了"范蠡载西施""权袖手,做个混海痴龙",一方面以夫妻的爱情为生命的最终认同,另一方面却依然是个生龙活虎不受羁束的自由人。杜丽娘虽然深受礼教的束缚,因而不像杨娘娘的豪放,反而出以内敛自伤的形态,但追求一己热情的实现、"不自由,毋宁死",正是杜丽娘"情不知所起,一往而深,生者可以死,死可以生"的生命本质。

(二)临轩策士的问答

柳梦梅或许是中国戏曲小说中,唯一在读者(观众)面前参加科考,并且其应答内容为大家所知的状元。以《西厢记》为例,在第四本第四折中,张君瑞才在草桥店惊梦,第五折楔子,他一上场就已自道:"托赖祖宗之荫,一举及第,得了头名状元。"整个科考过程与内容,因为无关爱情主题的宏旨(考中状元,只是为了"显得有志的状元能"),遂一笔带过,付诸阙如。

汤显祖却在《牡丹亭》中写了一出《耽试》,他不但安排了曾经资助过柳梦梅的苗舜宾为典试,而且让柳梦梅错过了试期,成了个"遗才状元",并在未得收考之际,还急切得要触阶:"生员从岭南万里带家口而来。无路可投,愿触金阶而死。(生起触阶,丑止介)"终因正逢典试是故人的"千载奇遇",而得以"姑准收考,一视同仁",这种安排自然有戏剧效果的考虑,以及暗示朝廷科考虽然号称拔举人才,其实场外往往更有胜过"状元"之"遗才"存在,但更重要的是让苗舜宾可以先品评"天字号三卷",然后再让柳梦梅论说他的基本主张,而由苗舜宾赞赏许他鳌头独占,显示自己并非徇私,更非如苗舜宾所自谦的:"俺的眼睛,原是猫儿睛,和碧绿琉璃水晶无二。因此一见真宝,眼睛火出。说起文字,俺眼里从来没有。"当然这段话亦未尝不可解作从来未见可以令眼睛火出，视作"真宝"的文字[1]。因而，这段文字正有汤显祖对其所生存时代之忧患意识的寄意。

苗舜宾在柳梦梅未出现前，虽取了三名，但还慨叹："文章五色讹。怕冬烘头脑多。""恁这里龙门日月开无那。""池里无鱼可奈何！"在听了柳梦梅立言的大要之后，欣赏之余仍要评论道："对策者千余人，那些不知时务，未晓天心，怎做儒流。似你呵，三分话点破帝王忧，万言策检尽乾坤漏。"因而强调："你钓竿儿拂绰了珊瑚，敢今番着了鳌头。"这里自然也包含了汤显祖对于科举的微词："道英雄入彀，恰锁院进呈时候。"当唐太宗以为通过科举可使"天下英雄入吾彀中矣"，他却质疑这些沉浮在科举的"儒流"，不过都是一群"不知时务"之人！

《牡丹亭》中的策问，竟是直接扣紧时务："圣旨：'问汝多士，近闻金兵犯境，惟有和战守三策，其便何如？'"苗舜宾先前所详定的三卷中，第一卷主和："臣闻国家之和贼，如里老之和事。"第二卷主守："臣闻天子之守国，如女子之守身。"第三卷主战："臣闻南朝之战北，如老阳之战阴。"先不谈苗舜宾的反应，守、战二策皆具两性关系之弦外之音。"女子之守身"正是杜宝所一再责求杜丽娘遵守的，甚至"听说女儿成了个色精"，上本题奏："妖魂托名亡女。"即使殿上亲见，仍启奏："臣女没年多，道理阴阳岂重活？愿吾皇向金阶一打，立见妖魔。"

至于"老阳之战阴"，已借苗舜宾口中点出："《周易》有阴阳交战之说。"其说见《坤卦》："上六：龙战于野，其血玄黄。"《文言》："阴疑于阳必战，为其嫌于无阳也，故称龙焉；犹未离其类也，故称血焉。夫玄黄者，天地之杂也，天玄而地黄。"而《文言》解释其"六四：括囊，无咎，无誉"，则曰："天地变化，草木蕃。天地闭，

---

[1] 元末明初，有黄坚所集《古文真宝》一书风行于世，甚至流传日本。该书所选仅及北宋（以下遂无足观？），与此处未必真有关涉，姑附志之。

贤人隐。"

这些话语都多少可以涉及剧情而成为其意旨的示明。汤显祖杜撰出李全围战一事，却在回目上标明为"牝贼"，明白地指出杜宝"守""战""和"的真正对手其实是李全妻杨娘娘，自然"如老阳之战阴"。但是杜丽娘和杜宝之关系，则先是近于六四之"括囊"，"天地闭，贤人隐"，但终于发展为"阴疑于阳必战，为其嫌于无阳也"，以至"夫玄黄者，天地之杂也"，而导致大地春回的"天地变化，草木蕃"。其中所暗喻的"圣婚"旨趣，则既见于柳梦梅形容他协助杜丽娘还魂的："我为他软温香、把阳气攻，我为他抢性命、把阴程进。"亦见于《婚走》中杜丽娘的叹息："幽姿暗怀，被元阳鼓的这阴无赖。"所以她接着说："伴情哥则是游魂，女儿身依旧含胎。"

若以杜丽娘的命运与宋金关系相提并论，看和她关系密切的三个男性——师、父、夫，在剧中杜宝平生作为其实近于他一向主张的"女子之守身"，若非朝廷有令，他安抚淮扬，只是于扬州"加筑外罗城"，"身当铁瓮作长城"，对李全的骚扰全无积极的行动，镇日仅在"敌楼高窥临女墙"，即使驰救淮安亦仍只是"锁城"而守，所以他可算是在行动上主"守"的代表。陈最良则出入两军，达成招安，自然算是"和"贼的代表，但他基本上就只是个"和事"的"里老"，他的最大缺点就是辨不明深层事实的真相，他既误判柳梦梅盗坟，又受骗假传了杜夫人与春香的死讯。作为"使者"（不管是门馆或黄门）能否报奏事真，颇成疑问。

柳梦梅，由他的策论看，自然不完全主"战"，但他却是唯一在思想上肯定"战"，在心态上不怕"战"的人。在《耽试》中，他一上场，就先唱："风尘战斗，风尘战斗，奇材辐辏。"在《急难》中，他为了打听杜丽娘父母的安危，不惜"探高亲去傍干戈"。在知道杜丽娘是"鬼"之际，他能以"你是俺妻，俺也不害怕了"去拥抱死者，使她还魂；虽然出以相爱之忱，其精神却显然与《庄子·秋水》所谓

"白刃交于前，视死若生者，烈士之勇也"相通。事实上，若非在心理上可以克服对于死亡的恐惧，根本就无法"战斗"，更遑论战胜！

苗舜宾对前此三策的评价是，对主和者，说："呀，里老和事，和不得，罢；国家事，和不来，怎了？本房拟他状元，好没分晓。"可见底下的房官大抵主"和"，但对侵略者如何可能求"和"而不丧权辱国、割地赔款？也就是苏洵《权书·六国》所谓"六国破灭，非兵不利，战不善，弊在赂秦。赂秦而力亏，破灭之道也"的意思。对主守者，则说："也比的小了。"因为从乾坤阴阳的观点则如《坤卦》："六三：含章可贞，或从王事，无成有终。"《文言》所谓："阴虽有美含之，以从王事，弗敢成也。地道也，妻道也，臣道也。地道无成，而代有终也。"以妻道、臣道对敌焉能不"小"？若要有成有终，则必经"上六""龙战"之后的"用六：利永贞"，《象》曰："'用六永贞'，以大终也。"朱熹的解释是："盖阴柔而不能固守，变而为阳，则能永贞矣。"

他对主战者，评以："此语忒奇。"而指出源出《周易》。并且作结论："以前主和，被秦太师误了。今日权取主战者第一，主守者第二，主和者第三。"在柳梦梅写策之时，他又"再将前卷细观看"，又重申："头卷主战，二卷主守，三卷主和。主和的怕不中圣意。"他的拣择显然和"问和战守三者孰便？"的前后顺序有别。剧中又在《圆驾》里让皇帝问确定重生的杜丽娘："假如前辈做君王臣宰不臻的，可有的发付他？"陈最良特别提起："秦桧老太师在阴司里可受的？"杜丽娘回答道："那秦太师他一进门，忒楞楞的黑心锤敢捣了千下，淅另另的紫筋肝剁作三花。"（众惊介）："为甚剁作三花？"（旦）："道他一花儿为大宋，一花为金朝，一花儿为长舌妻。"非常显然的，汤显祖对于外侮，甚不以"主和"为是。他的真正立场可能近于柳梦梅的对策：

生员也无偏主。可战可守而后能和。如医用药，战为表，守为里，和在表里之间。

因而他让苗舜宾答以："高见，高见。则当今事势何如？"（生）：

当今呵，宝驾迟留，则道西湖昼锦游。为三秋桂子，十里荷香，一段边愁。则愿的"吴山立马"那人休。俺燕云唾手何时就？若止是和呵，小朝廷羞杀江南。便战守呵，请銮舆略近神州。

这样的建言，不仅是苗舜宾答以："秀才言之有理。"其实正反映明代之异于宋代，土木堡之变："帝北狩。甲子，京师闻败，群臣聚哭于朝。侍讲徐珵请南迁，兵部侍郎于谦不可。"[1]按当时，"于谦上疏抗言：'京师天下根本，……若一动则大势尽去，宋南渡之事可鉴也。'"[2]其拥景帝登极之后的守御，大抵皆能以战为表，以守为里，终能媾和获英宗归返。这里的主张，其实亦与后来袁崇焕制辽的主张："恢复之计，不外臣昔年以辽人守辽土，以辽土养辽人，守为正着，战为奇著，和为旁著之说"[3]近似。

这段曲文，一方面照应了第十五出《虏谍》，另一方面则做了《孟子·告子下》所谓"入则无法家拂士，出则无敌国外患者，国恒亡。然后知生于忧患而死于安乐也"的提示。"西湖昼锦游""小朝廷羞杀江南"正是"死于安乐"，而"銮舆略近神州""俺燕云唾手何时就？"则为"生于忧患"。而此出的戏剧性更在刚刚讨论完和战守三者孰便，马上就奏报"金人的、金人的、风闻入寇"，先锋是"李全的、李全的、

---

1 见《明史·英宗前纪》。
2 见谷应泰《明史纪事本末》卷三十三《景帝登极守御》。
3 见《明史》列传第一百四十七《袁崇焕》。

前来战斗"，而且"报到了淮扬左右"，只"杜宝现为淮扬安抚"可调度，但"怕边关早晚休，要星忙斯救"，因而旨令："今淮扬危急，便着安抚杜宝前去迎敌。"而传胪一事暂缓。一旦敌人入寇，除了战守迎敌，别无选择。而在缓急之际，众寒儒的富贵之事，顿然显得微不足道，只得"待干戈宁辑，偃武修文"再说，于是在国家危急之秋，才子佳人的燕婉好合，功成名就，亦顿成余事！这不能不说是在一本以"爱情"为轴心之戏剧本身，所遭遇的"时代"之最大的反讽与解构。

五、结语

汤显祖生当嘉靖、万历年间，但河套一带，自嘉靖二十一年后二十余年间，俺答连年入寇；沿海又有倭寇之祸，且有本国海盗徐海、汪直等为其耳目，相与勾结。万历二十年丰臣秀吉攻朝鲜，明朝出兵往援，战事持续至万历二十六年，此等外患皆为其所知所闻。内政上则神宗中叶后怠于政事，凡二十余年不视朝。万历十九年汤显祖上《论辅臣科臣疏》谓："陛下御天下二十年，前十年之政，张居正刚而多欲，以群私人，嚣然坏之；后十年之政，时行柔而多欲，以群私人，靡然坏之。此圣政可惜也。"[1]遂谪广东徐闻县典史，万历二十一年量移浙江遂昌知县，万历二十六年春弃官归临川，万历二十六年秋完成《牡丹亭》。

因故事先取材于话本《杜丽娘慕色还魂》，而话本将故事设定于"话说南宋光宗朝间"。对紧接着北宋、南宋先后亡于金、元，并且是驱逐蒙元方才建国的明代人而言，亡于异族——尤其自土木堡之变后，外患踵至——其实并非完全无法想象之事。汤显祖因而加入了完颜亮入侵，李全"险做了为金家伤炎宋"，以至成了海盗等情节，有意无意反映了他对时代与家国的"忧患意识"，似亦颇为顺理成章。

但本章的目的并不在做史传式的批评与考证，只想指出《牡丹

---

[1] 见《明史》列传第一百一十八《汤显祖》。

亭》的世界其实是一个令人不安的世界，即使它故作滑稽，提供了许多笑料，并且以"大团圆"的《圆驾》作结局。在杜丽娘还魂之后，石道姑忧虑掘坟一事为陈最良发觉时，她提道："事露之时，一来小姐有妖冶之名，二来公相无闺阃之教，三来秀才坐迷惑之讥，四来老身招发掘之罪。如何是了？"在《圆驾》中，柳梦梅指责杜宝"便是处分令爱一事，也有三大罪"："太守纵女游春，一罪。""女死不奔丧，私建庵观，二罪。""嫌贫逐婿，刁打钦赐状元，可不三大罪？"我们即使不再参阅《明史·列女传》所谓"著于实录及郡邑志者，不下万余人"之"节烈""杀身殉义""至奇至苦为难能"等资料，亦可感觉戏剧中反映的是一个礼教森严、动辄得"罪"的社会！杜丽娘类同于《白雪公主》，只好压抑一己"春心"，悒悒以"终"，这不仅是杜宝夫妇的疏忽，更是整个社会规范、文化精神的堕落与宰制了！

在一个"情动于中"即可"形于言"，而至可以手舞足蹈，形成行动的文化与时代，何须入死出生地以"情"对抗"恒以理相格"的礼教法制？在"天下女子有情宁有如杜丽娘者乎"的呼声中，我们看到正是时代礼法的有"理"（？）无"情"，其实正可用杜丽娘在《冥誓》中的一句话道尽："冻的俺七魄三魂，僵做了三贞七烈。"

杜丽娘"阴司收赎"三年，固然可以视为是其"人间私奔，自有条法"的预先惩处，但《冥判》中既已在婚姻簿上注定："有个柳梦梅，乃新科状元也。妻杜丽娘，前系幽欢，后成明配。相会在红梅观中。"既是天定，何仍更罚？而且还得由阳间罚到阴间？

杜丽娘幽囚枉死城三年的直接原因却是："因阳世赵大郎家，和金达子争占江山，损折众生，十停去了一停，因此玉皇上帝，照见人民稀少，钦奉裁减事例。九州九个殿下，单减了俺十殿下之位，印无归着。"导致"因缺了殿下，地狱空虚三年"，直到玉帝命胡判官"着权管十地狱印信"，走马到任，方才发落。如是则杜丽娘之幽囚，亦因宋室败绩，江山只剩半壁所致。杜丽娘的死而复生，则是虽十地狱未能再设阎王，却终有判官代行（反映阳世北宋虽亡，南宋终于站稳脚步，却得降格一等？），如是则杜丽娘的还魂重生，岂仅柳、杜二人姻缘好合而已，不亦反映国祚民命的逢春复苏？永恒的"圣婚"仪式，出于如此动荡杌陧的时代背景，难道不曾反映了一种渴望整个"时局"更新重生的深沉祈愿？

在动乱的时局中，所谓的"才子佳人，天赐良缘"，"夫荣妻贵显"的人间喜剧，除非能够重致太平，否则有何意义？杜宝夫妻在《移镇》中的诀别，为我们做了最沉痛的告白：

（老旦哭介）："待何如？你星霜满鬓当戎虏，似这烽火连天各路衢。"（外）："真愁促，怕扬州隔断无归路。再和你相逢何处、相逢何处？"

"老影分飞，老影分飞，似参军杜甫，把山妻泣向天隅。"（老旦哭介）："无女一身孤，乱军中别了夫主。"（合）："有什么命夫命妇，都是些鳏寡孤独！生和死，图的个梦和书。"

这段曲文虽然浅白，却是沉郁，再现了许多杜甫遭乱作品的精神与母题[1]，但"有什么命夫命妇，都是些鳏寡孤独！"却更以悲剧的逆转与反讽，解构了才子佳人富贵团圆的美梦。"生和死，图的个梦和书"，算不算是另一个"忧患"版的《惊梦》？

汤显祖让《杜丽娘慕色还魂》里的杜宝，成为杜甫的后裔，也许并非偶然。杜甫岂不是中国文学中最具"生于忧患"精神，却又生逢忧患时局的最具典型性的代表诗人？汤显祖可是希望他的《牡丹亭》，能在戏曲中一样上绍杜甫，下开韩、柳等吗？

---

[1] 最显著的如《春望》中的"烽火连三月，家书抵万金"与"白头搔更短"等。